COMMENT RÉSOUDRE VOTRE PROPRE MEURTRE

KRISTEN PERRIN

COMMENT RÉSOUDRE VOTRE PROPRE MEURTRE

Traduit de l'anglais (États-Unis) par Éric Betsch

Michel LAFON

Ce livre est imprimé en France par
un imprimeur soucieux de préserver l'environnement
à travers des actions d'économie d'énergie, de valorisation
des déchets, d'utilisation de produits moins nocifs
pour la santé des travailleurs.

Titre original :
How To Solve Your Own Murder

14 boulevard de la Madeleine – CS 62204
75373 Paris Cedex 08

www.michel-lafon.com

À Tom

Kermesse de Castle Knoll, 1965

– Je vois des os desséchés dans ton avenir…

C'est avec un air grave que *Madame*[1] Peony Lane livre les premiers mots de la prédiction qui dictera le reste de la vie de Frances Adams.

Frances ne dit pas un mot, les yeux rivés sur la femme qui lui fait face, ce malgré les gloussements de ses deux amies amusées par le côté théâtral à deux sous de la performance. Des rideaux de perles aux couleurs criardes qui ornent la tente au turban de soie d'un goût douteux de Peony Lane, le décor tout entier semble hurler le kitsch hollywoodien. Peony Lane n'a d'ailleurs sans doute guère plus de vingt ans, même si elle s'exprime d'une voix rauque afin de paraître immortelle. Sans grand succès. Tout cela sonne tellement faux que les trois amies ne devraient pas un instant prendre cette jeune personne au sérieux, ce qui est bien le cas pour deux d'entre elles. Mais pas Frances.

Elle assimile chaque mot de la prédiction comme s'ils étaient parole d'Évangile, et ses traits se crispent un peu plus à chaque phrase, à l'image d'une casserole d'eau chaude sur le point d'entrer en ébullition, lâchant de la vapeur d'eau mais pas tout à fait prête à se déchaîner.

Quand avec ses amies elle délaisse la pénombre de la tente de la voyante, Frances ne cligne même pas des yeux

1. En français dans le texte original. *(Toutes les notes sont du traducteur.)*

malgré l'éclat du soleil d'août. Ses longs cheveux, lâchés, brillent et renvoient des reflets rouges et dorés. Un vendeur de pommes d'amour laisse son regard s'attarder sur elle un peu plus longtemps que nécessaire, mais elle ne s'en rend pas compte. Elle n'a plus conscience de grand-chose, après avoir entendu la sombre prédiction.

Emily la prend par le bras gauche, Rose par le droit, puis les trois jeunes filles se faufilent telle une guirlande de pâquerettes entre les étals proposant objets anciens et babioles diverses. Elles dédaignent le boucher et ses saucisses mais prennent un moment pour admirer des chaînes en argent réchauffées par la vigueur du soleil. Même si ce n'est qu'une ruse pour changer les idées de Frances, Emily en achète une, délicate et ornée d'un pendentif en forme d'oiseau. C'est un bon présage, assure-t-elle, puisque son nom de famille est Sparrow[2].

Rose, quant à elle, préfère attaquer le problème de front :

– On dirait que la mort t'aspire déjà, à te voir, Frances.

Elle ponctue ses mots d'un petit coup de coude, dans l'espoir d'insuffler de la gaieté chez son amie, mais l'expression sinistre de celle-ci ne fait que s'amplifier.

Et Rose d'ajouter :

– Ce ne sont que des bêtises, tu le sais bien. Personne ne peut prévoir l'avenir.

Emily noue sa longue chevelure blonde au moyen d'un ruban et attache autour de son cou sa nouvelle chaîne, avec le pendentif en forme d'oiseau. Le bijou scintille sous le soleil, renvoyant l'éclat des lames des couteaux exposés sur le stand de chasse, derrière les trois amies. Soudain, Emily se rend compte que Frances considère sa chaîne avec horreur.

– Que se passe-t-il ? lui demande-t-elle d'une voix faussement innocente, alors qu'elle devine la réponse à sa question.

---

2. *Sparrow* : moineau.

– L'oiseau… dit Frances, les yeux plissés. La voyante a dit : « L'oiseau te trahira. »

– Dans ce cas, j'ai le remède parfait, assure Emily.

Elle disparaît dans la foule et fait son retour quelques minutes plus tard, avec dans la main deux autres chaînes, chacune ornée de son oiseau.

– Une pour Rose et une pour toi, explique-t-elle. Comme ça, tu ne sauras jamais quel oiseau te trahira. Tu pourrais même te trahir toi-même !

Emily ponctue sa phrase d'un grand rire, à son image.

Désespérée, Frances se tourne vers Rose, espérant trouver chez elle une forme de compréhension, mais celle-ci rit autant qu'Emily :

– C'est une bonne idée, en réalité ! Prends les rênes de ton destin !

Elle passe à son tour sa chaîne autour de son cou, comme pour étayer son propos.

Frances hésite, puis glisse sa chaîne dans la poche de sa jupe :

– Je vais y réfléchir…

– Arrête de faire la tête, Frances, la sermonne Emily. Si tu continues comme ça, je serai contrainte de t'assassiner moi-même !

De petites rides sont apparues au coin des yeux d'Emily ; on devine un nouveau rire sous la surface, sur le point d'éclater.

– Arrêtez de faire comme si cette prédiction n'était pas terrifiante, toutes les deux ! s'agace Frances, qui ensuite s'éloigne.

Elle s'immobilise pour essuyer ses mains moites sur sa jupe en coton toute simple, puis croise les bras. Son petit calepin dépasse de l'autre poche de sa jupe, et ses doigts sont tachés d'encre car elle y a fébrilement noté la prédiction, jusqu'au dernier mot.

Rose la rattrape en deux grandes enjambées et passe un bras sur ses épaules, s'approchant si près d'elle que quelques mèches noires de sa coupe au carré effleurent sa joue.

– Cette fille s'est fichue de toi, assure-t-elle.

– Elle a dit que je serais assassinée, Rose ! Je ne peux quand même pas l'ignorer !

Emily lève les yeux au ciel :

– Sérieusement, Frances… Laisse tomber.

Elle semble mordre chacun de ses mots comme autant de morceaux d'une pomme croquante. Entre Rose, qui ressemble à Blanche-Neige, et Emily, avec sa longue chevelure dorée, Frances a soudain la sensation qu'elles sont trois personnages d'un conte de fées. Or, dans les contes de fées, quand une sorcière prédit l'avenir, on l'écoute attentivement.

Emily et Rose agrippent de nouveau Frances par les bras, chacune d'un côté, puis elles reprennent leur déambulation dans la kermesse. L'ambiance s'est quelque peu apaisée, comme si une couche de coton s'était déposée sur le décor. Le soleil brille toujours, la bière n'a pas cessé de couler des fûts disposés dans les tentes et l'air est encore collant, chargé de parfums de caramel brûlé et d'une légère odeur de fumée, mais les pas de Frances sont à présent plus lourds, plus déterminés. Dans un souffle, elle se répète la prédiction à n'en plus finir, jusqu'à la graver dans sa mémoire.

Je vois des os desséchés dans ton avenir. Ta lente agonie débutera dès l'instant où tu tiendras la reine dans la main. Fuis l'oiseau, car il te trahira. Et dès lors, tout retour en arrière sera cas très peu probable, voire impossible. Toutefois les filles adroites rendent un jour la justice ; trouve la bonne et conserve-la à ton côté. Tous les signes indiquent que tu seras assassinée.

Cette prédiction est si improbable qu'elle devrait en rire. Or ces mots ont semé une graine dans l'esprit de Frances, et des racines minuscules mais toxiques se déploient déjà en elle.

Les trois jeunes filles profitent ensuite pleinement de leur après-midi, et bientôt les rires ne sont plus si forcés. Plaisanteries, commérages et toutes les petites choses qui ornent leur amitié sont de retour. Quand on a seize ans, être sujette à des hauts et des bas est aussi naturel que respirer, et ces trois-là respirent plus intensément que la plupart des adolescentes.

Cependant, s'il est un détail qui peut leur porter malheur, c'est le chiffre 3. Car d'ici un an, elles ne formeront plus ce trio d'amies. L'une d'elles aura disparu. Et ce ne sera pas Frances Adams.

Une enquête sera menée par le policier local, et l'unique indice sera scellé dans un sachet en plastique lui-même agrafé à un dossier de disparition beaucoup trop bref.

Une petite chaîne en argent, avec un pendentif en forme d'oiseau.

1

C'est une de ces soirées d'été affreusement lourdes ; l'air est si épais qu'on pourrait presque y nager. Au moment où s'achève mon périple à bord du métro de la ligne de Piccadilly, la station Earl's Court, bien que plombée par la chaleur, me fait l'effet d'une bouffée d'air frais. Essoufflée quand enfin j'en termine avec les trois volées d'escaliers qui mènent à la surface, je farfouille dans mon sac à dos, à la recherche de ma bouteille d'eau. Je n'y trouve qu'un Thermos rempli de café qui date de ce matin.

Des hommes sveltes en costume me frôlent, telles des gazelles urbaines, tandis que j'avale le café jusqu'à la dernière goutte. Ce breuvage est aussi écœurant que je le craignais mais j'ai besoin de caféine. Mon téléphone vibre ; je le sors de ma poche. Résistant à l'envie de consulter ma messagerie électronique, je réponds à l'appel en lâchant enfin toute ma fatigue dans ma voix :

– Jenny ! Dis-moi que tu es en route, je t'en prie ! Je n'aurai pas la force d'affronter une nouvelle fois la cave de maman sans ton aide. La semaine dernière, en y faisant le ménage, j'y ai trouvé des araignées. Énormes !

– Je suis déjà sur place mais je t'attends sur les marches de l'entrée, Annie. Je n'ai pas trop envie d'être entraînée aux quatre coins de la maison par ta mère en l'écoutant m'expliquer quels murs elle compte abattre.

– Tu as bien raison. De toute façon, je ne crois pas qu'elle ait le droit d'abattre des cloisons dans cette maison ; nous n'en sommes même pas les propriétaires !

– C'est une bonne raison, en effet. Et j'imagine qu'elle est dans une de ses périodes de créativité destructrice, avec son expo au Tate Modern qui approche.

Je grimace. Maman est une artiste peintre assez connue dont les tableaux se vendent plutôt bien – du moins tel était le cas avant que sa motivation pour son travail ne chute. Malheureusement, ce creux dans sa carrière a coïncidé avec la perte de la fortune que lui avaient rapportée ses œuvres de jeunesse. Par conséquent, depuis que je suis toute petite, nous évoluons sur un fil, quelque part entre une vie de squatteurs et une vie frugale façon bohème et artiste.

– La créativité destructrice de maman aura au moins l'avantage de m'empêcher de consulter toutes les cinq minutes ma boîte de réception vide ; je suis partante pour faire tout ce qu'elle me demandera. Mon sac à dos est rempli de nuanciers de peinture et d'une bonne dose de frustration contenue. Je suis prête à m'attaquer à la cave. Sauf les araignées, je te les laisse !

– Ha ! Une petite armée d'arachnides rien que pour moi, j'en ai toujours rêvé, plaisante Jenny, qui ensuite laisse passer quelques secondes, comme si elle pesait soigneusement ses prochains mots. Pourquoi ta messagerie vide te tracasse tant ? Tu as envoyé un nouveau texte ?

Jenny est ma meilleure amie depuis l'âge de neuf ans. Le mois dernier, j'ai été licenciée de mon poste d'employée de bureau, un boulot très mal payé, et elle a été très présente, mix parfait d'épaule-sur-laquelle-pleurer et de coach personnel. Elle n'a pas ménagé son énergie pour me convaincre que ce coup du sort était en réalité l'occasion de concrétiser mon rêve de devenir auteure de polars. En effet, les apprentis écrivains luttant pour percer n'ont pas tous la chance d'avoir une mère installée dans une maison comprenant huit chambres en plein cœur de Londres et qui leur permet d'y loger gratuitement, avec pour unique contrepartie un peu d'aide pour des missions bizarres.

Je n'ai donc rien du cliché de la fille de vingt-cinq ans qui se retrouve contrainte de revenir habiter chez ses parents, même si je dois tout de même supporter les humeurs de maman. Étant donné que j'avais précisément réussi à fuir celles-ci en prenant mon propre appartement, j'ai aujourd'hui le sentiment de faire un pas en arrière. Cela étant, je jouis de tout un étage pour moi toute seule dans cette demeure de Chelsea, dont le délabrement croissant a quelque chose de presque romantique. La chambre de mon enfance est pourvue d'un lustre couvert de poussière auquel manquent plusieurs ampoules en cristal et qui ne dispense qu'une lueur fantomatique sur l'antique machine à écrire que j'ai dénichée dans un placard. Je ne m'en sers pas, à vrai dire ; je me contente d'en presser les touches de temps à autre, pour l'ambiance. Avec son boîtier à motif écossais, cet engin dégage des vibrations très *sixties*, ce qui me plaît beaucoup.

Je réponds à Jenny :

– J'ai envoyé mon dernier manuscrit à quelques agents littéraires.

Constatant qu'elle reste sans réaction, je me mordille la lèvre.

– Mon premier envoi ne date que d'une semaine.

Remontant Earl's Court Road en me faufilant parmi la circulation, j'essuie ma nuque couverte de transpiration. Mon sac à dos pèse une tonne car la bibliothèque vendait quelques ouvrages ; j'ai été incapable de résister mais je peux justifier mon achat de sept tomes de la série policière Agatha Raisin : ces livres nourriront mes recherches pour mes futurs romans.

– Pour tout t'avouer, j'ai de plus en plus l'impression que mon bouquin est nul.

– Pas du tout, me reprend Jenny.

– Si. Je ne m'en suis rendu compte qu'après l'avoir envoyé à des agents.

– Tu étais pourtant si confiante, cette fois !

Je perçois comme des pétillements dans la voix de mon amie, que je devine prête à passer en mode supportrice numéro un. Je l'interromps avant qu'elle n'atteigne ce stade :

– J'y croyais, c'est vrai, mais j'y vois plus clair, à présent. C'est comme quand un petit enfant marche d'un pas hésitant vers toi et que sa mère, rayonnante, est convaincue que comme elle tu le trouveras super mignon. Alors qu'en réalité il a de la morve au nez et des taches de nourriture séchée sur ses vêtements.

– Beurk, oui, je vois ce que tu veux dire…

– Eh bien je suis cette mère, et j'ai envoyé à toutes ces personnes mon bébé avec sa morve au nez, persuadée qu'elles l'adoreraient autant que moi.

– Nettoie son visage, dans ce cas, et présente-le au monde entier quand il sera plus propre.

– Moui… je crois que c'est à ça que servent les relectures…

Jenny laisse échapper un petit cri de stupeur :

– Annie… Tu es en train de me dire que tu as envoyé ton manuscrit à des agents littéraires sans l'avoir relu ?

Elle rit aux éclats, à n'en plus finir. Contaminée, c'est avec un grand sourire aux lèvres que je m'engage sur Tregunter Road.

J'essuie une larme apparue au coin d'un œil – c'est une de mes bizarreries : chaque fois que je ris un peu plus fort qu'un léger gloussement, des larmes ruissellent sur mes joues – et tente de me justifier :

– J'étais si enthousiaste ! J'avais enfin pondu un véritable texte, tu comprends ? J'avais enchaîné un nombre incroyable de phrases, jusqu'au mot FIN.

– C'est vrai, et je suis fière de toi, mais tu devrais au moins me laisser lire ton bouquin avant de l'envoyer à d'autres agents.

– Quoi ? Hors de question !

– Pourquoi l'envoyer à des inconnus, si tu ne veux même pas que je le lise ?

– Je raccroche, j'arrive à la maison.

Parvenue au bout de la rue, je trouve Jenny assise sur les marches de l'entrée.

La maison de maman se dresse lamentablement à l'extrémité d'une rangée de maisons mitoyennes cossues, telle une sorcière d'Halloween égarée dans une réception huppée. J'adresse un geste de la main à Jenny, qui lisse sa jupe très chic puis sa longue chevelure noire – elle est dotée d'un goût très sûr en matière vestimentaire. Laissant glisser mes doigts sur mon ample robe d'été, je me demande pourquoi j'ai acheté cette horreur. Pour je ne sais quelle raison, il semblerait que je sois attirée par les robes qui me donnent l'allure d'un fantôme de l'époque victorienne. Ma peau pâle et mes cheveux blonds bouclés ne faisant qu'accentuer ce cliché, je ferais peut-être aussi bien de cesser de tenter de m'en défaire.

Comme maman, Jenny et moi avons fait nos études à Central St Martins, une des composantes de l'université des Arts de Londres. Venus de Hong Kong, ses parents se sont installés à Londres alors que mon amie était encore un bébé ; ils sont tous deux adorables. Même si je ne l'ai jamais avoué à ma mère, il m'arrivait parfois, quand j'avais très envie d'une ambiance familiale stable et heureuse, avec un père et des frères et sœurs, de me rendre chez Jenny après l'école, au lieu de rentrer chez moi, et ce même si celle-ci était à son cours de tennis ou ailleurs. Ses parents me permettaient de m'asseoir à leur table pour y faire mes devoirs ou bavarder avec toute la famille, tout en inspirant à pleins poumons les bonnes odeurs d'une authentique cuisine.

Après avoir obtenu son diplôme, Jenny s'est si bien débrouillée qu'elle a déjà un job dc rêve. Elle a décliné un poste au sein de l'équipe de mise en scène du Royal Albert Hall pour intégrer celle des créations de vitrines au grand magasin de luxe Harrods. Son métier est sa passion et elle crée de véritables chefs-d'œuvre, surtout à Noël.

Elle passe un bras dans le creux de mon coude :

– On va voir ce que nous réserve la cave de ta mère ?

Nous nous accordons un moment pour lever les yeux sur la maison. Deux rangées de fenêtres en saillie crasseuses encadrent les imposantes marches de pierre qui mènent à la porte d'entrée. Celle-ci a sans doute été verte, il y a une éternité, mais sa peinture s'est écaillée au fil des ans, et le battant en bois est aujourd'hui légèrement gauchi. Mais j'adore cette bâtisse. Quatre niveaux de pierre blanchie à la chaux se dressent majestueusement, et la plupart des fenêtres sont encore occultées par leurs vieux rideaux de velours.

– Merci de m'aider, au fait.

Je ne sais pas vraiment pourquoi je remercie Jenny ; j'ai grandi dans cette demeure, et même si maman et moi y avons toujours vécu seules, j'y ai toujours été heureuse. En réalité, je crois que je suis surtout reconnaissante que Jenny réponde toujours présente quand je l'appelle, même si c'est pour lui dire : « Salut, ça te dit de m'aider à nettoyer une vieille cave ? »

– Je t'en prie, me répond-elle. De toute façon, tu as fait le plus gros du boulot la semaine dernière, non ?

– Ah, ne m'en parle pas. J'ai trouvé un nombre hallucinant de cartons et de malles. Les déménageurs étaient des cow-boys ; ils ont tout balancé en vrac dans leur fourgon. Je crois avoir entendu plusieurs fois du verre se briser. Mais bon, j'ai signé sur les pointillés du bon de livraison pour que tout ce bazar soit expédié dans l'étrange manoir de ma grand-tante Frances, dans le Dorset. J'espère qu'elle ne sera pas trop furieuse quand on lui livrera toutes ses vieilleries sans l'avoir avertie, mais maman tient à aménager la cave en atelier.

– Frances est la propriétaire de cette maison, c'est ça ?

– Exact.

– Comment se fait-il que j'aie si rarement entendu parler d'elle ? Que je ne l'aie jamais vue ?

Jenny s'exprime le plus naturellement du monde mais sur un ton presque tranchant, comme si elle me soupçonnait de lui avoir dissimulé quelque chose d'important.

– Ne le prends pas mal ; moi non plus je ne l'ai jamais vue. Elle n'aime pas Londres, apparemment, ni se déplacer. Elle est si riche qu'elle ne prend pas la peine de s'assurer que tout se passe bien dans cette maison. Je crois même qu'elle envoie de l'argent à maman une fois par semaine. C'est un peu idiot et démodé, une sorte d'allocation hebdomadaire accordée par une parente, mais maman n'est pas fière au point de la refuser. Un jour, je lui ai demandé pourquoi tante Frances nous envoyait des sous ; elle a esquivé ma question en haussant les épaules.

– Hmm… lâche Jenny, qui, je le devine, digère cette nouvelle information, déterminée à creuser un peu plus loin. C'est macabre d'envisager ça, mais que se passera-t-il le jour où elle mourra ? A-t-elle des enfants qui risquent de vous chasser d'ici, ta mère et toi ?

– Non, c'est maman qui doit hériter de tout, en principe.

En disant cela, je me prépare mentalement à la réaction de Jenny, car c'est typiquement le genre de détail qu'on est censé avoir confié de longue date à sa meilleure amie depuis seize ans. Je n'ai pas voulu lui cacher quoi que ce soit, en vérité, cette question n'est tout simplement jamais apparue dans nos discussions. Tante Frances est si éloignée de nous que mon cerveau établit par défaut que maman et moi sommes propriétaires de notre maison. J'oublie jusqu'à son existence… jusqu'au moment où il faut trier ses vieilles babioles.

– De l'argent de poche de la part d'une vieille tante… siffle Jenny en levant les yeux au ciel. Je croyais que ça n'existait que dans les films.

Nous poussons la porte d'entrée récalcitrante, qui n'est pas verrouillée, évidemment. Maman ne se donne jamais cette peine ; selon elle, aucun cambrioleur décidé à sévir sur Tregunter Road ne jettera son dévolu sur notre maison. Mon regard s'attarde sur les briques apparentes du couloir encore à moitié couvert de plaques de plâtre. Maman a raison ; n'importe quel voleur, en découvrant les papiers peints qui se décollent, en déduirait instantanément qu'il n'y a aucun objet de valeur à dérober en ces lieux. Il aurait tort, cela dit, car la plupart des tableaux peints par ma mère valent une fortune – mais jamais elle ne vendra les œuvres de jeunesse qu'elle possède encore ; elle y est trop attachée.

– Je suis là !

C'est sa voix, qui résonne depuis la cuisine, tout au fond de la maison. Jenny et moi traversons sans un bruit deux vastes pièces qui feraient chacune un salon pour la plupart des gens mais dans lesquelles maman a installé son atelier. De grandes toiles sont posées contre les murs, et le sol est couvert d'éclaboussures de peinture. Cela fait des dizaines d'années que maman a renoncé à disposer des bâches de protection sur les sols. La lumière qui nous parvient par les deux rangées de fenêtres en saillie est jaunâtre et doit lutter pour traverser la couche d'au moins vingt-cinq ans de crasse urbaine. Jamais je n'ai vu maman faire nettoyer les fenêtres, mais je suis si habituée à cet éclairage tamisé qu'un lavage des carreaux ferait un effet trop violent, trop lumineux – comme quand on retire ses lunettes de soleil par une journée d'été radieuse.

Ses cheveux couleur cendre remontés sur le haut du crâne au moyen d'un bandana vert, maman tient dans la main un verre de vin rouge presque vide, tandis que deux autres, remplis, nous attendent sur la table. Penchée au-dessus de l'énorme gazinière, elle fait sauter des oignons, son unique talent culinaire. Il y a quelque chose dans le four mais je soupçonne un plat préparé destiné à être garni d'oignons sautés.

– Il y a du courrier pour toi sur la table, m'annonce-t-elle sans se retourner.

– Bonjour également, Laura, la taquine Jenny.

Maman se sent tout de même vaguement réprimandée et dépose un baiser furtif sur la joue de mon amie. Puis elle s'approche de moi et, plutôt que de m'embrasser à mon tour, me tend son verre presque vide et saisit un des autres pleins.

Je sens une odeur de gaz mais elle me devance :

– Le four s'est éteint, attends une seconde.

Elle glisse une longue allumette sous la poêle pour l'enflammer, puis tourne un bouton sur la position « Arrêt » avant d'ouvrir – non sans effort – le four. Celui-ci est si vieux qu'il faut y plonger la tête pour l'allumer avec une flamme, au risque de mourir dans la manœuvre. Suggérer de le remplacer serait inutile car nous avons eu cette discussion à d'innombrables reprises au fil des ans. Maman le trouve à la fois rétro et cool. Quant à moi, chaque fois que mon regard se pose dessus, j'ai toutes les peines du monde à ne pas penser à Sylvia Plath[3].

Je me laisse tomber sur la chaise en bois dur, à côté de mon sac à dos que j'ai posé au sol, et m'empare de l'épaisse enveloppe sur laquelle figure mon nom. Mon cœur s'emballe un instant car j'ai récemment participé à plusieurs compétitions de rédaction de fiction. Or cela fait des années que les organisateurs ne répondent plus par courrier aux candidats ; les échanges se font tous par Internet. Mon cerveau fait des siennes, imaginant que quelqu'un m'a remarquée grâce à mes écrits. J'avale la dernière gorgée de ce qui est certainement un vin de supermarché premier prix – il a déjà un goût de migraine.

J'écarte le gros rabat de l'enveloppe et en sors une lettre imprimée sur un papier à en-tête.

Mademoiselle Annabelle Adams,

Votre présence est requise dans les locaux du cabinet Gordon, Owens & Martlock pour une entrevue avec votre grand-tante, Mlle Frances Adams. Mlle Adams souhaite discuter avec vous des responsabilités qui vous échoiront en tant qu'unique héritière de ses biens immobiliers et autres possessions.

3. Sylvia Plath (1932-1963), écrivaine et poétesse américaine, s'est donné la mort en s'asphyxiant avec le four de sa gazinière.

Je marque une pause :

– Attends, ce courrier est envoyé par l'avocat de tante Frances. Il s'est trompé en me l'adressant, on dirait ; il aurait dû l'adresser à Laura, puisqu'il est question de l'héritage.

Jenny se penche par-dessus mon épaule et parcourt rapidement la missive.

– Il y est question de ta « grand-tante », fait-elle remarquer, désignant ces deux mots. Il n'y a pas d'erreur, je pense.

– Ça non, elle ne s'est pas trompée, siffle maman.

Elle s'approche de la table et m'arrache la lettre, qu'elle détaille suffisamment longtemps pour que les oignons dégagent un parfum de caramel brûlé. Enfin, elle lâche le feuillet et retourne à la gazinière, dont elle retire la poêle avant qu'un incendie ne se déclare.

Jenny relit la lettre en marmonnant :

– « Votre présence est requise… » Bla bla bla… Il n'y a rien d'autre que les instructions pour le rendez-vous, qui est prévu dans deux jours dans un patelin du nom de Castle Knoll, dans le Dorset. Mon Dieu… Une tante que tu n'as pas vue depuis des lustres réclame ta présence dans un paisible village de campagne… Avec un mystérieux héritage à la clé… Annie, ta vie prend une allure de roman !

– Je suis sûre que ce courrier aurait dû être adressé à maman. Tante Frances est extrêmement superstitieuse, paraît-il ; je doute fort qu'elle ait changé d'avis sur une question si importante et déshérité maman. Néanmoins… si j'en crois les histoires que j'ai entendues à son sujet, un tel revirement est typiquement le genre de réaction qu'elle pourrait avoir.

Voyant l'expression stupéfaite de mon amie, je prends conscience que je lui dois un récit détaillé de l'étrange passé de tante Frances.

– C'est une légende familiale, lui dis-je dans un souffle. Je ne t'en ai jamais parlé ?

Jenny secoue la tête, puis trempe les lèvres dans le dernier verre de vin. Je me tourne vers maman :

– Tu racontes l'histoire de tante Frances ? Ou tu préfères que je m'en charge ?

De retour près de la gazinière, maman se débat de nouveau avec la porte du four, puis en sort un plateau en aluminium chargé de quelque chose d'indéfinissable. Elle attrape ensuite la poêle et racle les oignons brûlés pour les verser sur le plat, sort trois fourchettes du panier où s'entassent pêle-mêle les couverts, et pose le tout entre nous, les fourchettes plantées selon des angles bizarres. Enfin, elle se laisse tomber sur une chaise et s'octroie une nouvelle gorgée de vin avant de me regarder en secouant légèrement la tête.

– D'accord, dis-je, passant en mode conteuse tandis que Jenny saisit la bouteille et remplit mon verre. Cette histoire se passe en 1965 ; Tante Frances avait seize ans. Avec ses deux meilleures amies, elle s'est rendue à une kermesse, où une voyante leur a prédit leur avenir. Tante Frances a eu droit à quelque chose comme « Tu seras assassinée et réduite en un tas d'os desséchés. »

– Waouh ! Super excessif, j'adore ! s'extasie Jenny. Mais si tu comptes écrire des polars, Annie, et je te donne ce conseil avec tout l'amour que je te porte, il faut absolument que tu travailles la façon dont tu dévoiles la clé de l'énigme.

Maman a repris le courrier de l'avocat, qu'elle étudie comme si elle avait affaire à la preuve d'un crime.

– Ce n'est pas ça que disait la prédiction, me corrige-t-elle d'une voix à peine audible. « *Je vois des os desséchés dans ton avenir. Ta lente agonie débutera dès l'instant où tu tiendras la reine dans la main. Fuis l'oiseau, car il te trahira. Et dès lors, tout retour en arrière sera cas très peu probable, voire impossible. Toutefois les filles adroites rendent un jour la justice ; trouve la bonne et conserve-la à ton côté. Tous les signes indiquent que tu seras assassinée.* »

Je plonge une fourchette dans l'épaisse crème de ce que je pense être un gratin dauphinois acheté au rayon surgelés du Tesco du coin.

– Exact, reconnais-je. Enfin bref, toute sa vie, tante Frances est restée convaincue que cette prédiction se réaliserait un jour.

– Je ne sais pas trop si c'est tragique ou très futé de sa part, commente Jenny, avant de se tourner vers maman. C'est vrai qu'Annie n'a jamais vu cette dame ?

Maman soupire et pioche quelques oignons :

– Nous laissons Frances tranquille dans son manoir et vivons notre vie de notre côté.

– Vous avez une tante qui possède une immense maison à la campagne et vous l'ignorez complètement ?

– Tout le monde ignore Frances, lâche maman, avec un geste vif de la main, comme pour écraser la question de mon amie. Elle est à moitié folle, à tel point qu'elle est devenue une légende locale, la vieille excentrique recluse dans son manoir, avec tout son argent, qui cherche à découvrir des secrets inavouables chez quiconque croise sa route, au cas où il s'agirait de son futur assassin.

– Tu vas appeler l'avocat, pour lui expliquer qu'il nous a confondues ?

Maman se pince l'arête du nez et me rend la lettre :

– Je ne pense pas qu'il y ait eu confusion. Je t'aurais volontiers accompagnée dans le Dorset, mais j'imagine que cette date a été choisie délibérément.

Je baisse les yeux sur le feuillet.

– C'est le jour du vernissage de ton expo au Tate... dis-je à mi-voix. Elle tient à s'assurer que tu ne sois pas présente, tu crois ?

– Frances est peut-être un peu folle mais elle est surtout très calculatrice. Et elle adore manipuler les gens.

Mes épaules s'affaissent quand je me rends compte que je manquerai le vernissage de maman, mais j'ai le sentiment que notre argent de poche dépend de ce rendez-vous. Il ne me reste plus qu'à espérer que l'expo donne satisfaction pour qu'il y en ait d'autres.

– D'accord... mais pourquoi moi ?

Maman exhale longuement avant de me répondre :

– Frances a fondé toute sa vie sur cette prédiction. Pendant des années, j'ai été son unique héritière en raison de cette phrase : « *Les filles adroites rendent un jour la justice.* » Je suis la seule fille de la famille ; mon père était son frère aîné.

– Et la suite : « *Trouve la bonne et conserve-la à ton côté.* »

Maman hoche la tête :

– Frances a visiblement décidé que je ne suis plus la fille à conserver près d'elle.

2

Les dossiers de Castle Knoll, 10 septembre 1966

Si je couche tout ceci sur le papier, c'est parce que je sens que certains faits dont j'ai été témoin risquent d'avoir une grande importance par la suite. Certains détails, qui aujourd'hui semblent insignifiants, se révéleront capitaux un jour ou l'autre – et vice versa. Je note donc absolument tout, sans rien laisser de côté.

Rose me croit toujours folle car je suis obsédée par cette prédiction, mais elle ignore la raison pour laquelle j'y crois si fort.

J'ai été menacée, avant même que nous consultions la voyante.

J'ai trouvé un bout de papier dans la poche de ma jupe, qui disait « Je mettrai tes os dans une boîte. » Même si cette promesse me fait frissonner chaque fois que j'y pense, je dois la garder à l'esprit, au cas où elle renferme le moindre élément susceptible de m'apporter quelque chose, un indice quelconque me permettant d'esquiver le funeste destin déjà en marche.

Et donc ensuite, j'ai eu droit à cette prédiction : « Je vois des os desséchés dans ton avenir. » C'était la deuxième fois en moins d'une semaine que l'on me parlait d'os – il est impossible que ce soit une coïncidence.

Puis Emily s'est volatilisée il y a quelques semaines, un an après ces événements, presque au jour près.

Quand les policiers m'ont interrogée, j'ai deviné qu'ils ne croyaient pas vraiment mes explications. Ils m'ont même demandé si j'avais besoin que quelqu'un s'occupe de moi, à présent que tout le monde ne songeait plus qu'à retrouver Emily.

Je n'ai pas pris la peine de leur livrer les autres éléments de cette affaire. J'ai décidé de prendre moi-même les choses en main. Car les policiers sont les dernières personnes que je souhaite voir informées des événements survenus cet été.

3

Mon train est presque vide après le troisième arrêt – les banlieusards descendent des voitures avant la disparition de la zone urbaine. Deux heures plus tard m'apparaît le patchwork vert formé par les collines vallonnées du Dorset, ce qui fait naître une boule d'excitation dans le creux de mon estomac. Je sors un des calepins vierges dont je me suis munie et tente de décrire le paysage. Le train ne desservant pas Castle Knoll, il me faudra, à partir d'un patelin nommé Sandview, poursuivre mon chemin en bus – et il n'en passe qu'un par heure.

Enfin, le train s'immobilise en ahanant au terminus de la ligne. Je constate que mon bus est un véhicule à deux étages classique, avec le niveau supérieur à l'air libre – typiquement conçu pour les touristes se rendant en bord de mer. Je m'installe en haut, tout à l'avant, comme une fillette, puis le bus traverse dans un concert de bruits de ferraille toute une constellation de villages obscurs, jusqu'à enfin approcher de Castle Knoll. J'ai ainsi inspiré quarante minutes durant l'odeur entêtante du fumier mêlée à l'air marin lointain ; toutefois, les routes de campagne et le sol moucheté de taches de la lumière du jour filtrée par les arbres rendent cette senteur charmante plutôt qu'agressive.

Le village de Castle Knoll a tout d'une illustration de boîte de biscuits : tout en rues étroites et murs de pierre sèche, il comprend à une de ses extrémités une colline touffue sur laquelle se trouvent les ruines croulantes d'un château normand. On voit même des moutons brouter sur ses flancs ; j'entends leurs curieux bêlements depuis mon siège, alors que nous suivons la route qui contourne le château.

Ayant encore quelques minutes à tuer avant le rendez-vous fixé par Me Gordon, je remonte la rue principale pavée en laissant mon regard explorer les environs. Rajustant mon sac à dos sur mes épaules, je me demande si je n'aurais pas dû emporter davantage de livres, ou peut-être un quatrième calepin – celui relié de cuir rouge sang.

Le village est si minuscule que j'en embrasse la totalité en faisant un tour sur moi-même. Les ruines du château se dressent d'un côté, avec au pied de la colline un pub qui visiblement date d'une éternité, La Sorcière défunte. Cet établissement semble hanté, comme de bien entendu, avec son toit d'ardoise affaissé, comme trop épuisé pour soutenir ce poids plus longtemps. La chaux qui recouvre ses épais murs est blanchie par le soleil et s'écaille par endroits. Le reste du village est en revanche impeccablement tenu, à tel point qu'on croirait voir un décor de cinéma. Une confiserie à l'ancienne grouille déjà de touristes à 10 heures du matin, et une gare ferroviaire de l'époque victorienne monopolise une bonne partie de la rue attenante au pub. De la fumée s'échappe des locomotives qui patientent tandis que des familles entières font la queue afin d'acheter des billets pour l'unique destination des trains, à savoir la station balnéaire voisine.

À l'autre bout de la rue principale, un charmant petit édifice de pierre surplombe la route qui mène à La Sorcière défunte, avec « Traiteur Crumbwell » inscrit en lettres dorées sur une enseigne rouge vif. Ce bâtiment marque la fin de la rue principale, telle une joyeuse antithèse de La Sorcière défunte. Contigu au traiteur, l'hôtel du Château, propre comme un sou neuf, semble assez snob, et une chambre y coûte sans doute les yeux de la tête.

Enfin, j'ouvre la porte du cabinet Gordon, Owens & Martlock, qui se résume au rez-de-chaussée d'un des cottages mitoyens alignés sur la rue principale. Cette pièce est étonnamment accueillante malgré les quatre bureaux casés dans ce qui a autrefois été un salon de dimensions modestes. La lueur verte des lampes de bureau lutte avec la lumière du jour filtrée par le panneau de verre de la porte d'entrée. Un homme au visage joufflu est assis derrière un imposant bureau, dans un coin, mais les trois autres sont inoccupés.

– Excusez-moi, je cherche Me Gordon.

L'homme lève la tête et cligne des yeux à plusieurs reprises, puis consulte sa montre.

– Je suis Walter Gordon, me répond-il. Vous êtes Annabelle Adams ?

– Oui, c'est moi, mais appelez-moi Annie.

Il se lève et me tend la main sans s'éloigner de son siège :

– Enchanté de faire votre connaissance. Vous êtes le portrait craché de Laura, vous savez.

Je laisse échapper un rire faiblard car je suis bien au courant, tant on me fait souvent cette remarque. Ce rappel me remet tout de même à l'esprit que ma mère a grandi non loin d'ici et que certains habitants de Castle Knoll l'ont connue quand elle était jeune. J'aurais adoré qu'elle me fasse découvrir le village quand j'étais enfant, malheureusement elle ne s'entendait pas avec ses parents et affirmait que nous n'avions aucun besoin de nous aventurer en dehors de Londres.

– Je me suis entretenu avec Frances par téléphone il y a quelques instants, poursuit l'avocat. Nous allons devoir déplacer notre rendez-vous à Gravesdown Hall, j'en ai peur. Elle a un souci avec sa voiture, apparemment. Attendons que les autres nous rejoignent pour nous rendre là-bas tous ensemble.

En me voyant m'installer sur la chaise disposée face à son bureau, Me Gordon prend conscience un peu tard qu'il a fait preuve d'une certaine impolitesse en ne me proposant pas de m'asseoir. Si je ne suis pas vieux jeu au point de me soucier de ce genre de détails, cet homme semble l'être, à en croire la pochette dont il a fait l'effort d'orner son costume froissé. Il jette un regard sur le bureau voisin et marmonne quelques mots dans lesquels il est question d'une secrétaire et de thé. Je soulève un point qui m'a étonnée :

– Vous dites que « les autres » vont nous rejoindre ? Puis-je vous demander de qui il s'agit ? Je pensais seulement m'entretenir avec tante Frances et vous.

– Oh…

Quelque peu troublé, il entreprend de trifouiller des documents sur son bureau. Il a beau s'efforcer de prendre un air officiel, sa nervosité est évidente.

– Frances a procédé à des modifications… originales, disons, de ses projets concernant son manoir. Nous serons accompagnés de Saxon et Elva Gravesdown, qui ne se présenteront pas à l'heure – ils mettent toujours un point d'honneur à être en retard.

Je suis tiraillée entre l'envie de demander qui sont Saxon et Elva Gravesdown et celle de me taire afin de ne pas révéler à quel point je connais mal cette grand-tante qui a du jour au lendemain décidé de me léguer sa fortune. Sa demeure ayant pour nom Gravesdown Hall, j'en déduis que ces personnes sont apparentées à feu son époux.

– D'autre part, mon petit-fils Oliver devrait être de retour d'une seconde à l'autre, ajoute Me Gordon. Il participera lui aussi à la réunion. Ah ! Quand on parle du diable…

Je me retourne et distingue un profil à travers le panneau de verre de la porte. Le nouvel arrivant a du mal à en actionner la poignée car il est chargé d'un plateau rempli de gobelets de café. Me Gordon se lève d'un bond pour lui ouvrir la porte, ce qui me vaut d'être baignée d'un rayon doré de la lumière de cette fin de matinée. Quand enfin il franchit le seuil du cabinet, je découvre en Oliver Gordon une véritable gravure de mode. Si je devais lui trouver un défaut, je dirais qu'il est un peu trop bien habillé, comme s'il misait sur son apparence pour obtenir une promotion.

Sa chemise est d'un bleu clair de toute évidence choisi car ses yeux sont de cette couleur, avec un bouton du col ouvert au lieu d'une cravate. Il porte par ailleurs un pantalon de costume gris et une sacoche d'ordinateur portable en cuir en bandoulière.

Il tient d'une main un plateau en carton, avec plusieurs cafés, et de l'autre une élégante boîte remplie de pâtisseries sur le rabat de laquelle est inscrit en doré HÔTEL DU CHÂTEAU.

– Annie, je vous présente Oliver, mon petit-fils, dit Me Gordon, avec dans la voix la fierté propre à tous les grands-parents. Oliver, voici Annie Adams, la fille de Laura.

– Annie Adams, répète lentement Oliver, un côté de sa bouche se haussant légèrement dans la manœuvre.

Il incline la tête, balayant ainsi son front de ses cheveux couleur caramel. Ce geste semble savamment étudié, ce qui me donne instantanément envie d'y être insensible.

– C'est un nom très intéressant, ajoute-t-il. Il pourrait appartenir à un personnage de bandes dessinées.

– Pardon ?

– À cause de l'allitération, comme dans Lois Lane ou Pepper Potts.

Il ponctue ses mots en levant vaguement ses mains chargées, comme pour me saluer malgré le plateau et la boîte qui l'encombrent.

– Ravie de faire votre connaissance, dis-je en sentant un sourire se dessiner malgré moi sur mon visage.

J'aime l'idée qu'un fan de BD se cache derrière cette séduisante apparence. Puis il se reprend, et j'ai l'impression de le voir enfiler son masque d'homme d'affaires :

– Frances n'est pas encore arrivée ? J'aurais aimé qu'elle soit là pour me voir entrer avec du café et des pâtisseries. Je pensais qu'elle aurait apprécié le geste.

– Tu as vraiment eu cette idée ? s'étonne Me Gordon. Ou Rose te l'a soufflée ?

Un sourire plus naturel apparaît sur le visage du jeune homme :

– C'est Rose, je l'avoue. Elle m'a tendu une embuscade devant l'hôtel du Château et m'a forcé à prendre tout ça. À mon avis, c'est pour elle une façon de rappeler à Frances qu'elle voulait être conviée à la réunion.

– Pourquoi offrir des pâtisseries si elle est furieuse d'avoir été mise à l'écart ? interviens-je. Elle devrait avoir la réaction inverse, il me semble.

– C'est vrai, mais Rose fait partie de ces personnes qui se montrent excessivement aimables pour attirer l'attention, m'explique Me Gordon, avec un demi-sourire, avant de lisser la pochette de sa veste, ce qui ne fait que davantage la froisser. Frances aura tout le loisir de bavarder avec Rose quand bon lui semblera. Quant à nous, nous allons devoir emporter ces pâtisseries avec nous, car Frances ne descend pas au village. Le moteur de sa vieille Rolls-Royce fait des siennes.

C'est alors qu'une élégante femme approche du cabinet d'un pas nonchalant.

– Oh non… marmonne Oliver. Je ne savais pas qu'il faudrait supporter Elva aujourd'hui.

L'intéressée entre dans la pièce en regardant légèrement au-dessus de nos têtes, comme si elle était venue voir quelqu'un d'autre que nous. Ses cheveux argentés sont noués en une queue-de-cheval impeccable. Elle doit avoir environ cinquante-cinq ans, cependant son visage dépourvu de rides me laisse perplexe ; trouverait-on à Castle Knoll un commerce vendant du Botox ? Elle porte un blazer crème assorti à son pantalon. Si Jenny était parmi nous, elle saurait nous préciser qui de Chanel ou Dior est à l'origine de cet ensemble.

– Walter…

Elle a prononcé le prénom de Me Gordon comme une déclaration officielle, sur un ton sec qui donne le sentiment qu'elle est aux commandes.

L'avocat se lève et manipule de nouveau ses feuillets, comme surpris en train de commettre quelque méfait.

– Bonjour Elva, dit-il. Asseyez-vous à côté de Laura, si vous voulez.

Je rectifie aussitôt :

– À côté d'Annie.

La nouvelle venue tourne la tête vers moi, curieuse comme une pie.

– Oui, bien sûr, se reprend Me Gordon. Pardonnez-moi, Annie.

Elva croise les bras et s'approche de moi, les lèvres pincées en une étrange expression satisfaite :

– Vous êtes la fille de Laura ? C'est typique d'elle de vous envoyer vous charger de la mauvaise nouvelle à sa place.

– La mauvaise nouvelle ?

J'ai l'impression de me jeter dans un piège, mais je veux savoir à quoi elle fait allusion.

– Tout ce que je sais, c'est que tante Frances a réclamé ma présence.

Mes propres mots sonnent vieillots à mes oreilles ; j'ai l'impression d'être un personnage d'un roman de Jane Austen, dont un autre « réclame la présence ».

Mes épaules se décrispent quelque peu lorsque Elva s'adresse de nouveau à Me Gordon, comme si un souffle glacial de climatisation braqué sur moi m'abandonnait enfin pour se déverser un peu partout dans la pièce.

– En effet, Frances a modifié son testament et exclu Laura, elle me l'a spécifié personnellement il y a quelques jours.

Elva prononce ces mots avec un détachement extrême, presque aseptisé, pareil à la voix off d'un documentaire décrivant sur un ton monocorde l'horrible carnage perpétré par des lions. Et d'enchaîner :

– Elle nous rejoint pour nous expliquer cette décision ? J'ai un déjeuner important à midi et demi à Southampton, je ne peux pas traîner toute la journée ici. D'autre part, Laura étant à présent écartée de la succession, sa fille n'a rien à faire ici.

Un grognement de stupéfaction m'échappe.

– Elva, je vous en prie ! bredouille Me Gordon. Frances n'est pas parmi nous pour l'instant, alors cessez de spéculer, s'il vous plaît. Elle vous expliquera tout d'ici peu. Où est Saxon ?

– Coincé à l'hôpital de Sandview, où il pratique une autopsie. Quand il en aura terminé, il en aura encore pour une heure de route, en admettant qu'il attrape le ferry à temps. Il demande qu'on ne l'attende pas, je le mettrai au courant de tout plus tard.

– Frances risque de ne pas apprécier, regrette Me Gordon, qui se laisse retomber sur son fauteuil.

S'ensuit un moment de tension tandis que nous attendons la réaction d'Elva, dont le visage s'est paré d'un masque de mépris hautain. Pour je ne sais quelle raison, toutes les Elvas du monde estiment que je ne constitue pas la moindre menace, ce qui est à mon avantage dans des situations telles que celle-ci.

Je lui offre mon plus beau sourire et lui demande :

– Excusez-moi, mais on ne m'a pas précisé votre lien de parenté avec tante Frances. Vous êtes sa cousine, peut-être ?

– Saxon, mon époux, est le neveu de Frances, me répond-elle avec un air suffisant.

Maman ne m'a jamais parlé d'autres parents de tante Frances, probablement parce qu'elle a toujours été son unique héritière. Alors que je m'apprête à énoncer ce fait, Me Gordon se penche vers moi :

– Saxon est le neveu du mari de Frances. Il a été recueilli par Lord Gravesdown à la mort de ses parents, puis mis en pension peu après le mariage de son oncle avec Frances. Elle a assuré sa sécurité financière au fil des années, comme avec Laura…

Il lance un regard de biais en direction d'Elva, qui examine le mur, à côté de la tête de l'avocat, comme si ses propos n'étaient qu'un bourdonnement dénué de sens dont elle chercherait à déterminer l'origine.

– … mais ils n'ont jamais été vraiment proches, conclut-il.

– En ce qui concerne Laura, Frances a pris la bonne décision, Dieu merci, reprend Elva, comme si personne ne l'avait interrompue. La maison de Chelsea appartient à la famille Gravesdown depuis de longues années, et cela doit rester ainsi. Quand je suis montée au manoir, la semaine dernière, j'ai vu que Laura y a expédié de vieilles malles de Frances, sans raison aucune. C'est ce qui a décidé Frances ; elle compte vous exclure toutes deux de sa succession.

– C'est moi… dis-je à mi-voix, l'estomac noué. C'est moi qui ai envoyé ces malles à Gravesdown Hall ; c'est mon nom qui figurait sur le bon de livraison que Frances a dû signer. Mais attendez, c'est pour ça qu'elle s'intéresse soudain à moi ? Pourquoi ce détail l'a-t-il décidée à faire de moi l'unique bénéficiaire de sa fortune ?

Mon cerveau me semble bafouiller, tant les raisons de ce mystère m'échappent. D'un autre côté, Elva voit peut-être juste ; la réception des malles en provenance de Chelsea l'a peut-être incitée à chasser celles qui occupent depuis si longtemps sa demeure londonienne.

Elva semble sur le point d'exploser, ce qui confirme qu'elle bluffait en affirmant que Saxon était l'unique héritier de Frances. Elle a de toute évidence élaboré des hypothèses, après avoir appris que maman avait été écartée du testament de tante Frances.

– Des réponses seront données à toutes ces questions quand nous aurons retrouvé Frances, intervient Me Gordon, gagné par la lassitude.

Je me rends compte qu'il est plus âgé que je ne l'ai estimé dans un premier temps ; à sans doute plus de soixante-dix ans, il travaille encore alors qu'il a dépassé l'âge de la retraite. Ce qui ne m'empêche pas d'insister :

– Je ne comprends pas… Tante Frances a programmé cette réunion pour annoncer à tout le monde de vive voix les modifications apportées à son testament ? Cette façon de procéder est-elle… normale ?

– Frances fait comme bon lui semble, laisse tomber Me Gordon, avec un soupir qui pèse des tonnes.

– Cette affreuse vieille chouette agit uniquement en fonction de cette foutue prédiction de voyante qui date de 1965, vous voulez dire ! crache Elva.

J'ouvre grand les yeux, fascinée en voyant Elva perdre les pédales. Une personne prenant soin de paraître maîtresse d'elle-même qui pète un câble a quelque chose de satisfaisant.

– Figurez-vous que Frances n'a accepté de régler les frais de notre mariage qu'à condition que nous changions le lieu de la réception ! poursuit-elle. Nous avions eu un coup de cœur pour le Queen Victoria Country Club, mais elle n'a pas voulu en entendre parler ! Sous prétexte que le logo de ce club comprend un portrait de la Reine Victoria que l'on retrouve brodé sur les serviettes de table et gravé sur les verres à vin ; elle refusait de « tenir la reine dans la main » toute la soirée. C'est absurde ! Toutes ces représentations miniatures de la Reine ont provoqué chez elle une réaction viscérale !

J'ai un mouvement de recul quand Elva prononce ce dernier mot, avec autant d'intensité que si elle promettait de tous nous fouetter.

Puis elle se tourne vers Oliver, comme si elle remarquait seulement maintenant sa présence.

– Que fait votre petit-fils parmi nous, Walter ? Cette affaire ne concerne que la famille Gravesdown.

Me Gordon se saisit de sa pochette et s'essuie le front.

– Elva, permettez-moi de vous rappeler que Frances a convoqué Saxon, Annie et Oliver à cette réunion. Vous n'y êtes pas conviée.

– Oliver ? répète Elva, sans chercher à dissimuler sa stupéfaction. Pourquoi ne pas vous faire venir, vous, si elle souhaite léguer quelque chose à la famille Gordon ? La maison de Chelsea et le manoir de Gravesdown pour

Saxon et moi, et quelques bricoles sentimentales pour vous, Walter. C'est on ne peut plus logique.

– Elva, je vous en prie, cessez d'essayer de deviner le contenu du nouveau testament de Frances, soupire Me Gordon. Combien de fois faudra-t-il que je vous répète que…

Oliver tourne la tête vers moi, les clés de sa voiture brandies :

– Je vous conduis au manoir ? Prenons un peu d'avance, ça ne peut pas faire de mal.

Nous nous enfuyons tous deux du cabinet comme s'il était la proie des flammes, sans même nous donner la peine de lancer un « À tout à l'heure » aux deux autres.

4

Les dossiers de Castle Knoll, 15 septembre 1966

Ils draguent la Dimber, la rivière qui coule depuis le comté voisin et traverse la propriété Gravesdown avant d'atteindre le village, où elle est si peu profonde qu'on en voit le fond. Ils ne se concentrent que sur les portions les plus profondes, qui se trouvent sur la propriété Gravesdown, et je ne peux m'empêcher de ressasser ce détail.

Parce que c'est là que tout a commencé, en réalité. Et c'est Emily, téméraire comme personne, qui a eu l'idée d'entrer de nuit sur ce domaine.

Je dois délaisser ce calepin un moment. Peter est là et il se dispute avec maman. Personne ne supporte cette Tansy, la femme qu'il a épousée, mais à présent qu'ils ont le bébé, je suppose qu'il n'est plus possible de faire marche arrière. Ils voulaient à tout prix devenir parents. Peut-être sera-t-elle plus aimable maintenant qu'elle n'a plus à s'en inquiéter.

C'est étrange d'être une tante à seulement dix-sept ans, mais ça n'a rien d'illogique, j'imagine, quand on a un frère plus âgé de près de dix ans. Je dois tout de même avouer que la petite Laura est adorable. À deux mois, elle lâche déjà des petits bruits et gargouillis mignons comme tout. Mais elle ressemble à sa mère, c'est bien dommage.

5

Si Oliver garde un air indéchiffrable, tandis que nous nous dirigeons vers sa voiture, j'ai quant à moi l'esprit chamboulé après avoir fait la connaissance d'Elva. Je me permets de détailler son menton carré tout en cherchant quelque chose à dire en rapport avec la référence aux bandes dessinées qu'il m'a sortie.

Il presse une touche de sa télécommande, ce qui réveille les clignotants d'une BMW immaculée stationnée sur le trottoir de la rue principale. Nous avons droit à plusieurs regards furieux de la part de passants contraints de marcher sur la chaussée pour contourner son véhicule, ce qu'il ne semble même pas remarquer, à moins qu'il s'en moque éperdument.

Un silence gênant s'installe quand, après avoir mis le contact, Oliver déboîte. Il baisse légèrement sa vitre ; le vent estival nous caresse le visage et chasse la tension qui grandissait en moi. Alors que nous suivons des routes de campagne cernées de verdure, j'ai furieusement envie de passer la tête par la fenêtre afin d'inspirer à pleins poumons l'air des tunnels de feuillage que nous traversons. Je n'en fais rien car je ne suis pas un golden retriever.

– Alors, que faites-vous de beau à Londres ? me demande Oliver.

Sa façon d'aborder les courbes devrait me rendre nerveuse mais il affiche une réelle assurance ; il semble connaître ces routes par cœur.

Je me mordille la lèvre car je suis en principe censée répondre « Oh, je suis écrivaine », quand on me pose cette question. C'est ce qu'affirme Jenny, en tout cas, car c'est vraiment mon occupation principale, en ce moment. Je ne suis pas payée pour ça, c'est tout. Ni même remarquée par quiconque. Je repense soudain à ma messagerie vide.

– En ce moment, je suis entre deux jobs.

J'ai conscience de biaiser mais ce n'est pas un mensonge, si on s'en tient au pied de la lettre.

– Je profite de ce temps libre pour m'essayer à divers projets de création.

Ne recevant une fois de plus que le silence en guise de réponse, je m'empresse de faire revenir la conversation sur un terrain plus banal, espérant ainsi éviter toute question sur la nature de mes « projets de création » :

– Et vous ? Vous habitez à Castle Knoll ? Vous donnez l'impression de connaître ces routes comme votre poche, en tout cas.

Même si je l'ai ponctuée d'un sourire, ma remarque fait légèrement plisser les yeux d'Oliver.

– Oh non, je suis moi aussi installé à Londres, où je travaille chez Jessop Fields.

Il s'interrompt, comme si j'étais censée connaître ce nom, mais je reste muette. Songeant à quelques raisons sociales sonnant de façon similaire, j'espère en déduire le domaine dans lequel Oliver travaille. Jessop Fields m'évoque vaguement Goldman Sachs ou Price Waterhouse Coopers…

– Vous êtes dans la finance ?

Son ricanement me fait comprendre que je fais erreur. Son commentaire aimable sur mon nom sonnant comme celui d'un personnage de bandes dessinées n'a sans doute été qu'un égarement de sa part. Oliver est séduisant, certes, mais j'ai déjà le sentiment d'avoir affaire à un con.

Changeant de vitesse avec dextérité pour aborder une colline sur une route dont je suis prête à jurer que deux voitures n'ont pas la place de se croiser, Oliver me répond enfin :

– Je suis promoteur immobilier. Jessop Fields est la plus grosse entreprise de Londres dans ce secteur, mais nous avons également des projets en cours un peu partout dans le pays. Et même dans le monde entier, à vrai dire.

La brise soulève légèrement ses cheveux. Des mèches blondes ondulées forment des angles incongrus avant de reprendre leur place. Je dois fournir un réel effort pour ne pas en rire.

Ne comprenant pas pourquoi il semble agacé que je l'aie cru établi à Castle Knoll, je décide de creuser la question :

– Me Gordon est pourtant bien votre grand-père, n'est-ce pas ? Vous avez passé votre enfance ici ? Ou d'agréables vacances d'été chez lui ?

Oliver élude ces hypothèses en noyant ses liens avec Castle Knoll sous des précisions au sujet de son éducation de qualité.

– C'est exact, mais j'étais la plupart du temps en pension ; j'ai été élève à Harrow, comme Saxon Gravesdown, dit-il avec fierté. Puis j'ai étudié à Cambridge, avant de filer directement à Londres pour intégrer Jessop Fields. J'étais si souvent ailleurs qu'on peut difficilement dire que j'ai grandi ici.

Je songe à mon enfance, vécue à Londres de bout en bout. Maman et moi passions des week-ends entiers à nous balader en métro de-ci de-là dans la ville, ballottées d'une station à une autre comme des boules de flipper. Alors que j'ai toujours supposé que les gens ayant grandi à la campagne y étaient plus ou moins enracinés, je comprends, en entendant Oliver évoquer son peu de liens avec Castle Knoll, que c'est moi, en réalité, qui suis enracinée – ce qui me met du baume au cœur l'espace d'un instant ; ma mère m'a élevée d'une façon plus ou moins bancale, tout sauf conventionnelle, mais au moins j'ai connu une enfance heureuse. Penser à notre vie dans la maison de Chelsea ravive mon inquiétude : et si Elva avait connaissance d'un détail que j'ignore ? Je déglutis péniblement, la gorge nouée.

Je relance la conversation, sans chercher à dissimuler l'incrédulité dans ma voix :

– Vous ne vous sentez donc pas du tout lié à Castle Knoll ? Vous n'avez pas gambadé dans les ruines du château quand vous étiez enfant ? Vous n'avez pas pris le train à vapeur en emportant un pique-nique ?

Oliver hausse les épaules.

– C'est un peu triste, je trouve, ajouté-je.

– Vous dites ça parce que vous n'êtes pas originaire d'un petit village. Castle Knoll vous semble peut-être pittoresque, mais vivre ici est prodigieusement ennuyeux. En ce qui me concerne, je préférerais être n'importe où ailleurs.

Je réplique en citant un des proverbes préférés de maman :

– Seuls les gens ennuyeux s'ennuient. Mais ne vous en faites pas, si votre enfance a été insipide, je peux vous en inventer une plus heureuse.

Je m'interromps un instant et m'attarde sur le paysage, en quête d'inspiration et déterminée à réellement l'agacer.

– Tenez, regardez cette colline, là-bas ; c'est à cet endroit que vous vous êtes cassé le poignet en chutant à vélo à huit ans.

Je désigne ensuite un bâtiment, dans le lointain.

– Et c'est dans cette école que vous avez embrassé une fille pour la première fois, en cinquième, après une soirée dansante, alors que vous attendiez que votre mère vienne vous chercher.

– Je ne suis pas allé à l'école ici, me reprend-il sèchement. Je viens de vous expliquer que j'étais pensionnaire.

Il est irrité mais je le préfère ainsi car au moins son agacement est authentique. Je tends ensuite l'index vers un champ empli de tentes dans lequel des familles campent.

– Et c'est là que vous avez perdu votre virginité, lors d'un séjour chez vos parents durant l'été suivant votre première année à Cambridge. Votre dépucelage a été assez tardif mais ce n'est pas si grave ; cela pourrait être dû à votre passion pour les bandes dessinées, mais en réalité il vous a simplement fallu quelques années pour sortir de votre coquille, c'est tout.

– C'est bon, vous avez terminé ? lâche-t-il.

Mon sourire s'élargit et j'incline la tête en arrière :

– Oui, pour le moment.

Je ferme les yeux et apprécie la lueur rouge doré du jour filtrée par mes paupières.

Un petit quart d'heure plus tard, la voiture d'Oliver quitte la route pour s'engager entre les mâchoires d'une imposante grille. L'allée de graviers blancs est une bande étincelante qui coupe en deux une pelouse vallonnée si étendue que je n'aperçois pas encore le manoir de tante Frances.

Au détour d'une légère courbe, nous découvrons enfin Gravesdown Hall, derrière une rangée de cyprès vert foncé et les nuages taillés de plusieurs haies. Même sous l'éclat du soleil d'août, ce majestueux bâtiment en pierre claire a quelque chose de sinistre. Les fenêtres scintillent sur trois niveaux, derrière leur élégant treillis de losanges. Cette immense façade et une impression de profondeur me permettent de deviner la superficie considérable du manoir. Un jardinier solitaire s'active d'un côté de l'allée, occupé à tailler les haies envahissantes ; les motifs ondulés auxquels il donne vie sont harmonieux mais aussi un peu effrayants. Nous nous garons au pied de la bâtisse, sur la vaste allée circulaire. L'unique autre véhicule visible est une antique Rolls-Royce dont le capot est ouvert ; on croirait que le mécanicien chargé de réparer le moteur a été appelé ailleurs.

Oliver et moi restons une seconde figés face à la grande double porte en chêne, puis j'en caresse d'une main les ornements sculptés. Ces plantes grimpantes, ronces et rinceaux s'entremêlent si bien que j'ai la sensation d'être projetée dans un labyrinthe. Il faut dire que je suis assez nerveuse à la perspective d'enfin faire la connaissance de cette grand-tante si absente de nos vies mais qui me convoque après vingt-cinq ans de silence. Cette nervosité est toutefois mêlée d'une réelle excitation, comme quand on attend le résultat d'un entretien d'embauche que l'on estime avoir réussi.

Je presse la sonnette en cuivre, ce qui réveille un carillon à la mélodie complexe, quelque part au plus profond des boyaux du manoir. Le silence qui s'ensuit nous semblant trop s'éterniser, Oliver tente sa chance avec le gros heurtoir en fonte, produisant trois coups sourds qui résonnent si fort qu'on pourrait presque y entendre des coups de feu. Notre attente se prolonge, à tel point qu'il semble peu probable que quelqu'un vienne nous ouvrir. Oliver actionne les poignées des deux battants, sans effet ; ils sont l'un et l'autre verrouillés.

– Et si on demandait au jardinier ?

Ma voix tremble car cet endroit me rend nerveuse.

– Il a peut-être une clé ?

Oliver me considère un instant, un sourcil haussé – c'est fou comme cette mimique le rend plus séduisant encore.

– Hé ! Archie ! lance-t-il en haussant la voix, sans me quitter des yeux.

Un sourire espiègle s'esquisse aux coins de sa bouche. Il connaît le jardinier, évidemment, puisqu'il a passé du temps ici étant enfant. J'aimerais lever les yeux au ciel mais je suis apparemment incapable de me libérer de son regard appuyé.

– Je ferais mieux d'aider Archie à descendre de son escabeau, ajoute-t-il à mi-voix, affichant à présent un rictus narquois. Il a un genou fatigué ; il se l'est luxé il y a dix-huit ans, quand il m'a sorti de la Dimber, dans laquelle j'avais chuté depuis une balançoire.

Je ne saurais dire si cette anecdote est un mensonge mais je comprends qu'Oliver poursuit ainsi le duel entamé dans la voiture.

Dans notre dos, le jardinier continue de tailler la haie, le claquement de sa cisaille rouillée constituant l'unique bande sonore de notre concours de regards. Je cède la première en tournant la tête.

En effet, le jardinier semble un peu trop âgé pour se jucher sur un escabeau en bois branlant, vision qui suffit à crisper ma mâchoire. Le vieil homme se retourne et, la main en visière pour se protéger du soleil, cille à plusieurs reprises avant de reconnaître Oliver.

– Oliver Gordon, dit-il posément. Tu es déjà de retour ?

– Comment ça, « de retour » ? dis-je en me tournant vers Oliver.

– Oh, je suis passé un peu plus tôt dans la journée, me répond-il avec désinvolture.

– Pour quoi faire ?

Il cligne plusieurs fois des yeux.

– Quelle importance ? Vous n'avez jamais vu Frances, si j'ai bien compris. Et subitement, vous êtes sa nouvelle secrétaire particulière ?

Cette boutade me fait reculer d'un pas, mais je m'en veux aussitôt d'avoir cédé du terrain.

– Je suis ici parce qu'elle m'intéresse, parce que je souhaite faire sa connaissance. Si je vous demande pour quelle raison vous êtes venu ici plus tôt, c'est parce que…

– C'est parce que vous êtes une fouineuse.

Ce mot me fait tressaillir.

– Je suis curieuse, c'est tout.

Archie s'est remis au travail et coupe quelques brindilles qui dépassent de la haie ; chaque claquement de sa cisaille me semble plus sonore que le précédent tandis qu'Oliver me dévore du regard.

– Frances avait quelques questions d'ordre immobilier à me poser, dit-il enfin. Elle m'a invité à prendre le petit déjeuner avec elle, nous avons étudié d'anciens plans du domaine.

Je n'ai pas le temps de réclamer davantage de précisions car Archie descend de son escabeau, conservant non sans mal son équilibre, avec sa longue cisaille dans une main.

Oliver plonge les mains dans ses poches, et ce n'est que lorsqu'il m'entend me racler la gorge qu'il les retire à contrecœur pour filer aider Archie.

– Qui donc est cette jeune personne ? s'enquiert ce dernier, au moment où ses pieds reprennent contact avec les graviers.

Il s'essuie le front avec un petit chiffon. De sa salopette bien usée à ses bottes, en passant par les rides profondes qui marquent son visage parcheminé par une vie passée en extérieur, cet homme est un cliché vivant du vieux jardinier de contes pour enfants. Des mèches argentées s'échappent de sa casquette en toile qui a connu des jours meilleurs, et des gouttes de sueur dégoulinent dans son cou.

Je me présente :

– Annie Adams.

Sa poignée de main est aussi sèche que de la terre craquelée.

– Archie Foyle. Ravi de faire votre connaissance.

Je balaie du regard les haies et les pelouses.

– Vous êtes le seul jardinier ici ? Il y a beaucoup à faire, on dirait.

– Je suis le seul authentique jardinier, nuance Archie, tout sourire et plissant les yeux de plus belle. En réalité, Frances me laisse m'occuper de ce dont j'ai envie. Elle emploie également une équipe de pros qui surgissent comme une fleur une fois par semaine, avec leurs tondeuses autoportées et leurs souffleurs à feuilles. Je me charge des tâches délicates parce que ça me plaît, et elle me laisse faire. Cela dit, la ferme m'occupe la majeure partie du temps, à présent ; je me contente de tailler les haies ici ou là quand j'ai un moment de liberté.

Je considère la haie ondulante deux fois plus haute que moi et qui se prolonge sur au moins cent mètres le long de l'allée avant de se fondre dans la rangée de cyprès.

– Très impressionnant.

Mon compliment est sincère. On croit voir des vagues vertes qui déferlent. En tant qu'amatrice d'art sous toutes ses formes depuis toujours, je suis bien placée pour dire que j'ai sous les yeux un véritable chef-d'œuvre. Ce jardinier est un sculpteur de végétation.

– Merci beaucoup. Ces haies sont ma joie et ma fierté. Personne n'y touche à part moi, et il en restera ainsi jusqu'à ma mort. Et quand ce jour arrivera, j'ai demandé à Frances d'être enterré dessous, pour que mon fantôme hante ceux qui voudront les modifier.

Il lâche un petit rire, content de sa plaisanterie douteuse, mais reprend instantanément son sérieux lorsque son regard croise celui d'Oliver.

Mon cerveau sursaute : je sens que des sujets qui fâchent sont tus. Oliver, promoteur immobilier, petit déjeuner avec tante Frances, plans du domaine…

Je tente de dissiper la tension soudaine :

– Vous dites que vous vous occupez d'une ferme ?

– Exact, la ferme Foyle, me répond Archie en tendant le bras vers un jardin délimité par un mur de pierre, à l'écart du manoir. Les bâtiments, les champs et tout le reste se trouvent au-delà du jardin entretenu de la propriété, à six ou sept cents mètres du manoir. Pour être précis, c'était la ferme Foyle avant qu'elle ne soit avalée par le domaine Gravesdown. Mais bon, ma petite-fille m'affirme que c'est une bonne chose pour ses affaires d'avoir le nom de cette propriété sur les étiquettes des fromages, jambons et autres produits qu'elle vend. Elle tient la boutique traiteur Crumbwell, au village.

Notre conversation est interrompue par un crissement de pneus sur les graviers. Après avoir pris la courbe de l'allée beaucoup trop vite, Elva Gravesdown nous ignore et gare sa voiture au plus près du manoir. Se présente ensuite la modeste Renault de Me Gordon, qui progresse péniblement dans le nuage de poussière crayeuse soulevé par Elva. Si une voiture pouvait tousser, je suis sûre que cette pauvre Renault ne s'en priverait pas.

– Archie, peux-tu nous ouvrir la porte du manoir ? demande Oliver.

– Impossible, répond le jardinier sur un ton neutre. Je n'ai pas les clés.

Elva et Me Gordon reproduisent le numéro que nous avons interprété peu auparavant – sonnette, heurtoir, sonnette – mais plusieurs minutes s'écoulent sans que quiconque ouvre la porte.

– Faut-il s'inquiéter ? Tante Frances est-elle du genre à oublier une réunion qu'elle a elle-même organisée ?

– Elle est peut-être au téléphone, hasarde Oliver.

– Ou aux toilettes.

Un regard agacé de sa part me fait simplement hausser les épaules.

– Ce serait une bonne raison de ne pas venir nous ouvrir.

Cinq minutes plus tard, Elva perd patience, de toute évidence. J'avise Archie, qui suit la scène avec un air soucieux.

– Walt a un double des clés, on dirait, s'étonne-t-il.

Oliver et moi nous retournons et, en effet, voyons Me Gordon déverrouiller la double porte. Nous nous hâtons de rejoindre Elva et l'avocat. Je salue Archie d'un signe de la tête, puis d'un geste de la main tandis que nous courons sur l'allée pour nous précipiter dans la pénombre de l'entrée de la demeure. Il ne nous a pas quittés des yeux une seconde. Seule la fermeture des deux épais battants nous permet d'échapper à son regard persistant.

Après la blancheur étincelante de l'allée de graviers, l'intérieur du manoir paraît sombre tandis que nos bruits de pas résonnent dans l'entrée carrelée. Tout, en ces lieux, sent l'encaustique et les vieux tapis.

– Frances ? lance Me Gordon d'une voix fatiguée qui ne porte guère.

– Frances, c'est moi, Elva !

Sa voix chantante, plus aiguë, résonne bien davantage dans le couloir, jusque sous ma peau. Je suis Me Gordon, qui s'est engagé dans un passage donnant sur une énorme pièce rectangulaire. Celle-ci est si vieille qu'elle est pourvue de deux immenses cheminées en pierre, une à chaque extrémité, et son sol est composé de dalles usées par le temps, et non de parquet ou de carrelage. Son plafond en voûte, ses poutres noires, sa longue table cirée et ses chaises à hauts dossiers lui donnent l'allure d'une salle de banquet d'autrefois. J'imagine des bardes en représentation devant d'élégants convives dégustant du faisan et des tartes. Cela étant, les nuances grises de l'endroit me font frissonner. Tante Frances éprouve sans doute la même chose, à en juger par les rideaux à fleurs suspendus autour des hautes fenêtres et les fauteuils assortis disposés devant chaque cheminée afin de rendre la pièce plus accueillante. Au plafond brille un gigantesque lustre, ses centaines d'ampoules en cristal pointées vers le sol comme autant de dagues.

Des bouquets de fleurs ont été déposés un peu partout, sept d'entre eux formant même un alignement. Cela me semble étrange jusqu'au moment où je remarque une étiquette : « À livrer à l'église. » Le splendide bouquet installé au centre de la table mesure nettement plus d'un mètre de haut.

– Ces fleurs sont magnifiques. Tante Frances loue le manoir pour des mariages, ce genre de choses ?

– Non, me répond sobrement Me Gordon. La composition florale est le loisir principal de Frances. Elle aime tant les fleurs qu'elle a demandé à Archie d'en cueillir tous les matins dans le jardin, pour les installer dans le manoir. Mais celles-ci sont sans doute destinées à un mariage ; Frances confectionne tous les bouquets exposés à l'église.

– Waouh…

Je suis réellement ébahie par ce spectacle.

Une porte, au fond de la grande pièce, donne sur une bibliothèque qui m'apparaît plus douillette que je ne l'aurais imaginé, avec ses murs remplis d'ouvrages reliés de cuir foncé. Les grandes fenêtres carrées laissent passer une lumière verdie par les feuilles de la glycine visible à l'extérieur.

Percevant une étrange tension dans l'air, je suis mes compagnons dans cette pièce. Me Gordon fronce les sourcils en découvrant quelques roses formant un vague tas sur le vaste bureau en bois, au centre de la bibliothèque. Ces fleurs en fouillis jurent avec les compositions savamment arrangées que nous avons vues précédemment. Sans même en avoir conscience, nous progressons tous à pas de loup, nos pieds ne produisant pas un son sur le tapis vert.

– Frances ? insiste Me Gordon.

Le silence a quelque chose d'oppressant.

Et enfin, nous l'apercevons. Nos yeux se posent tous à la même seconde sur une main qui dépasse de derrière le bureau, sur le sol. Sa pâleur n'est troublée que par le filet de sang qui traverse la paume avant de couler sur le tapis.

6

Les dossiers de Castle Knoll, 21 septembre 1966

C'est par une soirée de mars que nous nous y sommes rendus pour la première fois. La nuit tombait encore de bonne heure et nous nous ennuyions à mourir depuis des mois. Emily avait effectué un repérage des lieux au préalable et déniché l'endroit idéal dans une zone en friche du parc, où nous pourrions boire, fumer et passer un bon moment. Fière de son fait, elle nous guida à travers les ronces jusqu'à un trou dans la clôture.

John me tenait par la main, me transmettant sa chaleur corporelle sans cesser de me contempler sous le clair de lune. Ses cheveux blonds et ses taches de rousseur étaient effacés par cette vive lueur qui faisait ressortir son élégante silhouette. Walt Gordon nous précédait, une bière ouverte dans une main et agrippant par instants, de l'autre main, Emily par la taille. Ayant calé deux joints sur une oreille, il progressait de sa démarche typique, tranquille et arrogante à la fois. De temps à autre, Emily se penchait vers lui pour lui chuchoter quelque chose à l'oreille d'une voix pressante. La connaissant, ses mots étaient probablement scandaleux.

Rose fermait la marche, totalement silencieuse en cette première expédition nocturne. Elle avait enchaîné tout un chapelet d'amoureux au cours de l'hiver, qu'elle avait tous rapidement rejetés pour diverses raisons. Archie Foyle avait mauvaise haleine et se montrait trop entreprenant. De plus, il vivait dans une famille d'accueil et avait tendance à commettre un peu trop de bêtises. Ce qui n'empêchait pas Walt de l'apprécier car c'était son principal fournisseur d'herbe. Il y avait ensuite eu Teddy Crane, dont Rose avait déclaré qu'il avait trop d'acné.

– Savez-vous de quoi est morte Lady Gravesdown ? lança Emily, sur son habituel ton dramatique, avant de lâcher son rire musical, ce qui fit naître un nœud dans mon estomac. Mon Dieu, quel nom[4]... Cette famille est maudite depuis toujours.

Ayant baissé d'un ton en prononçant cette dernière phrase d'une voix rauque, Em allait à coup sûr nous livrer une anecdote épouvantable ou une blague très crue.

Ses longs cheveux lâchés, elle avait calé quelques mèches d'un côté au moyen d'un petit peigne orné de perles. Cela m'agaçait car, outre le fait que ce peigne m'appartenait, cette coiffure était ma marque de fabrique, en quelque sorte. Depuis le mois de janvier – non, depuis bien avant –, elle multipliait de tels petits gestes afin de m'imiter. Dans un premier temps, elle avait ponctué ses initiatives de compliments à mon endroit : « J'adore tes jupes en coton ! Je peux t'en emprunter une ? », ou « Je m'hydrate les mains avec de la crème parfumée à la lavande parce qu'elle me fait penser à toi », tout cela dit avec son sourire vainqueur. Or je connaissais Emily depuis toujours, et je savais que son sourire était tout sauf innocent. Le moindre de ses actes était motivé par une raison précise.

– De quelle Lady Gravesdown tu parles ? lui demanda Rose. Les membres de cette famille ne sont-ils pas tous morts dans un accident de voiture, il y a quelques années ?

– Non, seulement quelques-uns, répondit Emily avec un geste négligent, comme si trois vies perdues n'avaient aucune importance.

Trois ans auparavant, le fils aîné de Lord Gravesdown, au volant de sa voiture de sport avec son père et son épouse comme passagers, avait abordé un virage en épingle à cheveux, non loin de leur propriété, à une allure bien trop vive. Le bolide était parti en tonneaux et tous ses occupants étaient décédés sur le coup. Les rumeurs n'avaient pas manqué pour expliquer les raisons pour lesquelles le conducteur avait pris ce virage à une telle vitesse ; alcool et dispute dans le véhicule avaient été évoqués, entre autres théories, mais l'hypothèse la plus populaire était également la plus tragique : l'aîné des frères Gravesdown avait délibérément précipité sa voiture dans le décor, anéanti par la liaison entre son épouse et son père.

---

4. *Grave* : tombe. *Down* : bas.

Personne ne connaîtra jamais la vérité à propos de ce triste événement, selon toute vraisemblance, mais Rutherford, le fils cadet Gravesdown, se retrouvait subitement non seulement héritier du titre et des terres Gravesdown, à seulement vingt ans, mais également tuteur de son neveu Saxon, alors âgé de sept ans. Rutherford fit ce qu'il estimait devoir faire dans ces conditions : il se maria sans tarder. Mais cette union ne dura guère.

– Si tu penses à la Lady Gravesdown la plus récente, elle n'est pas morte, fit remarquer Rose, dont le souffle formait des nuages dans l'air frais. Elle est partie. Cela se produit de plus en plus de nos jours, même si c'est une histoire vieille comme le monde. Elle a fait la connaissance d'un type qu'elle préférait à son mari, tout simplement.

– Oh non, ça ne se limite pas à ça, la contredit Emily. J'en ai trouvé la preuve lors de ma première venue ici. Vous voulez que je vous la montre ?

– Oui, moi je veux bien ! dit John, qui serra ma main dans la sienne, amusé par la situation.

Tandis que nous poursuivions notre marche, je me penchai vers lui et perçus des odeurs d'après-rasage et de menthe – ce qui indiquait qu'il avait prévu de sérieusement s'approcher de moi cette nuit-là. Je serrai à mon tour sa main et lui souris dans l'obscurité. Il m'aida à franchir un tronc d'arbre abattu, alors qu'un peu plus loin Walt écartait des branchages afin de permettre à Emily de passer. Il les lâcha au bon moment pour qu'ils fouettent Rose en plein visage.

– Walt ! m'écriai-je, mais ils étaient déjà plus loin.

Je pris le temps d'aider Rose à retirer des aiguilles de pin de son col, puis John écarta les branches pour nous ouvrir le passage.

– Quel salopard, marmonna Rose en se lissant les cheveux.

Elle aurait crié quelque chose à Walt, en temps normal, mais elle semblait lasse, ce soir-là. J'avais de la peine pour elle car Em et moi avions fait main basse sur les deux seuls garçons intéressants de Castle Knoll. Quand John se pencha vers moi et déposa un baiser sous mon oreille, je fus soulagée de ne pas voir le visage de Rose ; même dans l'obscurité, je sentais son regard braqué sur nous.

Ayant rattrapé Emily et Walt, je décidai de relancer Emily avec son histoire censée nous terrifier, dans l'espoir qu'ils cessent ainsi d'asticoter Rose.

– Tout le village sait que la dernière Lady Gravesdown – la femme de Rutherford – a abandonné son mari, rappelai-je. Quelle preuve as-tu que ce n'est pas la vérité ?

– Tout le village le sait mais personne n'a entendu Rutherford le confirmer, observa John, ravi de jouer les détectives. Il ne fréquente personne à Castle Knoll ; il fait partie de ces riches qui vivent dans un manoir à la campagne mais n'en sortent que pour assister à des réceptions londoniennes.

– Il possède même une luxueuse maison dans une rue très chic de Chelsea, renchérit Rose.

– Comment le sais-tu ? lui lança Emily.

– C'est Archie Foyle qui me l'a dit ; autrefois, il vivait dans le parc du domaine Gravesdown, dans une ferme.

En prononçant ces mots, Rose redressa les épaules, comme si elle mettait Emily au défi d'en douter. C'était un spectacle fascinant, on aurait dit un match de tennis.

– Ah oui, j'avais oublié qu'Archie, le garnement de Rose, est au courant de tous les ragots, sourit Emily. Il t'a raconté ce qui est arrivé à la femme de Rutherford ?

– Il m'a simplement dit qu'elle était partie.

– Ça oui, elle est partie… confirma Emily, qui laissa passer quelques secondes de silence à des fins dramatiques. Elle a même quitté son enveloppe charnelle.

Cette plaisanterie douteuse fit glousser Walt, qui choisit cet instant pour l'enlacer. Elle laissa échapper un soupir de plaisir lorsqu'il l'embrassa dans le cou. Il engloutit ensuite deux longues gorgées de bière. Derrière nous, Rose alluma une cigarette avec son briquet, dont la flamme orangée éclaira brièvement la nuit.

– Elle a été poignardée… dit alors Emily, sur un ton sérieux qui nous incita tous à être attentifs. Elle a été tuée au moyen d'un vieux couteau dont le manche est orné d'un rubis. Je l'ai vu de mes yeux ; il est caché quelque part dans le parc. Ensuite, l'assassin a jeté le cadavre dans la Dimber.

– Quelle tension dramatique, Em, dis-je en secouant la tête.

Une brindille craqua dans les bois, sur notre gauche, bruit qui m'arracha un rire nerveux. Puis John prit une cigarette à Rose, qui alluma son briquet.

C'est alors que je poussai un hurlement.

La lueur fugace du briquet avait éclairé un visage d'enfant dans l'obscurité, le visage fixe d'un garçon qui nous épiait. Quand John ralluma le briquet et brandit la minuscule flamme, le visage avait disparu.

Soudain inquiet, Walt fit quelques tours sur lui-même, à la recherche du garçon. Tout aussi apeurée, Rose s'approcha de moi et m'agrippa le bras. La réaction d'Emily, en revanche, avait quelque chose d'étrange, tout comme celle de John. J'aurais dû tout comprendre dès cet instant, mais j'avais le corps gorgé d'adrénaline ; je n'aurais le fin mot de tout cela que plus tard, en songeant aux événements passés après avoir appris la vérité.

Emily n'affichait pas la moindre surprise, tandis que John semblait furieux.

– Où es-tu, sale gosse ? cria Emily. Montre-toi !

John lâcha ma main et se dirigea vers l'endroit où nous avions vu le visage nous observant quelques instants plus tôt. Il plongea dans les broussailles, provoquant davantage de craquements de brindilles perçant les ténèbres.

– Aïe ! Lâchez-moi ! cria une petite voix.

John émergea de la végétation traînant un garçon qui n'avait sans doute pas plus de dix ans. John le tenait sans ménagement par le bras, ce qui m'étonna car, comme mes compagnons, j'avais reconnu notre espion. Or on ne traînait pas Saxon Gravesdown comme un vulgaire chat errant. Si on ne savait que peu de choses sur son oncle, au village, nul n'ignorait que sa famille était noble et fortunée – et ces sentiments sont puissants, que l'on connaisse ou non la personne concernée.

– Qu'est-ce qui te prend, John ? m'exclamai-je. Lâche-le !

Prenant conscience de ma présence, Saxon posa sur moi un regard calculateur, puis il considéra John, Emily et de nouveau John, avec sur son visage pâle un air impatient. John le libéra, me rejoignit et posa un bras protecteur sur mes épaules.

Saxon s'épousseta le bras par lequel John l'avait attrapé, comme s'il cherchait à se débarrasser d'une mauvaise odeur.

– Sale petit fouineur, siffla Emily, s'assurant que Saxon l'entende.

Celui-ci ricana, puis sourit :

– J'habite ici, je fais ce que je veux, alors que vous, vous êtes entrés sur une propriété privée. Vous voulez que j'en parle à mon oncle ?

Il s'approcha de John et moi.

– Il le faut, je pense. Je sais qui vous êtes.

Il se tourna vers Emily, puis nous considéra tous les cinq à tour de rôle.

– Je connais vos noms.

– Sûrement pas, dit Rose.

Saxon contourna John et se retrouva à côté de moi, ce qui me permit de tenter de le cerner, en vain. Avec ses étranges manières, on aurait dit un adulte piégé dans un corps d'enfant de dix ans.

– Tu ne me fais pas peur, Saxon, dis-je posément. Et je me fiche que tu racontes à ton oncle que nous sommes entrés en douce dans votre parc. C'était notre choix, ça n'a rien à voir avec toi.

– Voilà qui fait plaisir à entendre, intervint une voix veloutée de baryton.

Et soudain, tel un acteur attendant le bon moment pour émerger des coulisses, Rutherford Gravesdown surgit du bois.

7

Nous restons figés sur place, sauf Me Gordon, qui se précipite de l'autre côté du bureau et s'agenouille près de tante Frances. Recroquevillée comme une marionnette dont on aurait coupé les fils, elle a encore les yeux grands ouverts. Inspirant de petites bouffées d'air en m'efforçant de contenir la panique qui grandit en moi, je perçois de l'agitation autour de moi mais ma vision périphérique est floutée, comme si plus rien n'était net dans la pièce, en dehors de la forme sans vie qui gît face à moi.

Si l'on excepte le sang sur sa main – sur ses deux mains, à vrai dire –, elle ne semble pas blessée. Ses mains sont tout de même dans un sale état, pas seulement entaillées, plutôt percées. D'innombrables petits points de sang parsèment ses paumes, comme autant de sinistres constellations.

Ma respiration s'emballant, je m'efforce de la ralentir en détournant le regard du corps de Frances pour m'intéresser au sol, autour d'elle. Près de ses mains se trouvent plusieurs roses blanches à longue tige, qu'elle tenait sans doute quand elle s'est effondrée. Le spasme qui l'a saisie a dû être épouvantable pour qu'elle serre ces fleurs couvertes d'épines au point de se trouer les mains. Ma gorge se contracte sous l'effet de cette vision.

Je ne suis pas fan du sang. Je veux dire par là que j'ai tendance à défaillir à la vue du sang, de seringues ou de n'importe quelle blessure, et souvent simplement en me trouvant dans une atmosphère d'hôpital ou de cabinet médical.

Or ce que j'ai sous les yeux est tout sauf une blessure bénigne. Je me sens m'éloigner de la scène, vers un fauteuil disposé près d'une fenêtre, tandis que nausées et vertiges s'associent pour m'étouffer.

– Mon Dieu… souffle Elva. Quelqu'un l'a vraiment fait. Quelqu'un l'a vraiment assassinée. Après toutes ces années, elle avait raison, finalement, à propos de cette prédiction.

Un rire brutal s'échappe de sa bouche, qu'aussitôt elle couvre d'une main, horrifiée par sa réaction. Je note que ses yeux sont embués et que ses mains tremblent légèrement.

Penché sur Frances, Me Gordon tente avec précaution de prendre son pouls, la secoue délicatement par l'épaule, mais ce ne sont là que de dérisoires tentatives d'action face à l'irrévocable. En effet, il est évident qu'on ne peut plus rien pour ma grand-tante.

Le cou ruisselant de sueur, je m'assieds et lève la main pour ouvrir la fenêtre. De l'air. J'ai besoin d'air.

Elva se reprend et compose calmement un numéro sur son téléphone. Oliver, qui s'est détourné du cadavre, fait les cent pas, les mains sur les hanches et inspirant à fond. Il est tellement plongé dans ses pensées qu'il ne m'entendrait sans doute même pas si je l'appelais.

C'est sur moi que se pose le regard de Me Gordon, les yeux écarquillés comme ceux d'un enfant.

– Je… bredouille-t-il.

– Elle est morte, n'est-ce pas ?

Ma voix s'est réduite à un murmure rauque.

Elva s'interpose entre nous deux, ce dont je profite pour fermer les yeux le temps de m'offrir quelques bouffées d'air, puis elle s'adresse à Me Gordon comme s'ils étaient seuls dans la pièce :

– J'ai appelé une ambulance ; elle sera là dans environ un quart d'heure.

J'attire son attention, même si je n'ai pas encore tout à fait réussi à contrôler ma respiration :

– Avez-vous prévenu la police ?

Les mains moites, je visualise les perles de sang sur les paumes de tante Frances… Que suis-je censée faire pour combattre ce genre de panique ? Dénombrer les objets bleus autour de moi ? Me citer cinq choses qui ont une odeur ? Non, certainement pas cette dernière option, car l'odeur cuivrée du sang est la première qui me vient à l'esprit. C'est absurde, d'ailleurs, car pour l'instant je ne sens que le parfum des roses mêlé à ceux des autres bouquets de la pièce, sur lesquels je laisse mon regard s'attarder afin de fuir la vision du cadavre étendu au sol.

– Non, j'ai seulement demandé une ambulance, me répond Elva.

Si sa voix ne tremble plus, elle s'exprime à présent sur un ton crispé que je suis incapable de décrypter.

– Mais pourquoi ? dis-je, sidérée.

Détailler les fleurs m'aide à retrouver mon calme ; je remarque des renoncules jaunes et orange mêlées à des roses blanc cassé et pêche. Je me tourne vers Elva :

– Vous avez vous-même dit qu'elle a été assassinée.

Elle me jette un regard apitoyé, comme si elle avait affaire à une fillette.

– J'ai réagi de façon excessive sous le choc. En réalité, quand on regarde bien, il est évident qu'elle a été victime d'une crise cardiaque, quelque chose comme ça. Si elle saigne, c'est uniquement parce qu'elle a serré trop fort ces roses avant de s'effondrer, sans doute sous l'effet d'un spasme.

Je plisse les yeux :

– C'est à la police de le déterminer.

Si je devais décrire cette scène dans un roman, ne pas prévenir la police dans une telle situation serait un comportement très louche.

– Je ne sais pas ce que vous en pensez, mais je n'ai pas trop envie de rester plus longtemps en présence d'un cadavre, dit-elle, comme si je n'étais pas intervenue, avant de jeter un regard éloquent à Me Gordon. Si vous avez besoin de moi, je suis dans la pièce voisine.

Elle se dirige vers une petite porte, dans un coin de la bibliothèque, si bien dissimulée derrière l'escalier métallique qui mène à la galerie de l'étage supérieur que je ne l'ai pas remarquée jusqu'à présent.

Oliver lève la tête et la suit sans un mot. Quant à moi, je me tourne vers Me Gordon, ne sachant quelle attitude adopter :

– Faut-il que nous… restions avec elle ?

Encore en proie à quelques vertiges, j'ai la sensation d'avoir la voix aussi agitée qu'un battement d'ailes de papillon.

L'avocat se relève, les mains sur les genoux car c'est pour lui un réel effort après être resté si longtemps agenouillé.

– C'est inutile, je suppose, dit-il en secouant tristement la tête. Nous ne pouvons plus rien faire pour secourir Frances. Et j'aimerais autant que possible garder un œil sur Elva.

Alors que je m'apprête à lui demander ce qu'il entend par là, il gagne la petite porte sans m'en laisser le temps. Je ne peux pas m'empêcher de regarder une dernière fois tante Frances gisant sur le sol, avec ces roses autour d'elle. La moitié d'entre elles sont mollement entassées sur le bureau, les autres glissées dans le vase.

Enfin, je me détourne car Elva a raison sur un point ; moi non plus je n'ai pas trop envie de veiller un cadavre. Je me redresse et file vers la porte discrète, dans le coin de la bibliothèque. Ce seuil franchi, je découvre un endroit consacré à l'unique obsession de tante Frances : anticiper son propre meurtre.

L'air est si étouffant dans ce petit bureau qu'il en paraît sinistre, donnant l'impression d'être replié sur lui-même, de renfermer la paranoïa et les nombreuses théories accumulées par Frances au fil des ans. Il n'y a ici aucune fenêtre mais quelqu'un a allumé la lumière afin de chasser la pénombre. Les ampoules à incandescence faiblardes grésillent tant que, dès l'instant où je les aperçois, avec juste à côté une boîte de longues allumettes, je m'empresse d'enflammer les bougies fixées sur des chandeliers. Mon initiative ne fait que rendre l'atmosphère plus lugubre encore ; la pièce est comme écrasée par la tristesse, sensation qui s'amplifie lorsque je détaille enfin le mur du fond.

Ce que j'y découvre m'arrache un petit cri de stupeur : tante Frances a dressé tout un diagramme consacré à son propre meurtre, qui s'étend du sol au plafond, avec son nom et sa photo au centre. Des ficelles de couleur relient celle-ci à d'autres clichés fixés un peu partout sur le mur, les espaces restants presque tous comblés par des Post-it, des feuilles de calepin et des coupures de presse.

– Là, franchement, elle exagère… marmonne Elva, s'intéressant également au diagramme du meurtre.

Son visage jusque-là sans défaut se pare de rides trahissant le mépris qu'elle éprouve, puis elle arrache un Post-it du mur, le parcourt en une seconde avant de le froisser en grognant.

La tournure prise par les événements me fait horreur. Je plaque mes mains sur mes yeux jusqu'à voir des étoiles apparaître.

Je raffole des histoires de meurtre mais là, dans cette pièce, face à la preuve de l'obsession de ma grand-tante à propos de son assassinat à venir, juste après avoir découvert son cadavre… je prends conscience avec violence que nous ne vivons pas un roman, qu'un meurtre ne se limite pas à une énigme à résoudre. En vérité, c'est un acte égoïste, définitif et complexe.

– Annie, ça va aller ? s'inquiète Oliver, qui, en m'agrippant par le coude, m'arrache à la spirale dans laquelle j'ai plongé.

Me Gordon m'accorde un bref regard avant d'examiner à son tour le diagramme du meurtre.

– Oui, ça va, dis-je d'une voix tout de même tremblante. Je n'ai pas trop envie de rester ici, mais pas non plus envie de retourner dans la bibliothèque. Je peux aller dans une autre pièce, peut-être ?

– Nous devrions rester tous ensemble, intervient Me Gordon. Allons dans la cuisine, ce serait peut-être mieux…

– Je reste ici, déclare Elva, qui arrache un autre Post-it du mur. Il y a plein de mensonges, ici, je vais faire le tri dans tout ça.

Ces mots me font réagir fortement :

– Ne touchez pas à ça !

Retrouvant peu à peu mes esprits, je m'agace de voir Elva ôter des éléments du diagramme. Je baisse les yeux, espérant découvrir un Post-it roulé en boule au sol, mais ne vois rien de tel. Je me racle la gorge et relève la tête vers elle, les yeux plissés :

– Et si elle avait vraiment été assassinée ? Ces notes sur le mur sont peut-être des indices !

Elva hésite un instant, puis arrache un autre Post-it.

– Troubler les notes de Frances peut faire de vous une suspecte, Elva, fait remarquer Oliver sur un ton égal.

Elva croise les bras mais nous défie tous du regard.

– D'accord, mais je ne bouge pas d'ici, décrète-t-elle, avant de tourner la tête vers Me Gordon. Il y a aussi des notes qui vous concernent, je vous signale.

Intrigué plutôt qu'inquiet, l'avocat s'approche du diagramme. Oliver désigne un mur sur lequel figurent d'autres photos reliées par des ficelles, toutefois sur une surface plus réduite.

– C'est toi adolescent, dit-il à son grand-père. Je reconnaîtrais cette photo entre mille.

Après avoir pris un instant pour observer le reste de la pièce, je me rapproche d'Oliver et découvre un meuble dont toutes les étagères sont bourrées à craquer d'ouvrages. Il s'agit visiblement là de la collection « spécial meurtre » de tante Frances : des encyclopédies sur les plantes côtoient des manuels de chimie et d'innombrables récits de crimes authentiques. Je remarque également des livres traitant de psychologie, d'énigmes, de poisons et d'armes, sans la moindre trace de classement quelconque.

Un fauteuil bien usé est positionné sous un lampadaire de style Tiffany ; dédaignant les ouvrages, il est orienté vers un assemblage réduit de ficelles de couleurs diverses, de coupures de presse, de notes manuscrites et de rapports de police. Au cœur de ce chaos organisé trône une vieille photo représentant une jeune fille aux cheveux couleur paille, dont le nom est soigneusement inscrit en dessous, sur un bout de papier.

Emily Sparrow, vue pour la dernière fois le 21 août 1966.

Il s'agit d'un autre diagramme de meurtre.

Oliver décolle du mur la photo dont il vient de parler et me la tend. Une légende, *Walt Gordon, octobre 1965*, figure sous le cliché. Ce jeune homme est plus mince et plus souriant que l'homme qu'il est aujourd'hui. Ses cheveux bruns un peu trop longs lui donnent un air de Beatles, et il porte un pull-over ras de cou moulant au style douteux. Cette image fait naître un sourire sur mes lèvres.

Me Gordon nous rejoint et jette un œil à la photo, à peine une seconde, puis il consulte sa montre, comme si ce geste pouvait lui permettre de localiser l'ambulance. Il préfère de toute évidence regarder n'importe quoi d'autre que les murs de cette pièce.

Elva, de son côté, tente d'ouvrir les tiroirs des meubles de rangement, en vain car ils sont tous fermés à clé, ce qui déclenche une étincelle de satisfaction en moi ; voir Elva empêchée d'accéder aux secrets les plus intimes de tante Frances me fait plaisir. Je m'adresse à Me Gordon :

– Qui est cette Emily Sparrow ?

Il reste muet un moment, tandis qu'Elva regarde ailleurs, les traits froissés de dégoût. Quant à Oliver, il fait mine de s'intéresser à ma question mais garde un œil sur son téléphone.

– C'était une amie de Frances, me répond enfin Me Gordon, qui toussote avant de poursuivre. Et aussi une de mes amies. Elle a disparu quand nous avions dix-sept ans.

Sous celle d'Emily, une autre photo, plus écornée, me fait découvrir trois jeunes filles bras dessus bras dessous. Je reconnais la blonde, Emily, sur la gauche. Sa silhouette élancée et sa chevelure claire forment un contraste saisissant avec la jeune Frances, au milieu du trio. Celle-ci est d'une beauté frappante avec ses cheveux d'un roux doré qui évoque les feuilles d'automne, lâchés jusqu'à la taille et écartés de ses yeux par un peigne en or scintillant. De légères taches de rousseur parsèment son visage, et ses pommettes saillantes lui confèrent un air royal. À l'inverse de la plupart des adolescents, boutonneux et mal dans leur peau, ces trois-là ont été gâtées par le destin. Cette photo indique clairement qu'elles étaient les stars de leur lycée, remarquées partout où elles se rendaient.

La troisième fille, de l'autre côté de Frances, m'est inconnue ; dotée de traits anguleux et de cheveux noirs coupés au carré, elle est élégamment habillée. Bien que clairement du même âge que ses deux amies, elle me fait l'effet d'une secrétaire des années 1960 plutôt que d'une adolescente. La légende de cette photo, rédigée par la même écriture chargée de boucles, m'apprend son identité :

Emily Sparrow, Frances Adams, Rose Forrester, 1965.

Plus bas encore, quelques phrases, toujours de la même main.

Je vois des os desséchés dans ton avenir. Ta lente agonie débutera dès l'instant où tu tiendras la reine dans la main. Fuis l'oiseau, car il te trahira. Et dès lors, tout retour en arrière sera cas très peu probable, voire impossible. Toutefois les filles adroites rendent un jour la justice ; trouve la bonne et conserve-la à ton côté. Tous les signes indiquent que tu seras assassinée.

– La fameuse prédiction, dis-je. Je me demande pourquoi elle était si convaincue qu'elle se réaliserait.

En levant le doigt pour effleurer ces mots, je remarque des croix ajoutées ici ou là.

– On dirait qu'elle a coché certaines phrases, comme sur une liste de choses à faire.

Oliver croise les bras et examine le mur :

– Ce sont peut-être les points qui se sont réalisés, selon elle.

– Elle a coché « *Ta lente agonie débutera dès l'instant où tu tiendras la reine dans la main* » et « *Fuis l'oiseau, car il te trahira.* » La phrase parlant de meurtre est ponctuée d'un point d'interrogation, mais elle a également coché « *Je vois des os desséchés dans ton avenir* » et « *Toutefois les filles adroites rendent un jour la justice ; trouve la bonne et conserve-la à ton côté.* » Ces deux dernières marques au feutre semblent plus récentes que les autres qui sont un peu délavées. On peut en déduire que ce n'est qu'il y a peu qu'elle a estimé ces deux parties de la prédiction réalisées. Mais de quels os et de quelle fille est-il question ?

Mon cerveau entreprend de décortiquer ce mystérieux texte. Quel genre de reine peut-on tenir dans la main ? Ma première pensée se fixe sur une pièce de monnaie – le profil de la Reine est présent sur toutes celles qui circulent dans le pays – mais cette explication me paraît presque trop banale.

Il me semble avoir vu un échiquier dans la bibliothèque, mais pourquoi tante Frances en aurait-elle possédé un si elle prenait la prédiction avec un tel sérieux ? À sa place, je me serais tenue à l'écart de toutes les reines susceptibles de tenir dans la main.

« *Fuis l'oiseau, car il te trahira.* » Je reviens à la légende de la photo des trois jeunes filles : le nom de famille d'Emily est Sparrow, soit moineau. En quoi Frances a-t-elle été trahie ? Ne pouvant interroger ma grand-tante à ce sujet, je n'aurai sans doute jamais la réponse à cette question. Tournant la tête, je vois Me Gordon, devant le petit diagramme, lever doucement la main et effleurer la photo d'Emily du bout de l'index.

S'il m'est impossible de demander à tante Frances de m'éclaircir à propos de cette trahison, peut-être Me Gordon sait-il quelque chose à ce sujet ? Les détails n'ont cependant peut-être aucune importance ; à mon avis, le point crucial est qu'elle a vu certaines phrases de la prédiction se réaliser, les plus récentes étant « *Je vois des os desséchés dans ton avenir* » et « *Toutefois les filles adroites rendent un jour la justice ; trouve la bonne et conserve-la à ton côté.* »

Puis elle est décédée, soit de cause naturelle, soit assassinée.

Mes réflexions sont interrompues par un appel lointain qui résonne depuis quelque part dans le manoir :

– Il y a quelqu'un ?

– Par ici ! lance Elva.

Nous regagnons sans grand enthousiasme la bibliothèque au moment où y entrent deux urgentistes – une sexagénaire dont la teinture violet foncé contraste avec les racines blondes, et un homme assez grand de l'âge de ma mère, peut-être plus jeune, genre un peu moins de cinquante ans. Les cheveux bouclés de cet individu assez maigre sont noirs, sans la moindre trace de gris, et son visage érodé par le vent indique qu'il passe beaucoup de temps en extérieur.

– Magda, Joe… Merci d'être venus, dit Me Gordon. C'est Frances…

Il les mène à l'endroit où gît le corps de ma grand-tante. Revoir ce triste spectacle est de trop pour moi, à tel point que je sens le sol bouger sous mes pieds. J'ai la certitude que je vais perdre connaissance si je ne sors pas d'ici.

Le dénommé Joe tente de prendre le pouls de tante Frances en quelques endroits, puis déclare avec douceur :

– Elle est en effet décédée, malheureusement. Avez-vous prévenu la police avant de nous appeler ?

Me Gordon plisse le front et secoue la tête :

– C'est Elva qui vous a appelés. Vous étiez déjà en route depuis un moment quand nous nous sommes rendu compte qu'elle n'avait alerté personne d'autre. Dans le trouble du moment, nous avons estimé que c'était logique ; si les mains de Frances ont saigné, c'est à cause des épines de roses. Rien ne laisse penser qu'il y a eu homicide. Avons-nous mal réagi ? La police devrait-elle être présente ?

Me Gordon semble sous le choc.

– Il faut la prévenir, maintenant que j'ai établi le décès, répond Joe. Le protocole l'exige. Mais j'ai tendance à voir là une mort de cause naturelle. Une autopsie devra le confirmer, bien sûr, et je suis sûr que Saxon s'en chargera rapidement.

Je déglutis avec difficulté. Saxon ? Le neveu de Frances est le médecin légiste du coin ? Je me rappelle vaguement avoir entendu Elva parler un peu plus tôt d'une autopsie le retenant ailleurs. Les mains à présent engourdies, j'ai besoin de prendre l'air.

En me voyant m'appuyer sur le cadre de la fenêtre derrière moi pour ne pas perdre l'équilibre, Joe me prend par le coude et me conduit à l'extérieur. Je me laisse tomber sur les marches de pierre, au pied de l'immense double porte, et plonge la tête entre les genoux, puis j'inspire lentement. Une minute m'est nécessaire pour enfin dissiper mes vertiges.

– Je peux aller vous chercher un verre d'eau, si vous voulez, me propose-t-il.

Assis à côté de moi, les mains sur les genoux, il contemple les pelouses d'un vert éclatant. Archie Foyle ne taille plus sa haie et a disparu du décor.

– Ça va aller, je vous remercie.

– Vous feriez bien de rester ici. Si vous vous sentez mieux, je retourne à l'intérieur pour aider Magda.

Je hoche la tête, et Joe s'éloigne.

Environ un quart d'heure plus tard, deux agents de police en uniforme se présentent. Ils entrent dans le manoir puis en ressortent presque aussitôt, tandis que je balaie les environs d'un regard hébété depuis les marches de Gravesdown Hall. Peu après, Oliver et Me Gordon se joignent à moi. Elva, quant à elle, prend tout son temps et n'émerge du bâtiment qu'au même moment que le brancard à roulettes recouvert d'un drap. Contrairement à nous trois, qui détournons alors le regard, elle suit le corps de tante Frances, comme si le cortège funèbre avait déjà commencé.

Au moment où les urgentistes passent à ma hauteur, je trouve la force d'articuler d'une voix faiblarde :

– Vous êtes certains qu'elle n'a pas été assassinée ?

– Rien ne le laisse penser, me répond Joe. Savez-vous qui est son parent le plus proche, pour que nous le prévenions ?

– C'est Saxon, évidemment, déclare Elva.

Me Gordon s'apprête à réagir mais est devancé par Magda, l'urgentiste aux cheveux violets :

– Vraiment, Elva ? Je suis à peu près sûre que tout le village sait que Frances avait désigné sa nièce Laura comme héritière, et ce depuis des années.

Les deux femmes échangent un regard glacial, puis Magda se tourne vers Me Gordon lorsque celui-ci se racle la gorge :

– Magda, avant que tu appelles Laura, on pourrait peut-être laisser sa fille lui annoncer la nouvelle ?

– Je... Euh...

Ma voix est aussi abrasive que du papier de verre, comme si elle n'avait pas servi depuis une éternité, ce qui n'est pourtant pas le cas.

Près de la portière ouverte de l'ambulance, côté conducteur, Joe donne l'impression de me découvrir :

– Vous êtes la fille de Laura ?

Il laisse passer un silence étonnamment long avant de répondre lui-même.

– Oui, bien sûr. En vous observant plus attentivement, je retrouve Laura dans vos traits, sans parler de vos cheveux bouclés qui vous trahissent encore plus.

Il ponctue sa tirade d'un sourire un peu triste.

– On me le dit souvent.

– Ravi de faire votre connaissance, dit-il en revenant vers moi.

Il me tend la main d'un geste pas très ferme. Je la serre, hésitant à donner mon nom pour me présenter, même s'il le connaît déjà.

– J'ai un peu connu Laura, il y a des années, poursuit-il.

Il laisse de nouveau s'écouler quelques secondes, puis prend un air grave.

– Je suis navré pour votre grand-tante.

Sur ces mots, il prend place sur le siège conducteur de l'ambulance, se saisit d'un émetteur radio et dit quelque chose que je ne perçois pas.

– Vous êtes sous le choc, ajoute Magda. Vous devriez regagner le village et avaler quelque chose. Ou vous reposer un peu quelque part – à l'hôtel, par exemple, ce sera parfait. C'est la mère de Joe, Rose, qui le tient. Elle serait ravie de faire votre connaissance, c'était une amie proche de Frances.

Je songe à la photo, à ces trois jeunes filles bras dessus bras dessous – tante Frances, Emily Sparrow et Rose. Rose, qui à présent est la dernière survivante du trio.

Joe revient vers nous, l'air chagriné.

– Si vous vous rendez là-bas, ne dites rien à ma mère pour le moment, s'il vous plaît, me prie-t-il. Il vaut mieux que ce soit moi qui lui annonce la nouvelle.

– Bien sûr, c'est normal.

Me Gordon fait cliqueter ses clés de voiture dans la poche de son pantalon et intervient d'une voix posée :

– Il faut que je retourne à mon cabinet. Annie, comptez-vous rester un moment à Castle Knoll ?

Je m'accorde une longue inspiration, embrassant du regard l'immense parc. Déjà au volant de sa voiture, Elva met le contact, visiblement prête à filer n'importe où pourvu que ce soit loin d'ici. À l'écart, Oliver est en pleine conversation téléphonique, l'air étonnamment enjoué étant donné la sinistre expérience que nous avons tout juste vécue.

Je réponds enfin à Me Gordon, avec une assurance non feinte :

– Oui, je vais sans doute demander à l'hôtel s'ils ont une chambre libre.

J'ai la conviction d'avoir des choses à faire ici, et ce indépendamment de la question de l'héritage. Revoyant en pensée le diagramme de meurtre confectionné par tante Frances, je me rends compte que j'ai désespérément envie de découvrir qui elle était vraiment, de comprendre les raisons de son obsession.

– Il faut y aller, Magda, lance Joe en mettant le contact de l'ambulance.

– Il a raison, dit l'intéressée, qui se glisse sur le siège passager et adresse un signe de tête à son collègue avant de revenir vers moi. Je suis heureuse d'avoir fait votre connaissance, Annie. Et je suis désolée pour Frances.

Les gyrophares bleus du véhicule s'éveillent sans un bruit tandis qu'il s'éloigne sur l'allée de graviers.

Son téléphone toujours vissé à l'oreille, Oliver s'engouffre dans sa voiture sans même se donner la peine de me demander si j'ai besoin d'être reconduite au village. Je sens comme des bulles d'indignation se former dans le creux de mon estomac ; c'est quoi, son problème ? Il y a quelque chose de pas net chez ce type, et ce quelque chose est probablement à l'autre bout du fil. Me Gordon et moi voyons s'éloigner la voiture d'Elva, suivant de près l'ambulance, bientôt imitée par celle d'Oliver.

– Euh… Vous voulez bien me conduire au village ?

– Bien sûr, me répond Me Gordon, dont le sourire fait apparaître quelques rides autour des yeux. Il faut juste que je referme le manoir avant.

Nous restons tous deux un instant figés, le regard braqué sur la double porte en bois sculpté, puis il fouille dans ses poches, à la recherche des clés du manoir, sans succès.

– J'en ai pour une seconde, Annie. J'ai dû laisser les clés quelque part à l'intérieur.

– Je vais vous aider à les retrouver.

Je ne saurais dire pourquoi mais je suis peu emballée à l'idée de rester seule dehors à regarder les haies d'Archie Foyle. La propriété dans son ensemble me paraît menaçante, à présent.

Nous traversons de nouveau la vaste entrée, le salon dont le sol de pierre renvoie si bien l'écho, et enfin retrouvons la bibliothèque. En dehors des fleurs encore éparpillées sur le grand bureau, au centre de la pièce, l'endroit est parfaitement ordonné. Pas une seconde on n'imaginerait qu'une femme y a été découverte morte quelques minutes auparavant.

Me Gordon se glisse dans le petit bureau adjacent pendant que j'examine une dernière fois la bibliothèque. J'aperçois alors un petit calepin relié de cuir vert, sur un coin du bureau. Je l'ouvre et retrouve l'écriture en pattes de mouche présente sur les murs de la pièce voisine. Mes yeux se posent sur cette phrase : « *Walt Gordon nous précédait, une bière ouverte dans une main et agrippant par instants, de l'autre main, Emily par la taille.* »

Il s'agit d'un journal intime, dont la première page est datée du 10 septembre 1966. Après un instant de réflexion, je le glisse dans mon sac à dos. Je ne commets pas un vol à proprement parler si je suis censée hériter des biens de tante Frances. Cet infime aperçu me dit que ce journal a de bonnes chances de m'apporter le contexte qui me manque pour pleinement saisir cette affaire.

Mon regard est de nouveau attiré par le bouquet inachevé abandonné sur le bureau. Tante Frances a dû dénuder la moitié d'une haie du jardin pour l'élaborer ; des fleurs sauvages et du cerfeuil des bois s'entremêlent avec des roses blanches à longue tige, le tout formant un résultat plutôt affreux, en toute franchise.

Les autres compositions florales, près de la fenêtre, semblent en revanche sortir tout droit d'un magazine ayant pour thème la vie à la campagne. Parfaitement équilibrées et assorties les unes aux autres, leurs couleurs m'évoquent des reflets du coucher de soleil sur des pins.

Sans vraiment prendre conscience de mon geste, je saisis quelques feuilles qui débordent du bouquet. Quelqu'un a ramassé les roses tombées au sol et les a reposées sur le bureau, sur quelques fleurs sauvages.

Le bouquet en lui-même est étrangement subjuguant, probablement parce qu'il semble mal composé. Le vase contient même du trèfle et des coquelicots sauvages orange vif qui brillent autant que des ballons fluorescents. La moitié d'entre eux retombent mollement sur le côté, en grande partie parce que le trèfle n'est pas une plante très structurée et surtout parce qu'il est ici réparti au petit bonheur en gros grumeaux si lourds qu'ils font s'affaisser les autres fleurs. Sauf les roses blanches, qui se dressent fièrement, leurs épines scintillant sous la lueur filtrée par la fenêtre.

En les observant de plus près, j'ai la sensation que ces épines me défient avec une telle intensité que je saisis enfin ce qui cloche dans ce tableau. Le détail qui titille mon inconscient depuis que mon regard s'est posé sur le bouquet m'apparaît enfin clairement.

J'entends Me Gordon qui me rejoint par la petite porte dans un concert de tintements de clés, mais je ne lève pas la tête :

– Quelque chose ne va pas avec ces roses.

– Comment ça ? dit-il, se penchant pour attraper une de ces fleurs.

– Arrêtez !

Tout en l'alertant, je lui ai agrippé le poignet avant qu'il ne touche le bouquet.

– Que se passe-t-il ? s'étonne-t-il.

– Ces roses sont… Ce ne seraient pas des aiguilles, ça ?

J'ai l'impression d'entendre une autre voix que la mienne.

– Il y a des pointes métalliques qui sortent des épines. De toutes les épines.

Me Gordon se penche de nouveau sur le bouquet, son souffle régulier ponctué de quelques jurons, comme s'il avait sous les yeux des tentacules brusquement déployés.

– Je… Oui, en effet. J'ignore comment une telle chose est possible, mais ce sont bien des aiguilles.

Il passe sa main dans les quelques mèches de cheveux qui lui restent sur le crâne.

Je me saisis avec la plus grande prudence d'une rose et la porte sous la lumière ; on voit clairement que de minuscules aiguilles métalliques ont été glissées dans chaque épine, parfaitement dans l'axe et dépassant légèrement de l'extrémité. J'avale ma salive. Il faut prévenir la police, c'est maintenant une évidence.

8

Installé dans le fond du modeste poste de police de Castle Knoll, l'inspecteur Rowan Crane enchaîne de longues gorgées de son café en regardant par la fenêtre. Me Gordon m'a donné son nom et dit où le trouver avant de filer à son cabinet.

Il est 16 heures, et l'ambiance est à la paresse. En dehors d'une standardiste assez brusque, l'inspecteur est l'unique occupant des lieux. Il n'a pas encore remarqué ma présence, ce dont je profite pour l'évaluer rapidement. En jean foncé et tee-shirt, avec par-dessus une veste beige qui jure un tantinet, il semble avoir un peu plus de trente ans. Sa tignasse fournie paraîtrait indisciplinée si ce détail n'était compensé par sa barbe impeccablement taillée. Cela lui confère une sorte de beauté sauvage qui pourrait être étudiée, néanmoins l'impression d'ensemble du personnage laisse penser qu'il en fait juste assez pour être présentable avant de sortir de chez lui le matin.

Il tourne la tête et m'aperçoit ; je suis aussitôt jaugée à mon tour. Son regard est de ceux qui ne s'attardent qu'une seconde sur vous mais qui semblent percevoir les détails que vous ne souhaitez pas dévoiler. Ses grands yeux marron pourvus de cils étonnamment épais passent à toute allure de mon chignon blond noué à la va-vite aux taches d'encre sur mes doigts, puis se posent sur le sachet en plastique que je porte avant d'enfin se fixer sur les roses aux épines percées d'aiguilles que celui-ci contient.

Même s'il ne semble pas porter un jugement quelconque sur ma personne, j'ai l'impression d'être cataloguée comme un élément d'enquête, et ce avant même d'avoir précisé la raison de ma venue. Saisie de picotements dans le creux des mains, j'en frotte une contre mon jean sans même m'en rendre compte.

– Que puis-je faire pour vous ?

Sa voix très sonore dégage une autorité qui d'instinct me plaît, mais aussitôt mes défenses se mettent en place. Chaque fois que je croise la route d'un tel personnage (ce qui ne se produit que rarement, car qui est doté d'une présence paisible et imposante à la fois, de nos jours, à part dans la littérature classique ?), je m'efforce d'être prudente. Ce n'est pas parce qu'une personne paraît rassurante grâce à un coup de chance génétique qu'il faut réellement se sentir en confiance avec elle.

– Inspecteur Crane ?

Ma question n'est pas indispensable car son nom est inscrit sur une petite plaque triangulaire posée sur son bureau.

– Oui, c'est moi, me répond-il.

Son regard se fixe de nouveau sur mon sachet en plastique. Je le passe d'une main à l'autre et essuie la première, moite, sur mon jean.

– Je m'appelle Annie Adams. Je viens ici parce que ma grand-tante vient de mourir, et j'ai trouvé quelque chose de bizarre que vous devriez voir, je pense.

La chaise disposée devant son bureau se met en mouvement d'elle-même. Il me faut un moment pour comprendre qu'il l'a poussée vers moi du bout du pied.

– Commencez donc par le début. Qui est votre grand-tante ? Quand est-elle décédée ?

Je m'installe sur le bord de la chaise – un siège en plastique peu confortable.

– Nous ne l'avons découverte qu'il y a… quelques heures ?

Ma phrase se termine en interrogation car le temps me semble décrire d'étranges boucles.

– Les urgentistes ont emporté son corps, et deux policiers sont venus.

Crane reste pensif un instant, puis attrape un stylo pour tapoter d'un air distrait les quelques documents empilés devant lui.

– Nous n'avons reçu aucun appel en ce sens ici, dit-il posément. Les urgentistes ont peut-être prévenu le poste de police de Little Dimber, s'ils étaient plus proches, entre deux interventions.

Il débouche son stylo et écrit quelque chose ; son expression ne laisse rien transparaître.

– Les urgentistes ont dit qu'il n'y avait apparemment rien de louche dans la mort de ma grand-tante, et…

Je m'interromps et cherche à livrer une explication plus structurée, sans réel succès.

– Enfin, tante Frances était assez âgée. Frances Adams. C'était ma grand-tante.

Son stylo lui échappe, puis il se ressaisit :

– Mon Dieu, je suis navré de l'apprendre. J'appréciais Frances, même si elle avait tendance à nous appeler pour un oui ou pour un non. C'était une femme intéressante.

– C'est une façon de voir les choses, aboie la standardiste, depuis son bureau, près de la porte.

– Pas de commentaire, Samantha, lui lance l'inspecteur, sans hausser le ton. Frances vient de mourir, et cette personne est sa petite-nièce. Un peu de respect, s'il vous plaît.

Samantha pivote sur sa chaise à roulettes et se rapproche de nous de quelques dizaines de centimètres, sans se lever. Avec sa permanente grise, elle ne doit pas être beaucoup plus jeune que tante Frances.

– Du respect ? Le même genre de respect que Frances avait pour nous ? Cette femme a fait perdre plus de temps et monopolisé pour rien davantage de ressources policières que tous les enfants faisant des farces à Halloween.

– Samantha…

Crane a enfin élevé la voix, en guise d'avertissement, mais la standardiste n'est visiblement pas du genre à s'émouvoir de cela :

– Souvenez-vous du jour où elle nous a appelés pour nous expliquer qu'elle était sous la menace d'une arme. En réalité, son jardinier avait taillé un arbre selon une forme bizarre, dont l'ombre évoquait vaguement un individu armé d'un fusil. Une ombre, Rowan ! Une voiture a été volée au village pendant que la moitié des agents se trouvaient là-haut, au domaine Gravesdown, pour s'occuper d'une ombre.

– Samantha… grimace l'inspecteur.

– Il faut que les choses soient dites ! insiste sa collègue, incapable de se taire. Sa famille doit savoir ce que ses folles obsessions ont coûté au village ! Vous devriez être de mon côté, *inspecteur Crane*, vu la façon dont elle vous a traité !

Je cligne des yeux, stupéfaite :

– Tante Frances s'est montrée désagréable avec l'inspecteur ? Sachant combien elle redoutait d'être assassinée, on pourrait penser qu'elle aurait pris soin d'avoir de bonnes relations avec lui, non ?

– Elle avait horreur des patronymes rappelant les oiseaux, lâche Samantha. Elle s'est comportée de façon détestable avec toute la famille Crane à cause de ce bête détail[5].

– Ah, d'accord…

La prédiction me revient à l'esprit, en particulier la phrase « *Fuis l'oiseau, car il te trahira.* »

L'inspecteur Crane se passe la main sur le menton puis se fige, me donnant l'impression d'être sur le point de remettre Samantha à sa place, mais il n'en fait rien et se détourne d'elle, l'air sérieux, professionnel.

Samantha hausse les épaules et regagne son poste en roulant.

5. *Crane* : grue.

– Racontez-moi ce qui s'est passé et donnez-moi le nom des personnes présentes, me demande-t-il. Vous avez dit : « Nous l'avons découverte… »

En relatant en détail la matinée, j'ai la sensation d'être moins concernée par ce qui me fait l'effet d'un récit de fiction, comme si j'étais quelqu'un d'autre épiant par la fenêtre, observant une autre Annie découvrant sa grand-tante décédée et gisant sur le sol de son luxueux manoir.

Je m'interromps au moment de décrire le bouquet et tends à l'inspecteur le sachet en plastique et le fouillis qu'il contient, peu désireuse de revoir les aiguilles. C'est alors que je ressens comme une palpitation dans les mains. La prédiction de tante Frances refait fugitivement surface dans mes pensées, notamment le passage évoquant une agonie liée au fait de tenir quelque chose dans la main, puis tout cela se concrétise, et je percute :

– Merde…

Je ne crois pas avoir touché les roses. J'en suis même certaine ; j'ai fait très attention.

Enfin, il me semble.

Baissant les yeux sur mes mains, je découvre de minuscules ampoules qui se forment sur mes paumes et entre quelques doigts. J'ai clairement touché quelque chose. Je lâche un nouveau juron, plus fort que le précédent.

L'inspecteur Crane se penche vers moi, le front ridé par l'inquiétude.

– Ce n'est pas beau à voir, marmonne-t-il, si faiblement qu'on pourrait croire qu'il se parle à lui-même.

Mes mots m'échappent à toute allure :

– Il y a des aiguilles dans ces roses ! Elle les tenait dans les mains quand elle est morte, ses mains étaient entaillées de partout ! C'est pour ça que je suis venue vous trouver !

Conservant un calme agaçant, l'inspecteur Crane sort d'un tiroir un gant chirurgical qu'il enfile avec une dextérité de médecin. J'ai l'impression d'être une scène de crime humaine, ou au moins une patiente aux urgences, quand il me prend délicatement le poignet et l'incline vers lui pour examiner ma paume blessée. De son autre main, il sort prudemment le bouquet du sachet et, se protégeant au moyen d'un autre gant chirurgical pincé entre deux doigts, le pose sur le bureau avant de revenir à moi.

– Vous avez écouté ce que j'ai dit ?

Je m'emporte, et le couinement des roulettes du fauteuil de Samantha me donne envie de m'enfuir en courant. Je la sens à deux doigts de m'accuser de faire une scène, comme ma grand-tante, cette folle, avant moi. Ce qui ne fait que renforcer ma détermination à être prise au sérieux :

– Ma grand-tante Frances est morte ! On l'a retrouvée agrippant des roses dont les épines étaient percées d'aiguilles, que j'ai moi aussi sans doute touchées ! Pourquoi vous n'appelez pas une ambulance immédiatement ?

– Parce que j'ai reconnu une certaine plante dans ce bouquet, tout comme l'éruption cutanée sur votre main, me répond Crane, sans se départir de son calme.

– Oui, n'importe qui sait reconnaître des roses et du cerfeuil des bois.

L'inspecteur Crane me regarde attentivement, sans lâcher mon poignet qu'il tient toujours avec délicatesse entre le pouce et l'index. Puis il baisse les yeux et oriente ma main sous la lumière de sa lampe de bureau.

– Ce n'est pas du cerfeuil des bois, déclare-t-il en désignant du menton le fouillis végétal. Il s'agit d'une herbe qui irrite la peau ; Castle Knoll en subit une invasion chaque été. Nous allons tout de même vous conduire chez un médecin qui vous prescrira une crème antihistaminique pour faire disparaître tout ça.

– Mais quelle est cette plante, alors ?

Je n'ai pas tout à fait retrouvé mon calme mais il semble si sûr de lui que mes épaules se décrispent peu à peu.

Il me jauge de nouveau du regard ; je devine qu'il note ma pâleur et le fait que mes mains, paumes vers le ciel, tremblent légèrement sur son bureau.

– Peu importe, lâche-t-il distraitement.

Ma réaction est glaciale :

– Ça a eu de l'importance pour tante Frances, vous ne croyez pas ?

Je devine facilement quand on me dissimule des informations pour éviter que je panique. Je sens que je m'énerve mais je m'accroche à cet agacement qui m'aide à mieux réfléchir.

Sans rien dire, le policier éteint sa lampe et se lève.

– Tante Frances a passé sa vie convaincue qu'elle serait assassinée, et on la retrouve morte avec ça sur son bureau !

Les mots jaillissent, chargés de ma frustration de voir cet inspecteur faire si peu de cas du bouquet truffé d'aiguilles et de je ne sais quelle plante urticante. J'insiste :

– Vous allez examiner ces fleurs, oui ou non ?

L'inspecteur Crane me guide jusqu'à la sortie et lance un bref hochement de la tête à Samantha au moment où nous franchissons le seuil du poste de police.

– Vous êtes tous détectives amateurs, dans la famille, c'est ça ? grogne-t-il, sans répondre à ma question. Quand avez-vous parlé à votre grand-tante pour la dernière fois ?

Je refuse d'avouer que je n'ai jamais échangé le moindre mot avec tante Frances :

– Je suis venue de Londres pour participer à une réunion avec elle. Walter Gordon et elle ont discuté par téléphone peu avant notre départ de son cabinet pour la rejoindre – c'est sans doute lui la dernière personne à lui avoir parlé.

Sans ajouter un mot, Crane hoche la tête, le front plissé. Je ne peux m'empêcher de baisser les yeux sur mes mains, et je me sens chanceler.

Crane me soutient par le coude et me guide avec douceur dans les ruelles tortueuses de Castle Knoll. Les pierres claires des bâtiments sont baignées de la lumière dorée de la fin de l'après-midi, mais je suis trop occupée à jacasser pour y prêter attention.

Même s'il ne m'a pas tout dit à propos de la plante que j'ai touchée, Crane ne se comporte pas comme si j'étais une petite chose fragile. Bien au contraire, il m'écoute développer mes théories, se faisant de temps à autre l'avocat du diable.

– J'ai vu les compositions florales qu'a faites tante Frances, elles sont époustouflantes, dignes de celles que peuvent disposer les professionnels lors d'un mariage.

– Elle s'est chargée de la décoration de nombreuses réceptions de mariages célébrés à Castle Knoll, sans oublier les bouquets qu'elle préparait une fois par semaine pour l'église, m'explique Crane.

– Oui, Me Gordon m'en a parlé. Nous avons vu plusieurs bouquets prêts à être livrés à l'église. Mais celui qui contenait ces fameuses roses était beaucoup plus brouillon, comme s'il était constitué de fleurs négligemment arrachées d'une haie. À mon avis, il lui a été envoyé par quelqu'un qui savait qu'elle chercherait à l'arranger.

– À moins qu'elle soit morte alors qu'elle l'assemblait, au contraire. Vous partez du principe qu'il était destiné à Frances, mais c'est peut-être elle qui l'a composé. À l'intention de quelqu'un d'autre.

– Elle aurait envoyé un bouquet si glauque à un mariage ? Ou à l'église ? Vous y croyez vraiment ?

– Je n'en sais rien, reconnaît le policier. Elle a peut-être été rendue folle de rage par le pasteur ou un de ses aides. Frances n'était pas du genre à facilement pardonner.

Je prends note de cette information qui me semble d'importance.

– Qu'avait-elle contre l'église ?

– Son historique avec le pasteur était très chargé, affirme Crane, qui ensuite grimace, comme s'il regrettait de ne pas avoir tenu sa langue.

– Son historique ? Vous voulez dire qu'ils ont…

– Oubliez ce que j'ai dit, Annie, nous arrivons au cabinet médical.

– Ce passé est revenu la hanter récemment, vous croyez ?

– Je vous ai dit d'oublier ça, Annie, c'était il y a une éternité.

La voix de Crane s'est quelque peu échauffée, et le fait qu'il m'ordonne de ne plus y penser me donne plus envie encore d'insister.

– Une éternité… ? Aux alentours de 1965, peut-être ? À l'époque où la voyante lui a prédit son avenir ?

Les rouages de mon esprit s'emballent.

– Ou il y a un mois ? Une dispute à propos de fleurs aurait-elle dégénéré, au point de…

Comment une brouille avec le pasteur aurait-elle pu avoir un rapport avec des os desséchés et des filles et inciter tante Frances à cocher ces deux phrases de la prédiction ? Je ne trouve aucune explication à cette hypothèse.

– En 1965, me répond Crane. Un membre de ma famille connaissait Frances à l'époque ; je sais donc ce que je dis quand je vous demande poliment d'oublier cette histoire.

Il se tait un instant et me regarde avec un air si sévère que je m'écarte légèrement de lui.

– Et avant que vous ne vous fassiez des idées – car je devine que vous n'y manquerez pas, c'est bien votre genre –, je vous prie de ne pas embêter ce pauvre pasteur. John a suffisamment enduré de malheurs.

Intéressant… De plus, je dispose à présent d'un nouveau nom pour m'aider à résoudre le mystère des fleurs. John…

Ce n'est qu'au moment où je détourne le regard du policier que je constate que nous sommes parvenus devant une modeste porte peinte en un vert plutôt accueillant. Devant moi se présentent plusieurs maisons de pierre mitoyennes manifestement si anciennes qu'elles ont sans doute été bâties à l'époque où le château était encore intact. L'inspecteur Crane toque sur le battant, professionnel jusque dans ce simple geste. Une plaque fixée à côté de la porte indique que nous nous trouvons au cabinet médical que dirige le Dr Esi Owusu.

Une femme en blouse blanche nous ouvre.

– Aurais-tu le temps d'examiner une patiente qui n'a pas pris rendez-vous, Esi ? lui demande Crane, l'air presque confus.

Quoique légèrement agacée par cet imprévu, le Dr Owusu me gratifie du regard compatissant typique que les médecins dignes de ce nom savent afficher même dans les situations les plus délicates.

– Je ne reçois pas de patients le mardi, en principe, car je consacre cette journée aux tâches administratives. Qui plus est, on vient de me prévenir en catastrophe pour pratiquer une autopsie en urgence.

En prononçant ces derniers mots, elle jette à Crane un regard entendu qui déclenche comme une étincelle électrique entre eux, comme si elle avait ainsi évoqué quelque secret connu des seuls villageois. J'écarquille les yeux ; pour quelle raison un médecin généraliste serait-il contraint de pratiquer une autopsie en urgence ? Il n'est certainement pas question de tante Frances, son décès est trop récent.

– Je t'en prie, Esi, insiste Crane. Je n'ai pas du tout envie de la conduire à l'hôpital. Juste un rapide coup d'œil ?

Mes mains me font souffrir, à présent, et l'éruption cutanée se propage.

– D'accord, cède le Dr Owusu, qui ouvre grand la porte pour nous faire entrer, avant de s'adresser à moi. Bon, que vous arrive-t-il pour que vous ayez besoin de consulter un médecin en urgence ?

Sa voix est douce mais ferme. De mon côté, j'ai soudain la bouche sèche, et l'éclairage fluorescent du cabinet ravive mes vertiges, tandis que ma douleur aux mains palpite en écho à ma panique grandissante.

Le bruissement du sachet en plastique me semble très lointain lorsque Crane en sort le bouquet avec précaution. Le Dr Owusu l'effleure tout aussi délicatement, puis murmure quelque chose à l'inspecteur.

Celui-ci réagit mais je ne perçois qu'un unique mot prononcé par sa voix sonore : ciguë. Le reste de sa phrase ne me parvient pas. Je me sens défaillir, il se passe quelque chose d'anormal, d'étrange. Alors que je crois sentir mes os fondre, un bras m'attire vers une chaise.

Le mot « ciguë » résonne une dernière fois, puis tout devient noir.

9

Les dossiers de Castle Knoll, 21 septembre 1966

– Je pourrais vous demander ce que vous faites ici mais je crois que je le devine, nous lança Rutherford, nous considérant tour à tour.

Il détailla d'abord Emily, qui tenait encore la bière de Walt, puis Rose, avec sa cigarette, et enfin posa les yeux sur moi, avec le bras de John sur mes épaules. On aurait dit qu'il avait le pouvoir de lire en nous. Un rictus se dessina sur ses lèvres, comme si une réflexion amusante lui était venue à l'esprit.

Il était plus jeune que je ne l'avais imaginé, mais il est vrai qu'il n'avait que vingt-trois ans, à en croire les commérages du village. Large d'épaules, il était nettement plus grand que nous. Je ne distinguais pas clairement ses yeux mais sa mâchoire était impressionnante ; on l'aurait volontiers imaginé encaisser nombre de coups lors d'une bagarre pour en sortir vainqueur. Je m'étonnai qu'il ait déjà été marié, puis songeai qu'il était séduisant et riche ; trouver une épouse n'a rien de difficile quand on est doté de ces deux qualités. Par ailleurs, il avait reçu malgré lui un neveu et un titre à vingt ans à peine. Je n'aurais pas voulu gérer tout cela seule, à sa place.

Emily redressa les épaules sans chercher à dissimuler sa bière, mais son assurance était clairement feinte. Elle me désigna discrètement du menton avant de revenir sur Lord Gravesdown en secouant très légèrement la tête, j'en suis certaine. J'eus alors la sensation étrange d'être l'objet de leur échange muet, comme s'ils partageaient une plaisanterie connue d'eux seuls mais me concernant.

Il considéra Emily un long moment avant de réagir :

– Qui donc êtes-vous ?

Emily laissa échapper un petit cri de surprise, qu'elle étouffa en avançant d'un pas, le sourire aux lèvres.

– Je m'appelle Emily, monsieur, et voici Walt, ainsi que Rose, John et la petite amie de John, dit-elle en nous désignant tour à tour.

Je fus vexée d'avoir été présentée en tant que « petite amie de John », rien de plus.

– Je vois. Et que faites-vous sur ma propriété en pleine nuit ?

Emily s'éclaircit la voix et se lança dans une performance d'actrice parfaite :

– Nous sommes vraiment désolés, mais vous savez comment ça se passe au village ; personne ne comprend que nous ne faisons de mal à personne en nous amusant.

Elle baissa les yeux une seconde, puis redressa la tête et planta son regard dans celui de Lord Gravesdown. Elle s'éloigna encore de deux pas de Walt, inclinant légèrement la tête de façon que ses cheveux retombent sur son épaule. Elle rejeta une mèche derrière l'oreille, affichant un air nerveux. Or Emily n'est jamais sujette à la nervosité. En revanche, elle excelle dans l'art de la simuler pour se tirer des embûches les plus diverses. La connaissant, nous n'étions qu'à une minute ou deux de la voir verser de fausses larmes et promettre d'aller à la messe.

Interrompue par un geste de la main de Lord Gravesdown, Em prit un air contrarié, mais son public s'était lassé de sa performance.

– Limitez-vous à la zone boisée et aux ruines du temple grec, du côté est du parc, et ne laissez pas de saletés derrière vous, nous demanda le propriétaire des lieux.

En voyant un coin de sa bouche se hausser, je me fis la réflexion qu'il n'était peut-être pas si différent de nous. Était-il venu ici même s'amuser avec des amis quelques années plus tôt, avant de devoir assumer tant de responsabilités ? Seule cette hypothèse expliquait qu'il ne nous ordonne pas de décamper sur-le-champ. Peut-être incarnions-nous un passé auquel il n'avait plus accès.

– Ne vous approchez pas des jardins aménagés ni des pelouses autour du manoir, et encore moins de la ferme abandonnée, pour quelque raison que ce soit, ne serait-ce que parce que le moulin à eau est cassé, ce qui rend l'endroit extrêmement dangereux. Je ne tiens pas à repêcher vos cadavres dans la Dimber.

Il se tourna vers moi et m'observa longuement ; je sentis la main de John se crisper sur mes épaules.

– Saxon a la mauvaise habitude de vagabonder dans la nature, reprit-il, avec un regard sévère à l'endroit de son neveu. Si vous le croisez de nouveau, soyez gentils de le reconduire au manoir.

Il revint à moi.

– Comment t'appelles-tu ?

Je dus me racler la gorge pour réussir à articuler un « Frances » à peine audible.

– Frances, répéta Lord Gravesdown, avec un sourire tout en douceur.

J'eus même l'impression qu'il appréciait que je n'aie pas crié sur son neveu précédemment, quand ce garnement nous avait surpris. Me rappelant soudain que nous évoquions la femme de Rutherford quelques secondes avant que celui-ci n'émerge des bois, je me sentis rougir. L'endroit où je me tenais étant baigné par le clair de lune, il vit à coup sûr mes joues prendre une teinte écarlate.

Son expression se modifia et son sourire se fit plus cavalier, typiquement celui d'un individu conscient de son pouvoir et sachant s'en servir. D'un geste de l'index, il me fit signe d'approcher. Bien que tentée de me plaquer davantage contre John, car toute cette scène me faisait plus que jamais l'effet d'un piège, j'obtempérai tout de même.

– Frances, dit-il sur un ton plus posé. Aimes-tu les énigmes ?

Déconcertée par cette question absurde, je fus incapable de contenir un ricanement d'indignation. Pour qui se prenait-il ? Pour une sorte de sphinx montant la garde devant ses colonnes en ruine, chargé de mettre ma valeur à l'épreuve ? S'il y avait ici des ruines antiques, c'étaient forcément des imitations, comme tous les temples grecs érigés par des aristocrates dans leur jardin. L'ensemble de cette conversation sonnait faux à mes oreilles.

– Non, répondis-je, le cœur battant sous l'effet de mon audace soudaine. Je n'aime pas les énigmes. Exception faite de celles qu'on trouve dans les mythes, elles ne sont qu'une façon de se faire passer pour plus intelligent qu'on ne l'est.

Lord Gravesdown rit aux éclats, la tête rejetée en arrière, puis il revint à moi, l'air approbateur :

– Tu me plais, toi.

Emily ricana en fond sonore, peut-être agacée que Lord Gravesdown ait moins apprécié ses talents d'actrice que mon attitude pleine de défi, à moins qu'elle n'ait simplement été jalouse que je sois subitement devenue l'objet de l'intérêt de Rutherford.

L'interminable silence qui s'ensuivit me fit comprendre que j'étais censée réagir.

– Merci… monsieur, dis-je, bien, qu'ignorant s'il avait voulu se montrer aimable ou s'il avait réellement exprimé le fond de sa pensée. Et merci de ne pas nous chasser et de ne pas vous être mis en colère contre nous.

Son sourire s'agrandit, dévoilant des dents bien alignées scintillant sous le clair de lune.

– Appelle-moi Ford, je t'en prie.

Son regard était si intense que, quelques instants durant, je crus presque à la fable contée par Emily, à propos du couteau au manche orné d'un rubis et du cadavre jeté dans la Dimber. Ce n'était qu'un regard, néanmoins j'avais la sensation d'être traquée.

Emily s'imposa entre nous, attirant l'attention de Lord Gravesdown.

– Ne vous en faites pas, Ford, j'ai conscience que nous devons vous faire l'effet de jeunes sauvages, mais nous sommes très respectueux.

Abandonnant son masque de nervosité aussi facilement qu'elle l'avait enfilé, elle avait prononcé le prénom de Lord Gravesdown sans la moindre gêne, comme s'ils étaient proches depuis des années – quant à moi, je continuerais de lui donner du monsieur si je devais le revoir après cette nuit-là.

Il se contenta de hocher la tête, l'air pensif, avant de s'adresser à son neveu :

– Allons-y, Saxon.

Resté près de moi, le jeune garçon murmura quelque chose à Emily lorsqu'il la frôla :

– Méfie-toi, on aime tout ce qui est sauvage.

Il ponctua ses mots d'un sourire et rattrapa son oncle parmi les arbres dénudés.

Personne ne bougea durant ce qui me parut une éternité, puis, enfin, le rire d'Emily éclata et se propagea dans toutes les directions. La glace qui avait saisi le moment se brisa.

– Ils sont bizarres, dans cette famille ! dit-elle.

Rose s'éloigna quelque peu sur le sentier, tournant la tête de tous côtés, puis revint sur ses pas, visiblement calmée.

– Ils sont vraiment partis ? lui demanda Walt.

– Oui, confirma-t-elle.

Elle semblait redevenue elle-même après cette étonnante rencontre, comme si le fait de vivre cette petite aventure tous ensemble l'avait tirée de sa morosité.

Je dois avouer que moi aussi j'avais la sensation d'être soudain pleine de vie ; nous avions échappé à une sévère réprimande, découvert un mystérieux personnage et obtenu une autorisation de revenir sur cette propriété, tout cela en quelques instants.

John remonta une sangle de son sac à dos puis me sourit, tandis que les autres chuchotaient encore à propos de ce que nous venions de vivre. Il me prit de nouveau la main, puis nous nous engageâmes sur un petit chemin de terre, dans la direction opposée à celle prise par Saxon et son oncle.

– Où se trouve ce temple grec en ruine, Em ? lançai-je dans mon dos.

John ouvrait la marche d'un pas assuré, me guidant par la main dans l'obscurité.

Emily lâcha un rire narquois avant de me répondre :

– Prends le sentier sur ta droite, John !

Précision inutile car John avait déjà pris cette direction.

Enfin se présenta une clairière vivement éclairée par la lune, ce qui expliquait qu'on ait choisi cet endroit pour bâtir un édifice secret. Les bois qui la cernaient formaient un écran de pins et de bouleaux mais, dès qu'on levait les yeux, le ciel et les étoiles semblaient infinis. Par cette nuit sans nuages, je distinguais la Grande Ourse.

– Redescends sur terre, Frances, me taquina Walt. Et offrons-nous un peu de détente.

J'entendis le sifflement d'une nouvelle canette de bière ouverte et vis Emily et Walt s'asseoir sur un pilier grec prétendument tombé au sol.

Ces fausses ruines étaient partout autour de nous – les pierres soigneusement disposées par un paysagiste de façon à donner une aura de mystère à ce qui en réalité n'était qu'un endroit pour s'asseoir.

– Bon, qu'est-ce qu'on fait ? lança Walt, dont le joint dégageait une odeur qui emplissait mes narines.

Emily plissa les yeux en en prenant une bouffée :

– Ça me semble évident : toi et moi on fume, Rose boude, et John et Frances s'éclipsent en douce pour faire l'amour.

– Tu sais plomber l'ambiance comme personne, Em ! s'esclaffa Walt en lui donnant un coup de coude.

La mâchoire brièvement crispée, John resta sans réaction. Emily était fidèle à elle-même, tout simplement, dévalorisant ce qui pouvait l'être. Elle n'hésitait pas à énoncer les secrets que l'on était censé taire, les exposer au grand jour et en extraire tout le jus pour les réduire au statut de vaste blague. Or j'étais déterminée à ne pas la laisser réduire ma relation avec John au rang de mascarade.

Serrant de nouveau la main de mon compagnon, je redressai les épaules et pris mon air le plus suffisant :

– Quoi que nous fassions, au moins nous ne perdrons pas notre temps avec des tocards comme vous.

Ce n'était pas la réplique la plus incisive de tous les temps, mais je n'avais rien trouvé de mieux.

Malgré cela, je vis Emily se tendre, comme si je lui avais déclaré la guerre. Un sourire cruel naquit sur son visage :

– Ne t'inquiète pas, Frances, dit-elle sur un ton presque cajoleur. Je sais que ça doit être dur d'être la seule vierge du groupe. Mais ce bon vieux John a de l'expérience, tu es entre de bonnes mains.

– Ne l'écoute pas, Frannie, me murmura John. Filons d'ici, nous n'avons pas besoin d'entendre ses conneries.

Je lui répondis par un long baiser langoureux, afin de clairement indiquer que je me moquais éperdument des propos d'Emily, puis il m'entraîna sur un autre chemin plongé dans le noir.

Nous marchâmes ainsi une ou deux minutes. Le sac à dos de John était ballotté de tous côtés, chargé de la couverture et de la bouteille de vin qu'il y avait glissés. Je n'avais rien dit de nos projets à Emily, et je doutais fort que John l'ait fait, mais nos intentions étaient sans doute évidentes. Nous ne pouvions certainement pas rester chez lui ou chez moi, en présence de nos parents, et nous ne possédions ni l'un ni l'autre de voiture. Walt nous avait conduits jusqu'ici et s'était garé un kilomètre plus haut sur la route. Nous avions ensuite marché jusqu'au trou dans la clôture déniché par Emily.

Alors que j'avais imaginé une escapade romantique, je pris conscience, tandis que nous piétinions des branches mortes en cherchant dans les bois un endroit pas trop envahi de ronces ou de feuilles trempées, que notre virée n'avait en réalité qu'un unique objectif. Je ravalai un juron en comprenant qu'Emily avait précisément agi de façon que j'en arrive à penser cela.

– Je commence à vraiment la détester, dit John, comme s'il lisait dans mes pensées.

– Moi aussi

Nous n'en rajoutâmes pas, mais c'était agréable d'être d'accord sur ce point.

Enfin nous apparut un espace abrité, sous un énorme pin, où le sol était couvert d'un doux tapis d'aiguilles, avec des branches suffisamment basses pour nous dissimuler. Mes épaules se décrispèrent dès que je m'installai dans ce refuge invisible et sûr. Parfait.

Sans doute du même avis que moi, John me sourit et m'embrassa de nouveau, puis il ouvrit son sac à dos et déploya la couverture. Il déboucha ensuite la bouteille – à moitié vide car provenant d'un placard de chez lui, soupçonnai-je – et s'octroya une longue gorgée avant de me la passer.

Un filet de vin rouge coula sur mon menton, après une gorgée trop ambitieuse, ce qui me fit rire. Il l'essuya d'un doigt et posa la bouteille au sol. C'est avec un air des plus sérieux qu'il m'embrassa encore, tandis que nous étions gagnés par un empressement grandissant. Je fis de mon mieux pour ne pas penser aux paroles d'Emily lorsque John s'attaqua d'une main sûre aux boutons de mon chemisier, puis quand je me rendis compte qu'il avait défait la boucle de sa ceinture en un clin d'œil – je n'avais même pas remarqué son geste. J'étais la seule à faire preuve de maladresse, et j'en voulus plus que jamais à Emily lorsque je me sentis gênée à l'idée de ne pas être à la hauteur pour John, craignant que ma nervosité me fasse paraître immature à ses yeux. Si cela devait se produire, ni lui ni moi n'apprécierions ce moment.

J'en voulais également à Emily de m'avoir poussée à considérer les choses sous un angle nouveau ; cette affaire n'était désormais pour moi plus qu'un point à atteindre, bien loin du plaisir prolongé que j'avais imaginé. Je ne pensais plus qu'à franchir ce cap pour en être débarrassée.

Les baisers de John se succédèrent dans mon cou, de plus en plus bas, jusqu'à glisser sous mon chemisier déboutonné, et enfin je me détendis quelque peu. Considérant les branches de pin plongeant autour de nous et inspirant le parfum de la terre, je décrétai qu'Emily n'avait pas le pouvoir de troubler notre bonheur. Mes yeux se fermaient peu à peu, et enfin un soupir de plaisir m'échappa tandis que je plongeais les doigts dans les cheveux de John. C'est alors que m'apparut une trouée pâle dans les branches. J'ouvris grand les yeux :

– Merde ! John, le gosse est encore là !

Le visage de John émergea de mon chemisier, que je rabattis sur ma poitrine en me débattant avec une flopée de sensations diverses – colère, honte, déception, désir.

John se dressait encore au-dessus de moi, sa ceinture claquant contre ses jambes mais tout le reste encore à sa place. Je reboutonnai mon chemisier en toute hâte, même si la nature de la scène était plus qu'évidente. Saxon n'avait pas bougé, ce qui rendait la situation plus gênante encore. Pourquoi n'avait-il pas filé à toutes jambes ? Il nous observait à travers les branches, le visage impassible.

Furieux, John se retourna et boucla sa ceinture d'un geste vif. Son calme habituel était troublé par une colère bouillonnante, comme en témoignaient ses épaules soudain raides et sa mâchoire crispée. Il se leva avec une telle énergie que j'eus peur qu'il s'en prenne physiquement à l'enfant.

– Fiche le camp, Saxon ! criai-je, aussi exaspérée que soucieuse.

Il avait beau nous espionner, il n'en restait pas moins un petit garçon. Ma réaction rompit le charme paralysant l'enfant, qui aussitôt s'enfuit en courant. John se lança à sa poursuite. Je me levai d'un bond, déterminée à les suivre, mais trébuchai sur la couverture et renversai le fond de la bouteille dessus.

Me relevant vivement, je m'élançai enfin, écartant des mains des ronces qui me laissèrent quelques épines, puis j'entendis Saxon crier un peu plus loin.

À moins de trois mètres de l'endroit où John et moi nous étions allongés, le bois cédait subitement la place aux pelouses vallonnées de la propriété. N'ayant jusque-là pas saisi que nous nous trouvions si près de cette vaste étendue, je frissonnai en songeant à notre moment d'intimité potentiellement exposé à ce point. En cet instant, je haïssais à peu près tout ce qui concernait la propriété Gravesdown, devenue à mes yeux un lieu tordu et aguichant que j'étais résolue à ne plus jamais revoir. Les bras croisés et la tête baissée dans l'encolure de mon manteau en laine, j'avais envie de disparaître. Entendant soudain Saxon hurler, je me précipitai tout de même en avant et le découvris affalé à terre, John penché sur lui.

– Qu'as-tu fait ? criai-je à John, que j'eus tôt fait de rejoindre en courant.

Celui-ci se tourna vers moi, les mains levées :

– Rien du tout, Frannie, je te le jure ! Il a trébuché au moment où je m'apprêtais à l'enguirlander.

Saxon était recroquevillé sur lui-même, les genoux contre la poitrine et les joues ruisselantes de larmes qui brillaient sous le clair de lune. Son pantalon était déchiré à hauteur d'un genou, lequel était écorché. Je tendis la main pour l'aider à se relever, et il la saisit. Il ne m'inspirait guère de compassion – c'était un garçon si étrange – mais, en le voyant pleurer et le genou en sang, je me demandai s'il n'aurait pas fallu que cet enfant ait de meilleures occupations. C'est en grimpant aux arbres en été avec des amis qu'il aurait dû s'égratigner le genou, pas en rôdant dans les bois de la propriété de son oncle si insaisissable.

Le malheureux avait dû vivre un enfer quand il avait perdu si jeune ses parents et son grand-père dans un accident de voiture. Il fallait espérer qu'il ignore les commérages circulant dans tout le village à propos de cette affaire.

– Allez, viens, nous te raccompagnons au manoir, lui dis-je.

Saxon renifla et s'agrippa à mon bras.

– Pas avec lui ! sanglota-t-il, les yeux plissés en direction de John. Il m'a poussé !

– C'est un mensonge et tu le sais très bien ! cracha John.

Même si j'avais confiance en la parole de John, je n'avais pas vraiment envie de tenir un rôle d'arbitre entre Saxon et lui. J'étais épuisée et toutes les émotions de la soirée – le moment dont John et moi avions été privés, Emily et ses remarques douteuses, et même la mystérieuse morosité de Rose ces derniers temps – me semblaient prêtes à éclater dans toutes les directions.

– Entendu, je m'en occupe, soupirai-je. John, je te retrouve avec les autres après avoir conduit Saxon chez lui.

John me prit par le coude et m'écarta de l'enfant afin de me murmurer à l'oreille :

– Ne fais pas ça, Frances. Lord Gravesdown te regardait avec un air bizarre, tout à l'heure. Toute cette histoire est louche, ça ne me plaît pas.

– Je le raccompagne jusqu'à l'entrée du manoir, je n'y entre pas.

John afficha un instant une authentique inquiétude, puis sa colère reprit le dessus :

– Dans ce cas, je vous suis de loin.

L'air bizarre que j'avais précédemment repéré chez John fit sa réapparition, si bien que pendant une seconde je me demandai s'il avait poussé Saxon, comme le prétendait celui-ci.

De plus en plus agacée, je finis par craquer, vaincue par l'accumulation d'événements étranges au cours de cette soirée. Je le fixai droit dans les yeux, sans ciller – tout en songeant que les Gravesdown n'étaient pas les seuls à se comporter bizarrement ce soir-là –, et décrétai sur un ton posé :

– Certainement pas.

– Frances, je…

– Il y a quelque chose de pas net chez toi, l'interrompis-je, le regard noir. Tout à l'heure, Emily a dit que…

– Ne te laisse pas influencer par ce qu'elle raconte ! Tu sais parfaitement qu'elle adore te faire marcher.

Il s'approcha de moi et me prit la main avec douceur. Réfugié sous un arbre, Saxon nous observait, ses yeux noirs soudain tout à fait secs. En cet instant, il me faisait l'effet d'un garnement capable de jeter des cailloux sur des pigeons par simple plaisir.

Je fermai les yeux une seconde et inspirai lentement. Sans doute me laissais-je trop guider par mes émotions, cela a toujours été mon problème. Je vais jusqu'à croire les voyantes, bon sang ! John avait raison ; Emily me tapait sur les nerfs beaucoup trop facilement parce que je la laissais faire.

– Pardonne-moi si je me montre trop protecteur vis-à-vis de toi, mais t'imaginer seule avec un de ces deux-là, que ce soit l'oncle ou le neveu, m'inquiète vraiment.

Je lui offris un baiser rapide :

– Ça va aller, ne t'en fais pas. Pourrais-tu seulement… me prouver que tu me crois capable de me débrouiller toute seule en m'attendant avec les autres ? Je ne sais pas quel est le problème avec Saxon, mais je suis fatiguée et je tiens à m'assurer qu'il rentre chez lui sans souci.

John hésita, se frottant la nuque d'une main.

– Tu n'es pas mon père, John ! insistai-je, alors qu'il esquivait mon regard.

Enfin, il céda :

– Je te retrouve aux ruines du temple, avec les autres.

– Merci.

Je remontai le sentier jusqu'à l'endroit où Saxon était tapi.

– Allons-y, et ne traînons pas, lui intimai-je. Il fait froid et, pour être franche, j'ai hâte de rentrer chez moi.

S'ensuivit une bonne minute de marche sans un mot. Or Saxon Gravesdown est le genre de personne avec qui le silence devient rapidement gênant. De plus, j'éprouvais une certaine culpabilité en songeant au moment où John s'était penché sur moi, sous les arbres, et j'étais furieuse que nous ayons été épiés.

– C'est mal d'espionner les gens, finis-je par sermonner Saxon, alors que nous traversions la grande pelouse. Quoi que tu aies vu, ce n'est pas bien qu'un enfant…

– Oh, je sais tout à propos des oiseaux et des abeilles, mais je t'ai rendu service, je te signale. Je sais bien que tu me prends pour un cinglé, mais ton copain est pire encore.

– Qu'est-ce que tu racontes… ?

– Il t'a sûrement dit que ce n'était pas prudent de me raccompagner sans lui. En réalité, il ne veut pas que tu discutes avec moi.

– Tu dis n'importe quoi…

Nous nous dirigions vers une porte située à l'arrière du manoir et percée d'un panneau de verre vivement coloré.

Saxon haussa les épaules :

– Ne me crois pas si tu n'en as pas envie, je dis seulement ça pour t'aider.

Il actionna la poignée de la porte et me jeta un regard par-dessus l'épaule.

– Entre, oncle Ford aimerait bavarder avec toi.

10

Je reviens à moi. Crane a disparu et le Dr Owusu me tend un gobelet en carton rempli d'eau fraîche.

– Parfait, vous avez déjà meilleure mine, me dit-elle d'une voix chaleureuse, avec un très léger accent d'Afrique de l'Ouest.

Elle a sans doute environ quarante-cinq ans. Regardant autour de moi, je constate que son cabinet est impeccable, avec seulement quelques touches de confort pour rendre l'endroit moins impersonnel. Les magazines à disposition des patients semblent récents, et une étagère avec l'inscription « Prenez un livre et déposez-en un autre » est remplie d'ouvrages d'occasion – de la littérature de qualité, à première vue. Une caisse de jouets est calée sous un aquarium dans lequel des poissons rouges renvoient en reflets cuivrés la lueur des plafonniers. Je focalise un instant mon attention sur le goutte-à-goutte du filtre ; cela m'aide à chasser ma fatigue soudaine et à articuler d'une voix faiblarde :

– Excusez-moi, mais... j'ai cru entendre l'inspecteur parler de ciguë...

– Vous n'avez rien à craindre, me rassure le Dr Owusu. Il semblerait que vous ayez été en contact avec de la ciguë – il y en avait dans le bouquet que vous avez confié à Rowan pour l'enquête. Mais comme il vous l'a expliqué, la ciguë, si on se contente de la toucher, ne provoque qu'une irritation de la peau dont on vient facilement à bout.

Inondée de soulagement, je hoche lentement la tête. Mes bras et mes jambes me semblent privés de leur force, ce qui est classique après une crise de panique ; je me sens chaque fois totalement vidée. Il serait sans doute bon que je consulte un thérapeute à ce sujet.

Le Dr Owusu ouvre un tube de crème et m'en enduit les mains.

– C'est de la pommade d'hydrocortisone, m'explique-t-elle en me voyant me mordre les lèvres.

– Je croyais que la ciguë était un poison. Socrate en est mort, non ?

– Oui, si on en avale, ou si on en a dans le sang pour une raison ou une autre, mais vous avez seulement touché ces brins, vous serez rapidement remise. Cela se produit étonnamment souvent, en été. La ciguë n'est pas très répandue, en général, mais on en trouve dans la région.

Le médecin marque une pause, puis change de sujet et me tapote le dos de la main.

– Au fait, je suis vraiment navrée concernant le décès de votre grand-tante.

– Je vous remercie.

J'ai presque le sentiment d'être malhonnête en prononçant ces mots, étant donné que je n'ai pas connu tante Frances personnellement. Je ne mérite pas les rides d'inquiétude qui se sont formées sur le front du Dr Owusu. Malgré cela, s'il y a une chose que j'ai apprise à propos de ma grand-tante en ces quelques heures passées à Castle Knoll, c'est qu'elle était indignée à la perspective d'être assassinée. N'importe qui l'aurait autant été à sa place, certes, mais cette inéluctable fin était une obsession pour elle ; il me semble donc que c'est lui rendre justice que de tenter de résoudre cette énigme.

– La ciguë n'est mortelle que si elle circule dans le sang… Les aiguilles n'étaient peut-être pas empoisonnées mais placées de façon que tante Frances s'entaille les mains, ce qui a ensuite permis à la ciguë de se glisser dans son sang… Mais… elle n'aurait pas su différencier la ciguë du cerfeuil des bois ?

– Probablement pas, me répond le Dr Owusu, pensive. Elle se chargeait uniquement de confectionner des bouquets, elle ne faisait pas pousser ses fleurs, pas plus qu'elle ne les cueillait elle-même. D'après ce que j'ai compris, ses jardiniers lui fournissaient régulièrement des fleurs tout juste cueillies, et je doute fort qu'un employé du domaine Gravesdown ait laissé une herbe quelconque pousser dans le parc, que ce soit du cerfeuil des bois ou de la ciguë.

Je reste muette une minute, méditant sur le fait que cette femme en sait beaucoup trop à mon goût sur l'activité de composition florale de tante Frances. Peut-être Castle Knoll est-il une de ces « communautés très unies où tout le monde sait tout sur tout le monde » ? Manifestement perspicace, le Dr Owusu devine mes pensées et réagit sans me laisser le temps de l'interroger à ce sujet :

– Frances s'est chargée des fleurs lors des obsèques de mon père. Elle a fait preuve d'une grande compassion, et discuter avec elle des bouquets m'a permis de penser à autre chose qu'à mon chagrin.

Elle laisse échapper un soupir.

– Beaucoup de villageois vous raconteront des anecdotes insinuant que Frances était une femme bizarre… et il faut reconnaître que ce n'était pas tout à fait faux. J'aurais eu toutes les raisons du monde de ne pas l'apprécier, quand on sait combien de fois elle m'a appelée en panique pour me parler de telle ou telle menace de meurtre.

– Oui, c'était habituel de sa part, d'après ce que m'a appris une certaine Samantha, au poste de police, qui a visiblement beaucoup à dire à ce propos.

– Tous ceux d'entre nous dont le métier est… lié aux meurtres, disons, recevions fréquemment des appels de la part de Frances. Moi, bien sûr, mais aussi plusieurs personnes employées au poste de police, ainsi que Magda et Joe, les urgentistes…

– Oui, j'ai fait leur connaissance quand…

Je ne parviens pas à achever ma phrase, mais le médecin hoche la tête.

– Le plus drôle, c'est que le comportement de Frances m'a permis de grandement développer mes connaissances en matière de poisons naturels des environs et produits ordinaires qui peuvent se révéler dangereux.

Mon étonnement fait naître un sourire timide sur ses lèvres.

– Ne me regardez pas comme ça ; je sais que c'est étrange, mais quand Frances m'appelait, c'était parce qu'elle craignait d'avoir ingéré quelque chose de toxique après avoir accepté un présent. J'ai ainsi passé de nombreuses heures à l'examiner à sa demande, en quête de symptômes d'empoisonnement au plomb, à l'eau de Javel, à l'engrais, au pesticide… Elle a même cru voir du produit désinfectant pour les mains dans son vin, alors que dans les faits ce vieux cru était bouchonné. Donc, un jour, alors que j'étais à deux doigts de perdre patience avec elle, elle est venue me voir persuadée que quelqu'un avait glissé une minuscule pile au lithium dans sa nourriture. Nous avons tout de même passé en revue tous les symptômes typiques après un tel incident, puis nous l'avons conduite à l'hôpital, où elle a passé des radios. Il s'est trouvé qu'elle souffrait simplement de sévères brûlures d'estomac, probablement dues au stress.

– Ces épisodes ont dû être frustrants pour vous.

– Je vous le confirme, mais jamais je ne refuserais de recevoir un patient sous prétexte qu'il a précédemment lancé de fausses alertes. Or cet incident m'a permis de sauver la vie de ma nièce. Le lendemain, alors que je rendais visite à ma sœur, sa fille d'un an s'est soudain sentie très mal. Rien ne pouvait laisser imaginer qu'elle avait avalé une pile, et le problème, quand on en ingère une, c'est qu'on a très peu de temps pour réagir. Ces piles sont très, très rapidement fatales. Peut-être avais-je encore à l'esprit l'inquiétude de Frances, ou peut-être ai-je simplement obéi à mon instinct ; quoi qu'il en soit, nous nous sommes précipitées aux urgences, où ma nièce a pu être sauvée parce que j'ai insisté pour que les médecins vérifient si elle avait avalé une pile. Ce qui était bel et bien le cas. Je ne suis pas superstitieuse mais quelque chose a changé en moi, ce jour-là. J'ai compris combien Frances était terrifiée et qu'elle avait très peu d'amis. Le moins que je pusse faire pour elle était de continuer de la croire, même si le reste du village ricanait dans son dos.

– Quelle histoire ! dis-je, tandis que ma fatigue se dissipe peu à peu. Je suis désolée pour votre nièce mais heureuse qu'elle s'en soit tirée.

Le Dr Owusu se redresse, comme pour rassembler ses pensées.

– Je devine que vous êtes soucieuse à propos de ces fleurs, mais faites-nous confiance, à Rowan et moi. J'avais conclu un accord avec Frances, selon lequel je me chargerais personnellement de son autopsie, et ce dans les plus brefs délais après la confirmation officielle de sa mort.

– Étrange accord… Mais bon, d'après ce que vous m'avez raconté, elle avait confiance en vous, alors qu'elle se méfiait de beaucoup de monde.

– Je sais que ça peut paraître bizarre, mais…

Le médecin se tait, se refusant à achever sa phrase.

– Elle avait tout juste procédé à d'importantes modifications sur son testament quand elle est morte, dis-je. Je suis convaincue qu'elle a été assassinée.

J'ai envie de me fier au Dr Owusu, et savoir que tante Frances lui faisait confiance m'aide à franchir ce pas. Je garde à l'esprit que c'est elle-même qui m'affirme cela. Néanmoins, je perçois de l'honnêteté dans la façon dont elle parle de ma grand-tante.

– Tout ce que je peux dire, c'est que Frances avait exigé que son corps ne soit pas remis au médecin légiste local, car cela créerait un conflit d'intérêts, reprend-elle. Et j'étais d'accord avec elle sur ce point.

– Car c'est Saxon, c'est ça ?

– Exactement, confirme le médecin, sans me regarder.

Ayant fini d'appliquer la pommade, elle se rassoit sur sa chaise, puis attrape de la gaze et du sparadrap et panse mes paumes jusqu'à recouvrir toutes mes ampoules.

– Quand recevrez-vous les résultats de l'autopsie ?

– Cela prend quelques jours, généralement, me répond-elle après un long silence. Certains détails doivent être analysés au laboratoire de l'hôpital car ici je ne dispose pas du matériel nécessaire pour mener certains tests. S'il n'y a pas trop de travail au labo, il est possible que ces résultats me parviennent dès demain. Et avant que vous ne me posiez la question, je ne suis pas autorisée à dévoiler mes découvertes, du moins pas avant d'avoir rendu mon rapport.

Elle m'adresse un regard entendu.

– Et si je constate la moindre trace d'homicide, ce rapport sera directement transmis à l'inspecteur Crane.

– Vous n'avez vraiment pas la possibilité de me tenir au courant, puisque je suis l'héritière désignée de tante Frances ?

– Je ne suis pas certaine que ce soit officialisé, Annie. Frances n'a pas forcément procédé à la mise à jour qu'elle avait en tête. Je vérifie ça et vous tiens au courant.

Elle se mordille la lèvre inférieure en voyant mes épaules s'affaisser.

– En tout cas, je peux vous assurer que Walter Gordon vous contactera très bientôt. À moins qu'il n'appelle votre mère, je ne suis pas au fait de votre situation familiale.

Constatant que je ne réclame pas davantage d'informations, elle s'apprête à poursuivre quand soudain la porte du cabinet s'ouvre sur Magda, l'urgentiste.

– Bonjour docteur Owusu. Une question m'est venue à l'esprit après mon rendez-vous ici ce matin. Me permettez-vous de faire appel à vos lumières ?

– Bien sûr, entrez donc, dit le médecin, avant de se tourner vers moi. Vous vous remettrez totalement, Annie. Revenez me voir si vos ampoules n'ont pas disparu d'ici environ vingt-quatre heures, et n'oubliez pas d'appliquer la pommade en respectant la posologie.

Elle glisse le tube dans un sachet en papier blanc et me le tend.

– Merci.

Magda me lance un vague signe de la main, après quoi je reviens au Dr Owusu.

– Je croyais que vous ne receviez pas de patients le mardi ? Quand l'inspecteur Crane a frappé à votre porte, vous avez expliqué que vous consacriez cette journée aux tâches administratives.

Le médecin jette un regard à Magda avant de me répondre un peu trop hâtivement :

– Oh, je fais des exceptions pour les professionnels de la santé.

Son sourire se crispe et fait apparaître des rides autour de ses yeux.

Ne pouvant rien ajouter sans m'immiscer dans des soucis médicaux qui ne me concernent pas, je me dirige vers la porte du cabinet tandis que le Dr Owusu fait entrer Magda dans une des salles de consultation, au fond du bâtiment. J'entends une porte se fermer, un échange à mi-voix, un rire étouffé et encore quelques mots.

Apercevant alors un agenda ouvert sur le bureau de la salle d'attente, je ne peux m'empêcher d'y jeter un coup d'œil. J'y découvre le planning du jour du Dr Owusu, et surtout quelques rendez-vous prévus.

Le nom de Magda apparaît à deux reprises, une première fois à 9 h 30, et de nouveau à 11 h 45, détail déjà troublant en soi : quelle curieuse idée de prendre deux rendez-vous si rapprochés. Plus étrange encore, Magda, à 11 h 45, avait sans doute tout juste quitté le manoir à bord de l'ambulance, emportant le corps de tante Frances. Le rendez-vous au cabinet de l'avocat étant programmé à 10 h 30, je suppose que nous avons découvert le cadavre aux alentours de 11 h 15. Pour honorer son deuxième rendez-vous chez le médecin, Magda a dû se rendre au cabinet directement après avoir récupéré le corps de ma grand-tante.

À moins qu'elle ait reçu pour instruction de le déposer au cabinet, mais dans ce cas pourquoi noter son nom dans l'agenda ? Surtout si celui-ci était à peu près vide ?

Mon inquiétude s'accroît lorsque je lis « Frances Adams » sur cette page, à 9 h 45. Il est possible que tante Frances n'ait pas honoré ce rendez-vous du fait de son souci de voiture, bien entendu, mais il est également envisageable qu'elle soit tombée en panne après ce rendez-vous, quand elle a voulu retourner au village pour participer à la réunion. Et à quel moment de cette matinée très chargée aurait-elle trouvé le temps de recevoir Oliver au manoir ? Il y a clairement quelque chose qui cloche.

Le Dr Owusu m'a fait bonne impression, et j'ai envie de lui faire confiance, mais je sors tout de même mon téléphone et prends quelques photos de l'agenda. J'ouvre ensuite mon application de notes personnelles et y enregistre en vitesse mes doutes à propos de cette matinée chargée de rendez-vous, notamment les interrogations qui me sont venues à l'esprit après ma discussion avec le Dr Owusu.

Je sais à présent que quatre personnes ont vu tante Frances peu avant sa mort : Oliver, qui s'est rendu au manoir pour aborder avec elle des questions concernant la propriété, ce qu'a confirmé Archie Foyle ; Archie lui-même, dont Me Gordon a dit qu'il portait tous les matins des fleurs fraîchement cueillies dans le parc à tante Frances, pour qu'elle en fasse des bouquets ; et donc Magda *et* le Dr Owusu, en admettant que tante Frances ait honoré son rendez-vous.

En mettant de côté le fait que je ne connais pas suffisamment toutes ces personnes (ni même ma grand-tante, en l'occurrence) pour déterminer si l'une d'elles avait une raison quelconque de tuer tante Frances, un point important me vient à l'esprit, à propos des fleurs.

L'assassin n'a pas forcément vu tante Frances aujourd'hui ; là réside le génie de cette agression au bouquet d'aiguilles et de ciguë. Cet individu se trouvait peut-être à des kilomètres du manoir lorsqu'il a envoyé ces fleurs à ma grand-tante. Celle-ci l'a peut-être même reçu il y a un certain temps ; peut-être a-t-elle laissé passer des heures, voire des jours, avant d'être suffisamment agacée par cette horreur pour décider de l'arranger.

Si tel est le cas, ces fleurs ne permettent pas de remonter jusqu'au tueur. Il est même possible que tante Frances n'ait même pas su l'identité de l'expéditeur.

Sauf que…

– Elle ne les a pas jetées, dis-je à haute voix. Si tante Frances, si douée en composition florale, a conservé près d'elle un bouquet si hideux, c'est forcément parce que la personne qui le lui a offert comptait pour elle, surtout s'il était envisageable que ce mystérieux expéditeur lui rende visite et remarque l'absence de son cadeau, au cas où elle s'en soit débarrassée.

L'hypothèse du présent anonyme tombe donc à l'eau. Il a forcément été envoyé par un habitant de Castle Knoll, et même un proche de tante Frances. Quelqu'un qui la connaissait bien puisqu'elle a voulu réarranger les roses truffées d'aiguilles, comme il l'avait prévu. Un tel plan ne pouvait être une réussite certaine qu'à condition de très bien connaître tante Frances.

Soudain, j'entends grincer la poignée de la porte de la salle de consultation. Je me précipite vers celle du cabinet, que j'ouvre sans un bruit, puis je fais de mon mieux pour la refermer à l'instant précis où celle de la salle de consultation s'ouvre, de façon que les deux cliquetis soient noyés l'un dans l'autre. Ne sachant pas si ma ruse a fonctionné, je me fonds à toutes jambes dans le dédale des ruelles de Castle Knoll. Les cloches de l'église sonnent 17 heures quand enfin je retrouve la rue principale.

11

Les dossiers de Castle Knoll, 21 septembre 1966

J'eus un instant d'hésitation, sur le pas de la porte. Au moment où je m'apprêtais à poliment prendre congé de Saxon, à présent que je le savais rentré chez lui en toute sécurité, une gouvernante apparut et nous salua, puis elle me fit entrer avec une telle efficacité que je me retrouvai dans le manoir avant d'avoir eu le temps de protester. La présence de cette femme me délesta de la sensation d'évoluer dans une demeure inconnue sans y avoir été invitée, d'autant plus que je découvrais un intérieur chaleureux et vivement éclairé ; tout cela me détendit quelque peu.

Ce manoir était si vaste que le bruit de mes pas résonnait tandis que j'arpentais les couloirs, cernée par un décor où tout était ciré, étincelant. Je ralentis l'allure sous l'immense lustre de la grande salle de réception, puis, voyant que Saxon me distançait, oubliant son éraflure au genou, je me sentis obligée de le rattraper, peu désireuse d'être surprise admirant les lieux bouche bée.

Saxon me guida jusqu'à la bibliothèque, où son oncle était installé dans un fauteuil en cuir, un livre sur les cuisses. Un pied posé sur le genou opposé, il avait le menton calé dans une main, donnant l'impression d'être contraint de lire un ouvrage affreusement ennuyeux. Cette attitude le faisait paraître encore plus jeune, ce qui me surprit, je l'avoue.

Son visage s'éclaira lorsqu'il prit conscience de ma présence, m'offrant une expression très éloignée des regards déstabilisants auxquels j'avais eu droit de sa part un peu plus tôt ; peut-être avais-je alors simplement été victime de ma nervosité. Le jeu des ombres du parc et le choc d'être surprise sur une propriété privée avaient probablement fait naître en moi des craintes qui n'avaient pas lieu d'être.

– Frances ! s'exclama-t-il en se levant, pour ensuite me saluer comme si j'étais l'invitée d'honneur d'un cocktail. Merci infiniment d'avoir reconduit Saxon au manoir. Assieds-toi un instant, je peux demander qu'on nous apporte du thé.

Ne trouvant plus mes mots, je ne vis aucune raison de décliner son offre. Avec le recul, je me dis que j'aurais dû lui expliquer que je devais retrouver mes amis, mais il faisait déjà signe à la gouvernante. Saxon s'installa à une petite table, dans un coin de la bibliothèque, et se mit à déplacer les pièces d'un échiquier. Je n'étais pas seule avec Lord Gravesdown, c'était déjà ça. Dans la cheminée, une belle flambée projetait une lueur orangée qui conférait un côté presque douillet à l'endroit.

– Avec plaisir, Lord Gravesdown, je vous remercie, répondis-je, ne voulant pas paraître impolie.

Il tendit la main, désignant mon manteau, que j'ôtai et lui remis, puis il le confia à la gouvernante, qui fila le suspendre ailleurs.

– Appelle-moi Ford, je t'en prie.

Il me conduisit jusqu'à un fauteuil disposé face à Saxon plutôt que près du sien.

– Sais-tu jouer aux échecs ? me demanda le garçon sans lever les yeux de ses pièces.

– Non, désolée.

Ford m'abandonna un instant et réapparut quelques secondes plus tard, chargé d'une petite chaise en bois sans doute prise dans le couloir ou la cuisine. Du fait de sa nonchalance, il m'était soudain plus facile de l'appeler par son prénom, même en pensée. Il posa sa chaise contre la petite table, entre Saxon et moi, et s'y assit, le dossier vers la table. Là encore, ce geste le fit ressembler à n'importe quel garçon que j'aurais pu croiser au cours d'un bal ; j'aurais aussi bien pu être en présence de Teddy Crane ou d'Archie Foyle, par exemple, ou encore d'un des chéris occasionnels de Rose. Son profil se détachait sur les flammes, avec ses cheveux noirs gominés plaqués en arrière, mode datée d'une dizaine d'années. Cette coiffure aurait dû m'évoquer mon père mais il n'en était rien. Pas sur Ford. Rasé de près, il était pourvu d'une mâchoire marquée qui sembla s'adoucir quand il passa la main dessus en réfléchissant – il avait les yeux rivés sur l'échiquier.

Nous étions ainsi tous les trois massés autour de la petite table. Aussi étrange que cela puisse paraître – car moins d'une heure auparavant, cet horrible domaine me donnait la chair de poule et je m'étais juré de ne plus jamais y remettre les pieds –, j'avais la sensation d'avoir été tirée d'un cauchemar, comme si on m'avait prouvé que j'avais été idiote de craindre des menaces imaginaires. Pour tout dire, l'atmosphère était même amicale, en cet instant partagé avec Saxon et Ford. Ils formaient une famille réduite et avaient décidé de momentanément m'y inclure.

Ford tendit la main et déplaça une pièce – je crus reconnaître un cavalier, sans en être certaine car j'ignorais tout des règles de ce jeu, à l'époque –, puis il se redressa et regarda Saxon réfléchir. Enfin, il m'adressa de nouveau la parole d'une voix calme, sans quitter l'échiquier des yeux :

– Ce n'est que mon avis, mais il me semble que tes amis ne te méritent pas.

J'ouvris la bouche pour réagir mais fus incapable de trouver une réplique, tant cette déclaration était surprenante de sa part. La question bizarre qu'il m'avait posée dans les bois, quand il m'avait demandé si j'aimais les énigmes, me revint à l'esprit. Ayant de nouveau l'impression qu'il cherchait à me piéger, je lui sortis ce qui me vint d'instinct, plutôt qu'une formule polie de circonstance quand on prend le thé avec un lord.

– Qu'en savez-vous ? dis-je sans lever la tête de l'échiquier. Vous me connaissez à peine. C'est peut-être moi la personne la moins recommandable de notre petit groupe.

Un grand sourire fendit le visage de Ford.

– C'est juste, dit-il avant de déplacer une autre pièce. Mais quelque chose me dit que tu n'es pas comme eux, loin de là.

Voyant que je me murais dans le silence, il se pencha vers moi et me souffla :

– Normalement, tu dois maintenant me dire que je ne les connais pas plus que je ne te connais.

Voir Ford si certain de m'avoir cernée fit naître en moi une envie de me rebeller qui me procura un vif plaisir :

– Envoyez-moi donc le scénario avant ma prochaine visite, pour que je puisse mémoriser mes lignes de dialogue avant de venir.

Enfin, j'accrochai son regard, et il m'offrit un sourire plein de douceur. Puis un rire sonore émergea du tréfonds de sa poitrine ; il n'avait soudain plus rien de commun avec les garçons du village. Balayant des yeux la bibliothèque, je dus m'avouer qu'il était issu d'un tout autre univers, d'un monde dans lequel on s'offrait des œuvres d'art de prix sur un coup de tête et participait à des réceptions réservées à la haute société londonienne. Ce jeune homme possédait des éditions rares de Shakespeare et voyageait en des lieux que je ne visiterais jamais autrement que dans des livres. Mon assurance fut ébranlée ; comment pouvais-je intéresser un tel personnage ?

Je me sentais déchirée car je tenais à ce qu'il me trouve intéressante. Je le désirais désespérément.

Je m'ordonnai de m'arracher au stupide envoûtement qui me dévalorisait et tournai la tête vers Saxon. L'expression glaciale du garçon, qui nous observait alternativement, son oncle et moi, m'aida à m'éclaircir les idées.

– Nous n'aimons pas tes amis, me dit-il. Nous ne les avons jamais appréciés, chaque fois que nous les avons vus.

– Chaque fois ? répétai-je lentement. Je ne comprends pas. Vous avez vu Emily lors de ses premières venues sur votre propriété ?

La question m'avait échappé avant que je ne saisisse que ce faisant, je révélais qu'Emily s'était précédemment introduite dans le parc, mais elle n'eut aucun effet, pas plus sur Ford que sur Saxon.

Quand enfin Ford reposa les yeux sur moi, il y avait quelque chose de doux dans son regard ; pas de la pitié mais plutôt un air amusé, comme si j'avais dit quelque chose d'attendrissant. Subitement, je me sentis de nouveau nettement plus jeune que lui.

– Cela fait des semaines qu'ils viennent régulièrement ici, lâcha-t-il.

– Des semaines… ? bredouillai-je.

Mon regard voleta un peu partout dans la pièce, comme si les centaines d'ouvrages alignés contre les murs pouvaient m'apporter des réponses, ce qui me permit de remarquer qu'un plateau en argent chargé de tasses de thé fumant avait été déposé tout près de nous.

– Ils ont tous fait comme s'ils n'étaient jamais venus ici, repris-je. Sauf Emily, bien sûr, mais les autres… Pourquoi mentir à propos de ça, c'est idiot.

Ford resta muet mais ses yeux pétillaient en me regardant réfléchir. Je ne cherchais plus du tout à l'impressionner car j'avais horreur d'être manipulée.

– Et vous... poursuivis-je, rejouant en pensée la scène dans les bois, quand nous l'avions « vu pour la première fois ». Pourquoi avez-vous fait mine de ne pas les connaître ? Pourquoi m'avez-vous prise à part ? Pourquoi m'avez-vous parlé d'énigmes ? Tout ça n'était qu'un jeu, pour vous ?

Je sentais mon humeur s'échauffer et ne faisais aucun effort pour me calmer.

Ford ne riposta pas à mes éclats de voix, sans pour autant changer de sujet. Il s'empara négligemment d'une pièce d'échecs et la fit tourner entre le pouce et l'index.

– Je suis assez joueur, dit-il enfin. J'ai vu une opportunité de donner une bonne leçon à ton amie Emily, alors je l'ai saisie.

– Mais pourquoi ? Et comment ?

Je réfléchissais à toute allure, cherchant à déterminer quand mes amis avaient eu l'occasion de se glisser dans la propriété tous les quatre, me remémorant les prétextes que m'avait sortis Emily au cours des semaines précédentes – elle m'avait dit avoir à faire chez elle, puis un autre jour que Rose ne se sentait pas bien. Elle avait également prétendu que Walt et John étaient de nouveau punis par leurs parents et privés de sortie après la tombée de la nuit. Ces explications m'étant fournies par Emily, je les avais toujours crues. Combien d'entre elles avaient été des mensonges ? Et surtout, pourquoi ? Pourquoi m'avoir mise de côté ? Qu'avais-je donc fait pour mériter cela ?

Alors que j'avais eu l'intention de les retrouver au plus vite afin qu'ils ne se fassent pas de souci à mon sujet, apprendre leur trahison me donna envie de rester au manoir aussi longtemps que je le souhaitais. Je ne suis pas du genre rebelle, d'ordinaire, mais j'avais le sentiment de pencher de ce côté depuis que j'avais mis les pieds à Gravesdown Hall. J'avais soudain envie de faire des choix sans mes amis, même si ces décisions devaient se révéler néfastes.

Au moment où Saxon déplaçait une pièce sur l'échiquier, Ford haussa les épaules, l'air désintéressé :

– C'est peut-être pour que tu ne te sentes pas rejetée qu'ils t'ont menti.

– Vous n'avez pas répondu à ma question, à propos de la leçon que vous vouliez donner à Emily. Pourquoi elle en particulier ?

Tenir un rôle de pion dans la main de Ford afin de piéger Emily ne me plaisait guère. Si elle était déjà venue au manoir, ses ambitions vis-à-vis de ce séduisant millionnaire ne faisaient aucun doute ; la question n'était pas de déterminer ce qu'elle avait pu tenter, mais de savoir si elle était parvenue à ses fins.

Si son oncle semblait se désintéresser de cette question, Saxon, bien au contraire, avait presque bondi de sa chaise. Les oreilles dressées, il avait tout de la commère mourant d'envie de capter un bon ragot. C'était là encore un comportement d'adulte des plus étranges chez ce garçon de dix ans ; il semblait sans âge, en vérité, ce qui me déstabilisait de plus en plus.

– Ton amie Emily a déplu à oncle Ford, et pas qu'une fois, déclara-t-il. À mon avis, elle espérait qu'il ait envie d'une nouvelle femme.

Il leva les yeux au ciel et ricana, réaction enfin conforme à son âge, mais se tut dès l'instant où son oncle le fusilla du regard.

Saxon s'exprimait d'une façon bizarre pour un enfant ; l'observer en compagnie de son oncle me fit enfin comprendre à quoi cela était dû. Ce dernier était son unique compagnon et il avait vécu une épouvantable tragédie en perdant ses parents ; il ne fallait donc pas s'étonner de l'entendre parler comme un adulte miniature.

– Ils ne sont pas bien méchants, dis-je après un temps de silence, estimant plus sûr – mais de très peu – de soutenir mes amis plutôt qu'un lord excentrique et joueur.

Par ailleurs, me mettre à l'écart du groupe était typique d'Emily ; j'aborderais ce point avec elle un peu plus tard. Cela expliquait en outre le comportement anormal de Rose ces derniers temps. Fidèle jusqu'au bout des ongles, elle n'était certainement pas enchantée de devoir jouer la comédie.

– Emily et Walt créent parfois des ennuis, et je reconnais volontiers que nos routes semblent se séparer, enchaînai-je. Rose et John, en revanche, sont vraiment gentils. Je les connais depuis toujours.

– J'en suis certain, dit Ford, qui paraissait à présent profondément s'ennuyer.

C'était idiot de ma part, mais je lui en voulais de s'être servi de moi pour rendre Emily jalouse ; à mesure que la soirée se prolongeait, il était de plus en plus évident que telle avait été l'intention de Ford. Emily et lui étaient bien assortis, sur ce point. J'en ignore les raisons, mais Emily voyait une menace en moi depuis quelque temps – elle cherchait à me ressembler depuis plusieurs mois, m'empruntant des vêtements que jamais elle ne me rendait ; ce n'était pas de la flatterie mais un jeu, pour elle. Ford et elle se méritaient l'un l'autre, dans ce cas. Je n'ai jamais été très douée pour les jeux.

Alors que je songeais à prendre congé, je me fis la réflexion que Ford avait déjà atteint son objectif, qu'en me retenant un certain temps au manoir il avait fait passer son message, quel qu'il soit, à mes amis. En outre, la perspective de me retrouver embarrassée avec John et déconcertée avec les autres... Je n'étais peut-être pas très douée pour les jeux mais je pouvais toujours tenter ma chance.

– Et si vous m'appreniez à jouer aux échecs ? proposai-je, me surprenant moi-même.

C'était apparemment la bonne réaction à avoir. Ford échangea un bref regard avec Saxon, lequel sourit et disposa les pièces en position initiale.

– Tiens, prends la dame, qu'on appelle aussi la reine, me dit Ford, les yeux rieurs, comme s'il m'avait coiffée d'une couronne.

La pièce dans la main, je saisis tranquillement une tasse en porcelaine à la cendre d'os, sur le plateau. Le thé était encore agréablement chaud.

Ce n'est qu'en reposant les yeux sur la reine que je tenais dans la main que je crus sentir un filet glacé ruisseler le long de ma colonne vertébrale, quand les paroles de la voyante me revinrent brusquement : « Ta lente agonie débutera dès l'instant où tu tiendras la reine dans la main. » Mais il m'était impossible de céder à la panique, pas ici, alors que Ford me dévorait des yeux.

L'esprit en ébullition, je tâchai de déterminer quelles sortes de reines j'avais pu tenir dans la main récemment, comme si les reines miniatures, du seul fait de leur fréquence, pouvaient contrer le pouvoir des mots. Les pièces de monnaie, avec la représentation de la Reine, étaient omniprésentes, pour commencer, et n'avais-je pas joué aux cartes avec mon frère la semaine précédente ? Or j'avais eu une reine dans mon jeu ce jour-là. Emily avait vu juste quand elle avait acheté les trois chaînes avec un pendentif en forme d'oiseau ; rendre une menace ordinaire la faisait paraître ridicule.

J'inspirai profondément, avec la sensation de mieux maîtriser ma vie, mais avec le recul je sais aujourd'hui que c'est à cet instant précis que mon univers a commencé à basculer, qu'un élément de mon destin s'est mis en place.

– Avant de détailler les règles du jeu et les fondamentaux stratégiques, j'aimerais que tu comprennes ceci à propos des échecs, poursuivit Ford. Les gens adorent considérer les échecs comme une philosophie, ce qui n'est pas tout à fait faux. On peut également y voir une allégorie de la vie, et ce jeu est très fréquemment comparé à la guerre. Ces façons de voir les choses passent à côté des aspects les plus subtils du jeu, à mon sens, mais nous y reviendrons par la suite. Si quantité de vieux adages et proverbes associent les échecs à telle ou telle facette de l'expérience humaine, il en est une qui selon moi se distingue nettement des autres et à laquelle je ne cesse de revenir.

– Qu'est-ce donc ? m'enquis-je, tandis que mes épaules se décrispaient peu à peu.

Il se pencha vers moi et s'empara délicatement de la reine que je tenais encore du bout des doigts. La prédiction résonna de nouveau dans ma tête mais fut cette fois accompagnée d'un réel soulagement. Peut-être Ford, en me reprenant cette pièce, me sauvait-il la vie. Tout en l'observant, je sentis quelque chose se modifier dans ma poitrine. Il brandit la reine entre nous, de façon que nous soyons focalisés sur le même point pendant qu'il poursuivait son explication.

– Ma citation préférée, à propos des échecs, est très simple : « On peut jouer sans plan de jeu, mais dans ce cas il est probable que l'on perde la partie. »

Un grand sourire aux lèvres, il posa la reine sur sa case de l'échiquier.

– As-tu un plan, Frances ?

– Je n'avais pas conscience qu'il me fallait en avoir un, répondis-je en me disant que nous n'évoquions plus uniquement les échecs.

Ford plaqua les mains sur le dossier de sa chaise et se détendit la nuque, puis il posa sur moi un regard songeur avant d'enfin réagir.

– Quelle chance que nos routes se soient croisées.

– Quelque chose me dit que la chance n'a rien à voir avec notre rencontre, répliquai-je.

Il redressa le menton, presque imperceptiblement, comme si j'avais marqué un point.

12

Je suis sur le point de prendre une chambre à l'hôtel du Château lorsque Me Gordon fait irruption dans le lobby de l'établissement.

– Oh, Annie, je suis content de vous trouver !

Il sort sa pochette de veste froissée et s'essuie le front avec, ce qui semble être un réflexe nerveux chez lui.

– Frances, dans ses dernières volontés, a exprimé le souhait que vous vous installiez à Gravesdown Hall en attendant la lecture de son testament, qui est prévue demain matin. J'ai fait venir un taxi qui vous attend devant la porte de l'hôtel. Cela vous convient ?

Je ressors avec l'avocat dans la rue principale, où le taxi patiente, le moteur tournant au ralenti, puis me racle la gorge :

– Je… Cela va vous sembler puéril, mais l'idée de passer la nuit seule dans cette immense maison, juste après que tante Frances…

– C'est tout à fait compréhensible, mais Frances a demandé que Saxon et Oliver en fassent autant, si bien qu'ils s'installent eux aussi au manoir. J'imagine qu'Elva s'y trouve déjà, étant donné qu'elle se considère comme un Saxon bis et que… Enfin, vous l'avez vue. Soyez sur vos gardes, on ne sait jamais.

Il ponctue son avertissement d'un regard entendu, auquel je réponds en hochant la tête.

– J'ai encore du travail au cabinet, malheureusement, mais nous nous reverrons demain matin, ajoute-t-il en me poussant dans le taxi.

Je jette mes sacs sur la banquette arrière, à côté de moi, et le véhicule s'élance. J'aimerais dire que je voyage léger, n'ayant emporté que quelques affaires essentielles, mais en réalité mon sac à dos est bourré à craquer de calepins, de livres, de Post-it, de cartes et de beaucoup trop de stylos, sans oublier mon ordinateur portable fatigué et plusieurs guides expliquant comment écrire un roman – que je n'ai pas encore lus.

Je suis également chargée d'un vieux sac en cuir rempli de quelques tenues et d'affaires de toilette. Je l'ai déniché dans la cave de la maison de Chelsea, et ce n'est qu'en cet instant, dans le taxi, que je remarque qu'il porte les initiales RLG. Quel était le prénom du mari de tante Frances déjà ? Encore un détail qui m'échappe mais que je devrais connaître, si je suis bel et bien la « bonne fille ». Mes épaules s'affaissent tandis qu'un sentiment d'infériorité s'abat sur moi. Je ne suis pas à ma place ici, car même si je fais partie de la famille, tante Frances m'a choisie pour des raisons illogiques à mes yeux.

Désireuse de me retrouver en terrain familier, j'appelle maman avant de trop ruminer sur mes réflexions. Elle répond dès la deuxième sonnerie, et alors je me rappelle que son vernissage se tient ce soir ; je ne devrais pas la déranger au beau milieu de cet événement si important pour elle. Je suis même étonnée qu'elle ait pris la communication, à vrai dire, mais cela me réchauffe le cœur. Peut-être a-t-elle autant que moi besoin d'entendre une voix familière. Le moment n'est peut-être pas idéal pour lui apprendre la mort de tante Frances.

– Oh, Annie, comment ça va ?

Je reconnais l'entrain forcé qu'elle met dans sa voix, comme chaque fois qu'elle cherche un peu trop à trouver sa place dans une situation dans laquelle elle n'est pas tout à fait à l'aise. Notre relation connaît des hauts et des bas, mais jamais je ne me sens plus proche d'elle que lorsqu'elle s'exprime sur ce ton.

– Salut, maman. Désolée de te déranger, je viens seulement de me rappeler que tu es en plein vernissage. Félicitations !

L'entrain forcé de ma mère se retrouve dans ma voix, comme si je lui faisais écho.

– Tout se passe bien ?

Je perçois un brouhaha de voix en fond sonore, ponctué de temps à autre par des tintements de coupes de champagne. Je visualise la salle, les murs méticuleusement éclairés de façon à mettre en valeur les nouveaux tableaux dans le plus pur style Laura Adams – des œuvres brouillonnes au premier abord mais qui révèlent diverses strates à mesure qu'on les détaille, à l'image de ma mère. Son sujet de prédilection a toujours été les espaces urbains en ruine que la nature se réapproprie, et il faut avouer que ses toiles ne manquent pas d'énergie.

– Oui, tout se déroule à la perfection, me répond-elle. J'ai aperçu de nombreux critiques d'art, les gens me font beaucoup de compliments sur mes tableaux et la salle est déjà remplie.

– C'est fantastique !

Mon enthousiasme est sincère car je sais combien il est important pour elle que son travail soit apprécié, surtout après le passage à vide qui a suivi son âge d'or des années 1990. Même si elle pensait hériter un jour de la fortune de tante Frances, nous n'avons jamais roulé sur l'or, à la maison, car le produit des ventes de ses tableaux de jeunesse s'est volatilisé en même temps que mon père.

– Je ne te dérange pas plus longtemps, alors !

– Non, c'est bon, ça me fait plaisir d'entendre ta voix, me répond maman. Comment ça va, de ton côté ? Tante Frances est toujours aussi cinglée ?

– Euh…

Je cherche une façon d'éluder la nouvelle de la mort de tante Frances, mais maman devine le poids qui se cache derrière mon hésitation.

– Annie ? Il y a un problème ?

– Je ne voulais pas te l'annoncer maintenant... J'avais complètement oublié que ton vernissage se déroulait ce soir, quand je t'ai appelée...

Maman lâche un soupir, mais sans une once de colère :

– N'aie pas peur de me bouleverser, Annie. S'il y a une mauvaise nouvelle, il y a une mauvaise nouvelle, et puis c'est tout.

Je me mords la lèvre et hoche la tête, même si elle ne me voit pas.

– Tante Frances est morte, maman... Je suis vraiment désolée.

Ma mère laisse passer quelques secondes avant de réagir :

– Faut-il que je vienne à Castle Knoll ?

Si maman est choquée, elle le cache bien. Elle a toujours été forte pour ça, et je sais qu'elle réussira à passer le reste de la soirée en offrant le meilleur de Laura Adams à ses visiteurs. Malgré tout, je me sens lamentable d'avoir tenu ce rôle de sinistre messagère, d'avoir invité le fantôme de tante Frances à son vernissage.

– Non, pas pour l'instant en tout cas. Ne te fais aucun souci, tout est réglé apparemment. Je t'appelle si j'ai besoin de toi.

Je grimace intérieurement en prononçant ces derniers mots car elle et moi savons que c'est un mensonge. Quand j'ai besoin d'elle pour une raison ou une autre, j'ai toujours le réflexe de m'adresser à quelqu'un d'autre ou de me débrouiller seule. Elle est merveilleuse, à sa façon, mais elle n'a jamais été une main secourable. La version franche de cette phrase serait plutôt : « Si j'ai besoin de toi, j'appelle Jenny. »

– Entendu, me répond-elle.

S'ensuit un nouveau temps mort, cette fois vraiment gênant. Et ma mère de reprendre :

– Tu pourrais me rendre un service, Annie ?

– Hmm... oui, bien sûr.

– Tante Frances conservait tout un tas de dossiers très détaillés dans un petit bureau adjacent à la bibliothèque. Pourrais-tu en récupérer un pour me le transmettre plus tard ? C'est juste que… Enfin, il est important que personne ne mette la main dessus.

Mes pensées s'emballent, puis je trouve l'énergie de bredouiller :

– Je… Oui, d'accord, pas de souci. Quel dossier, exactement ?

Un nouveau soupir se fait entendre, cette fois chargé de lassitude.

– Celui de Sam Arlington.

Papa.

Je me passe la main dans les cheveux, oubliant qu'ils sont encore noués en un vague chignon. Je retire l'élastique et les laisse tomber en cascade de tous côtés. Je devrais m'étonner, en apprenant que tante Frances détenait tout un dossier consacré à mon père, mais je m'interroge surtout sur ma mère et sur le fait qu'elle en ait connaissance, ainsi que de son contenu, selon toute vraisemblance. Subitement, j'ai l'impression de ne plus connaître maman, de ne plus voir en elle le territoire familier que j'ai voulu retrouver en la joignant.

– Annie ? Tu es toujours là ?

– Oui, oui… D'accord, je récupère ce dossier.

– Merci, lâche ma mère, manifestement soulagée. Tu peux le lire, si tu veux, ou pas ; fais comme tu le sens.

Ces mots me hérissent quelque peu car j'aurais de toute façon agi selon mon bon vouloir. C'est moi qui suis ici à Castle Knoll, à fouiner dans la vie de tante Frances. Et à présent dans celle de maman.

– Je te laisse retrouver tes admirateurs, dis-je, non sans songer que je viens de lui annoncer la mort de sa tante alors qu'elle vit une des soirées les plus importantes de sa carrière.

Comme d'habitude, je fourre dans un coin de mon cerveau la multitude d'émotions qu'elle a déclenchées en moi, pour m'en occuper plus tard.

– Oui, je ferais mieux d'y aller, convient-elle.

– Navrée encore pour tante Frances, et de t'avoir appris la nouvelle ce soir ; ce n'était pas le moment idéal.

Après avoir coupé la communication, je me rends compte que le chauffeur de taxi me regarde dans son rétroviseur.

– Rutherford Lawrence Gravesdown, dit-il lorsque nos yeux se croisent.

– Pardon ?

– Les initiales, sur votre sac. C'est votre destination, le manoir Gravesdown, qui m'a permis de deviner le nom qui se cache derrière. C'est un objet de famille ?

– Euh… Oui, c'est ça.

Je m'accorde un instant pour examiner cet homme car je suis jusque-là restée dans mon état d'esprit londonien ; en ville, les chauffeurs de taxi sont anonymes et innombrables. Or je me trouve à présent à Castle Knoll et je viens tout juste de discuter de questions très personnelles avec ma mère à portée de voix de quelqu'un qui pourrait parfaitement tout raconter au pub du village.

Je ne vois pas grand-chose de lui, depuis la banquette arrière, mais il semble avoir à peu près l'âge de maman, si j'en crois ses cheveux gris coupés court. Doté de larges épaules, il dégage une forte odeur de cigarette.

Il s'engage sur l'allée circulaire puis immobilise son véhicule devant l'entrée de Gravesdown Hall. Je règle la course et descends de la voiture. En passant à hauteur de sa vitre, qu'il a baissée, je le surprends lançant un regard noir à la bâtisse, ce qui d'instinct me fait m'écarter. Dès l'instant où il m'aperçoit près de lui, ses traits se détendent et il affiche un masque d'amabilité.

– Vous êtes la fille de Laura, n'est-ce pas ?

– En effet.

J'ai beau me méfier de lui, la politesse est un réflexe dont il est difficile de se débarrasser.

– Nous avons un peu fricoté ensemble, Laura et moi, il y a longtemps, sourit-il. Ça date de notre adolescence.

Il lance un nouveau regard sombre sur le manoir.

– Frances s'en est mêlée et y a mis un terme. Sans vouloir dire du mal des morts, n'ayez aucune crainte à propos de votre mère ; la nouvelle de la mort de sa tante ne l'a certainement pas dévastée. Elles ne s'appréciaient guère.

J'en reste bouche bée, incapable de dissimuler ma réaction. Non seulement cet individu a écouté toute ma conversation avec ma mère, mais en plus c'est son ex-petit ami ? Et maintenant il ne se prive pas de se mêler de mes affaires ? Pour qui se prend-il ?

Tandis qu'il continue de jacasser, je reste figée comme une statue à le regarder en clignant des yeux.

– Vous lui ressemblez, ajoute-t-il en souriant. Transmettez-lui le bonjour de Reggie Crane.

– Crane ? Comme l'inspecteur Rowan Crane ?

– C'est mon fils. Je parie que vous avez déjà fait sa connaissance.

– Exact, dis-je platement.

J'ai un mal fou à associer le policier sensé à ce chauffeur de taxi trop curieux, mais j'imagine qu'il est normal de se démarquer de ses parents, tant physiquement que par le comportement.

Ce n'est que lorsque le taxi recule dans l'allée que les mots de Samantha, la standardiste du poste de police, me reviennent en tête.

« Frances s'est comportée de façon détestable avec toute la famille Crane. »

À quel point ? Suffisamment pour que les Crane souhaitent sa mort ?

13

J'ouvre l'immense porte d'entrée et lance d'une voix faiblarde :

– Ohé ! Il y a quelqu'un ? Elva ?

Archie Foyle me fait sursauter lorsque sa tête surgit de la porte la plus proche.

– Elle est au village, me dit-il presque gaiement.

Je l'observe un moment avant de réagir :

– Je croyais que vous n'aviez pas les clés du manoir.

– C'est exact, mais Beth, ma petite-fille, en possède un double. Elle est dans la cuisine. Elle m'a demandé d'apporter des produits frais de la ferme. Il lui arrivait de préparer les repas de Frances, je ne sais plus si je vous l'ai dit. Elle ne vient pas le mardi, en temps normal, mais vu les circonstances…

Sa voix s'estompe ; il reste songeur un instant, puis ses yeux noirs retrouvent leur netteté, comme s'il découvrait tout juste ma présence.

– Walt nous a prévenus que la lecture du testament est prévue demain matin. Beth va donc vous concocter un délicieux brunch. C'est ce qu'aurait souhaité Frances.

– Je vois…

Ces deux mots sont sortis lentement de ma bouche, sur un ton plus suspicieux que je n'en avais l'intention. Il faut vraiment que je fasse un effort pour masquer mes émotions. Archie est très probablement l'expéditeur des fleurs mortelles, même si cette hypothèse ne se base que sur le fait que c'est le jardinier de Gravesdown Hall et qu'il portait quotidiennement des fleurs à tante Frances. À la réflexion, cela me semble un peu trop évident.

Soudain, je me rends compte qu'Archie a émergé du couloir au bout duquel se trouve la bibliothèque. Ce matin, avant et après la découverte du corps de tante Frances, nous avons probablement déjà piétiné toutes sortes de fibres ou poils importants pour l'enquête, mais en plus l'assassin, quel qu'il soit, a eu une bonne raison de vouloir lui aussi contaminer la scène de crime. Une vive inquiétude s'empare de moi à l'idée que la bibliothèque n'ait pas été analysée par les enquêteurs et soit restée ouverte, permettant à n'importe qui de s'y glisser.

– La police est-elle venue, Archie ?

– Oui, une équipe au grand complet, avec même l'inspecteur – le petit-fils de Teddy Crane – et des techniciens qui ont procédé à des analyses. La bibliothèque a été verrouillée quand ils sont repartis, et Walt est le seul à en détenir la clé. Mais bon, vous avez déjà vu cette pièce. Je peux vous faire visiter le reste du manoir, si vous voulez.

– Peut-être une autre fois, dis-je avec un sourire contraint. Je préfère m'aventurer toute seule dans les couloirs et me trouver une chambre. Je rejoindrai Beth pour me présenter à elle quand je serai installée.

– Comme vous voulez.

Sur ces mots, Archie se dirige en sifflotant vers le fond de la demeure, où se situe sans doute la cuisine.

Laissant mon sac rempli de vêtements sur le sol de l'entrée, je garde mon sac à dos pour traverser la grande salle à manger, jusqu'à la porte de la bibliothèque. Loin de moi l'idée d'y entrer par effraction, mais je reste déstabilisée par le fait d'avoir vu Archie provenir de cette direction.

J'actionne tout de même la poignée… et constate que la porte n'est absolument pas verrouillée. Le battant s'ouvre sans difficulté, et je n'aperçois pas le moindre morceau de Rubalise ni d'autre signe indiquant que l'endroit est interdit d'accès. Soit Archie a fait erreur, soit il m'a menti.

Franchissant le seuil de la bibliothèque, je constate que l'endroit est d'une propreté impeccable et dégage une légère odeur de pin. À l'autre bout de la pièce, la porte qui donne sur le bureau est entrouverte ; ce détail me fait de nouveau penser à Archie ne ménageant pas ses efforts pour me convaincre que la scène de crime est scellée. Je me glisse dans le bureau, qui se révèle vide ; le décor est en tout point identique à celui que j'ai découvert quelques heures plus tôt.

Les meubles de rangement de tante Frances sont alignés contre un mur, tel un groupe d'adolescents boudeurs. Je m'en approche, les poils des bras hérissés. Bien que je m'efforce de ne pas lire la prédiction affichée sur le mur, mes yeux se posent fugitivement sur le mot « main » à l'instant précis où je sens mes propres paumes palpiter sous les pansements. Cette coïncidence fait froid dans le dos.

Je dénombre au total pas moins de dix meubles de rangement métalliques, qui tous semblent installés ici depuis les années 1980, mais peut-être est-ce moi qui suis trop prompte à critiquer. En plus d'être peints d'une nuance avocat démodée, ils sont si usés que la peinture, sur les arêtes des tiroirs, n'est pas simplement écaillée mais tout à fait abrasée, à tel point que l'on distingue le métal en dessous.

Chaque armoire comporte un numéro noir sorti d'une étiqueteuse. Le tiroir supérieur du meuble de gauche est légèrement ouvert, et un anneau de clés est suspendu à sa serrure. Celui-ci comprend également deux gros passe-partout, qui ouvrent probablement les portes du manoir et de quelques dépendances. Les petites clés m'intéressent davantage ; j'incline la tête et les effleure d'un doigt, ce qui les fait tinter comme un carillon miniature. Elles sont toutes identiques et numérotées comme les armoires. Le fait que quelqu'un – tante Frances, peut-être ? – les ait laissées là donne à réfléchir. Qui d'autre a farfouillé dans ces tiroirs ? La police, probablement. Voire Elva ? Celle-ci, précédemment, m'a donné l'impression de vouloir fouiner dans cette pièce.

Puisqu'il n'est pas verrouillé, je commence par le premier tiroir. D'autre part, si les dossiers sont classés par ordre alphabétique, celui concernant mon père, Sam Arlington, a de bonnes chances de s'y trouver.

Il n'en est rien. En revanche, je découvre les noms de tout un tas de personnes. Frustrée de ne pas déceler le moindre système de classement dans ce fatras, je passe en revue tous ces noms, espérant en reconnaître un ou deux.

Jusqu'à tomber sur le mien.

Je sors un dossier maigrichon, dans lequel je trouve une photo de maman et moi prise le jour de la remise de mon diplôme de Central St Martins, ainsi que quelques autres feuillets relatant des faits dont j'ai du mal à croire qu'ils puissent être jugés importants par quiconque. Il y a là quelques anciens bulletins scolaires, un CV que j'ai un jour posté sur LinkedIn et une photocopie du bon de livraison du transporteur auquel j'ai fait appel pour envoyer à Frances les malles stockées dans la cave de la maison de Chelsea. En voyant ma signature, qui se détache nettement au bas de la page, je me demande pourquoi ma grand-tante a conservé une copie d'un document si banal.

Je ne trouve aucun dossier concernant les autres membres de ma famille ; rien sur maman ni sur Peter et Tansy, mes grands-parents. Tous les noms qui m'apparaissent me sont inconnus. Enfin, je remarque un épais bout de carton disposé à l'avant des dossiers, avec « Secrets à traiter » inscrit dessus.

J'ouvre précipitamment le tiroir suivant, que je trouve divisé par des feuilles cartonnées, les sections comportant des intitulés plus inquiétants les uns que les autres.

La première concerne les « Accidents provoqués par le feu » et, étonnamment, comprend trois dossiers. Je n'y reconnais aucun nom, heureusement. L'espace suivant est consacré aux « Agressions » (et regroupe un nombre inquiétant de noms), le troisième aux « Banqueroutes », et ainsi de suite.

Il y a donc bel un bien un classement alphabétique, mais en fonction du type de secret.

L'estomac noué, je me sens de plus en plus mal à chaque nouveau tiroir que j'ouvre. Je ne sais si je dois en vouloir à tante Frances d'avoir réduit ses amis et voisins à leurs secrets ou me sentir navrée pour elle en comprenant qu'elle a évolué toute sa vie dans un tel océan de méfiance.

Enfin, je parviens à la lettre I et à la section « Infidélités », dans laquelle se trouve le dossier de Sam Arlington. Je m'en empare délicatement et constate qu'il est aussi épais qu'un petit roman. La catégorie « Infidélités » monopolise un tiroir entier ; j'éprouve une certaine amertume en songeant aux nombreux cœurs brisés recensés dans ces feuillets. Tante Frances a-t-elle révélé certains de ces secrets ? Ou se contentait-elle de les cataloguer pour pouvoir répliquer si quelqu'un s'en prenait à elle ? J'ignore pour quelles raisons le mariage de mes parents n'a pas duré ; ils se sont séparés avant même ma naissance, aussi n'y ai-je jamais vraiment accordé d'importance. Et maman ne m'en a jamais parlé. Nous vivions sans mon père, c'était comme ça.

Je m'arrache à mes souvenirs lorsque mon regard se pose sur le nom « Crane », près du fond du tiroir. Sans réfléchir, je saisis également ce dossier encore plus épais que celui de mon père. Je ne l'ouvre pas pour déterminer quel Crane est ici concerné, mais je me surprends à espérer qu'il ne s'agit pas de l'inspecteur.

Je n'ai pas remarqué d'alliance à son doigt, quand je l'ai côtoyé, et s'il commet des infidélités, j'imagine qu'elles ne regardent que lui. Et tante Frances, si elle a décidé de s'y intéresser. J'aperçois également un dossier Gravesdown mais j'ai les bras chargés. Y est-il question de Saxon, d'Elva ? Voire du mari de Frances ?

Alors que je revois Elva arracher des Post-it la concernant sur le diagramme de meurtre dressé par tante Frances, je m'agenouille et pose les dossiers Crane et Arlington au sol, puis sors le dossier Gravesdown et le parcours rapidement.

Ses nombreux feuillets n'évoquent visiblement que d'autres Gravesdown, qui me sont inconnus ; je ne trouve pas la moindre mention de Saxon, d'Elva ou de Rutherford. Il est divisé en trois sous-dossiers : Harrison, Etta et Olivia. La fidélité n'est manifestement pas la qualité première de la famille Gravesdown.

Je range le dossier Gravesdown à sa place et referme le tiroir. Il est temps pour moi de m'installer dans une chambre, un endroit tranquille où j'aurai le loisir de décider si j'ai vraiment envie de tout savoir de ces infidélités.

Au premier étage, je constate que les autres ont déjà pris leurs quartiers ; dans la première chambre qui se présente, le blazer de haute couture d'Elva est suspendu à un cintre lui-même accroché au lit à baldaquin. Je m'y précipite. Même si ce comportement ne me ressemble pas, je n'éprouve aucune honte en retournant les poches de la veste d'Elva, peut-être parce que je viens de passer un moment à fouiner dans les secrets de la moitié du village.

Mes doigts trouvent les Post-it qu'elle a arrachés du diagramme de tante Frances, ainsi qu'un autre feuillet plié. Je fourre le tout dans mes poches et sors rapidement de la pièce, dont je referme la porte sans un bruit.

Dans la chambre suivante – immense et offrant une vue sur les roseraies –, la sacoche de l'ordinateur portable d'Oliver est ouverte et vide, abandonnée sur le lit. J'ai toutefois assez fureté pour l'heure. Par ailleurs, en dehors du fait que c'est un crétin, Oliver me semble plutôt inoffensif. Je ne touche donc pas à ses affaires. Au regard de la famille Gravesdown et de ses scandales, il semble même assez fade.

Je m'aventure un peu plus loin dans le couloir. Mes pieds n'émettent pas un son sur le tapis rouge déployé sur la partie centrale du parquet ciré. Enfin, je déniche une petite chambre accueillante pourvue d'une grande fenêtre. Je lâche mon sac à dos sur le lit une place à sommier métallique calé contre un mur. La fenêtre est ornée d'un contour en vitraux qui, en filtrant les ultimes lueurs du crépuscule, projette des formes colorées et chaleureuses sur le sol.

Qui donc occupait cette chambre nettement moins spacieuse que les autres et dont le lit est on ne peut plus banal, comparé aux lits à baldaquin aperçus précédemment ? Le sol est constitué de simples planches blanchies, avec un petit tapis au centre de la pièce. Cet endroit aurait pu convenir pour une gouvernante ou un domestique.

Assise en tailleur sur le lit, je pose les dossiers devant moi, prête à les ouvrir, quand soudain je remarque que mon sac de voyage a été soigneusement déposé près de la petite armoire calée contre le mur opposé.

Je cligne des yeux, stupéfaite. Archie a sans doute voulu me rendre service, rien de plus, mais ce geste me trouble quelque peu. Je suis certaine que le manoir comprend davantage de chambres ; comment pouvait-il deviner que je choisirais de m'installer dans celle-ci ? À moins que ce ne soit le fait d'Elva, qui peut-être a ainsi voulu me faire passer un message du genre : « Ta place est ici, dans une chambre de bonne ; tu n'es pas chez toi dans ce manoir. »

Je sens que mon cerveau est épuisé, et le fait que j'aie très faim n'arrange rien. Je n'ai rien avalé de la journée, depuis mon voyage en train. Je n'y ai même pas songé jusqu'à maintenant, je dois le reconnaître, mais je suis soudain si affamée que j'ai la sensation que mon estomac est sur le point de s'autodigérer.

Je glisse les dossiers dans mon sac à dos et les cale entre le journal intime de tante Frances (autre lecture qui m'attend dans le cadre de ma plongée au cœur des secrets de Castle Knoll) et mes calepins. Je fourre le tout sous le lit, même si je me doute que c'est le premier endroit où regarderait un éventuel intrus. Mais bon, je ne vais pas tout laisser en évidence sur le matelas.

De retour au rez-de-chaussée, je trouve rapidement la cuisine ; j'entends Archie siffloter, ainsi que les murmures d'une conversation. Je m'étonne que Beth soit déjà affairée, si elle compte préparer le brunch du lendemain, mais il est vrai qu'il y a beaucoup à faire la veille au soir quand on fait soi-même son pain.

Gigantesque et très lumineuse, la cuisine est largement aussi vaste que la plupart des appartements du centre de Londres. Une énorme gazinière est située contre le mur du fond, de l'autre côté d'un gros îlot central couvert d'une bonne épaisseur de bois. À l'autre bout de la pièce se trouve une cheminée dans laquelle je pourrais me glisser, avec deux fauteuils disposés devant l'âtre de pierre. Alors que je remarque un gilet violet posé sur le bras d'un fauteuil, la femme qui s'active sur l'îlot central tourne la tête dans ma direction.

Plus âgée que moi d'une dizaine d'années, Beth Foyle est dotée de boucles noires et d'un visage d'une beauté peu commune. Malgré son nez en bec d'aigle et sa très grande taille, elle serait simplement belle si elle avait décidé d'atténuer ces traits plutôt que de les accentuer, ce qui la rend magnifique. Vêtue de la tête aux pieds d'une tenue des années 1930, elle porte une robe longue d'un bleu profond et du rouge aux lèvres, comme s'il était normal de s'apprêter ainsi pour cuisiner. Même ses chaussures à talons ne jurent pas dans le tableau. Le tablier qu'elle a noué sur sa robe date sans doute des années 1950, ou peut-être est-ce une imitation faite maison. Occupée à pétrir avec soin de la pâte sur l'îlot central couvert de farine, elle s'interrompt dès qu'elle m'aperçoit.

Elle porte la main sur la tempe, et même ce geste paraît daté, impeccablement exécuté. On croirait voir Ingrid Bergman s'apprêtant à donner un baiser d'adieu à Humphrey Bogart.

– Oh ! Vous êtes la fille de Laura… Annie, c'est ça ?

– Oui, c'est moi. Bonjour.

Je lui adresse un vague salut mais elle contourne l'îlot central en s'essuyant les mains sur son tablier, afin de me proposer une poignée de main plus protocolaire.

– Je m'appelle Beth, se présente-t-elle.

Archie est absent, pourtant je jurerais l'avoir entendu siffler à l'instant. Peut-être Beth aime-t-elle siffloter le même air.

– Ravie de faire votre connaissance.

Mon estomac gargouillant de plus belle, je décide d'aller doit au but.

– Archie m'a expliqué que vous prépariez le brunch de demain, mais serait-il possible d'avaler un petit quelque chose dès maintenant ? C'est un peu impoli de ma part, je sais, mais je meurs de faim !

– Oui, bien sûr ! J'ai même mieux à vous proposer : vous aimez la soupe ? J'ai préparé un minestrone et des petits pains croustillants pour le déjeuner de grand-père, mais il y a à peine touché.

Elle ouvre déjà la porte du grand réfrigérateur et en sort une casserole en fonte – un modèle Le Creuset qui a dû coûter une fortune – et la pose sur un des nombreux feux de la gazinière. Celle-ci est visiblement flambant neuve, et les décorations en émail rouges sont parfaitement assorties au rouge à lèvres de Beth.

– Merci ! dis-je en m'approchant pour admirer de plus près les poignées chromées rutilantes.

– Vous appréciez cette gazinière ? Frances m'a permis de la choisir quand il a fallu remplacer l'ancienne.

Beth prend un air attristé en évoquant tante Frances, cependant cette femme dégage une telle maîtrise d'elle-même qu'il est difficile de deviner ce qu'elle éprouve réellement. Si elle incarne les bonnes manières d'un autre siècle, elle ne me fait pas l'effet de jouer la comédie en permanence, contrairement à Elva. En vérité, je ne sais pas trop quoi penser de la cuisinière.

– Je suis navrée, vous la connaissiez bien, j'imagine. Cette journée a dû être très éprouvante pour vous.

– Je cuisine pour me remettre de mes émotions, m'explique-t-elle, au bord des larmes mais avec un petit sourire. Ça m'aide à tenir le choc, mais merci.

Un silence s'installe quand je m'attaque au bol de soupe – un délice – qu'elle a posé devant moi. Alors que j'en ai presque terminé, mes yeux se posent sur les fauteuils vides. Beth suit mon regard jusqu'au gilet violet et soupire :

– C'est celui de Frances. Je n'ai pas eu le cœur de le ranger.

Ses yeux s'embuent de nouveau, et elle détourne la tête. Elle s'occupe ensuite un moment, le temps de sortir quelque chose du four, puis revient à moi avec une expression un peu trop enjouée à mon goût.

Me souvenant des mots d'Archie, qui m'a expliqué que la ferme se trouve sur la propriété Gravesdown, je me demande ce que la mort de tante Frances implique pour leur avenir à tous les deux. Après avoir hésité un temps, j'estime qu'il n'est pas impoli d'interroger Beth à ce sujet. Peut-être même appréciera-t-elle d'entendre quelqu'un se soucier de sa famille.

– Je me pose une question, Beth… Que va devenir la ferme de votre famille, à présent que tante Frances n'est plus parmi nous ?

Beth s'essuie de nouveau les mains sur son tablier, le front plissé.

– Oh… C'est la personne qui héritera du domaine qui en décidera, je suppose, dit-elle sur un ton désinvolte mais clairement forcé. Je dois avouer qu'il aurait été heureux pour nous que Frances nous cède la ferme, mais Me Gordon nous a déjà signifié que nous n'étions pas cités dans le testament.

– J'en suis navrée, dis-je en toute sincérité.

Il semble en effet injuste que tante Frances n'ait pris aucune mesure pour protéger la ferme en la laissant aux bons soins des Foyle. Cette propriété est bien assez vaste, qui donc aurait besoin de la ferme en plus ? N'y aurait-il pas une raison cachée expliquant cette décision ?

Beth hoche légèrement la tête, avec un sourire reconnaissant :

– Espérons que cette histoire se termine bien.

Elle déverse davantage de farine sur la paillasse centrale et entreprend de pétrir une nouvelle grosse boule de pâte.

Mon côté futé croit entrevoir la raison d'être du brunch prévu le lendemain ; peut-être Beth l'a-t-elle décrété afin de rester proche de la famille et d'être au plus près des décisions concernant son avenir. J'aurais sans doute agi de la même façon, à sa place.

Soudain, je me rends compte que nous sommes observées.

Le fond de la cuisine donne sur un immense jardin d'hiver auquel on accède en descendant quelques marches. Qualifier ce vaste espace de jardin d'hiver est réducteur car il se prolonge apparemment très loin, même si nombre de plantes luxuriantes masquent sa profondeur. Peut-être faudrait-il parler de serre ou d'orangerie. Se faufilant entre les fougères arborescentes et les feuilles de palmiers, les lueurs de ce début de soirée baignent les lieux d'un embrasement sirupeux. C'est la première pièce du manoir que j'ai envie d'explorer (après la bibliothèque, même si à présent je ne sais plus quoi en penser). Je me lancerais certainement dans l'exploration de ce jardin d'hiver s'il n'y avait ce visage plaqué contre le panneau de verre le plus proche de la cuisine.

– Une femme maigrelette nous regarde, dis-je à Beth dans un souffle. Je la fais entrer ?

Beth ouvre grand les yeux et aperçoit le visage en question, puis elle soupire une fois encore, cette fois de frustration plutôt que de tristesse. Elle s'adresse à la nouvelle venue, prenant soin de bien articuler ses mots et haussant la voix de façon que celle-ci l'entende à travers le panneau de verre :

– Voulez-vous une tasse de thé, Rose ?

Rose… Je repense à la photo sur laquelle figurent les trois amies : tante Frances, Emily Sparrow – la fille qui a disparu – et Rose Forrester. C'est la mère de Joe, l'urgentiste, mais également la propriétaire de l'hôtel du Château.

Le visage s'écarte, puis j'entends une porte vitrée s'ouvrir quelque part dans cette jungle. Le jardin d'hiver est probablement pourvu d'une issue donnant sur le parc. Rose émerge des fougères, un hibiscus rose dans une main et un mouchoir en boule dans l'autre.

Elle n'a guère changé depuis l'époque de la photo, si ce n'est qu'elle a vieilli. Elle a conservé sa coupe au carré et même son style vestimentaire, à en juger par son chemisier et sa veste qui semblent taillés dans du polyester des années 1960. Ses cheveux à présent poivre et sel vont bien avec ses traits anguleux. Plus prononcées qu'autrefois, ses pommettes saillantes donnent l'illusion que ses yeux marron se sont écartés. En observant Rose, je me fais la réflexion qu'Emily et tante Frances auraient soixante-dix et quelques années si elles étaient encore de ce monde, ce qui n'est pas si vieux, après tout.

Dès l'instant où son regard se pose sur moi, l'expression de Rose se modifie radicalement : ses yeux se plissent de colère, puis elle affiche une vive inquiétude en tripotant son mouchoir. Enfin, je décèle de la tristesse en elle quand elle avise les deux fauteuils inoccupés.

– Asseyez-vous, Rose, lui propose Beth avec douceur.

Elle la guide jusqu'à un fauteuil avant d'aller lui remplir un verre d'eau au robinet de l'évier.

Les yeux fermés, Rose inspire longuement par le nez le parfum de pain frais qui imprègne de plus en plus la vaste cuisine.

– Vous devez être Annabelle, dit-elle enfin. Je suis ravie de faire votre connaissance. Pardonnez-moi, pendant une seconde, j'ai été surprise de vous trouver ici, même si je m'y attendais. Frances m'a parlé de vous.

– Ravie également. Tante Frances vous a parlé de moi ? Je n'aurais pas cru que…

Rose se met à sangloter.

– Excusez-moi, dit-elle en se tamponnant les yeux. Je ne suis pas dans mon état normal. Comme vous le voyez, la perte de Frances a été très…

Sa voix se fissure, et une de ses mains s'envole comme un oiseau effrayé pour se plaquer sur son visage. Elle renifle encore puis se pince l'arête du nez, comme si cela pouvait l'aider à contenir ses larmes.

– Je suis désolée… Je sais que vous étiez une amie de tante Frances.

– J'étais sa meilleure amie, rectifie-t-elle avec énergie.

Ce changement de ton me fait presque sursauter mais je sais que le chagrin est une chose étrange, du moins d'après le peu dont j'ai été témoin. Il peut faire passer les gens de la tristesse à la colère en un instant. J'ai soudain la sensation d'être très jeune.

– Y a-t-il quoi que ce soit que nous puissions faire pour vous, Rose ? intervient Beth, toujours aussi douce.

– Je voulais seulement… Il fallait que je voie… bredouille Rose, qui étouffe un sanglot avant de plus ou moins retrouver sa maîtrise d'elle-même. Quand Joe m'a appris que Frances était partie, je me suis sentie si coupable ! Nous ne l'avons pas crue ! Personne !

Sa voix frémit sous l'effet de la colère.

– Alors qu'elle avait raison ! Durant toutes ces années, elle avait raison quand elle affirmait qu'elle serait assassinée.

– Ce n'est pas confirmé pour l'instant, nuance Beth.

Le moment n'est pas le mieux choisi pour exposer mes théories ; cette malheureuse vient tout juste d'apprendre le décès de sa meilleure amie. Lui révéler que Frances a probablement été tuée par un habitant du village, quelqu'un que celle-ci connaissait certainement, semble trop cruel.

– Mais ça le sera, souffle Rose. J'ai confiance en Frances, qui se préparait depuis soixante ans à ce moment. La police finira par démasquer l'assassin, vous verrez.

Elle m'observe quelques secondes, puis revient à Beth.

– Frances accordait une grande importance à la justice, nous ne pouvons pas laisser son meurtre impuni !

– Les enquêteurs sont au travail, dis-je. Ils feront tout pour faire éclater la vérité.

Je n'ai aucune certitude à ce sujet, en toute franchise, mais il me semble que c'est la bonne chose à dire. Rose se calme quelque peu, hoche la tête et se mouche.

Beth lève les yeux par-dessus la tête de Rose pour s'adresser à moi :

– Annie, voulez-vous aller trouver mon grand-père et lui demander s'il peut reconduire Rose au village ? Il est dans le parc, juste là, je le vois par la fenêtre.

– Je ne suis pas sénile ! proteste Rose. Je suis venue ici en voiture !

– Peu importe, je préfère que grand-père vous raccompagne. Vous êtes bouleversée ; un accident est vite arrivé dans ces cas-là.

– J'ai eu plus que ma dose de trajets en voiture avec Archie Foyle… grommelle Rose.

Obéissant à un regard insistant de Beth, je sors de la cuisine et me mets en quête d'Archie, que je trouve occupé à tailler des roses rouge carmin qui partent en lambeaux. Il me suit jusqu'à la cuisine. Visiblement calmée, Rose se passe une main dans les cheveux et son mouchoir a disparu.

– Salut, Rosie, lance Archie. Tu veux bien me déposer au pub ? Ma journée de boulot est terminée.

– Oui, bien sûr… cède Rose.

En se levant, elle s'empare du gilet violet posé sur l'accoudoir du fauteuil, puis, après l'avoir serré un instant dans les mains, se couvre les épaules avec ce souvenir. Archie lui tend le bras comme s'il l'invitait à danser. Je les suis du regard tandis qu'ils disparaissent dans les fougères.

14

J'avais prévu de passer la soirée à lire les dossiers que j'ai fourrés dans mon sac à dos mais, en retrouvant ma petite chambre, après la bonne soupe chaude de Beth, je suis rattrapée par la fatigue. Après cette longue journée, j'ai à peine la force de garder les yeux ouverts. Je m'effondre et ne reprends conscience que quand Oliver frappe à ma porte, le lendemain matin. Il me demande de descendre au rez-de-chaussée dans dix minutes, pour la lecture du testament de tante Frances.

Je me lève d'un bond pour me rendre présentable, mais l'unique robe de rechange que j'ai emportée ne me semble pas convenir pour une telle occasion. Ma seule autre option consiste à enfiler les mêmes vêtements que la veille, ce qui ferait certainement encore plus mauvais effet. La robe a au moins le mérite d'être une création de haute couture choisie par Jenny chez Harrods lors d'une de ses crises de fièvre acheteuse et que j'ai par la suite récupérée. Contrairement à la jupe évasée, le corsage est très ajusté, ce qui me donne l'impression d'être beaucoup plus exposée que dans les habituelles tenues amples derrière lesquelles je me dissimule. Comme hier, je noue mes cheveux en chignon sur le sommet de mon crâne, puis j'examine mon reflet dans le miroir en pied mural.

Je suis agréablement surprise de découvrir une jeune femme élégante, peut-être parce que depuis mon arrivée au village on me répète en boucle combien je ressemble à maman. Je crois même voir une nouvelle Annie. Inspirant profondément, je lisse la soie bleu marine et sors de ma chambre.

L'heure de la lecture du testament approchant à grands pas, il règne une ambiance solennelle quand Me Gordon nous fait entrer dans la bibliothèque, où l'air est étouffant. Je note quelques subtiles modifications par rapport à la veille : les fleurs ont été retirées, même les jolis bouquets disposés près des fenêtres, ce qui atténue la sensation d'oppression. La lumière du matin nous éclaire par les fenêtres, et les pelouses encore humides de rosée sont prêtes à être séchées par le soleil. Des chaises ont été disposées à notre intention. Me Gordon s'installe derrière l'imposant bureau en bois, au milieu de la pièce, et nous prenons place face à lui – exception faite de Saxon, qui n'est pas encore arrivé. Tout cela est très protocolaire mais correspond parfaitement à l'idée que je me fais de la lecture du testament d'une défunte fortunée.

Elva Gravesdown est assise tout à gauche, avec à côté d'elle une chaise vide destinée à son mari. Je me trouve quant à moi de l'autre côté de cette chaise vide, et Oliver Gordon à ma droite. Son téléphone ne cesse de vibrer dans sa poche, et chaque fois il se contorsionne pour jeter un coup d'œil sur l'écran. À sa lassitude manifeste, je déduis qu'il est harcelé par son patron ou par une chérie qui le tient en laisse.

Détail intéressant, l'inspecteur Crane, même s'il n'a pas pris place sur une chaise, est parmi nous. J'en suis plutôt heureuse, ce qui me surprend moi-même. Sa présence apporte du calme et un sentiment de sécurité. Un dossier visiblement important calé sous le bras, il est adossé contre le cadre d'une fenêtre et nous regarde nous installer. En dehors du bref hochement de la tête qu'il m'adresse au moment où je m'assieds, il reste impassible. Je suis prête à parier n'importe quoi que son dossier contient les résultats de l'autopsie pratiquée par le Dr Owusu ; je meurs d'envie de les connaître.

Me Gordon s'éclaircit la voix et consulte ostensiblement sa montre avant de jeter un regard éloquent à Elva :

– Je ne comprends pas comment Saxon trouve le moyen d'être un retard à un rendez-vous qui se tient dans la maison où il loge. S'il ne nous a pas rejoints d'ici cinq minutes, Elva, je pars à sa recherche dans tout le manoir et je le ramène ici par la peau des fesses.

Elva prend un air choqué, comme si elle était terriblement offensée, réaction que j'imagine volontiers accompagnée de projecteurs et d'un orchestre. Rien n'est naturel chez cette femme qui se donne en spectacle en permanence.

– Ne dites pas de bêtises, Walt. Saxon est ici chez lui. Il a grandi dans cette demeure. Ayez un peu de compassion, bon sang ; il a certainement besoin d'un peu de temps pour affronter de vieux fantômes.

– J'en ai bien conscience, Elva, mais vous n'êtes pas sans savoir que j'ai souvent dû sortir Saxon de ses cachettes, réplique l'avocat sans s'énerver. Je ne serais pas surpris qu'il n'ait pas renoncé à son habitude d'enfance d'épier des personnes de loin avant de les rejoindre.

Cette remarque pique ma curiosité mais personne ne juge utile de la développer ; réclamer des précisions me semble peu approprié.

Elva préfère changer de sujet :

– Pourquoi Oliver est-il présent ?

Je me pose la même question. Je sais que son nom est cité dans le testament de tante Frances mais le pourquoi reste mystérieux. Je me réjouis secrètement qu'Elva pose les questions trop gênantes pour que je le fasse.

– Cela vous sera expliqué sous peu, lors de la lecture du testament, répond Me Gordon.

Je sens le regard ferme de l'inspecteur Crane, à l'autre bout de la pièce. C'est le seul à ne pas sursauter lorsque la porte de la bibliothèque claque. Comme s'il avait attendu qu'on parle de lui, un homme au crâne épais et aux cheveux couleur huître traverse la bibliothèque.

– Désolé pour le retard, dit-il en nous gratifiant d'un sourire chaleureux.

– Saxon, enfin… lâche Me Gordon.

L'onéreux costume gris du nouvel arrivant tombe parfaitement sur sa silhouette svelte. Mesurant un peu moins d'un mètre quatre-vingts, cet homme dégage une assurance qui d'emblée me semble plus authentique que l'incessante comédie jouée par Elva. La mâchoire carrée et les yeux verts, c'est un « renard argenté » typique, pour reprendre l'expression prisée par Jenny. Il recule d'un pas en prenant conscience de ma présence :

– Vous n'êtes pas Laura.

Après ce commentaire laconique, il retrouve son sourire et ne fait aucune réflexion sur ma ressemblance avec ma mère.

– Non, en effet, dis-je en me redressant, m'efforçant de me sentir aussi sûre de moi que tout à l'heure, devant le miroir.

– Saxon, je te présente Annabelle Adams – Annie –, la fille de Laura, intervient Me Gordon. Elle est à présent concernée par tout ce…

Il baisse les yeux sur les documents étalés devant lui et fronce si fort les sourcils que son visage semble s'affaisser.

– … par tout ce bazar.

Il a marmonné ces derniers mots comme s'il s'adressait à lui-même, mais on devine facilement ce qu'il pense du testament.

Saxon s'assied sur la chaise libre, à ma gauche, puis se penche vers moi :

– Ravi de faire votre connaissance, Annie. Espérons que cette histoire soit vite réglée, pour que ce pauvre Walt ne se noie pas sous le stress qu'elle engendre. Je devine qu'Elva vous a accueillie plutôt fraîchement, hier, mais pardonnez-lui : vous avez sans doute fait les frais du mal qu'elle pense de Laura.

Je ne saurais dire ce à quoi je m'attendais, concernant Saxon, mais ce n'était certainement pas à ce genre de propos. Je l'aurais plutôt imaginé en double de son épouse, ou en homme trop occupé et trop important pour s'intéresser à mon existence, au vu de son retard. Or Saxon, calmement assis à côté de moi, me semble très raisonnable mais aussi conscient de l'embarras que doit générer en moi l'ensemble de la situation. C'est une surprise très agréable.

– Je vous remercie, dis-je.

Je me demande un instant ce que maman a pu faire pour contrarier Elva mais, étant donné ce que j'ai vu de celle-ci jusqu'à présent, elles sont on ne peut plus différentes l'une de l'autre. Maman se plaisait sans doute à taquiner Elva, ce qui provoque en moi une vague d'affection pour ma mère.

– Bien, je vais faire au plus simple, dit Me Gordon, qui chausse une paire de lunettes et se saisit des liasses de feuillets posées devant lui. Frances n'a pas divisé son patrimoine, qui doit rester intact. Cela concerne la maison de Chelsea, la ferme et les terres rattachées à Gravesdown Hall, ainsi que la totalité du manoir et du parc. À cela s'ajoute la somme de quarante millions de livres.

Elva lâche un petit cri en se tapant dans les mains, réaction qu'elle tente aussitôt de couvrir en toussotant. Saxon lui chuchote un reproche et Me Gordon l'assomme d'un regard glacial par-dessus ses lunettes.

Le silence revenu, l'avocat reprend :

– Saxon, Oliver et Annie – qui a récemment remplacé Laura dans le testament – sont les seules personnes concernées, mais c'est précisément là que les choses se corsent. Le mieux est de vous lire une lettre signée Frances.

Cher Saxon, chère Annabelle, cher Oliver, j'aurais préféré suivre la procédure habituelle, croyez-moi. Je reviendrai sur Oliver dans un instant mais je m'adresse dans un premier temps à Saxon et Annabelle. Sachant depuis longtemps que ma vie s'achèvera sur un meurtre, j'ai décidé de léguer l'ensemble de mon patrimoine – y compris mes comptes bancaires – à la personne qui démasquera mon assassin.

Cela fait des années que les villageois me dénigrent en raison de ma conviction profonde. Ils sont tous si mal à l'aise à propos des secrets qu'ils taisent et si gênés par mon talent à déterrer ceux-ci qu'ils ne ménagent pas leurs efforts pour me faire passer pour folle. Je sais depuis des années que quelque chose ne va pas à Castle Knoll, que les secrets dissimulés dans les fissures de nos rues, dans les murs de notre église et jusque dans mon propre manoir, nous pourrissent tous jusqu'au cœur. Je sais depuis toujours que ces secrets se révéleront mortels. Ils ont déjà tué par le passé, après tout.

Mon ultime geste sur cette terre est de vous convaincre, en espérant que tout le village suive le mouvement.

Que le meilleur d'entre vous hérite de mes richesses, plutôt que de ma mauvaise fortune...

Bouche bée, je tente de donner du sens à ces mots. J'ai le sentiment d'être harcelée par le destin puisque je ne cesse de chercher des explications depuis le moment où nous avons découvert le corps de tante Frances. Je ne peux pas m'en empêcher, apparemment, comme si j'étais un élément essentiel de la prédiction, comme si j'étais la « bonne fille ».

– Je vous demande pardon ? bafouille Elva. A-t-elle le droit d'exiger une telle chose ? De nous imposer ce genre de facéties ?

Il est difficile de dire si l'inspecteur Crane, qui a les yeux baissés sur les dossiers qu'il tient dans les mains, a entendu les questions d'Elva.

Me Gordon se racle de nouveau la gorge avant de répondre :

– Il n'y a pas de « nous » pour vous, Elva. Ces paragraphes ne concernent que Saxon et Annie. Ainsi qu'Oliver et l'inspecteur, mais j'y viens pour peu que vous me laissiez poursuivre.

Il y a des règles à respecter, bien entendu. Je ne veux pas que vous restiez à ne rien faire tandis que mon corps se décompose et que justice n'est pas faite. Je vous accorde une semaine. Si au terme de ce délai vous n'avez pas identifié mon assassin, alors mon patrimoine sera vendu bien par bien par l'intermédiaire d'Oliver, notre jeune ami promoteur immobilier, et de son employeur, Jessop Fields. Je me fiche éperdument que mon domaine soit reconverti en centre commercial ou en carrière. Si vous échouez, le village s'en souviendra pendant des générations. Quant au produit de la vente, ainsi que le reste de ma fortune, tout cela reviendra à la Couronne...

J'interviens à mon tour, incapable de m'en empêcher :

– Mais que deviendra la ferme ? Et Beth, son grand-père, leur gagne-pain ?

Me Gordon me considère un long moment. Je ne saurais dire s'il est reconnaissant d'entendre quelqu'un se soucier d'autre chose que de ses propres gains à venir ou las que je lui rappelle que ce testament secouera aussi sûrement qu'une bombe le village d'une violente déflagration. Il reprend sa lecture sans me répondre.

Cependant, je ne tiens pas davantage à ce que vous vous précipitiez pour présenter une solution imaginaire dans l'unique but de mettre la main sur ma fortune. Vos déductions devront donc être confirmées par l'inspecteur Crane et suivies d'une arrestation ou d'une conclusion positive. C'est à Walt que reviendra le dernier mot pour estimer si oui ou non vous avez découvert la vérité. Il a également le pouvoir de vous disqualifier l'un comme l'autre si vous vous retrouvez emprisonnés pour quelque raison que ce soit...

– Nous sommes donc autorisés à nous massacrer mutuellement, tant que nous ne nous faisons pas appréhender ; très élégant Frances, lâche Saxon, pince-sans-rire, avant de se pencher vers moi. Ne vous en faites pas, Annie, je n'ai pas l'intention de vous assassiner.

– Je vous en remercie, Saxon. Moi non plus, c'est promis.

Nous échangeons un sourire, tous deux amusés par ce curieux dialogue alors que nous nous connaissons depuis dix minutes à peine.

– Ce point du testament ne manque pas d'élégance, à vrai dire, estime Walt. Cela vous incitera à garder l'autre concurrent à l'œil. Frances n'aurait pas voulu que sa propriété revienne à quelqu'un qui ne le mérite pas.

Il reprend la lettre.

Je ne donne aucune instruction en cas de mort naturelle car je suis convaincue du sort qui m'attend. Croyez-moi, si j'avais la moindre idée de l'identité de la personne qui projette de m'assassiner, j'en aurais parlé à la police. (L'inspecteur Crane peut confirmer que j'ai tenté de le faire à plusieurs reprises.) Cela fait des années que je cherche à résoudre l'énigme de mon futur meurtre, mais c'est un défi ardu puisqu'il n'a pas encore eu lieu. Je m'en remets donc à vous.
J'ai essayé de suivre un plan pour parvenir à mes fins, hélas il semblerait que cela ne m'ait pas empêchée de perdre la partie. J'ai donc fait en sorte que le jeu se poursuive sans moi.

Bonne chance,
Frances

Nous restons un long moment sidérés sans dire un mot, puis je brise le silence :

– Que se passera-t-il si nous résolvons l'énigme ensemble ?

– Oui si l'un de nous est l'assassin ? ajoute Saxon.

L'inspecteur Crane tourne la tête vers lui, avec un petit sourire en coin :

– C'est un aveu ?

– Non, c'est une question purement théorique. J'aimerais simplement savoir jusqu'où Frances a poussé sa réflexion pour élaborer ce stupéfiant projet.

Saxon semble amusé plutôt qu'autre chose, comme s'il participait à un jeu intéressant, rien de plus sérieux.

Oliver, qui pas un instant n'a cessé de tapoter sur l'écran de son téléphone, lève vivement la tête. Je prends alors conscience de son air furieux au point de faire tourner du lait.

– Ne tenant qu'un rôle d'assurance dans cette histoire, je ne vais pas tenter de résoudre le mystère de ce meurtre, dit-il. Cela étant, puisque cette chère Frances a décidé de jouer avec ma carrière depuis la tombe et que d'autre part je ne tiens pas à être tué dans mon sommeil si la compétition se fait acharnée… (il jette un regard en direction d'Elva) je me permets de préciser que nous disposons tous d'un alibi solide puisque nous nous trouvions tous dans la même pièce, au cabinet, à Castle Knoll, au moment où elle a été assassinée.

– Ce point n'a pas vraiment d'importance, dis-je. Les fleurs ont pu être livrées ici n'importe quand au cours des derniers jours, et l'assassin a eu tout le temps de filer ailleurs.

L'inspecteur Crane s'écarte en douceur du rebord de la fenêtre sur lequel il était appuyé :

– Ce ne sont pas les fleurs qui ont tué Frances.

– Les… Quoi ?

Je cligne plusieurs fois des yeux, cherchant à comprendre par quel miracle on peut survivre à une injection de ciguë dans le sang.

– Elle s'est trompée, alors ? ajoute Saxon. Elle n'a pas été assassinée ?

– Je n'ai pas dit ça, répondit simplement le policier, observant attentivement et jaugeant les réactions d'Elva et de Saxon.

Ce dernier soutient son regard, conscient d'être évalué par l'inspecteur, tandis qu'Elva ne semble même pas s'en rendre compte.

– Nous étions réunis dans le bureau de Me Gordon lorsque Frances est morte, rappelle-t-elle, avant de s'adresser à l'avocat. Elle vous a appelé pour vous demander de déplacer le lieu de la réunion, non ? Elle était donc encore vivante quand nous étions dans votre cabinet. Quant à

Saxon, il était sans doute à bord du ferry, nous rejoignant depuis l'hôpital.

– J'ai conservé le billet, si quelqu'un souhaite le voir, précise Saxon.

– Personne ne pose la question évidente ! s'emporte soudain Oliver, avec une surprenante violence dans la voix.

Estimant sincèrement qu'un certain nombre de « questions évidentes » n'ont pas été soulevées jusqu'à présent, je l'interroge :

– À quoi pensez-vous, exactement ?

Oliver m'ignore totalement :

– De quoi Frances est-elle morte, inspecteur Crane ? Vous n'avez pas l'intention de nous le dire, peut-être, même si je vois bien que vous tenez le rapport d'autopsie dans les mains ?

– Ah, cette question-là…

Cette réaction de ma part est la seule à troubler le silence qui suit la tirade d'Oliver. L'inspecteur Crane n'esquisse pas un geste, ne dit pas un mot, s'autorisant tout juste un petit sourire adressé à Oliver.

– Comme vous voulez, lâche ce dernier. Mais a-t-on envisagé le cas où elle n'a eu besoin de personne pour mourir ?

– Vous croyez qu'elle s'est suicidée pour le plaisir de nous imposer tout ce cirque ? lui demande Elva, manifestement prête à croire cette hypothèse.

J'ai horreur de porter des jugements sur les gens, mais plus je la connais, plus j'en viens à estimer qu'Elva Gravesdown n'est pas particulièrement intelligente.

– Non, je pense à une attaque cardiaque, une crise d'hypoglycémie, je ne sais pas, moi ! lui réplique-t-il. Qu'est-il prévu dans ce cas ?

Sortant enfin de son immobilité, l'inspecteur Crane s'approche du bureau, près de Me Gordon, et y dépose le dossier.

– Elle est morte d'une crise cardiaque, dit-il en détachant ses mots.

Oliver laisse échapper un grognement et sort une énième fois son téléphone de sa poche.

Le policier ouvre le dossier et ajoute :

– Une crise cardiaque provoquée. Frances avait vu juste : elle a été assassinée.

15

Les dossiers de Castle Knoll, 23 septembre 1966

John se montrait distant avec moi et esquivait mes questions quand je l'interrogeais à propos du domaine Gravesdown ou quand je lui demandais ce qu'ils y avaient fait quand ils s'y étaient introduits sans moi. L'avertissement lancé par Saxon flottait encore dans l'air, comme une mauvaise odeur persistante : « Je sais bien que tu me prends pour un cinglé, mais ton copain est pire encore. »

Cependant, chaque fois qu'il éludait une de mes interrogations, John compensait ce comportement par un geste attentionné – un parfum commandé à Londres, un exemplaire de mon roman préféré, nos initiales gravées au couteau dans des troncs d'arbres, tout en me jurant qu'il m'aimait… La glace qui nous avait un temps éloignés l'un de l'autre fondit ainsi peu à peu au fil de la semaine suivante.

Heureusement, il reconnaissait à présent que les bois du domaine Gravesdown n'étaient pas l'endroit le plus romantique de la planète. Il me proposa donc plusieurs autres options pour notre première nuit ensemble : se glisser en douce dans les ruines du château, en pleine obscurité ; ou encore emprunter la voiture de Walt le temps d'une soirée. Or, depuis que j'avais passé un moment en compagnie de Ford et Saxon, je ne me sentais plus très à l'aise avec mes amis.

Emily insistait toujours sur le fait que la propriété Gravesdown était l'endroit le plus excitant des environs pour nous, affirmation qui fut renforcée le jour où la police nous chassa d'un espace vert du village à 19 heures sous prétexte que nous faisions trop de bruit. En réalité, c'était Walt l'auteur de ce boucan, comme toujours. Il avait eu la bonne idée d'uriner contre un arbre en chantant You Really Got

Me, *des Kinks, après s'être dit capable de pisser aussi longtemps que durait cette chanson – mais pas davantage. Walt est un habitué de ce genre de bêtises, c'est un vrai gamin.*

Rose s'était remise avec Teddy Crane, après que je l'avais convaincue qu'il deviendrait très séduisant quand son acné se dissiperait. Je ne mentais pas ; sous tous ses boutons, ce garçon est doté d'un joli visage. Ses cheveux noirs et ses traits bien dessinés lui confèrent une présence solide, presque protectrice. Rose a parfois du mal à voir sur le long terme…

Alors que John et Teddy étaient partis acheter d'autres bières, peu avant que les braillements de Walt n'attirent la police, j'eus enfin l'occasion de bavarder avec Rose et de lui confier les sentiments contradictoires qui m'agitaient. Cela faisait deux semaines que nous nous étions introduits sur le domaine du manoir, et depuis je ne cessais de revivre cette soirée en boucle. Une part de moi-même savait qu'il me fallait rester sur mes gardes car mes amis étaient fourbes, et je ne tenais pas à ce qu'ils me prennent pour une idiote, mais m'accrocher à ma méfiance et à ma colère m'épuisait à la longue.

Je m'assis sur la couverture déployée pour notre pique-nique et passai un bras dans le creux du coude de Rose. J'avais enfilé deux pull-overs car Emily m'avait emprunté mon manteau en laine et refusait de me le rendre. Sa façon de le porter donnait je ne sais comment l'impression qu'il lui appartenait depuis toujours. Je pris un moment pour l'observer riant et jacassant avec Walt. Il lui seyait davantage – sa double rangée de boutons dorés et sa coupe en forme de cloche étaient trop élégantes pour moi – mais j'eus un pincement au cœur en pensant à ces boutons, raison première qui m'avait décidée à l'acheter. Ils étaient uniques, ornés de cerfs bondissants ; jamais je n'avais vu de manteau pourvu de détails si fins.

– Tu dois être morte de froid, Frannie, me dit Rose, qui frotta mon autre bras pour me réchauffer.

– Non, ça va, répondis-je.

C'était un mensonge flagrant car nous étions début avril et il faisait nuit noire.

– Bon, ça a assez duré, décréta Rose. Je prends les choses en main ; tu vas récupérer ton manteau.

– C'est le fait qu'Em nous pique des trucs qui te fait enrager ? Elle est comme ça, tu le sais très bien. De toute façon, j'ai bien conscience que j'ai de bonnes chances de ne jamais revoir ce que je lui prête.

– Tu es aveugle ou quoi ? Ça ne se limite pas à ça ; elle t'imite carrément ! Tu es trop gentille, tu lui passes tout alors qu'elle... elle calcule le moindre de ses gestes.

Pendant un instant, les émotions accumulées au cours des deux semaines précédentes remontèrent à la surface de mon esprit, mais je secouai la tête, épuisée.

– Mais non, tu la surestimes, soufflai-je.

Malgré tout, les paroles de Rose résonnèrent longtemps en moi, tels des échos de mes propres instincts, de mes plus sombres angoisses qui me criaient qu'Emily me considérait comme une ennemie. C'était une manipulatrice, nous le savions tous, mais je ne comprenais pas pourquoi elle me prenait soudain pour cible. Jusque-là, ses manigances n'avaient visé que les garçons.

– Frances, il faut simplement que tu...

Rose se passa la main dans les cheveux et se mordit la lèvre inférieure. Alors qu'elle semblait vouloir me dire quelque chose, elle baissa les yeux sans rien ajouter.

Voyant que John et Teddy fumaient devant la supérette, je jugeai le moment idéal pour aborder la question qui me tracassait :

– Rose, pourquoi vous ne m'avez pas dit que vous étiez déjà allés sans moi sur la propriété Gravesdown ?

Rose grimaça comme si je l'avais piquée avec une épine mais ne releva pas la tête.

– Je suis désolée, Frannie, c'est à cause d'Em. Tu la connais ; elle m'a menacée de représailles si je t'en parlais.

– D'accord, mais pourquoi tu les as suivis là-bas ?

Rose considéra un moment ses mains avant de lever les yeux vers moi :

– Je ne les ai accompagnés que la première fois. Ce n'est que plus tard que j'ai compris qu'Emily m'avait menti en m'affirmant que tu étais malade et donc restée chez toi. Après ce jour-là, je ne suis plus jamais retournée là-bas avec eux, je te le jure.

– Entendu… mais je sens que tu me caches encore quelque chose. Ford m'a dit avoir déjà croisé Emily avant l'autre soir, et il m'a conseillé de me méfier de vous tous. Que s'est-il passé exactement lors de votre première intrusion chez lui ?

Rose tourna la tête vers la supérette dans laquelle Emily et Walt étaient à leur tour entrés pour acheter des bières.

– John, Walt et moi avons traîné, comme d'habitude, mais Emily a disparu et ne nous a rejoints qu'au moment de rentrer chez nous – et cela s'est apparemment reproduit les fois suivantes. Cela a agacé Walt, et ils se sont chicanés à ce sujet car nous avions tous deviné où elle s'était éclipsée.

– Au manoir, devinai-je.

Cette révélation me toucha en plein cœur, curieusement, même si je m'en doutais. Je n'avais passé qu'une heure dans cette immense demeure, le temps de bavarder et d'avaler un thé, mais avoir la confirmation qu'Emily y avait mis les pieds la première me laissait un goût amer. Les mots de Saxon flottaient encore parmi mes pensées : « Ton amie Emily a déplu à oncle Ford, et pas qu'une fois. À mon avis, elle espérait qu'il ait envie d'une nouvelle femme. »

Nos amis se dirigeaient vers nous, à présent, traversant la pelouse. Emmitouflée dans mon manteau, Emily riait et ne marchait pas très droit, accrochée au bras de Walt, sa longue chevelure blonde ressortant sur la nuit. J'avais la sensation de voir une étoile filante, une traînée dans le ciel nocturne telle qu'on n'en voit que quelques-unes au cours d'une vie.

Walt, qui s'était récemment fait couper les cheveux, était maintenant aussi bien coiffé que John – il s'était débarrassé de la tignasse qu'il arborait encore quelques semaines plus tôt. C'était assez étonnant car Walt adorait ses cheveux et les regards noirs des vieilles dames qui sifflaient « Espèce de voyou ! » à son passage, sans parler des filles, sur la plage, qui lui disaient qu'il ressemblait à George Harrison. Peut-être la mode avait-elle évolué et étais-je à la traîne…

Il m'était facile de parvenir à cette conclusion car je suis toujours la dernière à être au courant des choses. En réalité, j'aurais dû me demander pourquoi Walt cherchait subitement à ressembler à John.

– J'ai une surprise pour vous ! annonça Emily. Un nouveau jeu !

Un grand sourire aux lèvres, elle s'assit à côté de moi et plongea la main dans une poche de son (mon) manteau. Sous le couvert de la pénombre de la soirée, elle en sortit un objet métallique aux formes bizarres.

Teddy poussa un juron et Rose m'agrippa un bras pour m'éloigner d'Emily.

– Qu'est-ce que c'est que ça, Em ? m'écriai-je. Où as-tu trouvé ce truc ?

Elle avait dans la main un revolver qu'elle tenait avec innocence, comme si ce n'était qu'un accessoire de théâtre.

– Et pourquoi tu l'as pris ? ajouta Teddy, tandis que Rose restait muette, terrifiée.

– J'ai trouvé la clé du placard où mon père range ses armes, nous répondit Emily, qui, en voulant contenir un rire, lâcha un grognement indigné. Ce n'était pas compliqué. Quant au pourquoi…

Elle fusilla Teddy d'un regard lui reprochant clairement d'être un rabat-joie.

– Eh bien, pourquoi pas ? Vous avez déjà joué à la roulette russe ?

C'est à cet instant que Walt urina contre l'arbre en chantant les Kinks à tue-tête. Dieu merci, il attira suffisamment l'attention des voisins pour que ceux-ci nous crient que la police était en route.

Emily lâcha un soupir empreint d'une lassitude désabusée qu'elle n'était pas en droit d'éprouver, selon moi ; se comporter comme une rebelle à Castle Knoll ne la rendait pas plus adulte que nous.

– Ce sera pour une autre fois, souffla-t-elle en remisant le revolver dans sa poche. Retournons nous entasser dans la voiture avant d'être chassés à coups de fourche.

Elle se dirigea d'un pas nonchalant vers Walt. Dès qu'elle nous eut tourné le dos, Rose glissa la main dans son propre manteau, au niveau de la gorge.

– Cette fois, elle est allée trop loin, dit-elle.

La fine chaîne de son pendentif en forme d'oiseau renvoya un vague reflet, tel un cri faiblard poussé dans la nuit, puis Rose détacha le bijou de son cou et le jeta dans l'herbe.

– Tu devrais en faire autant, Frances, me conseilla-t-elle.

Je fus un instant tentée d'imiter Rose, vraiment, mais le passé qui nous unissait toutes les trois… était le ciment qui nous avait maintenues soudées si longtemps. Ce ciment s'effritait, certes, mais je me sentais en devoir de rappeler à Rose qu'il ne s'était pas totalement volatilisé.

– Nous connaissons Emily par cœur, Rose. N'oublie pas que quand elle se comporte comme ça…

– Elle n'a jamais agi ainsi jusqu'à aujourd'hui, m'interrompit Rose.

– Peut-être, mais presque, et tu sais ce qui la pousse à faire tout ça. C'est probablement encore une fois le cas aujourd'hui.

Fiona Sparrow, la mère d'Emily, a toujours été une femme parfaite. Magnifique et traditionnelle dans sa façon de se comporter, elle attend énormément de sa fille. Quant à son père, il est conseiller municipal. Les parents d'Emily font partie de ces gens que tous les villageois cherchent à impressionner, tant ils sont charismatiques.

La sœur aînée d'Emily s'est enfuie à Londres alors qu'elle n'avait que quinze ans, et son prénom n'est jamais prononcé chez eux. Emily est considérée comme une fille unique, mais l'absence créée par le départ de sa sœur a rendu Fiona plus déterminée que jamais à réussir avec Emily ce qu'elle a raté avec son aînée. Fiona contrôle sa fille de façon exagérée, allant jusqu'à choisir ses moindres vêtements et l'habiller comme une poupée vivante.

Considérant Emily dans la pénombre, je me rendis compte qu'elle avait une fois de plus aux pieds les chaussures à talons prisées par Fiona Sparrow et qu'elle portait des bas dont les coutures remontaient très haut à l'arrière, le genre de modèle introuvable dans les boutiques de nos jours.

J'avais de mon côté enfilé un pantalon tailleur qui faisait ma fierté. Je me sentais même audacieuse de l'avoir moi-même confectionné à partir de la doublure à motifs vichy d'un manteau déniché dans une braderie, avec pour modèle une photo de magazine. Ma mère m'avait aidée, et nous avions beaucoup ri en déchirant ce manteau pour en faire un pantalon à la Audrey Hepburn.

Soudain, Emily tourna la tête vers moi, geste qui m'effraya presque ; on aurait dit qu'elle avait lu dans mes pensées.

Un souvenir me revint à l'esprit ; nous avions alors dix ans, et j'avais pour habitude de passer chez Emily à l'improviste pour lui dire un petit bonjour. En ce temps-là, Rose, Emily et moi partagions une amitié simple et tranquille. Nous fabriquions des balançoires en cordes en surplomb de la Dimber et nous gavions de mûres en août. Nous n'avions aucun mal à croire que les lièvres sauvages surgissant des haies pouvaient nous parler et que nous pouvions les apprivoiser. C'était toujours Emily qui imaginait les meilleurs jeux, qui avait les idées les plus originales.

En un sens, je suppose que c'est moi qui ai dévoilé la vraie vie d'Emily. Je me demande si elle m'en a voulu.

Ce jour-là, la porte de la maison des Sparrow était entrebâillée afin d'y laisser entrer la moindre brise susceptible de rafraîchir l'air estival étouffant, ce qui me permit d'apercevoir Emily. Des livres étaient empilés en équilibre sur sa tête tandis qu'elle posait des tasses de thé sur une table – mais en faisant trop de bruit au goût de sa mère ; on aurait dit qu'elle prenait un cours de bonnes manières. Les paroles de Fiona me parvinrent, sifflées depuis l'autre bout de la pièce :

– Comment veux-tu que quiconque tombe amoureux de toi si tu n'es même pas capable de faire les choses les plus élémentaires ? Tu resteras coincée à Castle Knoll jusqu'à la fin de tes jours ! Tu es l'adorable Emily tant que tu ne ruines pas cet effet en ouvrant la bouche. Ta beauté est la seule monnaie d'échange à ta disposition car tu es banale sur tous les autres plans. Tu dois apprendre à exploiter ton physique afin de ne pas couvrir de honte notre famille.

Une tasse de thé fut de nouveau bruyamment posée sur la table, et cette fois se fissura, tant la main d'Emily tremblait.

D'un violent balayage, Fiona envoya le service à thé se fracasser contre le mur. Emily resta silencieuse, les yeux rivés sur les mille morceaux éparpillés au sol.

– Tu passeras toute la journée à recoller ces tasses en méditant sur ta maladresse ! hurla Fiona. Les hommes issus de familles comme il faut ne veulent pas d'une épouse sans grâce. Si tu continues comme ça, si tu restes aussi négligente, jamais tu ne prendras un Foyle dans tes filets, et encore moins un Gravesdown.

Emily s'agenouilla à même le sol et entreprit de rassembler les débris. Furieuse et indignée, j'avais les poings serrés, les bras raides le long du corps. Fiona me tournait le dos mais Emily m'avait aperçue sur le seuil de la pièce. La douleur et la honte visibles sur son visage cédèrent rapidement la place à un mélange de colère et de détermination ; elle secoua très légèrement la tête, comme pour m'interdire d'intervenir.

Je n'intervins donc pas.

Après cet épisode, Emily proposa des jeux de plus en plus douteux, de plus en plus intenses. Cette évolution ne fut pas soudaine mais plutôt graduelle, si subtile que dans un premier temps elle nous enthousiasma. Nos premières années d'adolescence furent ponctuées d'histoires délicieusement effrayantes imaginées par Emily, ce qui nous incita, Rose et moi, à invoquer des fantômes et nous essayer à de la magie noire faite maison. Nous espionnions les villageois et propagions des ragots plus ou moins inventés. Cependant, nous n'avons jamais blessé quiconque, ni l'une d'entre nous.

– Nous ne pouvons pas rendre Fiona responsable de toutes les bêtises commises par Emily, objecta Rose ce soir-là. Elle n'est pas ici pour prendre les décisions à la place de sa fille.

– Peut-être pas, en effet, mais Emily me fait parfois l'impression de nous manipuler pour se donner l'illusion de contrôler au moins certains aspects de sa vie, hors de portée de Fiona. À moins que ce ne soit sa façon de nous punir d'en savoir trop à propos d'elle.

Assis près de nous et muet comme une carpe, Teddy, tout en délicatesse, faisait mine d'être fasciné par les nuages qui couraient dans le ciel nocturne – le clair de lune était tout juste assez vif pour révéler leurs contours orageux dans la quasi-obscurité. Quand quelqu'un nous cria de décamper, nous traversâmes la pelouse pour filer ailleurs, davantage de pensées non dites à propos d'Emily restées en suspens entre nous.

Je crus sentir la main du destin lorsque j'effleurai involontairement du bout de la chaussure la chaîne que Rose avait jetée au hasard ; je me baissai et la dégageai délicatement de la pelouse.

– Tu sais très bien que l'oiseau te trahira, me murmura Rose quand je voulus lui rendre son bijou.

Elle refusa de le récupérer mais Teddy s'en chargea.

– Il me semblait que tu ne croyais pas à la prédiction qu'on m'a faite, dis-je à mon amie.

– Je commence à y croire…

Je fus soudain saisie d'un frisson. J'aurais voulu défendre Emily, malgré son comportement, mais la prédiction de la voyante fissurait la confiance que j'accordais à tous ceux qui m'entouraient.

Crane, Sparrow, reines d'échecs, billets et jeux de cartes... J'avais le sentiment qu'il me serait impossible d'échapper par moi-même à ce sinistre présage ; je voulais qu'on m'aide. En cet instant, je me sentais affreusement seule.

C'est alors que je songeai à Ford. Ford savait imaginer un plan d'action. Ford savait jouer et gagner. Dès lors, il me fut impossible de ne plus penser à lui.

16

Saxon s'approche du bureau et pose la main sur le dossier en haussant légèrement les sourcils, l'air de dire : « Je peux ? » L'inspecteur acquiesce, puis Saxon revient à sa place avec le dossier dans une main. Je suppose que nous sommes à présent tous autorisés à prendre connaissance des conclusions rassemblées dans ce document et que Saxon dispose de l'expertise nécessaire pour les interpréter.

Tandis qu'il parcourt rapidement les feuillets, je lève les yeux vers Crane :

– Comment se fait-il que l'autopsie ait pu être pratiquée si rapidement ?

– Le légiste du comté voisin était disponible pour aider le Dr Owusu, et sa morgue ne croulait pas sous les demandes, contrairement à celle de Sandview. Une autopsie ne prend que quatre heures environ ; les rapports officiels ne sont émis que plus tard car il faut remplir des documents administratifs et attendre les résultats du labo. Mais cette fois, les bonnes personnes étaient disponibles, tout est donc allé assez vite.

– Ah, d'accord… De quoi est morte tante Frances, si la ciguë n'est pas en cause ? Ce bouquet… Selon le Dr Owusu, la ciguë peut être mortelle si elle s'immisce dans le sang, or tante Frances avait les mains couvertes de coupures.

Je m'écarte de Saxon, qui marmonne pour lui-même tandis qu'Elva est postée au-dessus de son épaule, et m'approche de Crane, qui a retrouvé son perchoir sur le rebord de la fenêtre. Me Gordon n'a quant à lui pas bougé d'un pouce, indiquant ainsi clairement qu'il connaît déjà la réponse à ma question.

– Elle n'est pas morte à la suite d'un contact avec de la ciguë, mais d'un incident sans lien avec le bouquet, apparemment, me répond l'inspecteur.

– Sans lien ? Même si ce ne sont pas les fleurs qui l'ont tuée, elles étaient assurément menaçantes, non, avec leurs aiguilles ? Elles sont forcément liées au meurtre.

Crane se penche et m'effleure le coude :

– J'étudie la question, Annie. Laissez-moi faire mon travail.

Ses mots sont à la fois posés et autoritaires, ce qui a un effet désarmant. Je saisis soudain que désarmer est précisément son rôle, et que c'est ce qu'il s'efforce de faire en cet instant. En nous dressant les uns contre les autres pour que nous résolvions son meurtre, tante Frances a libéré un nid de frelons qui ne peut que le gêner dans son travail. Nous allons nous mêler de son enquête ; quoi qu'il advienne, il lui sera difficile d'en tirer un quelconque bénéfice.

La course contre la montre lancée, mon cerveau est en surrégime car je réfléchis déjà à toute allure pour prendre de l'avance. Une longue inspiration me calme : si sur le papier je dispose d'une semaine pour éclaircir cette affaire, Saxon et moi n'avons en réalité que le temps qu'il faudra à l'autre pour découvrir la clé du mystère.

J'ai ainsi à présent plusieurs sources de motivation.

Si je fais la lumière sur ce meurtre, maman conservera la maison de Chelsea, dans laquelle elle a toujours vécu heureuse et inspirée. L'abandonner pourrait perturber son processus créatif déjà fragile, notamment parce que c'est dans cette demeure qu'elle a peint ses premiers tableaux, qui ont connu tant de succès. Voir Elva s'y installer nous briserait le cœur, à maman comme à moi.

De plus, imaginer Oliver et Jessop Fields ravager le domaine Gravesdown pour en faire un parking ou un cinéma m'est insupportable. Gravesdown Hall serait peut-être épargné, en tant que monument historique, mais serait à coup sûr vendu à une chaîne hôtelière. Le parc serait certainement reconverti en lotissements – si je comprends parfaitement qu'il faut bâtir des logements, je suis sûre qu'on peut trouver de meilleurs endroits pour le faire.

Mais surtout, je veux à tout prix résoudre cette énigme. Or c'est justement pour cela, pour m'atteler à la tâche que j'ai déjà hâte d'entreprendre, que j'ai été appelée à Castle Knoll. On a besoin de moi. De moi, d'Annie Adams, auteure de polars en herbe. Je sens qu'il s'est passé quelque chose de louche, non seulement hier, quand tante Frances a été tuée, mais je devine en outre une histoire pas très claire qui s'est prolongée sur plusieurs décennies.

La voix traînante d'Oliver me tire de mes pensées :

– Que se passe-t-il si l'inspecteur Crane est le premier à résoudre le meurtre ?

Saxon lève vivement la tête, et tous les regards se posent sur Me Gordon.

– Dans ce cas, le patrimoine de la défunte sera mis en vente par Oliver.

L'air sombre, l'avocat semble fournir un réel effort pour contenir un orage bouillant en lui. Il est chez lui à Castle Knoll et, d'après ce que j'ai saisi, son petit-fils Oliver a tout fait pour passer le moins de temps possible au village. Je doute fort que Me Gordon soit enchanté à l'idée de voir le domaine Gravesdown reconverti en immeuble ou en concession automobile.

– J'ai donc le choix, résume tranquillement Oliver. Soit j'intègre l'équipe de l'inspecteur…

– Nous ne formons pas une équipe, le coupe Crane.

– … soit je reste à ne rien faire en attendant que ces deux-là échouent, conclut Oliver, ignorant l'interruption.

Saxon et moi échangeons un regard. J'ai presque l'impression de voir la lumière se faire dans son esprit quand enfin il comprend que la compétition qui débute ne se limite pas à un duel entre nous deux, qu'Oliver et l'inspecteur

Crane, du fait de leur métier, sont également sur la ligne de départ. Oliver a tout intérêt à nous voir échouer, tandis que Crane n'a guère envie que nous mettions le bazar dans son enquête – ce que nous ferons, inévitablement, puisque le plus logique, pour nous, sera de ne pas révéler à la police les éventuels indices que nous découvrirons. Me tournant de nouveau vers Crane, je constate qu'il a déjà les yeux rivés dans ma direction. Il me donne l'impression d'avoir une nette avance sur moi et me met mal à l'aise. De plus, il bénéficie de ressources policières et se montre trop charmant à mon goût. À sa place, je tenterais d'enrôler un des deux concurrents, et je devine que ce n'est pas Saxon qu'il a dans le viseur.

Les variables sont si nombreuses qu'elles en sont accablantes. Me Gordon lui-même n'est pas tout à fait neutre dans cette affaire. Le journal intime de tante Frances que j'ai chipé hier reste omniprésent dans mon esprit, je me promets de le lire dès qu'un moment de tranquillité se présentera.

Les mâchoires crispées de détermination, je me dis qu'il me faut un calepin dans lequel noter le fruit de mes réflexions. J'ai bien fait d'en apporter plusieurs, vierges, qui m'attendent dans ma chambre.

La main de Crane se pose de nouveau sur mon épaule ; il se penche vers moi :

– Ça va aller ?

– Personne n'a été blessé, je ne vais pas défaillir, dis-je sans desserrer les dents.

– Je voulais simplement m'en assurer, se justifie l'inspecteur.

Oliver nous observe, le regard froid et calculateur. Placée entre eux deux, j'ai la sensation d'avoir été identifiée comme le maillon faible du groupe. Annie Adams, employée de bureau au chômage le jour, aspirante écrivaine la nuit. Susceptible de tomber dans les pommes au pire moment. La fille de Laura, l'artiste contemporaine qui a perdu le sens des réalités.

Saxon s'approche de moi, le rapport d'autopsie dans la main, et me transmet le dossier. Il soupèse les diverses dynamiques en cours, comme moi, mais conserve un visage impassible.

– Ce qu'elle a mis en place est vraiment brillant, dit-il. Cela ne me plaît pas, bien sûr, mais c'est à son image. Oncle Ford aurait été fier d'elle.

En considérant l'hypothèse où je suis incapable de résoudre le mystère de la mort de ma grand-tante, j'ai sans doute intérêt à ce que Saxon sorte vainqueur de cette compétition. Peut-être pourrai-je dans ce cas négocier avec lui un accord nous permettant de rester dans la maison de Chelsea. Je suis toujours résolue à faire de mon mieux dans cette enquête, bien entendu, mais il n'est pas idiot d'envisager toutes les options possibles. Il serait notamment catastrophique que l'avenir du domaine Gravesdown se retrouve dans les mains du promoteur immobilier. Et c'est là qu'intervient une touche supplémentaire du génie de tante Frances ; dès lors qu'ils sauront ce qu'il adviendra si Saxon et moi échouons, les villageois seront tous désireux de nous livrer un maximum de renseignements. Sauf l'assassin, évidemment. Tante Frances a fait preuve d'une fourberie extrême en forçant ainsi tous ceux qui ont douté d'elle à désormais la prendre au sérieux.

Je baisse les yeux sur le dossier et demande à Saxon :

– Qu'y a-t-il dans ces pages ? De quoi est-elle morte ?

Crane me prend quelques feuillets, l'air dubitatif ; la prudence qu'il manifeste une nouvelle fois à mon égard, après ma défaillance d'hier, ne fait que raviver ma colère. Je soutiens son regard :

– C'est bon, je peux tout entendre.

– Elle a été empoisonnée, mais d'une façon presque impossible à déceler. Par chance, le Dr Owusu a pratiqué l'autopsie avec une extrême minutie ; Frances étant une de ses patientes, elle a remarqué un détail qui aurait échappé à nombre de ses collègues.

– Quel genre de poison est presque impossible à déceler ?

– Une substance qui en temps normal n'a rien d'un poison. Frances se rendait régulièrement au cabinet du Dr Owusu pour y recevoir des injections de vitamines. Elle manquait notamment cruellement de vitamines B12, déficit qui ne peut être comblé par des comprimés quand il est trop important. Or certains minéraux et vitamines peuvent être mortels à fortes doses.

– La B12, par exemple ?

– Non, plutôt le fer. Or c'est précisément cela qui a provoqué la crise cardiaque qui a été fatale à Frances, comme l'indique le taux de fer mortel constaté dans son sang. De plus, le Dr Owusu a remarqué une trace d'injection autre que les siennes sur le corps de Frances ; il semblerait donc que quelqu'un lui ait injecté du fer. Le plus troublant, dans cette histoire, c'est qu'il n'est pas évident de se procurer des solutions si concentrées en fer. On ne trouve pas des seringues bourrées de fer dans le premier cabinet médical venu.

– D'où viendrait ce produit mortel, alors ?

Crane remise les feuillets dans le dossier toujours ouvert dans mes mains :

– C'est ce que nous cherchons encore à déterminer.

Soudain impatient de s'en aller, Saxon jette un regard à Elva, qui le rejoint aussitôt. Avant de nous quitter, il me lance :

– Je vous laisse une longueur d'avance pour que la compétition soit plus équitable, Annie.

Son sourire est probablement sincère mais plus crispé que lorsqu'il m'a saluée en nous rejoignant. Ses mots m'étonnent :

– Pourquoi dites-vous cela ?

J'avoue ne pas vraiment savoir quelle sera la dynamique entre Saxon et moi ; serons-nous adversaires, luttant pour l'héritage, ou équipiers ayant conclu un accord afin de nous partager la fortune de tante Frances et ainsi avoir les meilleures chances d'éviter qu'elle ne tombe dans les griffes d'Oliver et Jessop Fields ?

– Il est plus juste de procéder ainsi, me semble-t-il, puisque vous êtes nouvelle ici et ne connaissez pas aussi bien que moi le village, m'explique-t-il d'une voix égale, avec un sérieux quasi professionnel.

Saxon ne prend pas ce jeu à la légère, visiblement, et je sens qu'une barrière se dresse entre nous, faisant de nous deux adversaires. Cependant, il tient à ce que la compétition soit équitable, ce qui est déjà bien plus que ne m'aurait accordé Elva, j'en suis certaine.

Il tapote le rapport d'autopsie, que je n'ai toujours pas lâché, et ajoute :

– Crane a raison quand il dit qu'aucun médecin généraliste ne dispose de seringues contenant une solution si fortement dosée en fer, mais je connais quelqu'un qui en possède peut-être ici même, sur le domaine Gravesdown.

– Quoi ?

J'ai cligné des yeux, stupéfaite et incapable de deviner à qui Saxon fait allusion.

– Miyuki, la femme de Beth, est vétérinaire spécialisée dans les gros animaux. Son cabinet est installé dans la ferme d'Archie. Si l'on en croit le rapport d'autopsie, Frances a reçu une dose de fer qui conviendrait plutôt à un cheval.

17

Les dossiers de Castle Knoll, 26 septembre 1966

Chassés de l'espace vert du village, nous étions à présent entassés dans la voiture de Walt. Peut-être aurions-nous échoué ailleurs si Emily n'avait pas été au volant. Toujours est-il qu'elle nous avait menés au trou dans la clôture du domaine Gravesdown.

– Nous avons maintenant la permission de profiter des bois, fis-je remarquer. Pourquoi encore nous glisser en douce par ici tels des garnements ?

– « Tels des garnements… » me singea Emily. Tu parles comme ma grand-mère.

– Arrête d'embêter Frances, Em, intervint John d'une voix blasée.

J'étais assise sur ses genoux car la banquette arrière de la voiture de Walt ne pouvait accueillir que trois passagers, et Rose et Teddy en étaient au stade un peu gênant où l'on se jauge de loin en attendant de voir comment vont évoluer les choses. Sachant de source sûre que Rose avait perdu sa virginité avec Archie Foyle sur cette même banquette arrière, je me demandai si Teddy avait eu vent de ce ragot. C'est typiquement le genre d'information qu'Emily adorait lâcher au pire moment qui soit, juste pour voir quels dégâts cela provoquerait.

Je voyais bien que Rose faisait de son mieux pour apprécier Teddy ; elle me disait souvent que nous mettrions la main sur les deux plus beaux garçons de Castle Knoll et que nous nous marierions et aurions des enfants en même temps. Emily serait alors installée à Londres, menant une vie plus glamour, et l'existence serait plus paisible pour ceux d'entre nous qui aurions eu la chance de rester à Castle Knoll.

– Je n'ai pas envie d'aller traîner dans les bois, dit Emily. Je vous l'ai déjà dit, j'ai la preuve que Ford a tué sa femme.

Elle souriait de toutes ses dents, tel le chat du Cheshire, et j'avais l'impression d'être Alice dans le terrier du lapin, titubant dans un monde dont tout le monde sauf moi connaissait les règles.

– Tu t'entends bien avec lui, on dirait, lançai-je, ce qui me valut un regard acéré de la part de Rose. Pour tout dire, je ne serais pas surprise d'apprendre que tu t'es déjà rendue au manoir, Em.

Tandis que je restais silencieuse, me demandant si Emily nierait mes propos, Rose se raidit, soudain très inquiète. J'imagine qu'en tendant ainsi la perche à Emily, je donnais à Rose l'impression de trahir ses confidences, mais c'était Ford qui m'avait affirmé qu'ils s'étaient tous retrouvés sans moi. Si nécessaire, je le préciserais à Emily.

– Et toi, Frannie ? répliqua celle-ci, son sourire plus éclatant que jamais. Ta visite chez Ford s'est bien passée ? Il t'a offert du thé ? Il t'a appris à jouer aux échecs ? Il t'a conseillé de te méfier de tes amis ?

Je crus recevoir un seau de glace sur la tête. Je leur avais simplement dit que j'avais bavardé avec Ford et Saxon avant de repartir, sans donner le moindre détail sur cette heure passée au manoir.

J'aurais voulu répliquer quelque chose à Emily mais ma bouche resta grande ouverte, comme si j'étais en manque d'air. John serra davantage mon poignet, ce qui, étrangement, me donna le sentiment d'avoir été surprise commettant quelque chose de mal.

– Quelle est cette preuve que tu dis détenir ? me repris-je, refusant d'entrer dans le jeu d'Emily. Tu prétends que Ford a tué sa femme. Tu sais comment elle s'appelait, au moins ?

– Bien sûr : Olivia Gravesdown. Je te montrerai ma preuve, mais uniquement quand nous serons dans la ferme abandonnée. Il faudra que tu la voies pour me croire.

Walt lâcha un grognement, agacé, et plaqua la main sur le dossier du siège conducteur, juste derrière la tête d'Emily :

– Arrête, Em ! On ne va quand même pas squatter cette ruine, on s'amusera bien plus en plein air. Et Ford nous a interdit d'entrer dans ce bâtiment, il a quasiment dit que c'était très dangereux.

– Pourquoi tient-il tant à nous empêcher de nous approcher de cet endroit, d'après vous ? Vous n'avez pas envie de découvrir

ce qu'il cache là-bas ? Je suis certaine que c'est le cadavre de sa femme...

– Tu en fais vraiment des tonnes, Em, dit Rose. Mais d'accord, allons-y, ça m'amuserait de te voir te sentir idiote, pour une fois. Allons voir cette ruine humide qui ne contient rien d'autre que des rats et tes mensonges.

– Waouh ! Tu as laissé pousser tes épines, Rose ?

Emily semblait ravie, comme si Rose entrait en scène pour endosser un rôle qu'Emily voulait voir tenu par quelqu'un.

Rose ne répondit pas mais, quand Emily fut garée et que nous fûmes tous sortis de la voiture, elles se défièrent du regard, un bref instant et sans dire un mot. Rose céda la première et se dirigea vers la ferme.

Alors que nous progressions dans les bois, une pluie soudaine nous imposa une course folle sur la pelouse pour parvenir à la haie de la ferme, située au nord du domaine. Réduit à une masse noire dans la nuit, le bâtiment semblait posé là comme un crapaud sur la berge de la rivière.

En approchant, je me rendis compte avec surprise que la ferme n'était pas du tout en ruine mais seulement lugubre et morte. Plutôt vaste, elle était faite des pierres blanches extraites dans les carrières voisines mais apparaissait presque verte tant la mousse et le lierre la recouvraient. La porte n'était pas verrouillée ; je découvris un intérieur bien loin de ce que j'avais imaginé. Emily sortit une petite lampe de poche. Tandis que mes amis secouaient leurs manteaux pour se débarrasser des gouttes de pluie, je tremblais dans mes deux pull-overs trempés en regardant Emily bien au chaud dans mon manteau.

Curieusement, cet endroit ne déplorait ni carreau brisé ni planches pourries et, en vérité, semblait bien entretenu... et tout sauf dangereux.

Pourquoi Ford tenait-il à nous en éloigner ?

– Quelqu'un habite ici, Emily, chuchota John tandis que nous y entrions sur la pointe des pieds.

Il avait raison : la ferme n'était pas désertée, à en croire les élégants meubles, les lampes et l'horloge. Il y avait même de la vaisselle sur une étagère en porcelaine fixée sur un mur. On aurait juré que l'occupant des lieux s'était absenté et serait de retour d'une minute à l'autre.

– Nous ne devrions pas être ici, souffla Rose.

J'étais de son avis, comme les autres : notre appréciation de la ferme avait changé du tout au tout dès la seconde où nous en avions franchi le seuil. Comme les autres… sauf Emily.

– Attendez… nous intima-t-elle.

Le faisceau de sa lampe de poche se reflétant dans des miroirs selon des angles bizarres, elle nous guida plus profondément dans le bâtiment, jusqu'à un bureau. Je compris en un clin d'œil pourquoi cette pièce avait captivé son imagination tordue : l'endroit était littéralement réduit en miettes, comme si un individu pourvu d'un caractère volcanique avait déclaré la guerre aux murs.

Le sol était jonché de débris de verre provenant de cadres photo brisés, de livres jetés au sol et de morceaux de chaises détruites. Le papier peint lui-même avait été largement arraché par endroits. J'imaginai un combat au couteau, les murs portant pour toujours les traces de chaque coup ayant manqué sa cible, telles de violentes empreintes digitales.

– C'est ici qu'il l'a tuée, déclara Emily sur un ton théâtral.

Rose retira une photo d'un cadre brisé ; des rides se dessinèrent sur son front lorsqu'elle l'examina.

– C'était la maison d'Archie, dit-elle à mi-voix. Personne n'a été tué ici, Emily. La famille a été expulsée, c'est Archie lui-même qui me l'a dit. Il ne m'a jamais précisé qu'il avait vécu ici, simplement qu'il avait grandi dans une ferme. Quand son père est parti, il s'est retrouvé en famille d'accueil.

– Attends, de qui tu parles, là ? intervint Teddy. D'Archie, le mec pas net ?

– Eh oui, Rose a un historique chargé niveau mauvais garçons, désolée de te l'apprendre, Ted, ricana Emily. Ils ont été expulsés d'ici parce que le père d'Archie était joueur et ivrogne, et aussi parce qu'il a eu une liaison avec la femme de Ford. Ford m'a raconté avoir tout cassé dans certaines pièces ; d'après lui, c'était un bon endroit où lâcher sa colère, après les avoir chassés tous les deux. Mais à mon avis, il n'a pas cassé que du mobilier…

– Tu ne sais rien du tout, lâcha Rose. Tu inventes toute une histoire alors que tu n'as aucune idée de ce qui a pu se passer.

– Ah oui, vraiment ? dit Emily, avec son air le plus innocent. Ford m'apprécie, il dit qu'il peut se confier à moi.

Le visage de Walt se para d'une expression orageuse.

– Il faut que je prenne l'air, fit savoir Rose.

– Je t'accompagne, dis-je en passant le bras dans le creux de son coude alors qu'elle se dirigeait déjà vers la porte.

Dehors, la pluie s'était réduite à une légère bruine.

– Tu éprouves vraiment quelque chose pour Archie Foyle, Rose ? lui demandai-je prudemment.

– Non, pas vraiment… Enfin si, mais plutôt de la compassion, comme quand on est navré pour quelqu'un qui a vécu une vie triste. Archie n'a vraiment pas été gâté par le destin, mais je n'ai aucune idée de ce qui s'est produit ici.

Soudain, la voix de Saxon fendit l'obscurité :

– Moi, je le sais…

– Saxon ! Bon sang, tu m'as fichu la trouille ! sifflai-je. Ça te plaît tant que ça de surgir de nulle part ?

– Pardon… s'excusa le garçon, manifestement sincère. Mais vous ne devriez pas être ici. Cet endroit n'est pas dangereux, mon oncle a menti à ce propos, mais c'est un peu son coin secret. Quoi qu'il en soit, vous feriez mieux de filer avant qu'il se rende compte que vous êtes ici. Bizarrement, il a le don de savoir tout ce qui se passe sur le domaine.

– Je fais sortir Emily de là, décidai-je. Les autres la suivront où qu'elle aille. Rose, reste ici avec Saxon ; nous le ramènerons ensuite au manoir.

Saxon nous considéra un instant en réfléchissant :

– Avant ça, faisons un petit jeu.

– Saxon ! On n'a pas le temps de jouer ! répliquai-je.

– Si, insista le garçon qui prenait soin de n'afficher aucune expression. Pour celui-là, tu as le temps, je t'assure. Il est très simple : ça s'appelle « Un secret contre un secret », et c'est précisément la règle du jeu : je vous dis un secret, vous m'en confiez un.

– Nous n'avons ni l'une ni l'autre de secret à te dire, Saxon, protesta Rose.

– Elle a raison, renchéris-je. Je parie que tu connais cinq fois plus de secrets que nous, vu le temps que tu passes à espionner les gens.

Saxon sourit, car c'est bien entendu là qu'il voulait en venir. Il lui fallait une excuse pour divulguer le ragot qu'il mourait d'envie de me dire lors de ma venue au manoir.

– D'accord, Saxon, cédai-je. Je te dis un secret, mais tu me dis le tien en premier.

– Ton amie Emily cache un énorme secret, dit-il en mimant des deux bras un gros ventre. Un secret que lui a refilé ton amoureux ici même, dans les bois.

18

– Répète-moi tout ça encore une fois, me demande Jenny.

Assise sur le lit de ma minuscule chambre, j'ai enfilé le jean et le tee-shirt que je portais la veille. Je me suis aspergée d'une bonne dose de parfum mais je ne vais pas tarder à empester ; il va falloir que je trouve une baignoire et d'autres vêtements.

Fatiguée d'expliquer l'étrange situation dans laquelle je suis empêtrée, je pousse un grognement d'exaspération et réponds simplement :

– Je participe au jeu qui consiste à résoudre l'énigme du meurtre de tante Frances.

– Oui, ça, je l'ai bien compris. Ce qui me déconcerte, c'est cette histoire de secrets classés par ordre alphabétique et le fait que tu n'aies pas encore ouvert le dossier qui concerne ton père.

Je considère un instant les deux chemises posées sur le lit avant de me justifier :

– Pour être tout à fait franche, c'est surtout le dossier Crane qui m'intéresse. J'ai parcouru les deux premières pages du dossier Sam Arlington et j'ai eu la sensation d'éplucher la vie d'un inconnu. J'ai vu des relevés bancaires, des documents des impôts, et sans doute d'autres qui prouvent qu'il a eu une maîtresse alors que maman était enceinte de moi, mais c'est surtout elle que ça concerne. Je m'y intéresserai peut-être plus tard dans ma vie, mais pour l'instant je préfère me focaliser sur la recherche de l'assassin de tante Frances.

– OK, ça se comprend, dit Jenny qui change aussitôt de sujet. C'est toi la fan de romans policiers ; par où comptes-tu commencer ? Les suspects ? Les mobiles ? Je serais volontiers ton Dr Watson si j'avais le moindre talent dans ce domaine, malheureusement je ne peux rien faire de mieux que te fabriquer une maquette de la scène de meurtre, si ça peut t'aider.

– J'en serais ravie, si nous avions affaire à une énigme en chambre close.

– En tout cas, si la télévision nous a appris quelque chose, c'est que le taux de meurtres est plus élevé que la moyenne dans les petits villages. Tu as tout intérêt à me garder sous le coude ; je suis sûre qu'un mystère en chambre close se présentera bientôt sur ton chemin.

– Attention, je t'avertis que désormais je prends très au sérieux toute prédiction concernant mon avenir.

Je ne plaisante qu'à moitié, à vrai dire, de plus en plus obsédée par celle faite à tante Frances.

– Cela dit, réfléchir comme un inspecteur de série télé n'est pas une mauvaise idée, pour commencer. Dans la plupart des séries policières, on trouve un moment, peu après le décès de la victime, durant lequel l'enquêteur, quel qu'il soit, pose un certain nombre de questions classiques, généralement diverses variantes de « La victime avait-elle des ennemis ? », « S'est-elle comportée de façon étrange avant d'être assassinée ? » ou encore « Quelle est la dernière personne à l'avoir vue vivante ? »

– Oh, et aussi « Qui a découvert le cadavre ? », ajoute Jenny, surexcitée.

– Ah oui, bien vu. Sur ce dernier point, la réponse est : Elva, Me Gordon, Oliver et moi. Mais maintenant que nous savons que tante Frances a succombé à une injection de fer et non à un empoisonnement par ces roses, il semble peu probable qu'une de ces personnes soit l'assassin. Néanmoins,

Elva et Oliver se sont tous deux présentés en retard au cabinet de l'avocat. Quand on prend en compte l'heure du décès et le fait qu'en voiture dix minutes suffisent pour se rendre au village depuis le domaine Gravesdown, il est possible que l'un d'eux ait commis ce meurtre, même si la fenêtre est étroite.

Je m'interromps pour farfouiller dans mon sac à dos, en quête d'un calepin et d'un stylo. Soucieuse d'opérer avec minutie, j'écris les noms de tous ces personnages puis barre celui de Mᵉ Gordon et résume mon raisonnement dans la marge. Toujours titillée par le bouquet de fleurs sur le bureau, j'écris sur la page opposée : « Qui a envoyé les roses ? » sous l'intitulé « Questions sans réponse ».

– Qu'en est-il de l'enquête menée par Frances elle-même sur sa mort à venir ? relance Jenny. Qui soupçonnait-elle ?

Je repense au diagramme dressé par ma grand-tante, avec ses nombreuses ficelles colorées entrecroisées et ses diverses photos. Elle estimait que tous les habitants avaient une raison de la tuer, passant apparemment à côté du fait que ses soupçons et ses investigations incessantes leur donnaient probablement justement une raison de souhaiter sa mort.

Je songe soudain qu'Oliver fait un suspect parfait puisqu'il a retrouvé tante Frances à l'heure du petit déjeuner, afin de lui parler des projets de Jessop Fields concernant le domaine Gravesdown.

– Il faut que j'examine de nouveau le diagramme de tante Frances, dis-je. Il est extrêmement détaillé, je devrais le photographier.

– Commence par dresser ta propre liste de suspects, me suggère Jenny. Ça t'évitera d'être influencée par la paranoïa de ta tante.

– Plus facile à dire qu'à faire. Si c'est sa paranoïa qui lui a valu d'être assassinée, il faut que je comprenne comment fonctionnait son esprit ; ce serait une des choses les plus utiles à faire.

S'ensuit un silence bienveillant tandis que je couche sur le papier les noms de quelques autres suspects potentiels. De rapides recherches sur Google me permettent de dénicher les patronymes de Rose, de Beth et de Miyuki, l'épouse de cette dernière, grâce à leurs sites pro. La première moitié de ma liste se décline ainsi :

~~Walter Gordon~~
Oliver Gordon
Elva Gravesdown

Je lis ensuite à mon amie les noms des suspects tout juste ajoutés.

Saxon Gravesdown
Archie Foyle
Beth Takaga-Foyle
Miyuki Takaga-Foyle
Inspecteur Rowan Crane
Rose Leroy

– Sans vouloir énoncer une évidence, si Saxon, le « renard argenté », t'a dit que le fer provient probablement du cabinet vétérinaire de la femme de Beth, je doute fort qu'elle soit coupable, dit Jenny.

– Il s'est justifié en disant qu'il souhaitait une compétition équitable entre nous.

– Mais oui, bien sûr : c'est tout à fait logique de se montrer fair-play avec une parente londonienne dont il vient tout juste de faire la connaissance et qui risque de lui piquer le manoir dans lequel il a grandi.

– Tu as raison. Je reconnais qu'il ne faut sans doute pas croire tout ce que dit Saxon. En tout cas, nous savons qu'il se trouvait à bord du ferry, en provenance de l'hôpital de Sandview, quand ma tante a été assassinée. Il a même sorti un billet quand l'inspecteur lui a demandé de le confirmer.

– L'expérience avec Andrew ne t'a donc rien appris ? grogne Jenny.

Je saisis instantanément le sous-entendu. Andrew était étudiant avec nous à St Martins, et j'en étais folle amoureuse durant notre première année. Puis j'ai découvert qu'il me mentait quand il jurait ne fréquenter aucune autre fille dans mon dos, avec pour preuve des tickets de parking « du boulot » qui en réalité étaient des faux. Il payait bel et bien pour les obtenir mais sa voiture n'entrait jamais dans ce parking.

– Ce n'est pas parce que Saxon possède un billet de ferry qu'il s'en est servi…

– Exactement, confirme Jenny.

Le souvenir des infidélités d'Andrew, à l'université, me ramène aux dossiers déployés sur le lit.

– En parlant de tromperies, ça te dit de savoir quel membre de la famille Crane tante Frances soupçonnait d'infidélité ?

– Justement, je me demandais pourquoi tu avais inclus l'inspecteur Sexy sur ta liste de suspects.

– Je ne l'ai jamais qualifié de « sexy », dis-je d'une voix égale.

– Je sais, je remplis les blancs à ta place.

– Range donc ton stylo.

J'ouvre le dossier Crane, duquel se déverse une liasse de feuillets. Il y a là un peu de tout, de reçus de chambres réservées à l'hôtel du Château à des photos prises en douce. Sur une série de clichés pris de nuit, je reconnais instantanément Reggie Crane, mon chauffeur de taxi, le père de l'inspecteur, dans une voiture en compagnie d'une blonde dont les traits ne sont pas nets. Ils semblent se disputer sur ces photos, et l'émotion se lit particulièrement sur le visage de Reggie, bien plus que lorsqu'on hausse le ton avec n'importe qui pour une raison quelconque.

Parcourant le contenu de la chemise, je découvre ensuite des documents nettement plus anciens. Je sursaute quand m'apparaît une photo de maman, découpée dans une coupure de presse datant de l'époque de ses premiers succès. Ce jour-là, lors de je ne sais quelle réception, elle est au bras de l'homme qui l'accompagne vêtu d'une affreuse veste de costume à trois boutons typique des années 1990 – Reggie Crane.

Le dossier ne contient rien d'autre sur maman et Reggie, mais je me rappelle qu'il m'a confié être sorti avec elle durant leurs jeunes années. J'interrogerai ma mère sur ce point quand l'excitation de sa nouvelle expo sera retombée.

– Allô ? Tu es toujours là ? lance la voix de Jenny, dans le téléphone.

– Oui, pardon.

Revenant au début du dossier, je me rends compte que les premiers documents m'ont échappé. En haut d'un de ces feuillets, l'expression « Mise en demeure », en caractères gras, me saute aux yeux. Je reprends :

– C'est juste que… J'ai trouvé un courrier très agressif menaçant tante Frances de poursuite en justice si elle continue de harceler la famille Crane.

– Attends, laisse-moi deviner : le chauffeur de taxi aigri tente d'obtenir une mesure d'éloignement, puis, voyant que cela ne calme pas ta tante, il décide de prendre les choses en main et de la réduire au silence ?

Je grimace :

– Cette lettre n'est pas de Reggie mais de l'inspecteur Rowan Crane.

– Ah… L'inspecteur t'a pourtant paru sincèrement peiné quand tu lui as annoncé la mort de Frances. Il t'a dit qu'il l'appréciait, c'est ça ?

Je sens des rides se former sur mon front sous l'effet de la déception :

– Il m'a menti, si on en croit le ton de ce courrier.

Sans même m'en rendre compte, je souligne le nom de l'inspecteur Crane sur ma liste, puis mon regard est de nouveau attiré par ma rubrique « Questions sans réponse ».

– La présence des fleurs sur le bureau n'est pas une coïncidence, c'est impossible, dis-je. Envoyer un tel bouquet était une menace épouvantable, précise.

Je ne peux me défaire de l'idée que ces fleurs sont liées au meurtre d'une façon ou d'une autre. Et si mon instinct voit juste, alors il faut que j'inscrive un nom supplémentaire sur ma liste de suspects.

– Le pasteur s'appelle John quelque chose… Je l'ajoute à mes suspects car Me Gordon a dit que tante Frances préparait une fois par semaine des bouquets pour l'église, et aussi parce qu'elle a eu une aventure avec John, d'après Crane.

Des voix se font entendre en arrière-plan, au bout du fil ; j'en déduis que la pause-café de Jenny touche à sa fin. J'écris en toute hâte « John (pasteur) » sur mon calepin.

– Il faut que je me remette au boulot mais je tiens à être régulièrement mise au courant de l'évolution de ton enquête, d'accord ? exige Jenny. Je prends très au sérieux mon rôle de Dr Watson.

– Promis, réponds-je avant de couper la communication.

Je reste plongée dans mes pensées car, en entendant mon amie prononcer le mot « docteur », j'ai pris conscience qu'il me faut encore ajouter quelques noms à la liste de suspects.

Je songe à ma visite au cabinet du Dr Owusu et à son agenda. En partant de l'hypothèse que tante Frances a bel et bien honoré son rendez-vous… alors cet endroit prend soudain l'allure d'un lieu des plus louches. Ne voyant pour l'heure aucune raison incitant le Dr Owusu à tuer tante Frances, je me dis que j'en trouverai peut-être une en fouillant suffisamment longtemps dans ces dossiers.

Je complète ma liste.

Dr Esi Owusu
Magda (urgentiste)
Joe Leroy (urgentiste)

Désireuse de connaître le nom de famille du pasteur, j'ouvre le navigateur Internet de mon téléphone et trouve le site web de l'église, sur lequel on voit une photo de John Oxley. Le pasteur prend la pose devant les portes ouvertes de l'église, un grand sourire aux lèvres, comme pour vous souhaiter la bienvenue. Svelte et impeccable à l'image de la plupart des hommes d'Église, il porte une soutane parfaitement repassée, comme un médecin porte sa blouse, et tient d'une main souple une bible. Ses fines lunettes à monture métallique et ses cheveux blancs soigneusement peignés lui donnent l'allure du genre de personne à avoir un fauteuil préféré.

J'envisage de consacrer un autre calepin aux personnalités des suspects, comme si j'avais affaire aux personnages d'un roman. Je me saisis de ma pile de calepins et laisse mes doigts courir sur l'un d'eux, relié de liège, mais en définitive j'opte pour celui orné de joyeuses illustrations de champignons des bois. Je constate alors que le journal intime que j'ai chipé hier s'est retrouvé dans cette pile ; je m'en empare prudemment, tâchant de ne pas trop m'emballer. Je sais que le nom de Walt y figure, mais il n'est pas impossible qu'il y soit essentiellement question d'identification de fleurs ou d'horoscopes.

Tel n'est pas le cas. La première page comporte un intitulé « Les dossiers de Castle Knoll, 10 septembre 1966, par Frances Adams », puis un texte qui débute ainsi : « Si je couche tout ceci sur le papier, c'est parce que je sens que certains faits dont j'ai été témoin risquent d'avoir une grande importance par la suite. »

Après deux pages de lecture à peine, j'agrippe les côtés du calepin, ensorcelée par l'écriture d'adolescente de ma grand-tante, tout en boucles, et par son témoignage. Une heure plus tard, j'y suis encore plongée. Je n'en suis qu'au tiers du texte – Saxon révèle qu'Emily est enceinte – lorsque la sonnerie de mon téléphone m'arrache à ce récit.

J'ai à ce stade souligné à plusieurs reprises un nom de ma liste : John Oxley. Pour l'heure, c'est lui qui me semble le plus susceptible d'avoir eu un mobile pour assassiner tante Frances.

Reste une question que je ne me suis pas encore posée : « Pourquoi avoir attendu jusqu'à aujourd'hui ? » Frances a vraisemblablement fouiné de tous côtés depuis qu'elle est devenue obsédée par la prédiction de la voyante – pendant soixante ans.

Que s'est-il passé récemment qui a enfin scellé un destin en préparation depuis six décennies ?

19

Les dossiers de Castle Knoll, 26 septembre 1966

Saxon mima de nouveau un ventre de femme enceinte pour s'assurer que j'avais saisi l'allusion.

Les yeux écarquillés et les mâchoires serrées, je parvins tout de même à conserver mon calme en songeant que ce n'était peut-être qu'un énorme mensonge. Rose, en revanche, semblait mortifiée, quoique pas vraiment étonnée.

– Très bien, nous allons voir ça, dis-je en me redressant.

Je gagnai à grandes enjambées la porte de la ferme, puis le bureau dévasté où Emily monopolisait l'attention des autres avec une histoire à dormir debout.

– Il faut partir, intervins-je. Et je veux récupérer mon manteau.

Le visage d'Emily se pétrifia lorsqu'elle aperçut Saxon et Rose derrière moi. J'avais l'esprit en ébullition en pensant à John et à sa réticence, le premier soir, à me laisser partir seule avec Saxon, ainsi qu'aux railleries d'Emily à propos de l'expérience de John avec les femmes. Songeait-elle à elle-même, en prononçant ces mots ? Je voulais la vérité, et tout de suite.

– Non, je le garde, lança Emily, me regardant droit dans les yeux.

– Rends-moi mon manteau, Emily, insistai-je d'une voix plus dure et sans cacher ma colère. J'ai froid.

Nous nous défiions du regard, sachant l'une comme l'autre que cette conversation ne concernait pas vraiment mon manteau.

– Mais non, tu n'as pas froid.

Sans même m'en rendre compte, je m'élançai en avant et, empoignant un pan de laine du manteau, je défis brutalement les boutons tandis qu'Emily me hurlait au visage. Elle me traita de tous les noms qui lui vinrent en tête, tous plus abominables les uns que les autres, en me griffant les bras tandis que les autres restaient sans réaction. Mon manteau était élégant mais bon marché, si bien que quelques boutons sautèrent. Un objet assez lourd fourré dans une poche percuta ma jambe quand les pans du manteau s'ouvrirent. Sans perdre une seconde, je concentrai mon regard sur le ventre d'Emily.

– C'est donc vrai ? criai-je. Tu es enceinte ? De John ?

Nos amis avaient entre-temps reculé de quelques pas pour se poster derrière moi.

Emily redressa les épaules, ce qui fit davantage ressortir la courbure de son ventre.

– Ce n'était qu'une question de temps avant que ça ne devienne une évidence, j'imagine, dit-elle d'une voix soudain apaisée, presque paresseuse.

– Qu'est-ce que c'est que ce cirque, Emily ? brailla Walt. Tu m'as menti en me parlant de « problèmes de fille », avec tous tes prétextes pour ne plus t'approcher de moi !

– Tu t'en remettras, Walt.

Il y avait de la suffisance dans la voix d'Emily, comme si nous avions tous joué le rôle qu'elle attendait de nous dans le plan qu'elle avait imaginé. Quant à moi, j'inspirais vivement par le nez et par à-coups, sans la quitter des yeux.

– Vu la réaction de Walt, qui semble prêt à t'étrangler, j'en déduis qu'il est certain que ce bébé n'est pas de lui.

Mes mots jaillissaient avec une force de roulement de tambour et j'avais la gorge brûlante de colère, tant je me sentais trahie. J'étais incapable de regarder John, et je n'en avais aucune envie. Tapi dans mon dos, il n'avait pas dit un mot, telle une ombre furtive, et le fait qu'il ne soit pas intervenu pour se défendre ou simplement tenter de me parler était on ne peut plus éloquent.

– Nous n'avons pas couché ensemble depuis des mois, déclara Walt, les traits pincés de confusion et de honte. Comme un idiot, je la croyais quand elle me disait qu'elle avait des soucis de santé, qu'elle prenait du poids et se sentait déprimée. Je craignais qu'elle s'intéresse moins à moi mais j'avais bon espoir qu'elle me revienne un jour.

Les yeux à présent vitreux, il oscillait entre rage et désespoir, comme si ces deux émotions étaient trop intenses pour être éprouvées en même temps. Et d'enchaîner :

– Alors qu'en réalité, elle me trompait, tout bêtement.

Son regard se porta sur un point précis, derrière moi.

– Avec mon meilleur ami !

Rugissant ces derniers mots, il se précipita sur John mais fut intercepté par Teddy Crane, ce qui lui ôta une bonne partie de son envie d'en découdre.

– Tiens, reprends ton foutu manteau, lâcha Emily en me le lançant.

Je l'attrapai au vol et l'enfilai dans la foulée, obéissant à quelque impulsion bizarre de me réapproprier mon bien. Ma main entra en contact avec quelque chose de métallique, dans une poche – l'objet assez lourd dont j'avais noté la présence auparavant. Ce n'est qu'en le sortant que je me rendis compte qu'il s'agissait du revolver.

Puis tout se déroula très vite.

Walt se jeta sur Emily – ce bon vieux Walt, qui aimait tant s'amuser, toujours partant pour une partie de rigolade, toujours d'accord pour suivre Emily – et la frappa. Un vrai coup de poing. Je me mis à hurler sur l'un et l'autre, serrant trop fort le revolver dans ma main moite.

Le coup partit, et une balle se ficha dans un mur, offrant à la vieille ferme une nouvelle cicatrice de violence.

Emily saignait du nez, après le coup de poing de Walt, et tout le monde me criait des choses que je n'entendais pas car mes oreilles sifflaient affreusement, tandis que mes yeux étaient brouillés de larmes.

Je pris la fuite en courant. Qu'avais-je fait du revolver ? Cette question ne me viendrait que beaucoup plus tard. Le visage dans un état lamentable et les cheveux plaqués par la pluie, j'étouffais tant bien que mal mes sanglots lorsque Ford ouvrit la porte du manoir.

– Entre, me dit-il.

Je ne lui dis pas un mot des récents événements – j'en aurais été incapable, si je l'avais souhaité, tant mes dents claquaient. Il me délesta de mon manteau et m'installa près de la cheminée, puis sa gouvernante m'apporta une serviette pour me sécher les cheveux.

Assis près de moi, Ford attendit patiemment que je retrouve mon calme. Quand enfin je me sentis mieux, je m'excusai à n'en plus finir. Quelle situation rocambolesque ! Que diable fichais-je ici, au manoir ?

Or Ford ne cherchait aucunement à m'embarrasser. Sans effort, il orienta la conversation sur des sujets plaisants ne concernant en rien mes amis. Il me fit ainsi découvrir un jeu de backgammon qu'il avait acheté lors d'un séjour en Afghanistan et dont les ornements complexes eurent tôt fait de me fasciner. Sous la lueur du feu, la marqueterie de coquilles d'ormeaux et de nacre et d'onyx d'un noir profond était presque hypnotique.

– En Afghanistan… répétai-je en laissant courir un doigt sur la fine couche de laque. À quoi ressemble ce pays ?

– Il est magnifique. Sa nourriture et ses habitants sont fantastiques, de même que l'art local. Apprécies-tu l'art, Frances ?

– Je ne suis pas très cultivée, si c'est le sens de votre question, mais j'adore apprendre.

Je ponctuai ma réponse d'un sourire que je réussis, me semble-t-il, à faire paraître seulement à moitié triste.

Soudain, Ford leva les yeux ; la gouvernante était de retour, avec à côté d'elle une Rose sale et trempée. Puis apparut Emily, les yeux rouges et le visage bouffi ; hoquetant entre deux sanglots, elle semblait sincèrement bouleversée. Elle saignait toujours du nez, une main sous le visage afin de ne pas tacher le sol.

Saisie d'une rage soudaine, j'agrippai un coussin, les poings serrés sur le tissu. Ford se leva d'un bond, passant aussitôt à l'action car il ne constatait que les faits : Emily en sang et en larmes et Rose qui semblait perdue. Il demanda à la gouvernante d'apporter des gants de toilette trempés dans de l'eau chaude, pour nettoyer le visage d'Emily, puis il installa mes deux amies près de la cheminée et m'enjoignit de m'asseoir sur le canapé à côté de lui. C'était la première fois que nous nous trouvions si près l'un de l'autre, même si cette formulation est quelque peu exagérée ; en effet, il y avait encore entre nous suffisamment de place pour nous permettre de poser les mains sur le canapé sans toucher l'autre. Néanmoins, j'avais une conscience aiguë de sa proximité. Je pensais toujours à John – je les haïssais, Emily et lui – et je me sentais malheureuse, mais le simple fait d'être assise près de Ford me redonnait une relative stabilité émotionnelle. La façon dont il nous avait installés autour du feu me donnait une étrange sensation d'avoir été choisie par lui. Je me rendis compte que Rose et Emily nous observaient les yeux grands ouverts, comme si elles assistaient à la projection d'un film.

– Où sont vos autres amis ? s'enquit Ford, sans hausser le ton.

Sous ses airs décontractés, je perçus dans sa voix des échos de la menace que j'avais cru déceler dans l'obscurité, lors de notre première rencontre, mais ensuite il parut sur le point de s'esclaffer quand son regard se posa sur Emily. C'était assez déstabilisant.

Je fus alors saisie de regrets ; j'aurais dû profiter du temps passé seule avec lui pour l'interroger à propos des précédentes venues d'Emily à Gravesdown Hall, plutôt que de parler de l'Afghanistan.

– Ils sont retournés au village dans la voiture de Walt, répondit prudemment Rose. Teddy au volant, Walt sur la banquette arrière et John sur le siège passager. Teddy nous a dit qu'il reviendrait nous chercher aussitôt après avoir déposé les deux autres chez eux, qu'il était préférable d'éviter de faire le trajet tous ensemble après la... bagarre qui a éclaté.

– Je vois, dit Ford, qui se leva – ce simple mouvement, évoquant le déploiement d'une fougère, suffit à souligner son élégance. Je m'absente un instant pour dire un mot à Saxon ; j'entends le bruit de ses bottes boueuses dans le couloir. À mon retour, nous déciderons si je vous dépose au village ou si vous préférez attendre que votre ami vienne vous chercher.

Personne n'ajouta quoi que ce soit tandis que le claquement des chaussures de Ford sur les dalles de la pièce voisine s'estompait peu à peu.

– Qu'est-ce qui te prend, Emily, enfin ! m'emportai-je soudain. On dirait que tu veux me prendre tout ce que j'ai.

Je me levai et m'approchai d'elle pour lui cracher mes murmures au visage.

– John m'aime sincèrement !

La petite voix du doute s'immisça en moi aussitôt après que j'eus sifflé ces derniers mots. John m'aimait-il vraiment ? Il n'avait pas eu la moindre réaction quand Emily et moi nous étions disputées plus tôt.

– Oui, je le sais bien, souffla Emily.

– Alors pourquoi tu te comportes ainsi ? Pourquoi tu fais ça ? Tout va dans un seul sens, quand j'y pense ! Mes peignes, mon manteau… Ma garde-robe ne te suffisait pas ? Il fallait aussi que tu me voles mon petit ami ?

Emily resta silencieuse mais soutint mon regard sans ciller.

– Eh bien, tu peux le garder ! crachai-je. Et que se passera-t-il ensuite ? Voyant que je ne veux plus de John, vas-tu me filer comme un chien reniflant mes talons, en attendant de découvrir qui sera mon prochain chéri ?

Enfin, elle me répondit, et ce avec un doux sourire qui me retourna l'estomac.

– Non, les choses se sont déroulées dans l'autre sens, pour une fois, Frannie.

Elle se pencha vers moi et baissa la voix.

– Cette fois, c'est moi qui ai la première mis la main sur le meilleur homme qui soit. Tu verras, je serai un jour la maîtresse de maison de ce manoir.

Un nouveau sourire d'Emily raviva les sentiments que j'éprouvais à l'égard de Ford – mais à présent, ils me paraissaient dérisoires, ridicules.

– Tu n'es qu'une idiote, qu'une salope ! répliquai-je. Qui est le père de ce bébé, exactement ?

Emily ne répondit pas mais la façon évasive dont elle avait commenté ma soirée avec Ford, quelques jours plus tôt, me revint à l'esprit, aussi assourdissante que des cloches d'église. Peut-être m'avait-elle déjà donné la réponse à cette question.

– Avez-vous décidé comment regagner le village ? intervint la voix calme de Ford, depuis le seuil de la pièce, son regard d'acier braqué sur Emily.

– J'aimerais que vous me reconduisiez là-bas, si cela ne vous dérange pas, Ford, répondit Emily.

– J'attends Teddy, dit Rose, restée étonnamment discrète durant tout ce temps.

Il est vrai qu'elle n'avait pas forcément son mot à dire dans ce qui n'était qu'un conflit entre Emily et moi – comme toujours, même quand il n'était question que d'un simple peigne.

– Cela ne vous pose pas de souci ? ajouta-t-elle. Je ne voudrais pas qu'il revienne jusqu'ici pour ne trouver personne, surtout qu'il ne fait ça que pour nous rendre service.

– Aucun problème, Rose, dit Ford. C'est très prévenant de ta part. Si tu veux, tu peux l'attendre ici, près du feu, avec une tasse de thé. La gouvernante te préviendra quand il arrivera.

Il se tourna ensuite vers moi.

– Et toi, Frances ? Tu restes avec Rose ou tu montes en voiture avec Emily et moi ?

Cette question était étrange, j'avais l'impression de devoir choisir entre mes deux meilleures amies, mais même avant les événements de ce soir-là, j'aurais systématiquement choisi Rose. Malgré cela, j'eus une hésitation, puis je repris part au jeu auquel je ne pouvais m'empêcher de participer.

– Je viens avec vous deux, au cas où j'aie d'autres choses à dire, marmonnai-je, m'adressant plus ou moins à Rose.

C'était un prétexte assez piteux mais j'avais besoin de justifier mon étrange envie de faire barrage aux projets d'Emily, quels qu'ils soient.

Ford me tendit mon manteau, et Emily me regarda longuement tandis que je l'enfilais. Le poids du revolver se faisait toujours sentir dans la poche ; si Ford avait remarqué ce détail, il préféra ne faire aucun commentaire à ce sujet.

Dehors, sous la pluie, nous nous dirigeâmes vers une élégante Mercedes stationnée dans l'allée. Par réflexe, Emily tendit la main vers la poignée de la portière avant, côté passager, mais Ford la devança.

– Frances s'installe à l'avant, décréta-t-il.

Je clignai des yeux, stupéfaite, mais cela passa sans doute inaperçu sous la pluie battante.

– Oui, bien sûr, dit Emily, caressant la courbe de son ventre, légère mais bien visible sous son pull-over moulant.

Avait-elle prévu de le porter ce soir-là pour cette raison précise ? Elle attendait le moment d'annoncer la nouvelle à Ford et de lui prouver qu'elle ne plaisantait pas. Depuis plusieurs semaines, elle ne portait que des robes amples cachées sous mon manteau, qui l'était tout autant, sans doute pour dissimuler l'évolution de sa silhouette. Or ce soir elle s'était vêtue de façon que tout le monde constate son état.

Sa jupe était pourvue d'une bande élastique à la taille ; je la connaissais bien puisque c'était moi qui l'avais cousue. J'avais même ajouté des poches supplémentaires en me servant du velours côtelé qui m'avait coûté mes dernières économies.

Je ne me rappelais même pas avoir prêté cette jupe à Emily. En réalité, je suis certaine de ne pas l'avoir fait.

Tandis que Ford avait les yeux rivés quelque part dans le lointain, Emily contourna la voiture par l'avant, passant dans le faisceau des phares comme pour souligner combien sa silhouette svelte était gonflée en un endroit révélateur.

Le trajet se déroula en silence mais, quand je croisai le regard d'Emily dans le rétroviseur, je vis qu'elle souriait.

20

Voyant apparaître le nom de l'inspecteur Crane sur l'écran de mon téléphone, je repose à contrecœur le journal de tante Frances.

– Allô ?

– Annabelle, Rowan Crane à l'appareil.

– Je vous écoute.

Sa façon désuète de se présenter au téléphone me fait sourire, puis je repense à sa signature sur le courrier de mise en demeure envoyé à tante Frances. J'ajoute, sur un ton légèrement moins chaleureux :

– Que puis-je faire pour vous ?

– Je retourne à Gravesdown Hall. Sans vouloir vous effrayer, je ne suis pas certain que la sécurité soit totale au manoir. Pouvez-vous fermer à clé la porte de votre chambre ?

– Pourquoi ? Que s'est-il passé ?

– J'ai visionné les enregistrements de vidéosurveillance du ferry de 11 heures, pour confirmer l'alibi de Saxon.

– Laissez-moi deviner, dis-je, songeant de nouveau aux infidélités d'Andrew. Il n'était pas à bord de ce ferry.

– Non, en effet. Il en a pris un autre, beaucoup plus tôt. D'autre part, sa voiture a été filmée par d'autres caméras de vidéosurveillance dans le secteur de Castle Knoll, et ce vers l'heure où Frances a été assassinée.

– J'étais sûre qu'il mentait.

– Pourquoi ?

– Je suis douée pour démasquer les menteurs…

Je laisse cette phrase en suspens, espérant qu'elle déclenche un élancement de culpabilité chez Crane. Car plus j'y réfléchis, plus son « Je suis navré de l'apprendre. J'appréciais Frances » me paraît ne pas coller avec sa menace de la poursuivre en justice.

– Je suis en route, dit-il. Je compte interroger Saxon mais, je vous en prie, n'allez pas lui demander de s'expliquer, même si cela vous semble la chose à faire par rapport à cette histoire d'héritage. Il est possible qu'il ait une autre excuse, qu'une raison quelconque l'ait poussé à mentir à Elva en lui affirmant qu'il a pratiqué une autopsie à Sandview, et qu'il n'ait eu d'autre choix que de se tenir à sa version des faits quand le meurtre a été révélé.

– Il trompe sa femme, vous croyez ?

Combien d'infidélités peut-on trouver dans un si petit village ? Cette hypothèse me semble douteuse, mais peut-être suis-je un peu naïve.

– C'est possible, on ne sait jamais. En tout cas, ne faites rien avant mon arrivée. Verrouillez la porte de votre chambre et attendez-moi, d'accord ?

Même si à présent je sais que Saxon est un suspect sérieux à propos de la mort de tante Frances, je n'aime pas entendre l'inspecteur me donner des ordres. Et Saxon ne m'a absolument pas donné l'impression de vouloir me faire du mal. J'ai plutôt l'impression que c'est pour Crane un prétexte pratique pour m'intimider et m'inciter à ne pas enquêter, comme s'il voulait éviter que je traîne dans le manoir et déniche des secrets qui y sont peut-être cachés.

– Entendu, je n'adresse pas la parole à Saxon, dans la mesure du possible.

J'ajoute cette dernière précision car, sous ma méfiance grandissante de toutes les personnes qui m'entourent, demeure un minuscule espoir que Crane ne soit pas impliqué dans quoi que ce soit de plus sérieux que l'envoi d'une lettre agressive pour protéger son père. Je tiens à conserver ma conscience propre et à ne pas lui mentir. Du moins pour le moment.

Après qu'il a raccroché, je range mon ordinateur et glisse le journal de tante Frances dans mon sac à dos. Puis je sors de ma chambre et m'engouffre dans les couloirs du manoir, jusqu'au petit bureau où sont rangés les dossiers de tante Frances.

J'y trouve Saxon et Elva, déjà au travail. Une vive inquiétude me saisit lorsque j'aperçois les nombreux dossiers éparpillés au sol, leurs entrailles de papier ouvertes ; je devine que j'aurai du mal à dénicher certaines informations. J'ai la sensation d'arriver en retard à un buffet de mariage où il ne reste plus que de la salade flétrie et des pommes de terre sèches.

Malgré la tension palpable provoquée par mon irruption, Saxon me salue poliment. Elva, quant à elle, m'ignore tout bonnement, la tête plongée si profondément dans un tiroir qu'on jurerait qu'il va l'avaler.

Préférant éviter de jouer des coudes avec Elva pour consulter les documents entassés à côté d'elle, je reporte mon attention sur le reste de la pièce, curieuse de découvrir la façon dont fonctionnait l'esprit de tante Frances et qui elle redoutait le plus. Grâce à ma lecture de son journal intime, j'ai le sentiment de connaître de mieux en mieux l'adolescente qu'elle a été. Mais quelle adulte est-elle devenue ? Comment une jeune fille si objective est-elle devenue une femme si paranoïaque ?

Être trahie par tous ceux dont elle se croyait proche a probablement été un bon point de départ en ce sens.

Je m'intéresse dans un premier temps aux étagères remplies de livres, afin de mieux saisir qui était Frances au moment de sa mort. Les bibliothèques personnelles sont parfois comme des fenêtres ouvertes sur l'esprit. Je remarque des ouvrages d'astrologie et de tarot coincés parmi des manuels scientifiques, tels des parents excentriques présents à une réunion de famille. Des figurines d'oiseaux sont disposées un peu partout, et une machine à écrire préhistorique est posée sur une étagère consacrée aux encyclopédies sur les plantes et l'identification des fleurs. Si la composition florale était le loisir principal de tante Frances, il semble que le meurtre ait été le fil conducteur de sa vie.

Revenant aux paperasses, j'entends Saxon marmonner un juron dans sa barbe. C'est alors que je remarque un détail qui m'a échappé quand j'ai chipé les dossiers Crane et Arlington. Un tiroir – et un seul – est équipé d'une serrure supplémentaire, un dispositif rotatif à combinaison classique. Saxon multiplie les tentatives, de plus en plus agacé à chaque nouvel essai infructueux.

– Un pied-de-biche réglerait son compte à ce tiroir en une seconde, grogne-t-il.

Je m'approche de la serrure récalcitrante et en manipule nonchalamment le cadran :

– Où serait le plaisir ?

Ma remarque lui fait plisser les yeux mais il esquisse un sourire en coin :

– Je pourrais dire qu'il est déplacé de votre part de chercher du plaisir, vu la situation.

Je lui réponds par une moue amusée car je sens que cet homme est précisément du genre à adorer deviner la combinaison d'une serrure. Si nous ne nous trouvions pas au cœur d'une compétition provoquée par un assassinat, Saxon et moi formerions peut-être une équipe efficace. Il n'a rien du sale gosse de dix ans effrayant décrit par Frances dans son journal ; quels événements ont fait de ce garçon déconcertant un homme accompli et sûr de lui ? Me revient également en tête son premier commentaire, quand le défi proposé par tante Frances nous a été détaillé : « Ce qu'elle a mis en place est vraiment brillant. Oncle Ford aurait été fier d'elle. » Son premier réflexe ayant été de louer Frances d'avoir imaginé un jeu si subtil, je suis certaine qu'il préfère trouver l'élégante solution d'une énigme plutôt que de parvenir à ses fins en détruisant tout. Je riposte donc ainsi :

– L'expression « Où serait le plaisir ? » traduit généralement le fait qu'on passe à côté de certaines choses quand on va au plus court. Dans notre cas, la combinaison de chiffres choisie par Frances pour cette serrure était probablement significative dans un autre aspect de sa vie.

Je considère la prédiction affichée au mur.

– À mon avis, elle n'était pas du genre à attribuer des chiffres au hasard.

Une idée éclaire soudain le visage de Saxon, qui se remet aussitôt au travail sur la serrure. Ayant connu Frances depuis toujours ou presque, il dispose d'un réel avantage sur moi. Il est intéressant de noter qu'il décline à haute voix chaque combinaison au moment où il l'essaie et me précise à quoi elle correspond. Il compose ainsi la date de naissance de Frances, la sienne, celle de son défunt mari, puis la date de sa mort (cette hypothèse macabre n'est pas si improbable, au vu des sombres obsessions de tante Frances). Enfin, il me surprend en citant de mémoire la date de naissance de ma mère, qu'il tente également.

Rien de tout cela n'ayant donné de résultat, je lui demande quelles sont les dates de naissance de Rose et d'Emily Sparrow.

– Comment pourrais-je le savoir ? lâche-t-il sèchement.

La voix de Me Gordon, calme et triste, nous parvient soudain depuis la porte de la pièce :

– Emily est née le 1er décembre 1948.

Un silence s'abat tandis que Saxon fait tourner le cadran vers la droite, jusqu'au 1, puis vers la gauche – il va un peu trop loin avant de revenir en arrière pour se fixer sur le 12 –, et enfin de nouveau sur la droite jusqu'au 48. Voyant que la serrure ne s'est pas ouverte, l'avocat soupire et disparaît dans le couloir.

Saxon se rabat sur les autres tiroirs, dans lesquels Elva est toujours occupée à farfouiller. Je m'intéresse quant à moi à un tiroir que je tente d'ouvrir avec les petites clés, mais Elva est trop bruyante pour que je puisse réfléchir correctement. Très agitée, elle ne cesse de remuer des objets, ce qui trouble autant mon esprit méthodique qu'un bruit d'ongles raclé sur un tableau noir.

Manifestement contaminé par cette façon de procéder, Saxon plonge à son tour la tête dans des tiroirs en marmonnant, sans même se donner la peine de taire ses pensées :

– Frances a été assassinée par un habitant du village au sujet duquel elle avait déterré quelque secret honteux, c'est évident. C'était son truc, de jouer les fouineuses. C'est à ça que se résume tout ce cirque, rien de plus.

Je décide de revenir plus tard en ces lieux, quand ces deux-là en auront terminé, d'autant plus qu'il y a d'autres endroits à explorer dans le manoir. Je sors mon téléphone et prends quelques photos des diagrammes de meurtre avant d'abandonner Saxon et Elva à leur pillage.

Je déambule jusqu'à la cuisine, sans y trouver Beth. Je suppose qu'elle est partie il y a déjà quelques heures pour ouvrir sa boutique. J'ai mille choses à faire : je voudrais découvrir la ferme – j'entends presque les échos du coup de feu tiré là-bas en 1966 – et passer au cabinet vétérinaire de Miyuki, la femme de Beth, pour lui poser quelques questions à propos du fer dans l'organisme. Cependant, plus j'erre dans le manoir, plus j'imagine les scènes relatées par tante Frances dans ses écrits de jeunesse.

Je fais un tour dans la bibliothèque, où je visualise un feu rugissant dans la cheminée tandis que la pluie martèle la fenêtre par une nuit noire d'avril. Derrière l'énorme bureau, je remarque un échiquier sur une étagère, à côté d'un jeu de backgammon finement ouvragé plié en deux, le loquet en position fermée. Voyant qu'il masque plus ou moins une photo, je le pose sur le bureau afin de m'emparer du cliché.

J'y découvre Ford, Frances et Saxon posant dans un jardin ensoleillé. Une légende manuscrite figure au bas de la photo : « Jardins de Paghman, Kaboul. Lune de miel, 1968. » C'est la première fois que je vois Ford. C'est un homme séduisant, certes, mais la beauté de Frances surpasse tout le reste. Il y a quelque chose de changé en elle, par rapport à la photo affichée sur le diagramme de meurtre, sur laquelle elle pose en compagnie d'Emily et Rose. Déjà magnifique du temps de son adolescence, elle est ici plus séduisante encore, plus sûre d'elle. Les trois amies avaient dix-sept ans l'été de la disparition d'Emily ; Frances doit donc avoir environ vingt ans sur cette photo.

Je flâne sans but dans la pièce, mais réfléchir en marchant m'est agréable. Je me retrouve malgré moi dans le couloir principal où, plutôt que de prendre sur ma gauche afin de traverser la salle à manger, je décide de gagner la cuisine pour contempler une nouvelle fois son impressionnant jardin d'hiver.

En chemin, je découvre un petit salon que je n'ai pas remarqué jusque-là, sans doute parce qu'il se trouve au bout d'un long couloir. Cette pièce qui surplombe les jardins est pourvue d'immenses portes-fenêtres donnant sur une terrasse. La vue sur le parc est ici splendide ; à travers les carreaux, j'aperçois notamment l'arrière du manoir, qui se dresse au-dessus des pelouses pentues, puis laisse mon regard dériver sur le vaste domaine, à la recherche de quelque chose de précis.

Le journal de ma grand-tante omniprésent dans mon esprit, je ne m'attarde guère sur les plantes taillées à la main, pas plus que sur les roses escaladant des murets ici ou là. De même, j'ai à peine conscience des énormes fontaines qui bruissent et du dédale de haies visible dans le lointain. Très vite, mon regard se fixe sur ce que j'espérais voir.

D'où je suis, je distingue tout juste les points de repère décrits par Frances, notamment la rangée d'arbres assez dense qui court le long de l'enceinte sud du parc. Quelque part par là-bas se trouvait à une époque un trou dans la clôture. Tante Frances s'est-elle tenue à ma place, songeant combien cette clôture cassée avait modifié son existence ?

Passant en revue la bande d'arbres, je remarque une petite zone circulaire dépourvue de feuillage. J'imagine Emily et Walt fumant des joints, assis sur ces ruines grecques, pendant qu'Emily asticote Frances en rappelant que celle-ci est toujours vierge.

Ford était-il vraiment le père du bébé d'Emily… ? C'est tout de même Frances qui l'a épousé, en fin de compte. Or Ford n'a pas eu d'enfant, si l'on excepte son neveu. Il n'en a pas reconnu, en tout cas, je suppose. Si maman et moi avons été citées dans le testament de Frances, c'est parce que le père de maman était le frère de Frances. Nous n'avons aucun lien de sang avec la famille Gravesdown, à laquelle nous ne sommes apparentées que par le mariage de Frances. Je suis tentée de m'installer dans cette pièce ensoleillée pour lire quelques pages de plus du journal de ma grand-tante, mais soudain j'entends des voix dans la bibliothèque. L'inspecteur Crane est sans doute arrivé au manoir afin d'interroger Saxon.

J'aperçois la ferme, dans le lointain. Bâtie plus bas dans la vallée, en surplomb d'un petit pont de pierre qui enjambe la Dimber, elle me fait l'effet d'une illustration de carte postale ou d'une vision issue d'un rêve. Le moulin à eau fonctionne, et un bras de la rivière se déverse dans un vaste étang qui encercle presque totalement la ferme, laquelle semble perchée sur une île. Je m'efforce d'imaginer cet endroit cette fameuse nuit, quand Walt – Me Gordon – a frappé Emily en plein visage, quand Frances a paniqué et pressé la détente du revolver qui se trouvait dans la poche de son manteau.

La disparition d'Emily est-elle liée d'une façon ou d'une autre au meurtre de tante Frances, ou s'agit-il d'un tout autre mystère que je ne peux m'empêcher de chercher à résoudre ? D'une énigme qui me fera perdre du temps dont je ne dispose pas, ce qui risque de me coûter mon héritage ?

Tante Frances n'a été assassinée qu'hier mais j'ai déjà le sentiment que la tâche qui se dresse face à moi est trop ardue pour être résolue au cours des quelques jours qui me séparent de l'expiration du délai.

Je retourne dans la serre adjacente à la grande cuisine. Du jasmin escalade un mur de verre et des orangers en pot imprègnent l'air de leur parfum. On dirait que toutes les plantes de la création poussent en ce lieu, régulièrement arrosées et soigneusement entretenues.

Qui donc s'en occupe depuis la mort de Frances ? Songeant que Beth et Archie ont l'un et l'autre accès au manoir, je décide d'interroger Archie dès que possible à ce sujet. J'ouvre ensuite une petite porte percée dans un mur blanchi à la chaux, sur un côté de la serre, imaginant qu'elle donne sur l'extérieur.

En réalité, je découvre une pièce sombre et plutôt malodorante ; à l'image de tout ce qu'on trouve dans le manoir, elle est assez vaste pour son usage. Des manteaux et des bottes en caoutchouc sont alignés le long d'un mur, tandis que contre un autre s'entassent quantité de valises et de malles, même s'il est difficile de précisément distinguer tout cela du fait de la faible luminosité. L'endroit ne comporte aucune fenêtre mais le carreau coloré d'une autre porte laisse entrer un semblant de lueur. Je considère ce passage avec les yeux de Frances ; il s'agit certainement de la porte de service par laquelle Saxon l'a fait entrer lors de sa première venue à Gravesdown Hall.

Même s'il me faut une bonne seconde pour cela, je reconnais une des malles que j'ai envoyées depuis la maison de Chelsea, et ce grâce au dessin aux crayons de couleur visible sur un côté – deux palmiers s'entrecroisant sur fond de ciel bleu, leurs feuilles vertes presque totalement décolorées et fondues dans le cuir noir du vieux coffre. J'ai dessiné cela à mes sept ans environ.

La malle est dans un état bien pire qu'à son départ de Chelsea. Peut-être le transporteur auquel j'ai fait appel en est-il responsable, en tout cas elle est presque écrasée, et de la laine noire déborde d'un côté éventré. Le bon de livraison est scotché sur le couvercle. Tante Frances en a probablement fait une copie pour la glisser dans le maigre dossier qui me concerne. Je retrouve mon nom et ma signature au bas du document, et juste en dessous l'écriture tout en boucles de ma grand-tante.

C'est alors que quelque chose fait tilt dans mon cerveau. Mon cœur s'emballe soudain.

« Toutefois les filles adroites rendent un jour la justice ; trouve la bonne et conserve-la à ton côté. »

Quelques jours après que j'ai envoyé ces malles à tante Frances, elle a décidé que maman n'était pas la « bonne fille ». A-t-elle changé d'avis en lisant mon nom sur ce bon de livraison ?

Mon regard est alors capté par un reflet d'or niché dans la laine noire qui déborde de la malle. Tout s'enchaîne si vite que je prends à peine conscience de l'onde de choc qui me frappe lorsque j'aperçois un motif de cerf bondissant sur le bouton doré.

Je dois à tout prix savoir ce que renferme ce coffre.

Focalisée sur son couvercle, je soulève d'une main tremblante les loquets métalliques.

Je vois d'abord les autres boutons dorés, les cerfs bondissants sur la laine noire déclenchant comme un cri d'alerte en moi, puis mes yeux se posent sur la main de squelette tapie dans les plis du tissu.

Enfin, l'air retrouve le chemin de mes poumons, et un hurlement chargé de larmes s'arrache de ma poitrine.

21

Je hurle encore quand des bras m'enveloppent par-derrière. Sur le point de me débattre, certaine qu'ils appartiennent à quelqu'un qui me veut du mal, je me rends compte qu'il s'agit de l'inspecteur Crane, qui me rassure par quelques mots chuchotés à l'oreille. Le visage plaqué sur son torse, je dois fournir un immense effort pour ne plus penser à ce que je viens de voir.

Je n'entends pas vraiment ses mots mais ils doivent être du genre « Tout va bien », « Vous êtes en sécurité ». Tandis qu'il me réconforte d'une main dans le dos, j'étouffe mes sanglots, accablée et dégoûtée. Enfin, je m'écarte du policier et pivote de façon à distinguer la malle dans ma vision périphérique. Saxon est apparu et me masque le sinistre spectacle, mais je vois que, muni d'un stylo à bille, il tapote l'intérieur de la malle en divers endroits.

– Individu de sexe féminin, blessure par arme à feu à la tête, dit-il, ne s'adressant à personne en particulier. Au vu de son état de décomposition, ce cadavre est ici depuis très longtemps.

– Évidemment ! C'est Emily Sparrow, putain !

– Calmez-vous, Annie, m'intime Saxon, avec un regard vide, clinique.

Terrifiée par cette expression, je recule d'un pas et percute l'inspecteur Crane. Subitement, le garçon décrit par Frances est de retour – le sale gosse qui se faufilait un peu partout pour accumuler des informations sur les gens et ensuite s'en servir pour faire pression sur eux. Alors qu'il n'avait que dix ans.

Saxon sort un gant chirurgical de sa poche et l'enfile avant de se retourner vers la malle.

Crane avance d'un pas et intervient :

– C'est du ressort de la police, Saxon.

– Vous vous baladez toujours avec des gants en latex dans les poches, les gars ? dis-je d'une voix stridente.

Cette remarque hors de propos est due à ma nervosité, si forte que je sens que je vais en sortir mille autres du même acabit, à moins que je ne me contente de vomir sur place.

– Ce corps finira de toute façon entre mes mains, riposte Saxon.

Il fait froid, subitement. Je me frotte les bras pour m'empêcher de frissonner, sans réel effet.

L'inspecteur Crane m'observe de nouveau, le front plissé par l'inquiétude ; la dernière fois qu'il m'a vue dans un tel état, j'ai perdu connaissance. Mon ouïe, ma vue… Mes cinq sens se floutent sous l'effet de ma respiration passée au stade de l'hyperventilation, sans parler de mon estomac retourné.

Je m'impose une longue inspiration, calée contre l'épaule de Crane. Le moment n'est pas le mieux choisi pour songer à combien je suis proche de lui, en cet instant – je sens l'odeur de son après-rasage –, ni pour m'étonner du fait qu'il ne semble pas contrarié de me voir me plaquer contre lui. J'ai pour l'heure occulté mes doutes à propos du courrier de mise en demeure, ce qui m'arrange bien. L'Annie de l'avenir se chargera de régler ce problème.

Saxon défie un instant Crane du regard avant de se replonger dans la malle. Le manteau en laine qu'il en sort correspond en tout point à la description de tante Frances. On croirait que le contenu de son journal a pris vie : les détails sont tous présents, du fait que les boutons dorés sont à moitié arrachés jusqu'au revolver que Saxon extirpe d'une poche.

– Sortez tous les deux d'ici immédiatement, nous ordonne Crane.

Saxon hausse les épaules et laisse négligemment tomber l'arme dans le coffre, puis quitte la pièce d'un pas nonchalant.

Un certain temps m'est nécessaire pour lâcher la manche de Crane, que j'agrippe de mes doigts crispés, mais il m'offre un regard réconfortant :

– Je vous retrouve dès que possible, mais pour le moment il faut que je fasse mon boulot.

J'acquiesce et me dirige vers la porte en traînant les pieds. Un ultime regard en arrière me permet de constater que l'inspecteur est déjà lancé dans une conversation téléphonique animée.

Sortie sur l'allée de graviers, je m'efforce de mettre le plus de distance possible entre le manoir et moi. Je tourne en rond un moment avant de m'installer sur la pelouse, non loin de l'allée. Plusieurs voitures de police surgissent, ainsi qu'une ambulance. Les véhicules de police n'étant vraisemblablement pas conçus pour transporter des cadavres, Magda et Joe ont donc été appelés à Gravesdown Hall pour la deuxième fois en deux jours afin de prendre en charge un corps.

Désireuse de m'éclaircir les idées, je me lève et envisage de contourner la roseraie située d'un côté de la bâtisse. Alors que j'y suis presque, je me fige en entendant des voix agitées. De l'autre bout de la roseraie, sous une pergola submergée de roses jaunes grimpantes, me parviennent les cris rocailleux d'Archie Foyle, coupés de temps à autre par le ton sec d'Oliver. J'avance de quelques pas pour mieux les entendre.

– Bien sûr que si ! hurle Archie. Rien ne t'autorise à faire le fier dans le village en déversant ton boniment mielleux de vendeur à tes élégants clients londoniens ! Un parcours de golf ? Mon cul, oui ! Cette ferme a été bâtie il y a plusieurs siècles, c'est un monument classé ! Jamais on ne te permettra de la détruire.

Malgré le nœud qui s'est formé dans mon èstomac, je suis quelque peu soulagée de pouvoir focaliser mes pensées sur autre chose que le cadavre d'Emily Sparrow.

– Eh bien si, en réalité, réplique Oliver. Nous avons déjà obtenu le permis de démolition, grâce aux risques que présente ce vieux bâtiment.

Je perçois un bruissement de documents.

– Tu vois ? Ceci est un permis dûment certifié par le département d'urbanisme.

S'ensuit un silence, durant lequel Archie médite sur ce nouvel élément.

– Tu as payé quelqu'un pour obtenir ce papier, siffle-t-il. C'est un faux ! Mes poutres ne sont pas pourries et les fondations sont solides ! De toute façon, personne n'est venu les examiner, ce document est monté de toutes pièces, c'est flagrant ! Je vais vous coller un procès aux fesses pour tentative d'escroquerie, à ton employeur et toi !

– Ah oui, tu crois vraiment ? riposte Oliver avec assurance, sur un ton cassant.

À travers la pergola, je le vois s'approcher d'un pas d'Archie.

– Tu peux toujours essayer, mais l'encre n'aura pas encore séché sur ta plainte quand la police frappera à ta porte, avec en main des preuves accablantes concernant tes activités récentes.

Archie a un mouvement de recul, clairement soucieux, puis déglutit avant de réagir d'une voix à peine audible :

– Tu n'oserais pas…

– Oh si, crois-moi. Si d'autres habitants du village ferment les yeux sur tes délits, je suis au courant de ce que tu trafiques.

Oliver ponctue ses mots d'un regard dégoûté sur le jardinier.

Alors que j'entreprends de m'approcher davantage, car Archie a encore baissé la voix pour supplier Oliver, quelqu'un me surprend par-derrière et, en voulant me contourner, me propulse sur l'allée.

Ma couverture vole en éclats mais cela n'importe guère ; Archie et Oliver sont tous deux sous le choc lorsque Joe Leroy se précipite sur Oliver et l'empoigne par l'avant de sa chemise. La radio fixée sur sa tenue d'urgentiste émet des bips mais il l'ignore :

– Si je n'étais pas responsable des secours dans ce patelin, je te péterais le nez !

Oliver reste muet un bref instant, puis se ressaisit :

– Qu'est-ce que je t'ai fait ? Je t'ai à peine parlé depuis que je suis arrivé !

– Tu ne te rends pas compte des dégâts que tu provoques ? crache Joe, si proche d'Oliver que ses postillons touchent presque le visage du promoteur immobilier. Comment oses-tu essayer d'acheter l'hôtel ! Ma mère a investi tout son cœur et toute son âme dans cet endroit ! Frances disparue, cet établissement est vital pour sa santé mentale ! Et toi, tu essaies de lui mettre dans le crâne ces salades comme quoi elle serait trop vieille pour s'en occuper, qu'elle devrait le vendre et passer à autre chose.

– Ce serait une attitude logique, Joe, se défend Oliver, sans se départir de son calme. Pourquoi refuses-tu qu'elle reçoive l'argent que lui procurerait cette vente ? Elle aurait les moyens de payer des gens pour s'occuper d'elle jusqu'à la fin de ses jours !

– Elle a déjà des aides, et tu sais très bien que ce n'est pas une question d'argent. À moins que tu ne sois resté trop longtemps loin de Castle Knoll au point de croire que l'argent est l'unique préoccupation des habitants ?

La radio de Joe bipe de nouveau ; cette fois, la voix de Magda en sort clairement :

– C'est bon, tu l'as trouvé et tu lui as dit ses quatre vérités ? Il faut qu'on y aille.

Joe souffle bruyamment et s'écarte d'Oliver. Je note à peine qu'Archie Foyle s'éclipse par la porte qui donne sur le jardin clos ; il a visiblement décidé qu'il en avait assez.

– Nous en reparlerons, lâche Joe, avant de saisir sa radio et de presser une touche, sur le côté. Oui, j'ai mis la main sur cet enfoiré. Merci d'avoir tout géré, Mags. Je te rejoins dans une minute.

Il m'adresse un hochement de tête poli en passant à ma hauteur, puis quitte la roseraie. Je me retrouve donc bouche bée face à Oliver, cherchant à donner un sens aux diverses menaces dont j'ai été témoin.

– Vous avez beaucoup d'ennemis, on dirait…

Oliver hausse les épaules et lisse les plis de sa chemise à l'endroit où Joe l'a agrippé.

– Ça fait partie de mon boulot, me répond-il. Pour tout vous avouer, Joe n'est pas la première personne à me sortir ce genre de choses. Et Rose n'est pas la première propriétaire d'hôtel approchant de l'âge de la retraite à qui je tente d'acheter son établissement. Elle finira par céder, et Jessop Fields disposera d'une agence pour notre succursale de la côte sud. Cela nous permettra de gérer de près le parcours de golf et le country club qui verront bientôt le jour tout près du village, et de faire en sorte qu'ils ne soient que les premiers d'une longue liste dans la région.

– La grande classe… dis-je, écœurée. Vous manipulez une femme en deuil pour l'inciter à renoncer à la seule chose qui pourrait l'aider à se remettre de la mort de sa meilleure amie, tout ça pour que votre boîte puisse transformer un charmant hôtel en immeuble de bureaux. Je ne peux que me ranger du côté de Joe.

– Dans ce cas, c'est une bonne chose que je ne passe pas mes journées à tenter d'impressionner Annie Adams, lâche Oliver, méprisant, avant de m'abandonner pour remonter l'allée de graviers en quelques grandes enjambées.

Je prends conscience trop tard que j'aurais mieux fait de tenir ma langue. J'aurais dû faire mine d'être consternée par l'intervention brutale de Joe et de simuler une certaine compassion à l'endroit d'Oliver.

Car à présent, jamais il ne me confiera le secret qui lui permet de faire chanter Archie Foyle.

22

De retour à l'avant du manoir, l'horreur de la découverte du corps d'Emily me revient de plein fouet à l'esprit lorsque j'aperçois les voitures de police et l'ambulance, toujours stationnées dans l'allée. Je me laisse tomber sur les graviers et m'assieds à même le sol, les genoux contre la poitrine. Le menton calé entre les rotules, je me laisse happer par l'étrange ondulation des haies.

Des bruits de pas décidés approchent derrière moi mais je ne me retourne pas. J'ai beau chercher d'instinct à garder le dos tourné au manoir, ma vision périphérique capte le brancard au moment où il franchit la porte d'entrée de la grande demeure. Les urgentistes y ont carrément installé la malle et son contenu, le tout couvert d'une bâche en plastique, probablement afin de préserver les éventuels indices médico-légaux encore présents.

Une petite voix murmure une phrase dans mon esprit : « *Je vois des os desséchés dans ton avenir.* »

Un gémissement m'échappe :

– Mon Dieu…

C'est moi qui lui ai envoyé ce cadavre…

Heureusement, je ne prononce pas cette phrase à haute voix, car à cet instant précis l'inspecteur Crane s'assied à côté de moi.

– Vous tenez le coup, Annie ?

– Disons que… je me suis déjà sentie en meilleure forme.

À en croire son intonation, ma voix menace d'être noyée sous un rire hystérique, ou peut-être une averse de larmes, voire un mélange de tout cela.

Le policier m'observe un long moment avant de reprendre la parole :

– Saviez-vous que cette malle renfermait un cadavre ?

– Pourquoi cette question ? dis-je en plongeant la tête dans les mains.

– Votre nom figure sur le bon de livraison collé sur le couvercle.

Je relève la tête et le regarde droit dans les yeux :

– Non, je l'ignorais. Ça semble fou, je sais… Ma mère m'a demandé de l'aider à vider la cave de notre maison de Chelsea, et nous étions pressées par le temps, si bien que je n'ai pas ouvert toutes les malles, il y en avait trop. Après avoir constaté que la première était remplie de vieux documents et de tout un bric-à-brac, je me suis contentée de demander aux déménageurs de tout emporter.

Je déglutis péniblement en m'efforçant de ne pas trop penser à toutes ces années d'enfance durant lesquelles j'ai joué dans ce sous-sol, à seulement quelques mètres d'un cadavre.

– Votre mère était-elle au courant de la présence de ce corps dans cette malle ? Personne n'a remarqué la moindre odeur bizarre ?

– Bien sûr que non ! Ce coffre se trouvait dans la cave depuis des années ; nous nous sommes installées dans cette maison juste après ma naissance. Emily Sparrow a disparu en 1966, c'est bien ça ? Elle devait donc reposer dans ce sous-sol depuis des décennies quand nous avons emménagé !

Haletante, je sens mon incrédulité grimper en flèche, telle une hormone se propageant dans mon système sanguin. Il y avait un cadavre dans ma cave alors même que je m'échinais à écrire des polars !

– D'accord, d'accord, je vous crois, me rassure Crane.

Il ne me dévisage plus et, suivant mon regard, considère à présent l'allée de graviers, la grille du parc et le patchwork de champs et de haies qui cousent la campagne en contrebas. Sur notre droite, je distingue tout juste quelques serres tunnels en plastique d'Archie Foyle.

Crane se montre désormais quelque peu distant avec moi, si j'en crois son langage corporel. Il ouvre la bouche et la referme aussitôt, réfléchissant un peu plus à ses mots avant de les lâcher. Quand enfin il se décide, j'en reste stupéfaite.

– Je sais que vous avez pris le dossier monté par Frances sur la famille Crane, dit-il d'une voix tendue.

Je hoche lentement la tête, tout en cherchant la meilleure façon de découvrir la vraie raison des problèmes entre tante Frances et les Crane. Mon plus gros souci n'est pas que l'inspecteur ait été contrarié de voir ma grand-tante harceler son père, mais plutôt le fait que sa réaction, à l'annonce de la mort de Frances, ne colle pas avec ses mots agressifs dans le courrier de mise en demeure.

– M'avez-vous menti quand vous m'avez dit être désolé d'apprendre la mort de tante Frances ?

– Non, me répond aussitôt Crane, avant de pousser un long soupir, l'air pensif. Mais je comprends vos doutes, et que vous pensiez que sa mort arrange bien ma famille. Je ne vais pas nier qu'elle nous a causé beaucoup d'ennuis.

Les lèvres pincées, je change enfin de position pour m'asseoir en tailleur :

– Elle a brisé le mariage de vos parents, c'est ça ?

Une infime convulsion trouble le visage de l'inspecteur, qui semble près de sourire, ce qui est déconcertant, mais il n'ajoute aucune précision.

– Je ne cherche pas à être indiscrète.

– Bien sûr que si, dit Crane.

Voyant qu'il reste calme, loin de s'agacer, j'insiste :

– Pourtant, les dates sur ces photos, et le courrier de mise en demeure… Parmi les détails qui me laissent perplexe, je ne comprends pas pourquoi quelqu'un s'est soudain décidé à assassiner Frances seulement aujourd'hui, alors qu'elle avait passé toute sa vie à déterrer des secrets sur les habitants du village.

– Ayant appris que mes parents se sont séparés il y a peu, vous en avez déduit que Frances en était responsable. Vous croyez que cela peut suffire pour pousser un policier à commettre un meurtre ?

Le voyant hausser les sourcils, je sens le doute s'immiscer dans mes tripes, mais je tiens bon :

– En toute honnêteté, il me semble que les personnes dont le boulot consiste à enquêter sur des meurtres sont les mieux placées pour savoir comment en commettre un sans être inquiétées.

Ces mots font naître un authentique sourire, franc et désarmant, sur le visage de Crane.

– On peut en dire autant de Saxon et vous, puisque Frances, dans son testament, vous a tous deux transformés en détectives.

– Exact, mais ni lui ni moi n'avions jamais enquêté sur un meurtre jusqu'à présent. Je n'affirme pas pour autant que Saxon est innocent, mais j'ai du mal à lui trouver un mobile. Il savait depuis des années que tante Frances avait décidé de ne rien lui léguer, il avait donc tout intérêt à ce qu'elle reste en vie, dans l'espoir de lui faire changer d'avis sur ce point.

– Autre hypothèse, Saxon, au courant des dispositions prises par Frances, l'a assassinée en faisant en sorte d'orienter les soupçons sur quelqu'un d'autre, avec pour projet de résoudre son propre coup monté pour ensuite hériter de la fortune de Frances, en tant que gagnant de l'épreuve imaginée par celle-ci.

Le sourire espiègle de Crane me fait comprendre qu'il ne prend pas vraiment au sérieux la théorie qu'il avance.

– Alors ça, ça ferait une excellente intrigue pour un roman, dis-je.

Un temps mort s'impose entre nous, dont je profite pour songer à Rowan Crane et à ce qu'il pourrait avoir fait pour protéger son père.

– Vous êtes intelligente, Annie, mais il faut que vous sachiez quelque chose à propos des dossiers constitués par Frances, reprend-il en m'observant. Un point à bien garder à l'esprit quand un témoin livre un renseignement en affirmant que c'est un fait établi.

Je hausse un sourcil :

– Vous comptez me donner une leçon d'enquêteur informelle, ou vous cherchez à me convaincre de ne plus vous considérer comme un suspect ?

Alors même que ces mots sortent de ma bouche, je me rends compte que je ne crois pas vraiment que Crane ait tué tante Frances. Cependant, je ne perds pas de vue que je ne dois surtout pas mélanger mon ressenti et mes raisonnements. Si Jenny était à côté de moi, elle me dirait qu'on ne peut pas résoudre un meurtre en se fiant uniquement à son « feeling ».

– Un peu des deux, disons, me répond Crane. Ces dossiers constituant une source d'information essentielle dans votre enquête, il est important que vous sachiez que Frances faisait parfois fausse route.

Je plisse le front, étonnée :

– Frances ne se livre pas à des conclusions, dans ses dossiers ; ce ne sont que des éléments tangibles – des relevés téléphoniques, des photos prises discrètement… Insinuez-vous que celles sur lesquelles on voit votre père et ma mère sont… Enfin, que voulez-vous dire, exactement ?

– Ce ne sont pas ces photos qui sont à l'origine de la séparation de mes parents. Frances n'a pas brisé leur mariage. D'autre part, j'ai trente-trois ans, Annie ; je peux comprendre que les gens changent et que certains mariages ne tiennent pas dans la durée.

Il fait courir sa main sur sa mâchoire, geste dont je sais maintenant qu'il correspond chez lui à un moment de réflexion, puis il sourit pour lui-même et poursuit :

– Mes parents ont divorcé parce que mon père est homosexuel. Ils s'entendent même très bien, aujourd'hui, et sont tous deux plus heureux qu'à l'époque où ils étaient mariés.

– Mais… ces photos de lui avec ma mère… ? Et pourquoi avoir envoyé une lettre de mise en demeure ?

Malgré tous mes efforts, je reste incapable de saisir les liens entre tous ces éléments.

– Votre mère a longtemps été la seule personne au courant de l'orientation sexuelle de mon père, et ce depuis plusieurs décennies. Ils sont sortis ensemble quand ils étaient adolescents, en effet, mais ils sont rapidement devenus amis proches. Ils le sont encore aujourd'hui, je crois.

– Pourquoi maman ne m'a-t-elle jamais parlé de lui ?

Je suis quelque peu attristée, mais également indignée de découvrir que j'ignore totalement certains compartiments de la vie de ma mère. Pourquoi m'avoir caché une telle amitié ? J'ajoute ce point à la longue liste de questions à aborder avec elle lors de notre prochaine discussion.

Crane hausse les épaules et enchaîne :

– Quant au courrier de mise en demeure, je l'ai envoyé car je craignais que Frances sache la vérité, concernant mon père, et qu'elle la crie sur les toits avant qu'il ne soit prêt pour cela. Quand j'ai découvert qu'elle pensait qu'il avait une liaison avec Laura… je lui ai dit ce qu'il en était vraiment, et elle a laissé tomber cette histoire. Papa était donc désormais libre de faire son *coming out* quand bon lui semblerait.

– Tante Frances aurait-elle osé faire ça ? Dévoiler son homosexualité sans son accord ? Cela aurait été cruel !

L'inspecteur Crane prend un moment pour réfléchir avant de me répondre :

– Non, elle n'aurait pas fait ça, mais je le craignais et je voulais protéger mon père. Les personnes de leur génération sont parfois peu tolérantes sur ces questions, et mon grand-père en est un bon exemple. Or Frances et Teddy étaient encore amis, et je redoutais qu'elle lui raconte tout, ainsi que la façon dont il réagirait.

– Je suis désolée…

– Merci. Enfin bref, mon père a tout mon soutien, et ses amis au village ont été merveilleux avec lui. John Oxley, le pasteur, l'a aidé à traverser des périodes très difficiles, sans oublier ma mère et Laura.

Je reste silencieuse un moment, plongée dans mes réflexions. Le policier m'a offert un nouvel angle sous lequel considérer les dossiers de tante Frances, une vision des choses que j'aurais dû prendre en compte dès le début – le fait que les preuves les plus solides peuvent parfois vous mener à des conclusions erronées.

Combien de mes autres théories sont-elles pareilles à celle-ci, châteaux de cartes prêts à s'effondrer au moindre souffle ? Comment puis-je espérer identifier l'assassin de tante Frances alors que Saxon connaît tout le monde et le passé de Frances, tandis que l'inspecteur, fort de son professionnalisme décontracté, me devance de cinq longueurs dans cette course ?

Crane me donne un petit coup d'épaule :

– Hé… Je devine à votre air ce qui vous trotte dans la tête.

J'émerge de mes pensées et plisse les yeux :

– Mon air ? C'est-à-dire ?

– Vous vous rabaissez et doutez de vos méthodes ; vous ne devriez pas. Vous avez eu raison de me soupçonner. J'en aurais fait autant à votre place, vu le contenu de ce dossier.

– Un autre point me chiffonne : comment savez-vous ce que contient ce dossier ? Vous avez lu tous ces documents ?

– Après avoir reçu mon courrier de mise en demeure, Frances est venue me trouver au poste de police pour me le montrer. Nous avons crevé l'abcès. Si vous voulez, Samantha, la standardiste, vous le confirmera ; elle n'a certainement pas perdu un mot de notre conversation.

Je lève les mains, indiquant que je me range à ses arguments, puis un léger sourire se forme malgré moi sur mes lèvres :

– Vous ne m'avez pas répondu : vous avez lu tous les dossiers ?

– Non.

Un inquiétant pressentiment me gagne :

– Vous comptez les réquisitionner dans le cadre de l'enquête, en tant qu'indices ?

– Oui, si je l'estime nécessaire. Nous avons maintenant un cadavre lié à une affaire non résolue qui obsédait particulièrement Frances.

Il s'interrompt puis rectifie ses propos.

– Officieusement, j'entends. Car pour l'heure, rien ne permet d'affirmer que ce corps est celui d'Emily Sparrow, l'amie de Frances disparue depuis si longtemps.

– Ce cadavre était tout de même caché dans la maison de Chelsea.

– Qui était la propriété de Frances.

Mon cerveau passe soudain en surrégime. Frances aurait-elle tué Emily ?

Je vois des os desséchés dans ton avenir. Tante Frances a modifié son testament pour m'y inclure juste après que je lui ai envoyé les malles. Vu l'état du coffre renfermant le cadavre, elle a forcément vu le corps d'Emily qui débordait quasiment de son logement. *Les filles adroites rendent la justice ; trouve la bonne et conserve-la à ton côté.*

– Frances n'a pas tué Emily, dis-je. Quand elle a trouvé le corps d'Emily, elle a décidé de modifier son testament à mon profit car je lui avais involontairement servi la vérité sur un plateau. Je suis prête à parier qu'après cette découverte, les ultimes pièces de l'énigme qu'elle cherchait à résoudre depuis soixante ans se sont mises en place ; elle a compris qui avait tué Emily.

Je me tais subitement, songeant que réfléchir ainsi à haute voix en présence de Crane n'est peut-être pas la meilleure idée qui soit. Puis je reprends :

– Tante Frances vous a-t-elle jamais interrogé à propos d'Emily Sparrow ? Récemment, j'entends ? Je suis à peu près certaine qu'elle a vu ce corps juste avant d'être tuée.

– Elle ne m'a jamais parlé d'Emily, me répond Crane. Vous croyez qu'elle est allée trouver seule le tueur, lequel l'a assassinée pour qu'elle ne livre pas la vérité au monde ?

Je fais de mon mieux pour conserver une expression neutre, mais le léger hochement de tête de l'inspecteur me révèle que j'ai échoué sur ce point. Enfin, je prends la décision de profiter de ses liens avec les villageois plutôt que de lui dissimuler mes pensées. Il faut juste que je me fasse confiance, que je me croie capable de résoudre ce mystère avant lui, ou qu'il traîne un peu les pieds afin d'éviter que son village ne tombe aux mains des promoteurs immobiliers. J'espère qu'il est bien le genre de personne que je crois voir en lui. Ou que je veux qu'il soit.

– Pour identifier l'assassin de tante Frances, je dois déterminer qui a tué Emily Sparrow.

Je me tourne vers lui en me mordillant la lèvre.

– Vous serait-il possible de me transmettre les éléments rassemblés par les enquêteurs à propos de la disparition d'Emily ?

– Et pourquoi ferais-je une chose pareille ? s'amuse Crane, avec un rire franc.

Je prends une grande bouffée d'air, prête à tenter ma chance pour voir si sous son apparence loyale, genre laissez-moi-faire-mon-boulot, Rowan Crane est disposé à contourner certains principes.

Je plonge la main dans mon sac à dos et en sors le journal de tante Frances.

– Parce que j'ai ici la preuve de l'implication d'un certain revolver. La preuve que *Teddy Crane* était présent en une occasion où cette arme a craché une balle.

Si l'inspecteur était Oliver, il tenterait de m'embobiner pour me piquer le journal, et s'il était Saxon, il ferait mine d'être dérouté mais trouverait ensuite un moyen pour qu'Elva me le vole – jusqu'à présent, j'ai toujours vu Elva disparaître et réapparaître avec l'air d'avoir fourré quelque chose sous son blazer.

Or Crane n'est ni Oliver ni Saxon. Il me dévisage un moment puis sourit :

– Je suis impressionné. J'imagine que vous ne comptez pas me montrer cette preuve ?

– Et moi je déduis que vous êtes déjà au courant de l'incident en question.

Je me sens brillante, à tel point que je ne peux contenir ce sentiment. Je m'exprime avec un tel excès, comme une avocate que je ne suis pas.

Je fais le pari que l'incident avec le revolver décrit dans le dossier de Frances figure également dans le dossier de la disparition d'Emily, au poste de police. Les enquêteurs ont certainement interrogé tous les amis de celle-ci après sa disparition ; si Rose, Walt et Frances ont peut-être décidé ensemble de ne rien leur dire, je suis sûre que l'honnête Teddy Crane a tout avoué dès l'instant où on lui a demandé si Emily avait des ennemis selon lui. De plus, une des meilleures façons d'inciter les gens à vous livrer des informations consiste à leur donner une version d'une théorie ; bien souvent, ils ne peuvent s'empêcher de la rectifier ou de la confirmer.

– Il est décrit dans le dossier d'Emily, reconnaît Crane.

– Victoire… Vous avez donc lu ce dossier. Et puisque je vous ai bien eu en vous incitant à me faire part d'un élément qui y figure…

L'inspecteur sourit, ce qui fait naître de petites rides au coin de ses yeux.

– Vous ne m'avez pas « eu » ; c'est moi qui ai décidé de vous livrer cette information.

Il se passe la main dans les cheveux, ce qui fait se dresser quelques épis d'un côté, puis il m'adresse un regard entendu.

– Parce que c'est vous qui me l'avez demandée.

Je ne m'attarde pas sur cette dernière précision car mes capacités intellectuelles sont pour l'heure monopolisées par le mystère qui nous préoccupe ; je n'ai plus de place dans mon cerveau pour déterminer si l'inspecteur Crane me drague ou non. Ce n'est pas mon genre d'homme mais il est assez séduisant, avec un visage aux traits solides dont on devine qu'il n'évoluera guère avec les années.

Il me faut une seconde pour prendre conscience qu'il continue de parler :

– J'ai demandé à un secrétaire du poste de police de le sortir des archives en urgence, et il me l'a transmis sans délai. Teddy – mon grand-père – a été interrogé après la disparition d'Emily. Il a évoqué un incident survenu dans la ferme abandonnée. Walter Gordon a frappé Emily en plein visage après une dispute, puis un coup de feu a été tiré mais la balle n'a touché personne.

– A-t-il dit qui avait tiré ?

– Frances Adams. Elle a aussitôt été dans le collimateur des enquêteurs, mais Rutherford Gravesdown a engagé des avocats extrêmement efficaces pour la défendre, si bien qu'elle a rapidement été mise hors de cause.

– Teddy a-t-il révélé à la police qu'Emily était enceinte ?

Un air surpris s'affiche sur le visage de Crane, à peine une fraction de seconde :

– Non, cette information ne figure nulle part dans le dossier. Vous en êtes certaine ?

– Frances l'était, en tout cas, dis-je, les yeux baissés sur le journal que je tiens dans la main. Je n'ai pas encore tout lu mais Frances soupçonnait Emily de se servir de son état pour tenter de piéger Rutherford Gravesdown.

– Le dossier fait en effet mention d'une relation sexuelle entre Rutherford Gravesdown et Emily Sparrow, même s'il l'a toujours fermement nié. C'était, à l'époque, l'homme le plus puissant de Castle Knoll ; s'il a été entendu par la police à propos de la disparition d'Emily, cet interrogatoire a été plutôt…

Crane toussote, comme pour dissimuler son sentiment.

– … sommaire.

– Qui a fait savoir à la police que Lord Gravesdown et Emily avaient couché ensemble ?

– Walter Gordon. Étant lui-même le suspect numéro un dans l'affaire de la disparition d'Emily, il avait tout intérêt à inciter les enquêteurs à s'intéresser à la famille Gravesdown.

– Me Gordon a-t-il cité d'autres amants d'Emily ?

Crane cligne des yeux, étonné :

– Non. Frances évoque-t-elle un autre homme dans son journal ?

Les rouages de mon cerveau carburent à une telle allure que j'en ai mal au crâne. Je poursuis ma réflexion en murmurant :

– Walt a donc protégé Frances… car l'autre homme avec qui Emily avait couché était John Oxley, le petit ami de Frances. Si Walt avait dévoilé à la police l'existence de cette relation entre Emily et John, Frances aurait eu une bonne tête de coupable.

– Elle l'était peut-être vraiment ? hasarde Crane, dans un souffle.

– Quoi ? Coupable ? Non, je ne pense pas que Frances ait tué Emily. Dans le bureau qu'elle a consacré à ses recherches, au manoir, il y a un autre diagramme de meurtre, plus petit que le sien, avec une photo d'Emily au milieu. À mon avis, en plus de son propre assassinat à venir, elle cherchait à résoudre le mystère de la disparition de son amie.

Ma conviction de l'innocence de Frances vacille quand je songe que je ne l'ai jamais vue en chair et en os. Je considère l'inspecteur :

– Vous faisait-elle l'effet d'une personne tourmentée par la culpabilité ?

– Elle était tourmentée par quelque chose, en tout cas, pour être franc.

Assez soucieuse, j'enroule ma chaîne autour d'un doigt. Le journal que je suis en train de lire fait pencher mon cœur du côté de Frances. J'apprécie la personne que je découvre au fil des lignes, en toute honnêteté, mais je n'oublie pas que je ne l'ai pas connue.

Malgré cela, je tente de nouveau de prendre sa défense :

– Franchement, la croyez-vous capable d'avoir tué son amie ? À dix-sept ans ?

Je brandis le journal.

– J'ai lu bon nombre de ces pages, et la Frances que j'y découvre n'a rien d'une tueuse. Elle est sensible, intelligente et…

– C'est peut-être parce que votre famille compte deux écrivaines qu'elle vous a si bien convaincue, sourit le policier.

– « Comptait », dis-je tristement. Notre famille comptait deux écrivaines.

Crane hoche la tête, et je pense qu'il comprend ce que j'éprouve. Il m'agrippe un bref instant l'épaule en un geste de réconfort. Il devine ma tristesse d'avoir perdu une parente que je n'ai jamais eu l'occasion de connaître, une femme qui a relaté par écrit ses prouesses d'adolescence avec une telle éloquence que mon rêve serait de courir la retrouver dans cet immense manoir pour lui poser mille questions sur son passé. J'aurais aimé être amie avec la Frances que je découvre dans ces pages, et je tiens à connaître la fin de son histoire.

Pas seulement l'histoire qu'elle a retranscrite, mais celle de toute sa vie.

– C'est une bonne chose que l'un de nous soit enquêteur de police, dis-je, avec un petit rictus. Il est important qu'au moins l'un de nous deux considère la situation d'un œil impartial.

– Je n'ai jamais prétendu être impartial, objecte Crane, qui se lève et époussette son jean. Enfin, j'arrête de jouer l'avocat du diable ; je pense toujours que quelqu'un a tué Frances à cause d'un secret qu'elle a découvert.

Je saisis la main qu'il me tend pour m'aider à me relever.

– Frances nous a tous mis dans une position délicate. Son assassin était déterminé à commettre un meurtre, vraisemblablement pour l'empêcher de divulguer l'information sur laquelle elle était tombée, et c'est ce qui m'inquiète le plus ; Saxon et vous étant à présent chargés de fouiner de ce côté, vous allez tous deux vous retrouver dans la même situation que Frances.

– La situation qui lui a valu d'être assassinée.

– Exactement.

– Que faire, alors ?

– Je vais surveiller le manoir tant que l'affaire n'est pas réglée. Une présence policière ici est indispensable, de toute façon, car un crime a été commis et une affaire classée sans suite, rouverte.

– Vous allez rester ici ?

– Oui, autant que possible, mais je me ferai peut-être remplacer par des collègues de temps à autre.

– C'est à la fois rassurant et intimidant.

Crane s'esclaffe, réaction spontanée qui me surprend, puis son visage se referme, ce qui me fait comprendre qu'il s'apprête à m'annoncer quelque chose qui ne me plaira guère.

– Je suis désolé, Annie, mais j'ai besoin de ce journal.

L'air se comprime dans mes poumons, et ma main se serre d'instinct sur le calepin de ma grand-tante.

– Pourquoi ? Il ne contient que les divagations d'une adolescente. Je doute fort que…

Le regard sévère du policier me rend muette.

– J'en fais des copies et je vous le rends dès que possible, me promet-il, constatant mon air renfrogné. Voyez les choses ainsi : il est plus facile de photocopier ce journal que d'emporter l'ensemble des dossiers au poste de police. En lisant d'abord le journal, je découvrirai peut-être quels dossiers me seront utiles, ce qui m'évitera de tous les prendre.

– Mais… je n'ai pas encore fini de le lire ! Laissez-moi encore… une heure. Une demi-heure ?

J'ai beau chercher une façon de conserver le journal sans faire entrave à la justice, aucune solution ne m'apparaît.

– Navré, Annie, mais j'en ai besoin immédiatement.

– Rien ne m'obligeait à vous en parler ! C'est injuste !

Il tend la main et attend que je lui remette le journal. Bouillonnant de rage, j'ai la sensation d'être une enfant contrainte de rendre les bonbons qu'elle a chipés.

– Revenons au meurtre d'Emily Sparrow, dis-je, m'accrochant à un plan désespéré. Aidons-nous mutuellement pour le résoudre, et je vous laisse toute la gloire ; j'ai seulement besoin qu'on reconnaisse que j'ai résolu le mystère de la mort de Frances.

Il retire sa main et croise les bras.

– Vous proposez de m'aider à résoudre le meurtre d'Emily de façon à détourner l'attention de mes supérieurs de celui – beaucoup plus récent – que je suis censé éclaircir ? C'est une habile façon de vous octroyer le temps de démasquer l'assassin de Frances et ainsi mettre la main sur l'héritage.

– Fantastique ! Je suis ravie que vous partagiez ma vision des choses !

– Absolument pas.

– Comment ça ? Vous ne partagez pas ma vision des choses ou vous refusez que nous collaborions ?

Un soupir de frustration lui échappe, puis il me dévisage un long moment avant de me répondre :

– Les deux. Écoutez, je me montre on ne peut plus correct en vous promettant de vous rendre le journal après l'avoir photocopié ; rien ne m'y oblige.

Il ponctue ses mots d'un regard appuyé.

– Vous préférez que je procède à une réquisition officielle ?

– Bon, d'accord…

Sans prendre la peine de masquer la déception dans ma voix, je lui remets le journal, la mine boudeuse.

– Merci.

– En attendant que vous me le rendiez, j'ai d'autres secrets à explorer, dis-je en me dirigeant vers le manoir.

– Je sens que je vais devoir vous tirer de je ne sais quelles embrouilles, grimace Crane.

– Je m'en sortirai par moi-même, comme Frances avant moi.

Je grimace à mon tour aussitôt après ce trait d'esprit, car Frances n'a évidemment pas réussi à éviter les ennuis. Pas quand il l'aurait fallu, en tout cas.

23

Quelqu'un est entré dans ma chambre. Et n'a rien fait pour cacher son intrusion. Alors que j'avais laissé ma couverture en tas et mon oreiller en boule, mon estomac se noue dès mon premier pas dans la pièce : le lit est impeccablement fait.

Je comprends de mieux en mieux la paranoïa de tante Frances ; dès lors qu'on songe à un meurtre, on voit des assassins partout. Le moindre détail devient une menace. Je lâche une longue expiration en me disant que cette surprise est simplement due à une femme de ménage que je n'ai pas encore rencontrée. À moins que ce ne soit Beth ? Ou quelque autre personne dont l'avenir est lié à la résolution du meurtre de Frances ?

Je m'approche du lit et caresse prudemment la taie d'oreiller d'un blanc éclatant, puis je soulève le tout en douceur… et découvre un petit bout de papier jauni par le temps, sur lequel figure un texte rédigé à la machine à écrire.

Tu te crois vraiment de taille à te dresser sur mon chemin, petite salope ? Tu es tellement habituée à voir tes moindres désirs exaucés, avec ton joli visage ; je te promets de le réduire en bouillie si tu ne cesses pas. Je mettrai tes os dans une boîte que j'enverrai à ta famille. Mais avant de m'en prendre à toi, je m'emparerai de tout ce dont tu as toujours rêvé.

Terrifiée, je passe ma chambre en revue. Sous le lit, je ne vois que mon sac à dos et mon sac de voyage, et la petite armoire ne contient que mes vêtements. Je vais jusqu'à éprouver la poignée de la fenêtre, mais le sol est très loin en contrebas, sans compter qu'elle est fermée.

D'une main tremblante, je me saisis du message menaçant. La phrase décrivant les os dans une boîte me saute immédiatement aux yeux tant elle sonne vrai. Cependant, ce feuillet est d'évidence très ancien, et je me rappelle que Frances a évoqué ce passage précis dans son journal : « *J'ai été menacée, avant même que nous consultions la voyante. J'ai trouvé un bout de papier dans la poche de ma jupe, qui disait "Je mettrai tes os dans une boîte."* »

Je m'attarde ensuite sur la dernière phrase du billet : « *Mais avant de m'en prendre à toi, je m'emparerai de tout ce dont tu as toujours rêvé.* »

Emily. Ces mots me semblent correspondre à Emily, à la façon dont elle traitait Frances. Je brûle d'envie de me plonger dans le journal, heureusement je me souviens clairement de la description de ce fameux soir, quand Frances a appris qu'Emily avait couché avec John, et des mots qu'elle a criés à son amie dans la bibliothèque de Ford : « *On dirait que tu veux me prendre tout ce que j'ai. [...] Mes peignes, mon manteau... Ma garde-robe ne te suffisait pas ? Il fallait aussi que tu me voles mon petit ami ?* »

Pendant une minute, je me prends à croire au pouvoir des voyants, car en découvrant ce billet menaçant j'ai l'impression d'hériter de la prédiction faite à tante Frances. J'ai presque envie de retrouver l'inspecteur Crane, qui se trouve au rez-de-chaussée, et lui demander son aide, mais le souvenir de notre dernière conversation, sur fond de concurrence, me fait hésiter. Dans les romans, quand le personnage qui enquête sur un meurtre reçoit des menaces, cela signifie qu'il approche de la solution. Ou en tout cas qu'il est sur la bonne piste.

Le malaise que j'ai éprouvé précédemment se dissipe quelque peu, ce qui permet à une vive curiosité de s'éveiller en moi. Ce bout de papier est forcément lié à la mystérieuse disparition d'Emily. Si quelqu'un avait voulu me menacer personnellement, il s'y serait pris d'une façon plus directe, en des termes plus parlants – par exemple en me disant que je n'ai pas ma place au manoir et que l'héritage ne doit pas me revenir.

Ce message date donc de 1965 ou de 1966, à l'époque de la disparition d'Emily. La personne qui l'a déposé sous mon oreiller a-t-elle agi ainsi pour m'aider ? Plus j'y réfléchis, plus cette hypothèse me semble plausible. Mais qui est ce complice anonyme ?

Je prends une photo du billet avec mon téléphone, au cas où il soit endommagé d'une façon ou d'une autre, ou s'il reprend à Crane l'envie de me confisquer tous les indices que je découvre. Une légère crainte me gagne lorsque je prends conscience que je risque d'être un jour accusée de « dissimulation de preuve », mais je n'oublie pas que cette enquête nécessitera de ma part davantage de contournements des règles et d'audace que d'ordinaire. Autant m'y habituer dès à présent.

Relisant ces mots, je sens naître en moi une certaine confusion : s'ils étaient destinés à Frances, comment se fait-il que l'assassin s'en soit pris à Emily ?

Je glisse le message dans ce que j'appelle maintenant mon « journal d'enquête », puis fourre le tout dans mon sac à dos. Tandis que la lueur ambiante vire peu à peu au vert doré typique des soirées d'été, je me rends compte que j'ai faim, même si j'ai découvert un cadavre quelques heures plus tôt. J'ai mal au dos à force de porter mes affaires en permanence, mais cette chambre n'est clairement pas sûre ; je me saisis donc de mon sac à dos avant de gagner le rez-de-chaussée.

Je ne me rends pas directement à la cuisine car je souhaite voir quels dossiers tante Frances a établis sur la famille Foyle. En parvenant dans le bureau, je ne m'étonne pas d'y retrouver Saxon, cette fois occupé à examiner le petit diagramme de meurtre consacré à Emily. Elva et Oliver ne sont pas en vue, et l'inspecteur Crane est encore à l'extérieur, en discussion avec des collègues policiers de Castle Knoll.

Je m'adresse à Saxon à mi-voix :

– Vous l'avez connue ? Emily Sparrow, je veux dire.

Saxon prend un moment pour m'observer. Son air triste me surprend, au vu de son insouciance quand nous avons découvert le corps un peu plus tôt.

– Oui, me répond-il. C'était… un sacré personnage. Ces filles étaient extraordinaires, Frances comprise. Quelle tristesse de penser que seule Rose est encore en vie. Elles étaient inséparables avant la disparition d'Emily.

Saxon ignore que je suis au fait des événements survenus avant la disparition d'Emily. Avant sa mort. Je décide de lui soumettre la théorie de l'inspecteur Crane ; celle-ci ne lui offrira aucun avantage et l'incitera peut-être même à me confier certaines informations.

– Crane pense que Frances a tué Emily.

De légers plis apparaissent sur le front de Saxon, mais il ne quitte pas le diagramme des yeux.

– Et qu'est-ce qui pousse notre brave inspecteur à croire cela ?

– La malle qui renfermait le corps était entreposée dans le sous-sol de la maison de Chelsea, et ce depuis au moins vingt-cinq ans, probablement plus longtemps encore ; elle s'y trouvait déjà quand ma mère et moi nous sommes installées là-bas.

– Je m'étonne que Crane accuse si vite Frances. Pourquoi pas mon oncle ? Emily a disparu des années avant qu'il ne rende l'âme, et la maison de Chelsea lui appartenait à l'époque.

Ford aurait-il tué Emily ? Saxon bénéficie sur cette question d'un réel avantage sur moi puisqu'il a été élevé par Rutherford Gravesdown, alors que je ne sais à peu près rien de cet homme. Je me promets de retourner harceler l'inspecteur Crane pour qu'il me rende le journal au plus vite ; j'ai hâte de découvrir quelles révélations Frances a faites sur l'homme qu'elle devait un jour épouser.

Rutherford Gravesdown est mort depuis des années. Si Ford a tué Emily, je ne vois pas comment cet acte pourrait être lié au meurtre de Frances. J'hésite un temps à demander à Saxon ce qu'il sait de la grossesse d'Emily, puis j'y renonce, songeant qu'il me reste encore la seconde moitié du journal à lire. Je préfère disposer du maximum d'informations dans ma main avant d'étaler mon jeu.

« *Je vois des os desséchés dans ton avenir.* »

« *J'ai été menacée avant même que nous consultions la voyante.* »

« *Je mettrai tes os dans une boîte que j'enverrai à ta famille.* »

En proie à un relatif malaise, je reviens au diagramme de meurtre, et soudain une nouvelle hypothèse me vient à l'esprit : le billet menaçant déposé dans ma chambre était peut-être adressé à Emily.

Mon regard se pose sur l'antique machine à écrire rangée sur une étagère.

S'ensuit une pensée épouvantable : Frances n'a pas décrit dans quelles conditions elle a reçu ces menaces, mais seulement qu'elle détenait le billet. Peut-être parce qu'elle en était l'auteur ?

« Mais avant de m'en prendre à toi, je m'emparerai de tout ce dont tu as toujours rêvé. » Or c'est Frances qui a fini par épouser Ford.

Saxon m'observe, intrigué.

– Frances et Emily se sont un peu chamaillées à propos de mon oncle, confirme-t-il.

Je reviens à la photo d'Emily, au centre du diagramme, et aux diverses ficelles rouges – autant de connexions qui m'apparaissent soudain sous un jour nouveau. Qui était la personne la plus proche d'Emily ? Et surtout, à qui a-t-elle causé du tort ? Walt, John et Rose sont positionnés sur les côtés du diagramme, tandis que plus au centre se trouvent Archie Foyle, Saxon et, étonnamment, mes grands-parents, Peter et Tansy. Je n'ai toutefois pas encore achevé la lecture du journal de tante Frances ; la présence de Peter et Tansy sur ce schéma s'explique peut-être par quelque événement décrit dans la seconde moitié du calepin.

Ford ne figure même pas sur le diagramme, alors qu'il est logique d'estimer qu'il a eu tout le loisir de tuer Emily. Si l'on en croit le journal, il a peut-être même eu une bonne raison de mettre un tel plan à exécution. Emily avait peut-être pour projet de le faire chanter grâce à sa grossesse ? Ou de l'obliger à l'épouser ? Songeant de nouveau aux écrits de tante Frances, je me fais la réflexion qu'elle a dû avoir une bonne raison de le rayer de la liste des suspects. À moins qu'elle ne soit tombée amoureuse de lui au point d'être aveuglée et ne pas voir sa culpabilité.

– Il manque une variable, dis-je à haute voix, malgré moi.

– Et quelle est-elle ? m'interroge Saxon, avec l'air de connaître la réponse à sa question.

Je sors en trombe de la pièce et traverse la bibliothèque en courant. Parvenue à la porte d'entrée du manoir, je retrouve l'inspecteur Crane toujours occupé à discuter avec un agent, et l'apostrophe, haletante :

– Je peux vous parler une seconde ?

D'abord surpris par mon intervention, il se reprend aussitôt.

– C'est important, ajouté-je.

– D'accord.

Il murmure quelques mots à l'agent et me suit jusqu'à ce que nous soyons hors de portée de voix. Je me défais de mon sac à dos et l'ouvre, puis j'en sors mon petit calepin orné d'illustrations de champignons, dans lequel le billet menaçant est soigneusement rangé.

– Il faut que je jette un coup d'œil au journal, dis-je.

Crane lève les yeux au ciel, sans faire le moindre effort pour masquer son agacement :

– Je ne suis même pas encore retourné au poste de police, Annie. Le journal étant en ma possession, c'est à présent officiellement un élément de l'enquête. Je ne peux pas vous le rendre comme ça.

– Puis-je au moins le feuilleter rapidement pour vérifier quelque chose ? Et vous restez à côté de moi !

Il semble insensible à ma voix implorante.

– Et en échange, je vous donne une autre pièce à conviction !

– Oh non, ce n'est pas comme ça que ça fonctionne, Annie ! ricane le policier. Si vous avez déniché quoi que ce soit en rapport avec la mort de Frances ou celle d'Emily Sparrow – même si le corps découvert aujourd'hui n'est pas encore officiellement celui d'Emily, mais bon, en l'admettant…

C'est à mon tour de lever les yeux au ciel :

– Je ne vais pas l'emporter, je voudrais seulement revoir une certaine page que j'ai déjà lue. Et je vous donne le billet de menace, je l'ai pris en photo.

– Le billet de menace ? dit-il d'une voix plus dure tandis que sa posture change radicalement.

Prenant mon air le plus décontracté, je lui explique comment j'ai trouvé ce bout de papier.

– Je vous ai pourtant avertie de faire attention à vous, dans ce manoir, Annie ! Vous auriez dû venir me trouver dans la seconde !

Furieux, il a les mains calées sur les hanches, les pans de sa veste repoussés en arrière ; son attitude traduit clairement un mélange d'inquiétude et d'indignation. Si je n'étais pas déjà agacée par le problème du journal intime de ma grand-tante, j'en serais presque touchée.

Il se calme à peine en m'écoutant bredouiller ma théorie d'un mystérieux complice cherchant maladroitement à m'aider à identifier l'assassin de tante Frances, et donc à remporter la compétition. Enfin, je sors le feuillet de mon calepin et le lui tends :

– Tenez, il est à vous. Mais s'il vous plaît, laissez-moi au moins jeter un coup d'œil au journal.

Crane jette un regard en arrière, vers l'endroit où l'agent était posté il y a encore quelques instants. Constatant que ce dernier est soit entré dans le manoir, soit parti en patrouille à l'arrière de la bâtisse, il cède :

– Bon, d'accord…

Il plonge la main dans sa veste et sort le journal de sa poche intérieure.

– … mais vous le consultez ici même, pendant que je réfléchis à cette histoire de « menace ».

Je soupire bruyamment, reconnaissante, quand il me remet le journal. Sans perdre un instant, je me concentre pour retrouver le passage qui m'intéresse, faisant de mon mieux pour oublier que l'inspecteur est à côté de moi et m'observe.

Je repense à Saxon débitant la date d'anniversaire de ma mère, alors qu'il tente d'ouvrir le tiroir pourvu d'une serrure à combinaison. Comment se fait-il qu'il connaisse par cœur cette date ? Maman m'a expliqué que ses parents l'ont tenue éloignée du domaine Gravesdown et que Saxon a passé la majeure partie de son enfance en pension.

Cela étant, ce n'est pas forcément étonnant de la part de Saxon, quand je songe au garçon que j'ai découvert dans les pages du journal de Frances – l'espion collectant des informations pour en tirer profit.

Vérifiant les dates, je tourne les pages jusqu'à revenir presque au début, et enfin je trouve celle que je cherche.

15 septembre 1966

Peter est là et il se dispute avec maman. Personne ne supporte cette Tansy, la femme qu'il a épousée, mais à présent qu'ils

ont le bébé, je suppose qu'il n'est plus possible de faire marche arrière. [...]
Je dois tout de même avouer que la petite Laura est adorable. À deux mois, elle lâche déjà des petits bruits et gargouillis mignons comme tout.

Frances n'a pas écrit « À présent qu'ils ont eu un bébé », mais « À présent qu'ils ont *le* bébé ». Quand je la relis pour la deuxième fois, la phrase « *Mais elle ressemble à sa mère, c'est bien dommage* » prend une tout autre tournure.

– Il... Il faut que j'y retourne... Je... J'ai beaucoup à faire...

Me voyant ainsi bafouiller, sans parler du kaléidoscope d'émotions qui se succèdent probablement sur mon visage, Crane oublie instantanément son agacement.

– Je vais vous dire ce que nous allons faire, décrète-t-il de sa voix calme habituelle. Filons au village et installons-nous à une table de La Sorcière défunte. J'apporte quelques dossiers, on commande quelque chose et je vous laisse lire tranquillement la deuxième moitié du journal et prendre autant de notes que vous le souhaitez. Je vous promets de travailler sans un mot pendant votre lecture, nous ne nous dérangerons pas. À la fin du repas, je reprends le journal et je le dépose au poste de police.

Une seconde de réflexion me suffit pour accepter cette offre, bien meilleure que tout ce que je pouvais espérer, notamment parce que je suis affamée.

Sans me reprendre le journal, Crane s'éloigne quelques minutes sur la pelouse, le temps de passer un coup de téléphone. Enfin, dans sa voiture, alors que nous descendons l'allée, un détail m'apparaît :

– Vous ne faites pas ça seulement pour me tenir à l'écart du manoir, tout de même ?

Il soupire avant de me répondre :

– L'agent Brady va interroger toutes les personnes présentes là-bas à propos du message menaçant glissé sous votre oreiller. Alors oui, c'est en partie pour vous emmener ailleurs que je vous ai fait cette proposition. Mais en toute franchise, et je parle de façon officieuse…

Il tourne la tête vers moi, une fraction de seconde, avant de revenir à la route.

– … j'ai très envie de voir ce qui se passera une fois que vous aurez les bons outils dans les mains.

Je ne peux réprimer un sourire. Jamais il n'en dira davantage, mais il vient d'admettre qu'il est dans mon camp.

24

Les dossiers de Castle Knoll, 30 septembre 1966

Minuit était largement passé quand j'entendis Emily tapoter au carreau de la fenêtre de ma chambre. Le froid étant encore présent même s'il ne pleuvait plus, elle avait enfilé un pull-over trop grand pour elle et y était emmitouflée telle la Petite Fille aux allumettes.

– Je peux entrer ?

La mâchoire crispée, je la regardai droit dans les yeux sans bouger.

– Allez, Frannie, insista-t-elle. Il faut vraiment que je te parle. Tu ne veux tout de même pas que je fasse un scandale en réveillant toute la maison ?

Elle en était capable, j'en avais la certitude. J'ouvris donc un peu plus la fenêtre à guillotine pour lui permettre de se glisser dans ma chambre.

– Qu'est-ce que tu veux ? crachai-je.

Une véritable tempête agitait mes pensées, et j'espérais qu'Emily s'en rendait compte à mon expression. Elle avait grimpé dans l'arbre qui poussait devant la maison et, de là, avait sauté sur le rebord de ma fenêtre. Mon premier réflexe, en la découvrant, avait été de la pousser dans le vide ; cela n'avait été qu'une pensée fugace, bien sûr, mais j'étais encore sous le choc qu'elle me soit venue. Me forçant à me calmer, je ravalai l'ouragan d'émotions qui tourbillonnait en moi.

– Je suis vraiment ignoble, se hâta-t-elle d'enchaîner. Je m'en rends compte, Frannie. Toutes ces horreurs que j'ai dites au manoir, tout à l'heure… C'était méchant de ma part, rien de tout ça n'est vrai. Ford ne veut pas entendre parler de moi, je crois qu'il voit clair dans mon jeu. Avant que tu ne déverses ta colère sur lui, laisse-moi te dire que

tout ce que j'ai sous-entendu est faux. Enfin, ce que j'ai dit concernant John est vrai, ce bébé...

Sa voix s'estompa un instant, quand elle comprit qu'évoquer ce détail ne m'inciterait pas à lui accorder la moindre compassion.

Je profitai de ce temps mort pour rebondir sur ce point, peu désireuse qu'elle oriente la conversation selon son bon vouloir – c'était une habitude, chez elle, et ça avait tendance à m'étourdir.

– Pourquoi ? sifflai-je. J'aimerais seulement savoir pourquoi tu as cru bon de te jeter sur John !

Elle resta un moment effondrée, puis se reprit, fidèle à elle-même :

– John a eu son mot à dire dans cette histoire, je te signale, je ne l'ai pas forcé ! C'est même lui qui a fait le premier pas, c'est lui qui m'a regardée avec insistance le premier, c'est lui qui s'est approché de moi !

– Je ne te parle pas de John, répliquai-je, aucunement surprise car m'attendant à ce genre d'excuse. J'aurai deux mots à lui dire plus tard. Pour l'instant, je te demande pourquoi tu as accepté de coucher avec lui.

Ma voix claqua comme un fouet et fit tressaillir Emily, comme si je l'avais physiquement blessée, ce qui me procura une réelle satisfaction.

Elle ouvrit la bouche et la referma à plusieurs reprises, tandis que je voyais son masque tomber. Il y avait autre chose dans cette affaire, quelque chose qu'elle ne me disait pas. Je savais que John ne l'avait pas violentée ; elle m'en aurait immédiatement parlé si tel avait été le cas. Et même si j'éprouvais une monstrueuse colère envers John pour m'avoir trahie, j'étais sûre qu'il n'avait pas commis une telle horreur.

– Dis-moi la vérité, Em...

Enfin, Emily poussa un long soupir. On aurait dit qu'elle avait expulsé la totalité de l'air que renfermait son corps. Elle attrapa une mèche de ses cheveux et entreprit de la mâchouiller, tic auquel je ne l'avais pas vue s'adonner depuis des années. J'avais même surpris sa mère la gifler en lui reprochant cette manie, pensant que personne n'assistait à la scène.

– Je sais que Walt donnait l'impression d'être fou amoureux de moi, mais en réalité il se montrait distant depuis plusieurs semaines, dit-elle. Je soupçonne ma mère d'avoir découvert que nous sortons

ensemble et de l'avoir menacé d'une quelconque façon… Non, en réalité, je crois que j'essaie simplement de nier la vérité…

Elle leva les yeux vers le plafond, et j'eus la surprise de la voir ciller pour refouler des larmes.

– Il ne m'aime pas, Frances, poursuivit-elle. Je pense qu'il attend que je le quitte. J'ai tenté d'organiser des escapades avec lui, de passer du temps seule avec lui, mais je l'ennuie. Il en a assez de moi, Frances. De moi, tu te rends compte !

Elle désigna son visage, geste qui me rappela Fiona Sparrow.

– Tu mens, dis-je calmement. Walt était furieux ce soir. Je ne l'avais jamais vu dans un tel état, Emily, je ne l'avais jamais vu se comporter violemment. Tu as oublié qu'il t'a frappée ?

– Walt n'a pas apprécié que j'aie trouvé quelqu'un avec qui coucher juste après qu'il a cessé de vouloir le faire avec moi.

Emily énonçait ces choses comme si elles n'étaient que des détails futiles, comme s'il était on ne peut plus normal d'évoquer le couple qu'elle formait avec John. Nous étions à présent toutes deux assises sur mon lit, et je sentais mes poings se serrer sous la couverture.

– Je voulais seulement être aimée par quelqu'un, Frances, bredouilla-t-elle, laissant enfin ses larmes ruisseler sur ses joues. J'ai vu l'amour que John avait pour toi, qu'il a encore pour toi… Je… J'ai voulu la même chose. Pas John en tant que personne, mais simplement la façon dont il t'aimait.

Elle reprit son souffle, tremblante, et se mit à sangloter, ce qui stoppa net la riposte que je m'apprêtais à lui sortir. Jamais je ne l'avais vue pleurer ainsi. Jamais.

– J'ai tant de rage en moi, Frances ! continua-t-elle. Pourquoi tous ceux qui m'entourent mènent une vie heureuse, avec des parents qui les aiment et les protègent, et des partenaires qui leur montrent combien ils sont uniques à leurs yeux ? Pourquoi je n'ai droit qu'à la beauté, au vide et à la cruauté ?

Les lèvres plaquées l'une contre l'autre, je faisais de mon mieux pour analyser mes propres sentiments. Je suis bien incapable de dire de quelle façon je me serais comportée si j'avais été élevée par une mère telle que Fiona Sparrow. Mais je n'étais pas prête à accorder mon pardon à Emily. Et franchement, je m'étonnais qu'elle en ait besoin.

– Pourquoi es-tu venue ? lui lançai-je enfin. Je ne t'ai pas une fois entendue me dire que tu étais désolée pour tout ça.

– Oh, mon Dieu, mais si, je suis désolée ! s'écria-t-elle en me prenant la main avec un air désespéré. Je suis vraiment navrée, Frances, je te le jure ! Et ça va bientôt chauffer pour moi, à la maison, avec ce bébé. Tu es la seule personne à qui je peux demander de l'aide, c'est pour ça que c'est toi que je suis venue trouver. Même si j'ai été odieuse avec toi, nous avons partagé tant de choses… Et maintenant, il y a un bébé innocent dans cette histoire. Je t'en prie… Tu me connais mieux que n'importe qui.

S'ensuivit un long silence ; le poids des années passées ensemble s'invita dans la chambre, telle une troisième personne.

– Et John ? relançai-je, malheureuse comme une pierre. Même si cette perspective me fait horreur, même si elle me donne envie de vomir au sens physique du terme, vous pourriez vous marier, tout simplement. On a le droit de se marier à dix-sept ans, il me semble.

Je conclus cette tirade par une vive inspiration. Si j'avais refusé d'affronter cette réalité jusqu'à présent, je comprenais enfin qu'il me fallait renoncer à John. Même si Emily ne lui adressait plus jamais la parole, même s'il me suppliait et me présentait toutes les excuses imaginables pour que je revienne avec lui, j'avais maintenant besoin de passer à autre chose. Cela ne voulait pas dire que je ne passerais pas encore un certain temps à m'apitoyer sur mon sort, le cœur brisé, mais j'avais conscience de la nécessité d'effectuer les premiers pas, si douloureux, qui m'éloigneraient de mon passé avec lui et me mèneraient vers un avenir incertain.

« Des os desséchés dans ton avenir… »

Mes pensées trébuchèrent tandis que la prédiction défilait telle une prière dans mon esprit.

L'oiseau m'avait bel et bien trahie. La voyante avait vu juste.

– Le consentement parental est nécessaire, dit Emily, brisant le mur qui m'enfermait dans mes pensées. Et les miens ne me le donneront jamais. Ceux de John accepteront peut-être de le faire, mais là n'est pas la question. Je ne veux pas épouser John, et je ne veux pas être mère. Pas dans l'immédiat.

Emily me parut soudain plus focalisée, moins désespérée.

– Je ne vois pas comment je pourrais t'aider, Em.

Je me sentis alors comme écrasée par un malaise, par la sensation troublante d'avoir été manipulée par plus futée que moi. Emily avait tout prévu ; il était de plus en plus limpide pour moi qu'elle était venue me trouver avec un plan bien précis en tête. J'avais été naïve de croire que son irruption n'était motivée que par un besoin de pardon. La citation de Ford à propos du jeu d'échecs me revint à l'esprit : « On peut jouer sans plan de jeu, mais dans ce cas il est probable que l'on perde la partie. »

Emily avait toujours été douée pour concevoir des plans. Face à elle, je craignais fort de perdre la partie.

– J'ai seulement besoin de trouver quelqu'un en manque d'enfant. Il me suffira ensuite de me cacher jusqu'à la naissance du bébé, puis de l'abandonner à cette personne.

C'était donc ça. J'eus la sensation d'être frappée de plein fouet quand je compris combien le plan d'Emily était brillant. Ce stratagème était si parfait qu'il en était presque effrayant. Cela faisait probablement des semaines qu'elle le préparait.

– Tu penses à Peter et Tansy… dis-je à mi-voix.

En vérité, je n'avais pas grand-chose à redire à cette solution. Peter et Tansy multipliaient les allers et retours à Londres, où ils se rendaient dans des agences d'adoption, hélas leurs espoirs tombaient systématiquement à l'eau. Emily était présente le jour où ils étaient venus à la maison demander encore un peu d'argent à mes parents, car les honoraires de ces agences se faisaient de plus en plus élevés. Ils voulaient désespérément avoir un bébé, et tout portait à croire que ce serait le seul rêve dont ils seraient toujours privés.

– Je peux leur en toucher un mot, mais attention, Em, il faut que tu sois certaine de ta décision ; je ne veux pas que mon frère ait le cœur brisé si tu changes d'avis par la suite.

– Ce ne sera pas le cas, je te le promets. Je ne veux pas de ce bébé.

– Où comptes-tu t'installer d'ici la naissance du bébé ?

Soudain, Emily m'étreignit, ce qui me surprit.

– Je pense que tu peux m'aider, là encore, dit-elle. Pour le moment, Rose et les garçons sont les seules autres personnes au courant. Je leur ai fait jurer de garder le secret, bien sûr, même si Teddy me semble

moins solide que les autres, de ce point de vue, à cause de Rose qui se comporte de nouveau de façon assez versatile avec lui.

– Et Ford et Saxon ?

– Ils figurent dans la seconde partie de mon plan. Ford a un petit faible pour toi, je pense que tu pourrais plaider ma cause auprès de lui.

– Tu envisages de te cacher à Gravesdown Hall le temps de ta grossesse ?

– Exactement. C'est l'endroit idéal, vu le nombre de pièces. Je ne dérangerai personne là-bas.

– Qu'y gagnerait Ford ? Pourquoi se mettrait-il dans une situation si délicate ?

– Je pense que nous pouvons le convaincre.

Appréciant peu l'air évasif apparu sur le visage d'Emily, je suggérai une autre solution :

– Il me semble que nous devrions d'abord tenter notre chance auprès de Peter et Tansy. Ils seraient peut-être ravis de t'accueillir chez eux.

– Je n'aime vraiment pas cette Tansy, objecta Emily, levant les yeux au ciel. De plus, ils habitent dans un minuscule cottage au cœur du village. Non seulement je deviendrais folle, mais en plus mes parents renifleraient ma présence dans cette bicoque en moins d'une minute, j'en suis certaine.

Nous établîmes un début de projet, à défaut d'un plan complet : Emily mentirait à ses parents en leur disant qu'elle avait été acceptée dans une école de secrétariat à Londres. C'était une voie quelque peu démodée, mais la mère d'Emily avait précisément suivi des cours dans cet établissement pendant la guerre et estimait toujours que toutes les femmes devraient en faire autant. Fiona était en outre convaincue qu'en tant que secrétaire Emily croiserait la route d'hommes d'affaires londoniens richissimes et ne travaillerait pas longtemps si elle savait s'y prendre. Ce mensonge correspondrait en tout point aux souhaits de la mère d'Emily.

Ainsi en va-t-il avec les mensonges ; ils sont beaucoup plus faciles à croire quand ils sont plaisants.

25

Le lendemain matin, je suis réveillée par le bruit de la cisaille d'Archie Foyle taillant les haies. Le soleil frappant vivement ma fenêtre, je me félicite d'avoir déniché une jupe et un tee-shirt la veille au soir à la boutique Oxfam[6] locale, juste avant sa fermeture. Pourvue de grandes poches, la jupe est coupée dans un épais velours côtelé pas idéal pour les chaleurs estivales, cependant son vert profond se marie parfaitement avec le fantastique tee-shirt un peu trop grand pour moi que j'ai trouvé. Visiblement très ancien, il est bien décoloré et glorifie les Kinks.

J'ai fait un saut à cette boutique pendant que Rowan Crane m'attendait à notre table. Fidèle à sa parole, il m'a permis de reprendre ma lecture du journal intime de tante Frances et n'a quasiment plus prêté attention à moi, plongé dans ses propres documents. La nourriture servie au pub s'est révélée étonnamment délicieuse, et nous avons tous deux bien souvent oublié la présence de l'autre. Cela faisait des années que je n'avais pas passé un moment aussi relaxant en compagnie d'un homme.

Au milieu de la soirée, Walter Gordon est entré dans le pub mais s'est contenté de nous adresser un léger hochement de la tête avant de s'installer seul à une autre table, dans un coin. Il a grimacé en s'asseyant, puis a sorti un petit flacon de comprimés de sa poche et en a gobé quelques-uns. Il n'a

6. Oxfam est une confédération de plusieurs organisations caritatives dont les boutiques vendent des vêtements d'occasion.

bu que de l'eau du robinet et du café et n'a rien avalé de solide de toute la soirée. Je me suis demandé ce qu'il faisait là ; peut-être se sentait-il seul chez lui, tout simplement, et appréciait-il l'ambiance du pub.

Seul point négatif de cette soirée en compagnie de Crane : je ne suis pas parvenue au terme du journal. Quand a sonné l'heure de la fermeture, j'ai supplié l'inspecteur de m'accorder un délai supplémentaire, malheureusement il s'est montré inflexible. Même s'il m'a promis de me rendre le journal aussi vite que possible, je m'en suis voulu d'avoir perdu tant de temps en relectures et prises de notes, alors que je n'ai que quelques jours pour résoudre ce mystère.

Ce matin, en regardant par la fenêtre, je constate que la voiture de l'inspecteur Crane est toujours là. Il n'a manifestement pas exagéré quand il a déclaré vouloir maintenir une présence policière permanente au manoir.

Deux jours se sont déjà écoulés. J'ai le sentiment qu'à chaque pas en avant, je ne fais que découvrir davantage de lianes enchevêtrées dans cette étrange forêt de trahison et de meurtre qu'a été la vie de tante Frances.

La vaste salle de bains située au bout du couloir est pourvue d'une baignoire à pieds en pattes de lion et de tout un tas de produits de luxe. Malgré l'horloge qui tourne, je ne peux m'empêcher de m'accorder un bain. J'en ressors fumante et parfumée par le nuage de lavande qui baigne la pièce. Je laisse mes cheveux humides lâchés dans mon dos car, avec cette chaleur estivale, ils formeront une jungle assez classe en séchant. C'est la photo d'Emily Sparrow qui m'a rappelé cette capacité de ma tignasse, toutefois j'ai tâché de ne pas trop penser à la raison qui explique que mes cheveux soient similaires aux siens (quand je renonce à mon habituel chignon).

Je meurs d'envie de respirer un air frais et d'avoir l'esprit distrait par n'importe quoi qui m'évite de penser au fait que mon histoire est intimement liée à celle d'Emily, et à ce que cela implique. C'est en clignant des yeux, tant je suis éblouie par la vive luminosité, que je m'aventure dans les couloirs du manoir, avec la sensation d'être une chauve-souris chassée de sa grotte. J'ai passé la moitié de la nuit au téléphone avec maman, à parler de Reggie Crane, du testament de tante Frances et, pour finir, d'Emily Sparrow.

Comme toujours, ma mère n'a quasiment pas affiché ses émotions. Quand je lui ai révélé qu'il était possible qu'Emily Sparrow soit sa mère biologique, elle a eu la même réaction que moi lorsque j'ai découvert le dossier consacré à mon père : pour elle, Emily n'était qu'une inconnue.

Puis, quand je lui ai raconté l'histoire d'Emily, ainsi que les mystères qui s'éclaircissaient peu à peu autour de moi, j'ai senti que les silences se faisaient plus longs entre ses phrases, que sa voix était gagnée par l'émotion. Quand enfin j'ai abordé le rôle tenu par tante Frances dans son adoption, elle m'a interrompue en prétendant qu'elle devait raccrocher. J'imagine qu'elle va encaisser tout ça à sa façon.

J'en suis arrivée à considérer les femmes de ma famille comme des piliers solitaires ; tante Frances constituant des dossiers sur tout le monde, seule dans son manoir de Castle Knoll, et ma mère enfermée dans la maison de Chelsea, occupée à peindre son passé. Quant à moi, à présent à la dérive entre ces deux figures, je m'efforce de comprendre quelle histoire je raconte et quelle histoire je vis.

Pensive, j'observe un moment la Rolls-Royce stationnée dans l'allée, puis je me dis que j'ai peut-être l'occasion de faire plusieurs choses importantes d'un coup. J'ai été si captivée par le journal et l'histoire d'Emily Sparrow que j'en ai oublié d'enquêter sur les rouages du meurtre de tante Frances. Saxon a peut-être déjà pris une sérieuse avance sur moi, et même si la compétition n'a débuté qu'hier matin, le temps me semble filer à toute allure. Je dois à tout prix déterminer qui a pu avoir accès aux seringues remplies d'une substance hautement concentrée en fer, et quel est le lien entre le meurtre et les fleurs, car je suis certaine qu'il y en a un. Je n'oublie pas Archie Foyle, qui a commis quelque délit lui valant d'être victime d'un chantage. Je me dirige vers l'abri du jardinier, espérant le trouver là-bas.

– Excusez-moi, dis-je en glissant la tête dans le cabanon dont la porte est ouverte. Monsieur Foyle, vous êtes là ?

– Ah ! Bonjour ! s'exclame Archie, tout sourire, en me rejoignant à l'extérieur.

– Je me demandais si vous saviez conduire la Rolls-Royce garée dans l'allée. J'aimerais être déposée au village.

Archie considère la vieille voiture et reste un moment perdu dans ses pensées, l'air presque nostalgique.

– Bien sûr, dit-il enfin. C'est moi qui l'entretiens pour Frances – qui l'entretenais, plutôt.

Voyant son visage s'assombrir, je tente d'évaluer la sincérité de cette réaction, ce qui me fait aussitôt horreur ; j'en suis arrivée à épier le comportement des personnes ayant connu Frances pour voir clair en elles, comme si elles n'étaient qu'un ramassis de mensonges et non des êtres humains.

Je me force à revenir à mon enquête :

– Tante Frances conduisait-elle elle-même cette voiture quand elle se rendait au village ?

– Non, pas vraiment, s'esclaffe Archie. Quand Bill Leroy est mort – c'était le chauffeur du manoir…

Il lève les yeux, l'air préoccupé.

– Bill était le mari de Rose, vous le saviez ?

– Non.

– Enfin bref, après sa mort, il m'est parfois arrivé de conduire et d'entretenir cette voiture, mais c'est surtout Beth qui conduisait Frances ici ou là.

– Beth sait conduire cet engin ?

Je revois Beth dans sa robe longue d'autrefois et l'imagine coiffée d'un chapeau tambourin ; elle aurait tout d'une assistante s'occupant de mener tante Frances ici ou là sur un tournage de film. Quelle habitude a-t-elle prise en premier : se vêtir comme en 1930 ou conduire ce véhicule qui date de ces années-là ?

– Oh oui ! s'exclame Archie, riant de plus belle. Mais pas avec ses ridicules chaussures ! Il y a une dizaine d'années, voyant que Beth s'intéressait beaucoup à la voiture, Frances m'a demandé de lui en montrer les ficelles.

– Beth est donc à la fois cuisinière et chauffeur, tout en gérant sa boutique traiteur ? Elle doit crouler sous le travail.

– Elle a des employés là-bas, mais c'est vrai qu'elle travaille dur. Et si elle a réussi à conduire cette Rolls, vous en êtes capable vous aussi.

Je chasse cette éventualité d'un geste :

– Il est hors de question que je me mette au volant de cet engin, mais je vous remercie pour votre confiance. En réalité, j'aurais quelques questions à vous poser à ce propos, si vous êtes d'accord.

– Allez-y, je vous écoute ! sourit le jardinier.

– Le jour où nous sommes venus ici pour retrouver tante Frances, le capot était ouvert. Vous étiez en train de bricoler quelque chose ?

– Non, mais j'ai moi aussi remarqué ce détail, me répond Archie, qui ensuite reste songeur un moment. Quand j'y réfléchis, je ne vois pas pour quelle raison elle aurait tenté de tripatouiller le moteur elle-même plutôt que de me demander de l'aider, étant donné que j'ai passé le début de la matinée à tailler les roses ici même.

– Elle ne possédait pas d'autre voiture ?

– Il y avait une Mercedes, autrefois, et je taquinais souvent Ford à ce sujet. *Ford*, vous saisissez ?

Il se tait un instant, mais je le laisse achever lui-même sa vanne.

– Ford au volant d'une Mercedes !

Je lui offre un léger sourire et me force à rire pour lui être agréable.

– Oui, il réagissait un peu comme vous, reprend-il. Enfin, quoi qu'il en soit, je me suis occupé de la moitié des voitures de Castle Knoll.

Il rit à ses propres mots, de nouveau perdu dans ses pensées. Je constate qu'Archie Foyle fait partie de ces gens qui ne savent pas s'arrêter de parler mais qui changent sans arrêt de sujet si on ne les maintient pas sur une question précise.

– Interrogez donc Walt Gordon à propos de son vieux break, continue-t-il. Je l'ai réparé une ou deux fois, dans le temps, et je vous garantis que cette voiture aurait beaucoup de choses à dire si elle pouvait parler !

Archie s'esclaffe de nouveau, tandis que je me mords la lèvre pour étouffer l'air scandalisé qui m'est spontanément venu ; en effet, je n'ai pas oublié le passage du journal de tante Frances qui relate ce qu'ont fait Rose et Archie sur la banquette arrière de cette voiture.

– Vous croyez que vous pourriez la réparer ?

– Je serais ravi d'essayer, en tout cas, me répond Archie, qui aussitôt longe le côté passager de la Rolls. Je pourrais vérifier la batterie mais je sais que le problème ne vient pas de là puisque je l'ai moi-même branchée.

Il tapote un coffret en bois fixé sur la longue pièce métallique qui court sous la portière.

– Ce… C'est là que se trouve la batterie ?

– Non, cette boîte contient les espoirs et les rêves de la voiture, dit le jardinier, conservant cette fois un air très sérieux.

– Vous voyez que vous savez faire de l'humour en finesse, dis-je en riant.

Archie sourit, clairement ravi d'avoir affaire à une novice en matière de voitures. J'ai toutefois réellement envie d'en savoir davantage à ce sujet, car le fait que tante Frances ait eu un souci de voiture le jour où elle a été assassinée n'est pas anodin.

– Installez-vous au volant pendant que je jette un coup d'œil au moteur, m'intime-t-il, avant de m'arrêter en voyant que je me dirige vers le côté conducteur. Non, pas par là ! Vous devez monter par le côté passager.

Je n'ai pas le temps de lui demander pourquoi car il s'est déjà posté à l'avant de la Rolls pour exposer son moteur à l'air matinal. En moins de temps qu'il n'en faut pour le dire, il se retrouve plongé dans les entrailles de la bête ; des claquements et jurons bizarres me parviennent tandis qu'il enquête.

Enfin, il émerge et s'installe à côté de moi, sur le siège passager.

– Démarrons, propose-t-il.

Suivant ses instructions, je presse plusieurs boutons tout en retenant cette séquence, de façon à savoir comment m'y prendre si un jour j'ai besoin de mettre le contact sans aide.

Rien ne se produit.

– Je me suis peut-être trompée quelque part, dis-je, désemparée.

– Bien sûr que non. J'ai horreur d'avoir tort, mais je vais jeter un coup d'œil à la batterie.

Archie se baisse sur la petite boîte qu'il m'a désignée précédemment, puis se redresse moins d'une minute plus tard.

– C'est réparé. Sur cette voiture, il faut débrancher la batterie pour la recharger. Je ne l'ai sans doute pas rebranchée correctement quand je l'ai remise en place.

Les rides du front creusées, il se gratte le menton, l'air perplexe.

– Ou peut-être que je me fais vieux…

Son air dubitatif contredit quelque peu ses derniers mots. Il m'invite ensuite à de nouveau tenter de mettre le contact. Cette fois, le moteur s'éveille, puis gronde lorsque, suivant l'ordre d'Archie, j'appuie légèrement sur l'accélérateur. Je pousse un petit cri de joie ; être au volant d'une énorme voiture comme celle-ci procure une étrange satisfaction.

– Allons faire un tour, suggère Archie.

– Attendez, vous pensez que je vais conduire ce monstre ?

– Pourquoi pas ? Si Beth en est capable, vous l'êtes également ! déclare Archie, avec un sourire rassurant.

– Oui, c'est un bon argument…

Malgré cela, je me sens gagnée par la nervosité. Je me secoue en me disant qu'il est tout à fait possible que je maîtrise la Rolls, sans compter que la perspective d'être douée pour cela me plaît beaucoup. Jusqu'à présent, ce séjour à la campagne m'a valu de défaillir au moins une fois et de paniquer en plusieurs autres occasions. Les dents serrées, je décide de faire de mon mieux pour conduire cette bagnole aussi grosse qu'un bateau. Je reprends la parole, par-dessus le rugissement du moteur :

– Bon… Y a-t-il autre chose qu'il faut que je sache ?

– Eh bien, disons que conduire cette voiture sur ces routes de campagne est un peu une folie. C'est une Rolls-Royce Phantom II qui appartenait au père du mari de Frances. Alors ne la fracassez pas contre un arbre, si possible. C'est un bien de famille assez précieux.

– Mon Dieu, ne me dites pas une chose pareille ! Dans ce cas, contentons-nous de rouler sur la courbe qui mène à votre ferme, d'accord ?

– Mieux vaut nous rendre au village, dit Archie, le visage assombri. J'ai quelques courses à faire là-bas.

Je me débats avec l'embrayage et le levier de vitesses durant de longues minutes en jurant à de nombreuses reprises. Cet engin n'a rien de commun avec la voiture à boîte automatique de Jenny, le seul autre véhicule que j'aie jamais conduit depuis l'obtention de mon permis. Archie semble se délecter de la scène. Enfin, je finis par saisir le principe du changement de vitesse manuel, ce qui nous permet de rouler à faible allure sur l'allée. En voyant la masse du manoir se réduire dans notre dos, j'ai l'impression qu'on m'arrache mon doudou et que je suis de plus en plus minuscule derrière ce volant. Très vite, à mesure que je m'habitue au maniement du véhicule, je me surprends à réellement apprécier la balade, avec la sensation d'accomplir un exploit.

– Beth m'a dit que tante Frances vous avait rendu votre ferme, dis-je.

– Oh, cette chère Frances donnait autant qu'elle prenait, lâche Archie d'une voix soudain plus tendue, les yeux rivés sur la campagne.

– Votre réponse est quelque peu énigmatique…

Au détour d'une courbe apparaît alors un panneau indiquant FERME FOYLE. En une fraction de seconde, je prends ma décision et tourne le volant résistant ; la Rolls s'engage à allure réduite vers la ferme.

– Hé ! Que faites-vous ? Nous étions censés nous rendre au village ! s'exclame Archie, visiblement agacé mais pas vraiment en colère.

– J'ai très envie de voir votre ferme ! dis-je d'un ton léger et enthousiaste.

Si je tiens à découvrir cet endroit, c'est avant tout parce que le jardinier m'a donné l'impression de vouloir m'en éloigner. De plus, j'ai également envie de bavarder avec Miyuki, la femme de Beth, la vétérinaire qui s'occupe des gros animaux de Castle Knoll.

Or, quand nous nous garons devant la grande bâtisse, avec son pittoresque moulin à eau et sa mare emplie de canards, j'oublie subitement tout cela et ne songe plus qu'à un groupe d'adolescents à qui on a demandé de ne plus approcher de ces lieux. Une dispute, un secret révélé, un coup de feu tiré. Et maman, pas encore née, cachée sous un manteau volé et abîmé par une amitié ayant tourné à l'aigre.

La voix lasse d'Archie m'extirpe de mes pensées :

– Entrez donc, puisque nous sommes là. Je mets de l'eau à chauffer.

Sur le côté du bâtiment, des serres tunnels prennent le soleil, telles des chenilles géantes. Derrière la plus proche se dresse une grange vers laquelle une femme en grosses bottes guide un cheval tout juste détaché d'une charrette.

– Bonne idée, dis-je sans quitter la grange des yeux. C'est la femme de votre petite-fille, là-bas ? Je serais ravie de faire sa connaissance.

Archie acquiesce, mais je note de la méfiance dans le regard qu'il jette en direction de Miyuki.

– Allez lui dire bonjour et retrouvez-moi à l'intérieur, en entrant par la porte latérale, quand vous aurez envie de thé. Ne passez pas par les serres, elles renferment un écosystème assez fragile.

Sur ces mots, le jardinier disparaît dans son logis.

Je contourne la première serre tunnel, me dirigeant vers la grange, puis je me fige en découvrant la plante qui pousse entre les serres.

Des roses blanches à longues tiges émergent de rangées de buissons, majestueuses sous l'éclat du soleil estival, mais cette vision me glace. Ces fleurs sont de la même variété que celles qui ont été pourvues d'aiguilles, j'en suis certaine. Quelle que soit la personne qui a envoyé ces roses à tante Frances, elles ont poussé dans cette ferme.

Alors que je progresse prudemment entre les buissons, Miyuki m'aperçoit et me fait un petit signe. Après un violent effort pour me débarrasser de mon air crispé, je réponds par un autre signe accompagné d'un sourire faiblard.

– Vous êtes Annie Adams, devine-t-elle tandis que je la rejoins.

Elle n'a pas posé la question mais simplement établi cette réalité. Il est vrai que c'est logique : au regard des liens de sa famille avec le domaine Gravesdown, il n'est pas choquant qu'elle sache qui je suis.

– Bonjour, ravie de faire votre connaissance. Et vous êtes Miyuki, n'est-ce pas ?

Elle ne s'est pas présentée mais j'apprécie que nous ne fassions pas semblant de ne pas savoir à qui nous avons affaire.

Miyuki hoche la tête tout en passant une brosse au poil dru sur le dos de la jument à la robe marron qui lui fait face.

– C'est une de vos patientes ? dis-je encore.

Je n'ai pas la moindre idée de la façon d'aborder la question des injections de fer, et mon hésitation se voit.

Par ailleurs, je lutte de toutes mes forces pour ne pas me ruer dans la grange pour la fouiller. Cependant, d'où je me tiens, je ne distingue rien de louche à l'intérieur ; uniquement des box pour les animaux, beaucoup de foin et quelques selles suspendues aux murs.

Miyuki hausse les sourcils, étonnée par mon embarras, mais me répond tout de même :

– Non, c'est ma jument. Je me déplace pour soigner mes patients, la plupart du temps, mais j'ai aussi mon cabinet.

Elle désigne les portes de la grange du menton.

– Ici, je peux pratiquer des interventions chirurgicales, si besoin. Je dispose d'un matériel dernier cri pour ça.

J'ouvre la bouche, envisageant de lui demander s'il lui est possible de me faire visiter son installation, mais elle me cloue le bec d'un regard éloquent.

– Je sais ce qui vous amène ici, ajoute-t-elle, avec un air amusé qui me surprend. Et franchement, je m'étonne qu'il vous ait fallu si longtemps pour vous décider.

– Je vous demande pardon ?

– L'inspecteur Crane et Saxon sont tous deux venus me trouver hier après-midi, après la lecture du testament. Vous êtes un peu à la traîne, Annie.

Sentant que mon expression change du tout au tout, j'espère paraître simplement gênée et ne pas montrer à Miyuki combien cette information m'inquiète.

– Ils vous ont interrogée à propos des injections de fer, j'imagine, dis-je sur un ton maussade – je n'ai jamais été douée pour masquer mes émotions.

Miyuki se remet à brosser la jument qui, d'un coup de museau, réclame son attention.

– Absolument, et je vais vous répéter ce que je leur ai dit. Nous avons été cambriolés il y a une semaine. J'ai mis un peu de temps à le signaler mais c'est chose faite ; la plainte a été déposée.

Miyuki me paraissant ouverte à la discussion, j'insiste sans avoir l'impression de pousser le bouchon trop loin :

– Pourquoi n'avez-vous pas immédiatement porté plainte ?

– Je dois avouer que je suis partie précipitamment, ce jour-là, grimace-t-elle. Je n'ai pas correctement verrouillé la grange ; il y a donc eu négligence de ma part. Et avant que vous ne me posiez la question : oui, on m'a dérobé bon nombre de médicaments destinés aux chevaux, dont des seringues bourrées de substances contenant du fer. Je ne les garde à portée de main que pour les chevaux, en cas de blessure, mais ce cas de figure se produit peu fréquemment. Pour tout vous dire, sur le moment, j'ai cru que les voleurs étaient seulement en quête de kétamine.

– Avez-vous une idée de leur identité ?

– Si tel était le cas, la police les aurait déjà arrêtés. Malheureusement, ceci est un cabinet de campagne ; le système de sécurité n'est pas vraiment de pointe. Je n'ai pas de vidéosurveillance, et on ne pense pas toujours à verrouiller les portes quand on vit si loin du village. Cela dit, les habitants n'y pensent sans doute pas davantage.

Les épaules affaissées, je me dis qu'à moins que Miyuki ne me mente, il sera très difficile de mettre la main sur l'assassin en ne suivant que cette piste des voleurs de médicaments pour chevaux. Le témoignage de la vétérinaire m'apprend au moins une chose : il est très vraisemblable que Saxon ait eu raison quand il a affirmé que le produit ferrugineux qui a tué tante Frances provenait de ce cabinet.

Les roses sont également originaires de la ferme, mais cela m'incite à moins suspecter les Foyle ; en effet, pourquoi diable auraient-ils choisi d'employer non pas une, mais deux armes létales susceptibles de les trahir ?

Malgré tout, je sens que quelque chose cloche ici. Je revois Archie qui, un peu plus tôt, a pratiquement transpiré de peur en apercevant Miyuki. Je remercie cette dernière et me dirige vers la ferme pour y retrouver le jardinier. Alors que j'évite de justesse de percuter une serre, je comprends quelque chose : l'expression sombre soudain affichée par Archie n'était pas forcément due à Miyuki.

Cela m'incite à ignorer ce qu'il m'a dit à propos des serres ; je m'engouffre dans un de ses « écosystèmes fragiles ».

Lesquels se révèlent être, rangée après rangée, des plants de marijuana extrêmement florissants.

Archie s'assied et m'observe pendant près d'une minute. Son thé fume devant lui mais il n'y a pas touché. Il m'a vue émerger de sa serre bourrée d'herbe – j'aurais dû remarquer que les fenêtres de la cuisine donnaient sur ce côté du bâtiment, même si ce détail ne m'aurait pas freinée.

Il est resté planté là, de l'autre côté du carreau, occupé à essuyer une tasse, un air neutre plaqué sur le visage, puis nous nous sommes dévisagés un moment. Enfin, il m'a fait signe de le rejoindre.

– Vous me semblez être une fille bien, Annie, dit-il avant d'enfin s'octroyer une gorgée de thé. Étant donné que Saxon et moi avons conclu un accord, il n'est que justice d'en faire autant avec vous.

Je réprime tout juste un grognement de dépit ; *évidemment* qu'Archie aide Saxon, puisque ce dernier le connaît depuis sa naissance ou presque. Sans aller jusqu'à les imaginer amis, je me doute qu'ils ont quantité de souvenirs en commun.

– D'accord, et j'avoue que ça m'intrigue ; cet accord concerne-t-il la ferme ? Je suppose que vous avez eu vent des termes du testament de tante Frances ?

Archie se détend en constatant que je ne suis pas indignée ni occupée à appeler la police. En vérité, sa petite affaire de culture d'herbe ne m'intéresse que si elle l'a poussé à assassiner tante Frances.

– Oui, en effet. Il se trouve que j'ai un petit commerce, en plus de mon métier de jardinier, et Frances n'en était pas une grande fan. Elle a toujours été très à cheval sur les lois. Or je ne fais de mal à personne, et mes plants poussent depuis quelques années déjà.

– Intéressant, dis-je tandis que mon cerveau enregistre ces données. Tante Frances n'appréciait pas cela parce que le commerce d'herbe est illégal ?

– Oui, on peut dire que ça la mettait en pétard…

Il s'interrompt et se donne une claque sur le genou.

– En pétard ! Elle est bien bonne, celle-là !

Jamais je n'aurais imaginé un jour boire un thé en compagnie d'un type lâchant des vannes aussi pourries à propos de marijuana.

– OK, je vois, mais tante Frances n'a pas porté plainte contre vous, je suppose ?

– Non, elle préférait me lancer des avertissements à n'en plus finir. Des ultimatums, ce genre de choses.

Il a un geste dans le vide, comme si ces menaces ne pesaient rien.

– Elle a même demandé à Jessop Fields d'estimer la ferme et m'a montré les plans d'un lotissement d'immeubles d'habitation que le promoteur immobilier bâtirait à la place si je ne cessais pas de faire pousser de l'herbe. Mais ce n'étaient que des manœuvres d'intimidation. Je connaissais assez Frances pour savoir que ce n'étaient que des coups joués sur un échiquier. Elle ne procédait ainsi que dans le but de me forcer à réagir, à mettre un terme à mon affaire.

C'est probablement grâce à l'évaluation effectuée par Jessop Fields qu'Oliver a obtenu l'information qui lui permet de faire chanter Archie. Fumer de l'herbe est un délit mais cela a peu de chance de mener Archie en prison, ou alors pour très peu de temps. En revanche, cultiver de la marijuana et la vendre… C'est autre chose.

– J'en déduis que les affaires sont florissantes ?

En prononçant ces mots, je hausse les sourcils en faisant mine d'être intéressée par ce que j'apprends. Mon objectif est qu'Archie croie que je suis la meilleure option pour lui, que je ne ferai rien pour mettre un terme à son business si je résous le mystère du meurtre de tante Frances et par conséquent hérite de son domaine. En réalité, je n'ai aucune idée de la façon dont je réagirai sur ce point si j'en arrive là, mais c'est l'Annie du futur qui se chargera de régler ce problème.

– Je veux bien vous en parler, à condition que vous me donniez votre parole de ne pas prévenir la police. Vous n'avez tout de même pas envie que cet inspecteur identifie l'assassin avant vous, pas vrai ? Je ne veux pas arrêter de cultiver de la marijuana, et les villageois sont tous furax à l'idée que Jessop Fields mette son projet à exécution.

– Je vous promets de ne pas parler de votre commerce à la police, dis-je, choisissant soigneusement mes mots.

Cela ne m'empêchera pas, si je le souhaite, de révéler des faits qui mèneront les enquêteurs à la serre d'Archie, mais rien ne presse de ce côté. J'espère pouvoir le convaincre de renoncer à ses activités illégales. Alors que je m'apprête à l'interroger à propos d'Emily Sparrow et de la vie qu'il menait en 1965, je vois soudain une ambulance passer en trombe sur la route en direction du village, toutes sirènes hurlantes et gyrophares allumés.

Saisie d'un étrange pressentiment, j'essaie de me raisonner en me disant que ce serait stupide de me lancer à la poursuite d'une ambulance ; les urgentistes se précipitent simplement à l'aide d'une personne âgée qui a fait une chute et s'est brisé la hanche, quelque chose comme ça.

Pourtant, ma question jaillit d'elle-même :

– Pouvez-vous me déposer au village, Archie ? Il faut que je vérifie quelque chose.

26

Les dossiers de Castle Knoll, 1er octobre 1966

J'avais un nouveau billet de menace dans la poche, plus épouvantable encore que le précédent.

Je ne voulais pas que Ford le voie, lui qui s'était montré si bienveillant tout au long de l'affaire Emily. C'était un personnage tellement déroutant, dont la fermeté tranchante mue par une vive intelligence s'envolait comme par magie dès lors que quelqu'un avait besoin de son aide. Je préférais donc conserver ce second message dans ma poche, près du premier.

Avril touchait à sa fin quand Ford nous conduisit dans sa maison de Chelsea, avec son énorme voiture. Nous étions seulement tous les cinq – lui, moi, Emily, Rose et Saxon. Ou six, en comptant son chauffeur, Bill Leroy. Après le coup de poing de Walt sur Emily, Ford avait clairement fait savoir aux garçons qu'ils n'étaient plus les bienvenus sur le domaine Gravesdown.

Peter et Tansy nous attendaient sur les marches de l'entrée, nerveux mais pleins d'espoir. Nous aidâmes Emily à porter sa valise, ainsi que l'affreux étui en plastique à motif écossais contenant la machine à écrire offerte par ses parents en vue des cours de secrétariat qu'elle ne suivrait pas.

– Je m'en charge, déclara Peter, qui délesta Emily de cet encombrant fardeau.

– Merci, répondit celle-ci. Qui sait, je profiterai peut-être de mon séjour ici pour vraiment m'entraîner à taper à la machine.

Rose et moi échangeâmes un regard entendu. Emily se livrerait probablement à toutes sortes d'activités, à Londres, mais la connaissant, améliorer ses talents de secrétaire figurerait tout en bas de sa liste de priorités.

Si Emily s'installait à Chelsea, c'était parce que Peter et Tansy avaient insisté pour qu'elle consulte régulièrement un médecin. Or elle refusait de voir celui de Castle Knoll. Elle avait en outre fait remarquer que mettre son enfant au monde à l'hôpital le plus proche du village était une mauvaise idée si elle tenait à garder sa grossesse secrète. En effet, au moins deux membres de la paroisse étaient sages-femmes dans cet établissement, et ses parents fréquentaient régulièrement l'église.

Ainsi, installer Emily dans l'autre demeure de Ford, à Chelsea, était une solution assez évidente.

Il avait fallu un peu de temps pour convaincre Ford, qui n'était pas facile à influencer. En fin de compte, Peter et Tansy s'étaient joints à moi pour le supplier d'aider Emily. Voir combien Tansy était pleine d'espoir et à quel point Peter faisait tout ce qui était en son pouvoir pour lui remonter le moral, après les nombreuses déceptions qu'ils avaient subies, avait sans doute fait pencher la balance un peu plus de leur côté dans l'esprit de Ford, qui avait fini par céder. Ce jour-là, il avait précisé qu'il acceptait de nous aider car il était touché par mon dévouement envers Emily. Il n'a jamais demandé qui était le père de l'enfant à naître.

Ford ouvrit la porte de la maison, dans laquelle nous nous engouffrâmes tous.

– Quelle élégance ! souffla Emily.

Elle n'avait pas tort. La vaste entrée était pourvue de dalles noires et blanches si bien cirées qu'elles reflétaient le lustre étincelant suspendu au-dessus de nous. Percevant une appétissante odeur de viande rôtie en provenance de la cuisine, je me demandais à quel point Ford s'était montré prévenant à notre égard :

– Vous avez envoyé votre gouvernante en avance pour préparer la maison ?

– Je n'allais tout de même pas me contenter d'en remettre les clés à une jeune fille enceinte et l'abandonner dans une ville inconnue, me répondit-il avec un petit sourire. Mme Blanchard restera avec Emily tant que durera son séjour. J'ai d'autres domestiques pour m'aider à m'occuper du manoir, et ces dispositions ne dureront qu'un temps.

– En effet, cette situation est provisoire, souris-je en retour.

Emily avait déjà filé, visitant les pièces les unes après les autres comme si Ford lui avait définitivement offert la maison. Une sorte de malaise dont j'avais du mal à préciser l'origine me picotait ; en la voyant dans le couloir, une main sur son ventre qui s'arrondissait et multipliant les regards brillants sur Ford quand celui-ci lui tournait le dos, Emily me donnait l'impression d'être récompensée pour être tombée enceinte.

Une évidence s'imposa alors : Fiona Sparrow aurait été fière de sa fille si elle avait su.

Je fis de mon mieux pour chasser cette pensée, qui hélas, dès l'instant où elle s'était invitée dans mon esprit, y resta plantée comme une épine. Ford s'était longuement fait prier pour aider Emily, non ? Et s'il n'avait pas demandé qui était le père du bébé, c'était parce qu'il savait tout à propos d'Emily et John. Saxon lui avait tout dit, j'en étais certaine.

Peter et Tansy discutaient à mi-voix avec Ford, lui demandant sans doute comment Mme Blanchard s'assurerait qu'Emily avale les vitamines conseillées, ne fasse rien d'imprudent comme boire ou fumer et n'esquive pas ses rendez-vous avec le médecin.

Or je perçus quelque chose que je n'étais peut-être pas censée entendre mais qui ôta instantanément l'épine de mon esprit et m'apaisa. Je consignai soigneusement ces mots dans ma mémoire, afin de les en ressortir et les apprécier au moment opportun.

– Ce que vous faites pour nous – et pour Emily – est extraordinairement généreux, Ford, dit Peter.

– Je suis ravi de tous vous aider mais, pour être franc avec vous, je ne fais pas tout cela pour vous ni pour Emily, mais pour Frances, répondit Ford.

Les pneus de ma bicyclette firent légèrement crisser les graviers de l'allée de Gravesdown Hall, mais j'avais huilé la chaîne pour qu'elle ne couine plus. Je ne tenais pas à ce que ma mère m'entende filer de la maison alors qu'elle me croyait sagement au lit, même s'il n'était que 21 heures. Contrairement à Fiona Sparrow, maman n'approuvait guère la famille Gravesdown dont elle affirmait qu'elle avait quelque chose de louche et que tous ceux qui s'y associaient souffraient ensuite d'une série d'infortunes.

Chasser les paroles de ma mère de mon esprit me demandait un sérieux effort car elle n'avait pas tort, dans le fond : Archie et son foyer brisé, son père s'étant enfui avec l'épouse de Ford ; l'accident de voiture dans lequel Lord Gravesdown père avait péri, avec son fils aîné et la femme de celui-ci… Sans oublier le pauvre Saxon, enfant inadapté.

Parvenue devant l'immense porte d'entrée de Gravesdown Hall, je me demandai ce que je fichais. Pourquoi étais-je venue ici ? Emily était installée à Chelsea mais la portée des mots de Ford – « Je ne fais pas tout cela pour vous ni pour Emily, mais pour Frances » – et la chaleur qu'ils avaient ravivée dans mon cœur s'étaient peu à peu étiolées depuis, car Fort n'avait pas cherché à me revoir. Il aurait pourtant pu se rendre au village, où il n'aurait eu aucune difficulté à me retrouver.

Pourquoi n'avait-il pas cherché à me joindre ?

C'est cette lueur d'indignation qui m'avait poussée à sonner à la porte du manoir, audace qui ne me ressemblait guère mais que j'avais apprise au contact d'Emily. La facette logique de mon esprit me conseillait d'oublier tout ce qui était en lien avec Ford et Gravesdown Hall, de vivre ma vie et de ne plus jamais remettre les pieds ici.

Malgré cela, j'étais attirée en ces lieux comme par une forme de gravité, une force si subtile et constante qu'elle se niche jusque dans vos os, si bien que votre corps n'a d'autre choix que de se conformer à ses règles. Voilà ce qu'était devenu Ford pour moi. Ce soir-là, en me présentant pour la première fois seule chez lui, je me dis que plus je passerais de temps au manoir, plus j'aurais de chances de découvrir le Ford qui se cachait derrière les apparences. Ce n'était qu'un homme comme les autres, après tout, aussi brisé et imparfait que n'importe qui. Je mettrais donc au jour tous ses défauts, et le charme serait rompu.

J'étais assez idiote pour croire que les cœurs fonctionnent ainsi. J'ignorais encore à quel point cette forme de gravité se renforce quand on prend conscience du côté sombre d'une personne, quand on l'inspire à pleins poumons et qu'on le fait sien.

Une domestique me conduisit dans la bibliothèque, où Ford faisait tournoyer le doigt de liquide ambré contenu dans le petit verre qu'il tenait dans la main. Plongé dans les pages d'un journal, il ne leva pas la tête à mon entrée dans la pièce. Ses cheveux n'étant pas gominés ce jour-là, ils étaient plus ondulés que d'ordinaire, sa coiffure restant tout de même impeccable sans effort. Le voyant seul, j'en déduisis que Saxon était déjà au lit.

– Avez-vous répondu aux Montgomery, avec mes regrets ? demanda-t-il sans lever les yeux de son journal.

– Oui, monsieur, répondit la servante.

Elle ouvrit la bouche pour annoncer à son maître qu'il avait de la visite, mais celui-ci reprit aussitôt la parole, et elle ne tenait visiblement pas à l'interrompre.

– Bien. Leurs réceptions sont de plus en plus assommantes. On y retrouve toujours les mêmes gens, les mêmes filles à marier.

La domestique se racla la gorge, et enfin Ford leva la tête. Sans afficher la moindre expression en découvrant ma présence, il la congédia d'un petit geste. Je me sentis alors très bête, plantée là dans mon pantalon à la Audrey Hepburn et mon pull à col roulé noir faits maison, après avoir laissé ma bicyclette devant le manoir, comme une fillette. Quand je vis sa mâchoire se serrer légèrement, j'eus le sentiment de n'avoir été qu'un pion dans son jeu – et que la partie était terminée.

Cette prise de conscience m'incita à rester là plutôt qu'à m'enfuir ; je ne me sentais plus idiote, subitement, mais en colère. J'avais à présent l'impression d'y voir clair dans les événements survenus au cours des derniers mois ; un aristocrate qui s'ennuyait s'était servi d'un groupe d'adolescents du village pour se divertir. Il avait provoqué une étincelle dans un tonneau de poudre, et son seul but était de vérifier s'il était capable de prévoir la façon dont cela exploserait.

J'en vins même à douter des mots prononcés à Chelsea – « Je ne fais pas tout cela pour vous ni pour Emily, mais pour Frances. » N'avait-il pas délibérément haussé la voix, afin qu'Emily l'entende ? Cette phrase n'était-elle pas simplement un coup de plus dans la partie qu'il jouait contre elle ?

Les ongles plantés dans mes paumes, je sentais le charme se briser et percevais des fissures comme dans de la glace sous pression.

– Frances, dit-il enfin. Que me vaut le plaisir de ta visite ?

Sa voix était dépourvue d'émotion, presque froide, et il ne me proposait pas de m'asseoir. Je restai donc debout, confiante, comme si j'avais moi-même décidé de ne pas prendre place dans un fauteuil.

– Comment va Emily ? m'enquis-je.

En prononçant ce prénom, je sentis mon visage se tendre et ne fis aucun effort pour masquer l'irritation dans ma voix.

Ford plissa les yeux mais ne me répondit pas immédiatement. Il replia son journal en deux gestes vifs, ses pages produisant un craquement sonore, puis un claquement retentit lorsqu'il le plaqua un peu trop fort sur la table basse.

– Pourquoi esquives-tu la question que tu voulais me poser en venant ici, Frances ? lâcha-t-il.

Je croisai les bras et soutins son regard :

– Êtes-vous le père du bébé ?

Un coin de sa bouche s'éleva, comme si mon audace l'impressionnait.

– Je l'ignore, avoua-t-il en toute simplicité.

Il se carra dans son fauteuil, ce qui eut pour effet de chasser ce qu'il restait encore de sa froideur.

– Assieds-toi, Frances. Ne reste pas plantée là, telle Boadicée prête à affronter l'armée romaine.

Il inclina la tête et laissa échapper un petit rire sardonique, puis il se saisit d'un verre vide, sur le petit meuble à roulettes chargé de boissons, et y versa un peu de liquide ambré avant de me le tendre.

N'ayant alors jamais bu de whisky de ma vie, je lui en voulus un peu de ne pas m'avoir au moins demandé si j'en voulais avant de me servir un verre de ce breuvage, qu'à n'en pas douter je trouverais aussi immonde qu'il était cher. Mes narines furent agressées par un mélange d'odeurs de terre brûlée, de caramel et d'allumettes tout juste éteintes, puis ma gorge prit feu, ce qui me fit tousser.

Ford s'esclaffa, son qui se répercuta à n'en plus finir dans la pièce, puis il revint à moi, les yeux pétillants.

– Ne me regardez pas comme ça, lui intimai-je, ma colère ravivée.

– C'est-à-dire ? dit-il en s'offrant une nouvelle gorgée.

– Comme si mes saines habitudes de villageoise et mon inexpérience vous amusaient. Vous déclinez des invitations à des réceptions mondaines

parce qu'elles vous ennuient, alors vous vous divertissez en manipulant les gens du coin comme des jouets.

Il tressaillit, comme si je l'avais giflé, puis se passa la main sur le visage.

– Je suppose que je mérite ce jugement.

Je soufflai bruyamment, assez satisfaite de mon effet.

– Et vous ne savez pas si vous êtes le père du bébé d'Emily ? Qu'est-ce que ça veut dire ?

Il lâcha un long soupir et me jeta un regard de biais.

– Tu sais, Frances, quand nous avons fait connaissance, j'ai aussitôt eu envie que tu m'apprécies, c'était plus fort que moi.

Il fit quelques pas vers la bibliothèque, puis tourna la tête vers moi en laissant courir un doigt sur le bois ciré d'une des étagères.

– Ça ne me ressemble pas, pourtant. Je ne vais pas te mentir : après que ma femme m'a quitté, je suis devenu une sorte de débauché de la haute société. Je voletais de réception en réception à toute allure, à Londres, passant encore plus vite d'une femme à la suivante. Ton amie Emily n'a été pour moi qu'une conquête éphémère parmi d'autres.

Il se retourna vers la bibliothèque et en sortit un ouvrage au hasard, comme s'il avait seulement besoin d'occuper ses mains.

– Un soir, j'ai eu quelques mots avec Emily, Walt, John et Rose, dans les bois, et je leur ai dit à peu près la même chose que le jour où je t'ai vue pour la première fois, à savoir que je leur permettais de continuer de traîner sur ma propriété tant qu'ils restaient discrets. Une semaine plus tard, Emily s'est présentée au manoir, à la nuit tombée, pleine d'audace et vêtue de telle façon qu'elle n'aurait pas déparé dans une réception de la haute. Et ses intentions étaient limpides. Et en effet – tu m'as bien cerné au moins sur ce point –, je m'ennuyais.

J'avalai une gorgée supplémentaire de mon whisky ; cette fois, je parvins à contenir ma toux.

Ford remis le livre à sa place et en saisit un autre.

– Je l'ai donc laissée me séduire… mais je suis un homme prudent, dit-il avec un air entendu. J'ai enfilé un préservatif, je ne suis pas stupide, et je lui ai précisé, ce soir-là, que je ne l'accueillais que pour une nuit. Cela l'a agacée au plus haut point, et je crois que ce n'est que

beaucoup plus tard qu'elle a compris qu'elle ne m'intéressait pas plus que toutes les jolies femmes que j'avais fréquentées.

Ford ne me regardait plus.

– Vous avez une charmante opinion des femmes, dis-je sans hausser le ton mais avec une voix assez rauque sous les effets mêlés du whisky et de mon ton acerbe.

Ford soupira et considéra un bref instant le plafond.

– Chaque fois que nos chemins se croisent, Frances, je m'efforce de t'inciter à t'éloigner de moi, dit-il avec lassitude et même un peu d'agacement. Tu es bien trop convenable pour le monde tordu dans lequel j'évolue.

Il retourna vers son fauteuil et, en s'y laissant tomber, me regarda enfin droit dans les yeux.

– Toutes ces précisions t'aideront peut-être à t'y résoudre, en fin de compte. Tu as raison : je ne suis qu'un aristocrate qui s'ennuie et qui cherche désespérément de nouveaux jeux pour se divertir.

Je pris le temps de l'observer attentivement. Cet homme n'avait que quelques années de plus que moi mais se déplaçait et agissait comme s'il était issu d'un autre temps.

– Vous vivez ainsi depuis toujours, n'est-ce pas ? lui lançai-je. Pas seulement depuis que vous avez hérité de tout cela.

M'intéressant de plus près à la bibliothèque, je me rendis compte que l'étagère dont il s'était approché était chargée d'ouvrages consacrés aux stratégies guerrières. La suivante abordait les domaines de l'industrie et des théories économiques. Plus je m'attardais sur la pièce, plus je constatais qu'elle abritait une multitude d'artefacts évoquant la victoire. Trophées de chasse, coupes remportées lors de tournois de polo, biographies de Churchill et de Napoléon…

– Cette bibliothèque… est emplie d'objets qui autrefois appartenaient à votre père.

– Père était un conquérant, reconnut Ford d'une voix plus apaisée, le regard perdu dans le contenu de son verre qu'il faisait de nouveau tournoyer en douceur. J'ai été élevé de façon à en devenir un, à mon tour, mais c'est mon frère qui a excellé dans ce domaine. Père et lui étaient bien partis pour accroître la fortune Gravesdown d'une façon

considérable. Ils étaient très doués pour arracher aux autres ce qui les intéressait. Après leur mort, j'ai tenté de me conformer à leurs règles.

Un rire amer l'interrompit, ce dont il profita pour vider son verre.

– Je n'avais jamais connu autre chose que leurs règles de vainqueurs ; quand ma femme m'a quitté, je me suis laissé dominer par mon côté insensible. J'ai pris leur ferme aux Foyle, obligeant toute cette famille à s'éparpiller je ne sais où.

Ne sachant que dire, je me contentais de le regarder.

– Comment fais-tu pour m'inciter à me confier ainsi, Frances ? poursuivit-il. Parmi toutes les femmes que j'ai croisées, tu es la première à ne pas entrer dans mon jeu. Tu as fait voler en éclats toutes ses règles en refusant d'y prendre part, tout en me faisant comprendre que ma vie n'est finalement pas si merveilleuse. Je ne suis qu'un château de cartes vivant, en réalité.

Il se mordit légèrement la lèvre, plongé dans ses pensées.

– Tu es venue pour me mettre à terre, n'est-ce pas ?

Les fissures apparues dans le charme dont j'avais été victime ne s'étaient pas vraiment résorbées, mais disons qu'elles avaient soudain changé de nature. Comme si la beauté fragile de cet homme le rendait plus intéressant.

J'avais frappé à la porte du manoir avec le pressentiment que quelque chose se développait en moi, une sorte d'attraction dont j'avais conscience qu'elle ne pouvait être que néfaste. Or, ce soir-là, en repartant, j'étais baignée d'un sentiment infiniment plus puissant, pas de l'amour mais plutôt une forme d'amitié à la fois troublante, bancale et étrange.

Perdue dans mes réflexions et quelque peu étourdie par le whisky, j'oubliai de me faire discrète lorsque je me glissai par la porte du jardin, à une heure et demie du matin. Ma mère descendit aussitôt au rez-de-chaussée et alluma la lumière. Sur son visage s'afficha d'abord de la stupeur, puis de la colère, et enfin de l'inquiétude.

– Qu'est-ce que tu fiches, Frances, enfin ? Ne me dis pas que tu es descendue boire un verre de lait ou quelque chose dans le genre. Tu es habillée et je vois que tu t'es un peu maquillée. Tu es sortie avec John ?

Ma mère prit son air habituel – celui qu'elle prend systématiquement pour exiger que je lui dise tout, car elle ne sait pas s'y prendre pour me l'ordonner –, mais je tenais à garder pour moi les événements de la soirée. Je ne lui avais pas encore confié que j'avais rompu avec John, et cela me paraissait trop compliqué de simuler ces anciens sentiments en cet instant, sans compter que je suis une très mauvaise menteuse.

Je me contentai donc de soupirer :

– Désolée, maman, ça ne se reproduira plus.

Gagnée par la lassitude, elle hocha la tête.

– Pas de sortie demain, alors, tu m'aideras toute la journée à la boulangerie.

– D'accord.

Une semaine plus tard, ma mère me surprit rentrant à la maison à 2 heures du matin, alors que j'étais certaine de ne pas avoir fait un bruit. Cela me valut d'être privée de sorties tout le week-end.

Mes parents sont des gens raisonnables, loin d'être aussi sévères que ceux d'Emily ou aussi indifférents que ceux de Rose. Positionnés au juste milieu, ils me laissent jouir de ma liberté mais me punissent durement quand je vais trop loin. Ma mère ne m'attrapa pas lorsque je fis le mur pour la troisième fois, mais en rentrant de ma quatrième escapade, je renversai une carafe d'eau qu'elle avait astucieusement posée derrière la porte du jardin.

Après cet épisode, j'eus droit à des week-ends emplis de punitions innovantes, et je fus surveillée de près. Je passai ainsi le mois de mai à ranger le garage, puis juin et juillet à arracher les mauvaises herbes du jardin. Constatant en août que je n'avais plus un centimètre carré à désherber, ma mère m'envoya m'occuper du jardin de la vieille Simmons, de l'autre côté de la route. C'est ainsi qu'à cause d'elle, je ne vis pas Ford durant des semaines.

Ma précédente interrogation me revint bientôt : pourquoi ne venait-il pas me voir ?

Cela commença à m'inquiéter, car il me manquait.

27

L'ambulance est stationnée devant l'hôtel du Château. Ses gyrophares sont encore allumés mais sa sirène s'est tue. Je me précipite vers la double porte de l'établissement, l'estomac noué en songeant aux paroles de Saxon : « Quelle tristesse de penser que seule Rose est encore en vie. »

Celles-ci sont si entrelacées dans mes pensées qu'il me semble presque logique que l'assassin de Frances s'en prenne ensuite à Rose. Si Frances a identifié la personne qui a tué Emily, Rose est certainement la première à qui elle en a parlé ; cette hypothèse fait de Rose une cible, et ce même si Frances n'a pas eu l'occasion de lui faire part de ses conclusions. Je suis à peu près certaine que l'assassin de Frances la connaissait bien, et par conséquent qu'il savait que Rose constituait également un danger pour lui.

La réception étant déserte, je balaie le lobby des yeux dans l'espoir de découvrir où ont filé les urgentistes. Ce faisant, je note malgré moi que l'endroit est charmant et lumineux, avec ses hauts plafonds et son papier peint jaune pâle évoquant vaguement de la soie. De l'autre côté du comptoir, deux immenses fenêtres en saillie surplombent des pelouses aménagées. Tout aussi dépeuplé, ce jardin n'offre à ma vue que des tables régulièrement espacées recouvertes de nappes immaculées et protégées par des parasols blancs en toile. J'ai soudain du mal à respirer quand j'aperçois de tristes bouquets disposés ici ou là – ces fleurs sont presque fanées ; de toute évidence, ces compositions sont l'œuvre de Frances, et Rose n'a pas encore pu se résoudre à les jeter.

C'est alors que me parviennent des voix, depuis une porte ouverte percée dans un mur lambrissé de bois de chêne, sur ma gauche. Un homme en uniforme de l'hôtel sort de cette pièce d'un pas vif mais je l'intercepte d'une main sur le bras :

– Excusez-moi, je cherche Rose. Est-elle là ?

– Elle ne se sent pas bien pour le moment, me répond-il. Son fils s'occupe d'elle mais je peux peut-être vous aider.

– Elle n'a rien de grave ? Pour tout vous dire, c'est justement pour m'assurer qu'elle allait bien que je suis venue. J'ai fait sa connaissance il y a quelques jours ; ma grand-tante Frances était sa meilleure amie.

– Ça va aller, elle a seulement eu une petite frayeur, me confie l'individu, qui ensuite baisse d'un ton. Entre vous et moi, je pense que toute cette histoire, la mort de Frances, l'a sérieusement secouée. Et je ne vais certainement pas lui reprocher quoi que ce soit ; personne, ici, n'est enchanté à l'idée qu'un assassin rôde à Castle Knoll.

Une voix cassante s'élève dans la pièce voisine :

– Si c'est Laura, dites-lui d'aller se faire foutre à Londres !

Quelque peu déconcertée par tant d'agressivité, je me rappelle que lorsqu'elle m'a vue pour la première fois, Rose s'est un instant mise en colère avant de se reprendre. Peut-être m'a-t-elle alors confondue avec ma mère. Que lui a donc fait maman, pour la contrarier à ce point ?

Je réagis d'une voix légère, dans l'espoir de dissiper le vitriol dont je suis la cible :

– Ce n'est pas Laura mais Annie, de nouveau. La fille de Laura. Nous nous sommes vues il y a quelques jours à Gravesdown Hall, vous vous en souvenez ? J'ai aperçu l'ambulance, devant l'hôtel, et je me suis inquiétée. Je voulais simplement m'assurer que vous alliez bien.

S'ensuit un moment de silence, au terme duquel la tête de Joe émerge de la pièce voisine. Les yeux cernés de rouge et sa tenue verte d'urgentiste quelque peu froissée, il m'apparaît nettement plus débraillé que lorsque je l'ai vu pour la première fois.

– Bonjour Annie, dit-il en trouvant la force de m'offrir un sourire faiblard. C'est gentil de votre part de demander des nouvelles.

Il me rejoint près du comptoir et m'entraîne à l'écart, ce qui manque de peu de me faire percuter des fougères en pot.

– Ma mère s'est piqué le doigt avec une épine d'un bouquet apporté par Frances, m'explique-t-il, la tête tournée vers les fleurs fanées ornant la réception. Elle a paniqué, croyant être empoisonnée, mais tout va bien. Elle est bouleversée par la mort de Frances et craint pour sa propre sécurité. Et la pression de ce serpent d'Oliver ne fait rien pour arranger les choses. Elle acceptera de discuter avec vous, je pense, mais je vous en prie, soyez douce avec elle. Frances était la personne la plus importante pour ma mère, qui l'est pour moi. Je ne veux pas qu'elle souffre de nouveau.

– Je comprends.

Plus curieuse que jamais d'entendre ce que Rose pourrait m'apprendre, j'ai mille questions à lui poser. Cependant, je ne tiens pas à me montrer trop pressante avec elle, je refuse d'être la petite-nièce cruelle qui, n'ayant même pas connu Frances, harcèle son amie de questions dans l'unique but de s'approprier son héritage.

Joe me guide jusque dans un petit salon pourvu de canapés Chesterfield. Une domestique élégamment vêtue nous emboîte le pas, portant un plateau à trois niveaux chargé de thé et de minuscules gâteaux et sandwichs. Joe et moi restons en retrait une minute, le temps qu'elle installe tout cela, puis Joe m'invite à m'asseoir dans un fauteuil à dossier recourbé disposé face au canapé sur lequel Rose est assise. Il s'installe ensuite à côté de sa mère, la surveillant du regard comme s'il avait affaire à une bombe sur le point d'exploser.

Rose me dévisage un long moment, donnant l'impression de me reconnaître, mais cela semble raviver sa colère.

– Respire à fond, maman, c'est important, lui enjoint son fils en lui frottant le dos.

Je suis si choquée à la vue de cette malheureuse que je ne sais plus que faire. Je ne peux tout de même pas évoquer d'emblée le meurtre de ma grand-tante, pas quand Rose est dans un tel état.

– Elle ressemble beaucoup à sa mère, c'est tout, dit Rose à Joe.

Elle lâche un léger renvoi, ce qui me surprend. Je me fais la réflexion qu'elle a peut-être bu un peu d'alcool, puis elle se tourne vers moi :

– Laura n'a jamais aimé Frances. Mais vous savez, quand je vous regarde mieux…

Le visage de Rose s'adoucit, avec un petit sourire.

– Vous me faites davantage penser à Frances qu'à Laura, ce qui est bon signe, me semble-t-il.

Cette remarque est intéressante car Rose sait que je n'ai aucun lien de sang avec Frances, que ma mère n'est pas la fille biologique de Peter et Tansy. Me demandant une nouvelle fois ce que maman a pu faire pour contrarier Rose, je me dis que c'est simplement sa personnalité qui l'agace. Ma mère a le chic pour insulter les gens sans même s'en rendre compte.

Rose tend le bras et me tapote la main dans laquelle je tiens un de mes calepins et un stylo.

– Frances aimait elle aussi écrire dans de petits carnets, dit-elle, plissant les yeux à l'évocation de ce souvenir, même si je sens qu'il lui est plaisant.

– Je regrette de ne pas l'avoir connue. Sa vie a été fascinante, apparemment, mais Saxon et Walt ne m'ont pas beaucoup parlé d'elle.

Les traits de Rose se tendent immédiatement :

– Saxon ? N'écoutez pas Saxon. Il a toujours été un menteur, un fouineur.

– Bon, maman, il vaudrait mieux que… Annie, changeons de sujet, voulez-vous ? m'implore Joe, ce à quoi j'acquiesce.

Rose secoue la tête et lève les yeux au plafond. Ses yeux s'embuent de nouveau, cette fois moins discrètement. Tandis que ses larmes ruissellent sur ses joues, je vois son chagrin jusque-là contenu déborder, ses sanglots à la hauteur de sa peine immense. Elle désigne le mur opposé, contre lequel sont alignées des étagères à livres décoratives.

– Sors l'album photo rangé en haut à droite et donne-le à Annabelle, Joe, s'il te plaît. Il faut qu'elle le voie.

Joe se lève et obtempère, puis nous rejoint avec un épais album photo dans les mains.

– Tu es sûre que c'est une bonne idée, maman ? Nous en avons déjà parlé ; cet album existe en trop d'exemplaires à mon goût, il vaudrait mieux pour toi que tu ne revoies pas toutes ces photos.

– C'est pour ça que j'offre celui-ci à Annabelle.

Rose me regarde de nouveau, puis baisse les yeux sur mes mains qui tripotent nerveusement mon calepin et mon stylo. Et de reprendre :

– Joe a toujours été là pour moi, au fil des hauts et des bas de mon amitié avec Frances, même quand il n'était encore qu'un petit garçon.

Elle tend le bras et serre la main de son fils.

– Quand Frances annulait un déjeuner ou quand… Oh, elle n'est même pas venue à ma fête d'anniversaire, une fois…

– Elle était malade, cette année-là, maman, intervient Joe sur un ton posé.

– Oui, peut-être… concède Rose, les yeux baissés. Je possède trop d'exemplaires de ces photos du bon vieux temps, mais c'est parce que j'ai besoin d'avoir cet album à portée de main où que je me trouve. C'est pour cette raison qu'il y en a un ici, à l'hôtel. J'en ai un autre à la maison. Cela ne plaisait pas du tout à Frances, qui disait toujours que nous devions aller de l'avant, tourner notre regard vers l'avenir.

Un petit sourire éclaire le visage de Rose.

– Cette chère Frances a toujours été soucieuse de son avenir. Mais nous nous ressemblions beaucoup, en vérité ; Frances pensait aussi souvent que moi à notre jeunesse, peut-être même davantage, car tous ici, nous ne nous sommes jamais vraiment remis de la perte d'Emily.

– Je serais ravie de découvrir ces photos, dis-je, ce qui me vaut un regard légèrement inquiet de la part de Joe.

J'ai le sentiment que Rose fait partie de ces personnes qui ont rayonné durant leur jeunesse et qui, en prenant de l'âge, ont perdu de leur éclat. À moins qu'elle ne soit aux prises avec un mélange de plaisir et de souffrance, Emily étant comme une cicatrice qui refuse de se dissiper.

Rose me tend l'album d'une main tremblante. M'offrir ces photos est une épreuve pour elle, et je ne sais comment réagir. Si je ne souhaite pas priver une femme minée par le chagrin des souvenirs de son passé, elle semble voir dans ce cadeau qu'elle me fait une étape positive dans son programme thérapeutique.

– Tenez, dit-elle en lâchant l'album. Voilà, c'est fait. Et maintenant, vous le gardez, d'accord ?

Joe plonge la main dans une poche et en sort un paquet de mouchoirs en papier destiné à sa mère.

– Tout cela bouleverse maman, me dit-il avec fermeté. Il vaut mieux que je la reconduise à la maison.

– Non, j'ai à faire ici, objecte Rose, se reprenant comme seules les vieilles dames déterminées savent le faire, un peu comme quand on tire d'un coup sec sur le cordonnet d'un sachet pour le fermer, avant de tapoter le genou de son fils. M'occuper m'aidera à digérer les événements récents. Restez donc ici et régalez-vous avec le thé et les petits gâteaux, il ne faut pas gâcher tout ça.

Sur ces mots, Rose se lève. Voyant que Joe fait mine de la suivre, toujours tracassé à son sujet, elle lui intime d'un geste de se rasseoir. Puis elle sort de la pièce d'un pas vif au moment où Magda fait son entrée.

– Alors, cette urgence ? demande Joe à sa collègue, en se levant pour prendre congé.

– Bonjour Annie, me lance Magda, avec un petit geste de salut, avant de répondre à Joe. Stressant mais gérable sans souci. Un vieux monsieur a fait une chute ; je l'ai conduit à Sandview. Il va sans doute lui falloir une hanche artificielle.

Elle lâche un soupir.

– Pendant que tu étais ici, un autre appel m'est parvenu ; cette fois, c'était un jeune enfant qui s'était plus ou moins étouffé. La situation étant sous contrôle, je ne t'ai pas appelé, mais avec seulement deux ambulances, on est parfois un peu justes.

– Tu as encore eu des problèmes avec le central ? devine Joe.

Magda hausse les épaules :

– Little Dimber dispose d'une armée d'ambulances, et ce n'est pas comme s'ils se trouvaient à un fuseau horaire de distance. Cela ne leur coûterait pas grand-chose d'envoyer du monde ici, mais mon style ne leur plaît pas.

Je me permets de m'immiscer dans la conversation :

– Vous possédez deux ambulances ?

– Oui, même si nous nous déplaçons presque toujours ensemble, me répond Magda. Une de nos ambulances reste donc la plupart du temps au garage de notre antenne locale, ici, à Castle Knoll. Enfin, je vous ennuie avec ces détails assommants. Et Joe, il faut qu'on y aille.

– Exact, abonde l'intéressé.

Il se tourne vers moi, comme s'il voulait ajouter quelque chose, puis y renonce, secouant la tête, avant de s'en aller avec sa collègue.

Je me retrouve ainsi seule dans ce petit salon, avec dans les mains un album photo qui promet d'illustrer bien des souvenirs évoqués dans le journal de Frances. Un premier coup d'œil rapide sur ces pages suffit à donner vie à l'histoire de ma tante.

La photo de couverture est particulièrement saisissante : on y voit Rose et Frances sans doute âgées d'une petite vingtaine d'années, souriantes en compagnie de deux messieurs, le groupe posant devant la Rolls-Royce étincelante. Je reconnais un jeune Ford, d'après la photo qui figure dans le bureau de tante Frances, mais l'autre homme m'est totalement inconnu. Sa tignasse bouclée et son regard affectueux en direction de Rose m'incitent à croire qu'il s'agit du père de Joe. J'écarte le film de plastique protecteur pour sortir la photo de son emplacement et trouve logiquement une légende au dos. « Bill Leroy, Rose Forrester, Frances Adams, Rutherford Gravesdown. Juin 1966. »

Emily se trouvait donc encore à Londres le jour où cette photo a été prise. Je me demande à quel moment Rose a fait la connaissance de son futur époux. Le petit salon est à présent vide et le thé encore chaud. Personne n'a touché aux petits gâteaux ; j'en attrape un d'une main prudente puis me plonge dans l'album.

Peut-être quelque indice est-il caché parmi ces clichés, un détail que Frances a relevé mais qui m'échappe pour l'heure.

Je m'attarde un moment sur une photo d'Emily assise dans le jardin de notre maison de Chelsea, et caresse du bout du doigt son énorme ventre.

– Maman…

28

Les dossiers de Castle Knoll, 5 octobre 1966

– Ce n'est pas si pénible, Frances, dit Rose.

Sous un soleil d'août brûlant, Rose et moi bavardions – elle assise et moi occupée à m'acquitter de ma punition hebdomadaire. Je voyais régulièrement maman écarter les rideaux de la maison, de l'autre côté de la rue, pour s'assurer que je travaillais tout en discutant. Rose était autorisée à me tenir compagnie à condition de ne pas m'aider ni trop me distraire de ma tâche.

– C'est l'horreur, la contredis-je. Je transpire à grosses gouttes. Je suis sûre que la vieille Simmons fait exprès de laisser pousser les mauvaises herbes. Ou alors c'est une sorcière dont les sorts font repousser en trois fois plus dense tout ce que j'arrache.

– Faisons un jeu, sourit Rose. Je te remplace pendant que tu surveilles les rideaux de chez toi. Au moindre signe indiquant que ta mère va surgir, tu cries un mot codé – « pâquerette », par exemple. Et on reprend chacune sa place en une seconde.

– C'est idiot, Rosie, mais d'accord, je suis prête à n'importe quoi pour que cette punition soit un peu plus amusante.

Et ce fut vraiment amusant. Rose est douée pour ça, même si parfois elle paraît froide et distante. Loin d'être aussi audacieuse qu'Emily, elle sait donner un caractère unique aux choses les plus simples.

Pendant le séjour d'Emily à Londres, nous avions passé ensemble nombre de journées d'été telles que celle-ci.

Quand il nous fut trop difficile de contenir nos rires, nous fîmes une pause dans ce jeu, de peur que maman nous surprenne et nous enguirlande. S'il lui prenait l'envie d'interdire à Rose de me rendre visite, il me faudrait endurer ma punition seule, ce qui serait encore plus épouvantable.

– Tu as vu le bébé ? me demanda mon amie.

– Pas encore, Peter et Tansy sont toujours à Chelsea, mais ils passeront bientôt quelques jours à la maison, peut-être une semaine. Tu n'as pas croisé Emily depuis qu'elle est revenue ?

Savoir qu'Emily était désormais libre d'aller et venir à sa guise à Castle Knoll me rendait mal à l'aise. J'avais beau me répéter que je n'aimais plus John, que mes sentiments pour lui s'étaient évaporés, j'avais encore toutes les peines du monde à me débarrasser des derniers lambeaux d'amertume consécutifs à cet épisode.

– Oh, tu n'es pas au courant ? me dit Rose. Elle est retournée à Chelsea ce week-end. Elle a dit qu'elle avait oublié quelque chose dans la maison, qu'elle avait un rendez-vous, quelque chose comme ça. Je n'ai pas cherché à la voir, c'est Archie Foyle qui m'a appris ça.

Rose ponctua ses derniers mots d'une grimace ; je savais qu'elle était aussi contrariée que moi par toute cette affaire.

Je m'emparai d'un caillou et le lançai contre un arbre, espérant que ce geste me soulagerait quelque peu, ce qui ne fut pas le cas.

– Mon Dieu, j'ai hâte que tout ça soit réglé, soupirai-je. En riant avec toi, j'ai presque eu l'impression d'être de retour dans le passé. Comme si cette histoire avec Emily et John ne s'était jamais produite.

– Oui, presque, en effet, mais je comprends ce que tu veux dire. Moi aussi, j'aimerais que tout redevienne comme avant. Enfin, pas tout à fait. Nous avons au moins retenu la leçon pour ce qui est de choisir les garçons – et les amies.

Je levai les yeux au ciel, puis fis éclater d'une pichenette un pissenlit. L'air étouffant était si lourd qu'aucun souffle n'emporta les graines, qui ne voletèrent que sur quelques centimètres avant de se déposer dans l'herbe.

– Ford et Saxon poursuivent-ils leurs visites de pensionnats ? me demanda Rose.

– Oui, presque tous les week-ends en ce moment, et les visites au manoir me manquent. Toi, en revanche, tu t'y rends régulièrement, il me semble ?

J'avais un sourire espiègle aux lèvres car l'histoire d'amour entre Rose et le chauffeur de Ford n'était qu'un secret de polichinelle entre nous.

Rose rougit légèrement quand je l'interrogeai sur Bill, toutefois nos discussions avaient désormais pris une tournure plus adulte. Nous avions passé le stade de nous intéresser aux adolescents boutonneux au caractère changeant et avions le sentiment que nos avenirs respectifs se mettaient peu à peu en place.

– Tu as bien raison, enchaînai-je. Autant délaisser les jeux cruels et les coups tordus d'Emily.

Rose sourit. Alors qu'elle était sur le point de réagir à mes propos, son expression changea radicalement, affichant soudain choc et colère lorsqu'elle vit quelqu'un apparaître dans mon dos.

– Tu es gonflé, toi ! s'écria-t-elle à l'intention de John.

Celui-ci avait surgi de l'ombre du saule pleureur qui poussait d'un côté du jardin de la vieille Simmons.

John leva les mains devant lui, comme si ce geste avait le pouvoir de le protéger des mots de Rose :

– J'ai seulement besoin de parler à Frances. C'est important. Ce que j'ai à lui dire va l'intéresser, j'en suis certain.

– Sûrement pas ! cracha Rose. Frances vise plus haut que les mecs dans ton genre !

– Frances, je t'en prie… m'implora John.

Furieuse à la seule vue de John, j'enrageais en pensant qu'il n'avait même pas pris la peine de tenter de me récupérer après que j'avais mis un terme à notre relation.

– Pourquoi t'accorderais-je ne serait-ce qu'une seconde de mon temps ? lui jetai-je au visage. Tu es passé à autre chose, tu as poursuivi tranquillement ta petite vie bien que sachant qu'un bébé allait naître. Tu as abandonné Emily, qui a dû faire appel à nous pour l'aider à résoudre le problème que tu avais provoqué ! Rose et moi avons dû réparer tes conneries, alors que nous n'avions qu'une envie : couper les ponts avec Emily pour toujours !

– Je suis désolé, Frances, dit John sans détourner le regard, l'air suppliant. Je te jure que ça a été dur pour moi de me tenir à l'écart. J'ai estimé que c'était mieux que je respecte ta volonté de ne plus me

voir, et Walt m'avait dit que tu fréquentais Ford Gravesdown… J'ai estimé que tu serais plus heureuse avec quelqu'un comme lui…

Je bafouillai un instant avant de trouver mes mots, ne sachant pas par où commencer :

– Je ne comprends même pas que Walt t'adresse encore la parole ! Tu as couché avec sa petite amie ! Et il n'est pas du genre à pardonner facilement.

John hocha la tête et se mordit la lèvre :

– C'est difficile à croire, je sais, mais Walt et moi, nous avons réglé ce différend. Je me suis expliqué avec lui à propos d'Emily parce que… quelque chose ne va pas, Frannie.

– Frances ! rectifia Rose. Son surnom n'a pas sa place dans ta bouche de petit ami infidèle.

Je fus tout près de sourire, tant le fait d'entendre Rose prendre ma défense m'était agréable. Jamais Emily n'aurait réagi si vivement pour protéger une amie.

Or John semblait réellement inquiet, et je sentais que quelque chose clochait. Si Walt avait pardonné à John… Vraiment, c'était étrange.

– Écoute ce que j'ai à te dire, d'accord ? insista-t-il. Laisse-moi te parler, juste nous deux.

Il avisa Rose une seconde, puis revint à moi.

– Après ça, tu ne me reverras plus jamais si c'est ce que tu souhaites.

Ses cheveux étaient encore plus blonds que d'habitude, sous le soleil, et une mèche tombait sur un de ses yeux. J'eus presque le réflexe de la rajuster, impulsion si forte que ma main s'éleva légèrement d'elle-même.

– D'accord, cédai-je. Mais promets-moi de me laisser tranquille ensuite.

Il acquiesça, l'air gêné, puis regagna l'ombre des arbres pour mettre un peu de distance entre Rose et lui. Je tournai la tête vers mon amie et lui soufflai :

– Crie le code si tu vois ma mère remuer les rideaux.

Elle hocha la tête, sérieuse comme un pape.

– Je n'ai pas une éternité à t'accorder, John, alors tu as intérêt à aller droit au but, l'avertis-je en le rejoignant.

– Entendu. Merci, Frances. Il faut seulement que je te dise quelque chose tant que c'est possible.

Il inspira profondément et fit quelques pas ; sans doute prenait-il le temps de choisir les bons mots.

– Accouche ! le pressai-je, peu désireuse de lui faciliter la tâche.

– Bon, voilà : je sais que tu fréquentes Rutherford Gravesdown, et j'ai conscience que je n'ai pas le droit de te dire ce que je m'apprête à te révéler, mais je tiens à toi et je veux te protéger. Il s'est passé quelque chose le jour où… Mon Dieu, c'est aussi gênant que difficile à dire.

Son cou rougit sous l'effet de sa mâchoire tendue.

– Le jour où Emily et moi avons passé un moment ensemble…

Il baissa les yeux mais enchaîna aussitôt à toute allure.

– Je ne suis pas idiot au point d'avoir été dupé par sa ridicule imitation de toi, Frances, même si c'était vraiment son intention, ce soir-là. Elle avait ton sac à main et s'était aspergée de ton parfum. Elle reprenait même certaines de tes expressions, ce dont je ne me suis rendu compte que plus tard. Enfin, le fait est qu'elle était déterminée à coucher avec moi, ce soir-là. Elle ne cessait de me répéter : « J'ai besoin d'être avec toi, il faut que nous le fassions cette nuit. » J'avais une boîte de préservatifs sur moi mais elle a insisté pour ne pas s'en servir, en me jurant qu'elle ne risquait pas de tomber enceinte, que je n'avais aucun souci à me faire de ce côté-là.

Je détournai le regard, ne voulant pas montrer à John combien ces révélations me bouleversaient, mais j'avais l'estomac retourné en les imaginant ensemble, et ce même si mon cerveau me torturait déjà depuis des mois avec ces pensées. Chaque fois, c'était comme si j'appuyais sur un hématome.

– Je sais que c'est affreux à entendre, en particulier venant de moi, mais il faut que tu saches ceci : à mon avis, Emily voulait tomber enceinte. Je pense qu'elle avait couché avec Ford et qu'elle voulait le piéger – le faire chanter ou carrément lui imposer le mariage. Et pour ce faire, elle avait besoin d'un autre mec.

– Si ce que tu dis est vrai, pourquoi ne s'est-elle pas servie de Walt ? Pourquoi toi ?

– J'ai cherché à résoudre ce mystère, et c'est en partie pour cela que Walt et moi sommes en meilleurs termes aujourd'hui. Sa colère est

entièrement focalisée sur Emily parce que… Je crois que ça ne pouvait être que moi, dans l'esprit d'Emily, parce que ce détail faisait partie de son obsession ; et c'est toi qui l'obsèdes, Frances, et non Ford.

John laissa passer quelques secondes de silence tandis que ces mots restaient en suspens entre nous, puis il reprit :

– Enfin bref, pourquoi Ford aurait-il installé Emily dans sa maison de Chelsea, lui rendant visite tous les week-ends, s'il ne pensait pas être le père de son enfant à venir ?

– Il ne va pas la voir, il visite des pensionnats avec Saxon.

– C'est ce qu'il t'a raconté ? J'ai croisé Saxon et le nouveau chauffeur au village ; il m'a dit qu'ils ne bougeaient pas de Chelsea pendant ces week-ends.

J'expirai violemment par le nez afin de me calmer.

– Pourquoi faut-il qu'elle gâche tout ? crachai-je d'une voix tremblante.

– C'est justement la raison de ma présence. Je voudrais m'assurer qu'elle ne gâche plus la vie de personne. Je ne veux pas qu'elle nous crée d'autres ennuis. Plus jamais. Parce que vois-tu, Frances, si elle est délibérément tombée enceinte avec pour projet de piéger Ford par un mariage ou un arrangement financier…

– Peter et Tansy… murmurai-je. Elle n'a pas du tout l'intention de renoncer à ce bébé, si c'est son billet de loterie gagnant. Mais dans ce cas, pourquoi avoir fait appel à eux ?

– Emily est calculatrice, m'expliqua John. Peter et Tansy sont probablement une assurance à ses yeux. Si Ford la rejette, elle ne se retrouvera pas livrée à elle-même avec un enfant sur les bras sans argent ni aide, à seulement dix-sept ans.

– Peter et Tansy sont à Chelsea en ce moment, avec le bébé, tandis qu'Emily est rentrée chez elle. Sauf que…

Un nœud se forma dans mon estomac.

– Rose m'a dit qu'Emily était retournée à la maison de Chelsea ce week-end parce qu'elle y avait oublié quelque chose.

– À mon avis, elle est allée trouver Peter et Tansy pour exiger qu'ils lui rendent son bébé. Quand j'ai discuté avec Saxon, il a sous-entendu que Ford cédait peu à peu à Emily.

Quelle salope ! Indignée comme jamais, je refusai de m'attarder sur les émotions contradictoires qui me venaient quand je pensais à Ford et Emily, pas plus que sur mes doutes quant à la paternité de Ford. De même, j'étouffai ce que m'inspirait la question de savoir s'il avait oui ou non succombé au piège tendu par Emily, malgré nos nombreuses conversations.

Je ne pouvais plus penser à tout cela car, malgré ma fureur, une question éclipsait tout le reste, quelque chose de beaucoup plus important que ces stupides gamineries.

Peter et Tansy.

– Elle va leur briser le cœur ! Que faut-il que je fasse, bon sang ? Il est hors de question que je laisse une telle chose se produire !

– Walt est juste là, dans sa voiture, au coin de la rue, sur le sentier de la guerre. J'ai peur qu'il s'en prenne trop violemment à Emily.

La voix de John vacilla un instant.

– C'est mon meilleur ami mais il n'est pas très doué pour contenir sa colère, comme tu l'as vu. Je vais donc l'accompagner pour m'assurer qu'il ne fasse rien de stupide. Par ailleurs, je ne sais pas avec certitude qui est le père de ce bébé mais je refuse de laisser Emily Sparrow ruiner davantage de vies, y compris celle du bébé. Tu mérites d'avoir le dernier mot dans cette histoire ; veux-tu venir avec Walt et moi à Chelsea ?

– Je te couvre, intervint Rose, apparue sous l'arbre. Rentre chez toi sous prétexte d'aller aux toilettes et reviens avec quelques-uns de tes vieux vêtements, sans oublier l'affreux chapeau que ta mère te force à porter, pour que je puisse dissimuler mes cheveux. Je resterai ici tout l'après-midi, le dos tourné à ta maison. Avec un peu de chance, ta mère se dira que tu fais attention à ne pas prendre de coups de soleil. Prends également une robe ou un châle qui couvrira le reste de mon corps.

– Merci, Rose, dis-je en étreignant avec force mon amie. Doux Jésus, quelle histoire !

Malgré le début de panique qui embrumait mon cerveau, j'attrapai un tas de vêtements entassés au fond de mon armoire car je ne les portais plus, sans même prendre la peine de faire le moindre tri, et par chance je dénichai le chapeau évoqué par Rose, ce qui était le plus important. De retour auprès de John et Rose, je lâchai mon fardeau de robes, de ponchos et de manteaux sous le saule pleureur. Sans perdre une seconde, Rose se changea pour me ressembler au mieux.

– Ma pauvre, je suis désolée, la moitié de ces frusques sont des vêtements d'hiver, tu vas rôtir.

– Ça ira. J'emporterai ce que je n'aurai pas porté et te rendrai le tout plus tard. Tu as fait au mieux. Allez, file, il est urgent de remettre Emily à sa place.

Alors que nous n'avions quitté le village que depuis trois kilomètres, je hurlai aux garçons de s'arrêter lorsque j'aperçus la voiture de Peter garée devant chez lui et Tansy. Walt s'immobilisa sur le côté de la route mais refusa de s'engager dans l'allée ; il était pressé de foncer à Chelsea et me signifia que je pouvais déjà m'estimer heureuse qu'il se soit arrêté.

– C'est trop tard ! lui expliquai-je, les yeux rivés sur la voiture de Peter. Ils sont rentrés. Emily a eu le temps de faire des dégâts.

Comme pour me démontrer que j'avais vu juste, la Rolls-Royce Phantom II de Ford nous doubla en rugissant, son chauffeur ne nous accordant même pas un regard. Le cœur sur le point d'éclater, je sentis mes sentiments grandissants pour Ford se retourner contre moi. En le voyant ainsi foncer pour retrouver Emily, l'affection que j'éprouvais à son égard se mua en du verre brisé dans ma poitrine.

– C'est d'Emily que nous devons nous occuper, Frances, gronda Walt. Elle est tapie dans cette maison de ville, à jouer les héritières. Je veux que tout le village sache quel genre de fille elle est vraiment, en l'occurrence une putain doublée d'une menteuse. Ford est en route pour la voir ; tu ne tiens pas à ce que justice soit faite ?

Il frappa le volant, son regard furieux braqué sur la route.

Je voulais que justice soit faite, bien sûr, mais en considérant l'allée de la maison de Peter et Tansy, je prenais conscience que la souffrance de mon cœur d'adolescente n'était que peu de chose au regard de la leur si Emily leur reprenait l'enfant après leur avoir donné tant d'espoir. Car Ford se précipitait pour la soutenir, c'était une évidence. C'était même inévitable. Emily obtenait toujours ce qu'elle voulait. J'étais idiote d'avoir fait confiance à Ford en me fiant aux petites conversations que j'avais eues avec lui, alors que durant tout ce temps je n'avais pas un instant cessé d'être une pièce dans son jeu, une de plus. Pour Ford, je n'avais été qu'un divertissement parmi tant d'autres.

Je n'avais pas besoin de lui. Je savais quelle était ma vraie famille, j'avais mon frère et j'avais Rose.

– Il faut que je parle à Peter, dis-je. Si vous voulez filer à Chelsea sans m'attendre, allez-y.

– Tu en es sûre, Frances ? me demanda John. Tu n'auras peut-être pas d'autre occasion de dire ses quatre vérités à Emily, quand toute cette histoire aura éclaté au grand jour.

– Oui, j'en suis certaine. De toute façon, je pense que ce qui agacera le plus Emily sera tout simplement de comprendre que ses faits et gestes ne m'intéressent plus.

Le regard appuyé que m'offrit alors John était chargé d'une telle tendresse que je me sentis fondre.

– Tu es la meilleure d'entre nous, Frannie, dit-il.

– Ne fais rien de stupide, Walt, d'accord ? lançai-je tandis que ce dernier appuyait sur l'accélérateur, impatient de repartir. Essaie de lui pardonner, peut-être ?

– Tu as beaucoup trop tendance à pardonner, Frances. Cela te dessert, j'espère qu'un jour tu seras plus ferme.

Sur ces mots, il libéra sa voiture dont les pneus firent voler la poussière.

En frappant à la porte de sa maison, je m'attendais à trouver Peter dévasté. Or mon frère m'apparut plus heureux que jamais, débordant de fierté et d'adoration, la petite Laura dans ses bras.

– Mon Dieu ! m'écriai-je. J'avais si peur qu'Emily ait changé d'avis.

– Elle a bel et bien changé d'avis, me confirma Peter, dont la mine s'assombrit un instant. Mais j'ai tout réglé.

Il sourit à nouveau et déposa un baiser sur le minuscule crâne de Laura.

29

L'inspecteur Crane a tenté de me joindre à trois reprises mais j'avais mis mon téléphone en mode silencieux le temps de parcourir l'album photo. Enfin, l'écran clignotant de mon mobile attire mon regard lorsqu'il m'appelle pour la quatrième fois.

– Annie ! Dieu merci, je me suis inquiété quand j'ai vu que vous n'étiez pas au manoir.

– Au point de m'appeler quatre fois ? Tout va bien, je suis descendue au village pour rendre visite à Rose.

– Figurez-vous que quelqu'un a forcé le tiroir verrouillé de Frances avec un pied-de-biche, ce qui a occasionné de gros dégâts. Et Saxon et Elva sont introuvables.

– Et Oliver ?

– Il est encore là-bas, installé dans un coin, l'air stressé, et il répond de temps à autre à des coups de téléphone de son patron qui lui crie dessus. Il affirme avoir passé la majeure partie de la matinée à flâner dans le parc, suspendu à son téléphone pour effectuer au mieux sa journée de travail à distance.

– L'intrus a-t-il réussi à ouvrir le tiroir ?

– Non, et ça l'a visiblement prodigieusement agacé. La bibliothèque a fait les frais de sa frustration : les carreaux des fenêtres sont brisés et les livres ont été jetés au sol.

– C'est Saxon, à tous les coups.

– Ou Archie Foyle, qui taillait des haies un peu plus tôt dans la matinée. Mais je suis d'accord avec vous, je suis quasiment certain que c'est Saxon.

– D'autant plus que j'étais avec Archie ; il m'a appris à conduire la monstrueuse voiture de tante Frances.

– Oh, vous avez conduit cet engin ? s'esclaffe l'inspecteur.

– Vous doutez de mes talents de pilote ?

– Non, c'est plutôt vous imaginer au volant de cette chose qui m'amuse.

– Laissons tomber les moqueries et revenons à la raison qui vous fait penser que c'est Saxon qui a voulu forcer le tiroir du bureau et a saccagé la bibliothèque. Je suis du même avis que vous mais je suis curieuse de savoir quel raisonnement vous a mené à cette conclusion.

– J'ai reçu les résultats de l'autopsie. Il est confirmé que le corps découvert est celui d'Emily Sparrow et qu'elle a été abattue d'une balle du revolver trouvé dans la poche du manteau que contenait également cette malle. Il semblerait que ma théorie au sujet de Frances soit la bonne, Annie : il est fort probable qu'elle ait tué son amie.

– Vous en êtes vraiment sûr ? Cette hypothèse ne cadre pas avec ce que Frances a écrit dans son journal. Cela dit, si elle a réellement tué Emily, elle a peut-être délibérément omis de mentionner une autre visite à la maison de Chelsea.

– Premièrement, quand Frances a reçu la malle contenant le cadavre de son amie disparue, elle l'a planquée dans la pièce où elle range les bottes, plutôt que de prévenir la police. Ensuite, Saxon m'a confirmé que le manteau trouvé dans ce coffre avait appartenu à Frances – il a reconnu les cerfs sur les boutons. Il a été… anéanti en faisant le lien. La personne qui a fracassé la bibliothèque a particulièrement abîmé les photos de Frances. Saxon ayant connu Emily quand il était enfant, je suppose qu'il a été particulièrement bouleversé par la confirmation de l'identité du corps. Il m'a même raconté une anecdote très intéressante à propos de son oncle et d'un triangle amoureux très ancien.

– Quoi que vous ait dit Saxon, c'était dans le but de semer le trouble dans votre esprit. N'oubliez pas qu'il n'a aucun intérêt à vous aider à résoudre le mystère de la mort de ma grand-tante.

– Vous non plus, pourtant vous me confiez des détails pertinents.

– C'est parce que mon instinct de survie est très peu développé. En parlant de ça, rappelez-vous ce que Frances a écrit dans son journal. Je ne crois pas qu'elle ait tué Emily. À mon avis, celle-ci a été assassinée par Walt ou John, peut-être même par Ford. Je rentre au manoir pour jeter un œil sur le tiroir verrouillé. Je ne peux m'empêcher de penser à cette serrure à combinaison, et le contenu de ce tiroir est extrêmement important, j'en suis sûre.

– Je suis presque au village, je passe vous prendre. Dites à Archie de ne pas s'embêter à ramener la vieille voiture au manoir. Beth s'en chargera. Ou Joe, si vous le voyez ; il sait la conduire, lui aussi, car son père lui a appris à la manœuvrer il y a des années.

– J'ai seulement vu Joe, mais je crois qu'il est encore accaparé par son travail. En tout cas, je suis soulagée que quelqu'un d'autre s'occupe de la Rolls. Je n'ai pas envie de me remettre au volant de cette chose avant longtemps. Ce genre d'épreuve forge le caractère, d'accord, mais j'estime que le mien est suffisamment endurci pour l'instant.

Je glisse l'album photo de Rose dans mon sac. Quelques minutes plus tard, l'inspecteur Crane se gare devant l'hôtel.

À Gravesdown Hall, je constate qu'il n'a pas exagéré en me décrivant l'état de la bibliothèque ; la pièce a été ravagée. La violence qui a sévi en ces lieux était visiblement délibérée ; chaque photo de Frances a vu son cadre brisé, tandis que son visage a systématiquement été raturé. Ce comportement déséquilibré ne peut être que celui d'un tueur.

Je repense à l'étrange théorie avancée par l'inspecteur, à propos de Saxon. Et si ce dernier, ayant découvert l'existence de ce défi dans le testament de tante Frances, l'avait tuée pour ensuite piéger quelqu'un d'autre en le faisant passer pour l'assassin, de façon à « résoudre » le mystère de la mort de Frances ? C'était le plan idéal pour être certain de toucher l'héritage sans rien laisser au hasard.

– Je crois… Je crois que la police devrait se lancer à la recherche de Saxon… dis-je. Même s'il peut être n'importe où dans le manoir ou dans le parc. Il connaît la propriété comme sa poche, il sait où se cacher.

– L'autopsie du corps d'Emily Sparrow nous a livré un autre détail, dit Crane. On a trouvé sur elle deux enveloppes, avec « Emily » inscrit sur chacune. Toutes deux contenaient une forte somme d'argent, plusieurs milliers de livres. Ça ne vous évoque rien ?

– Son assassin ne lui aurait pas pris son argent ? Ou alors… Le bébé…

Je passe dans le bureau et m'approche du petit diagramme de meurtre, au centre duquel se trouve encore la photo d'Emily, et désigne une ficelle qui la relie à Peter, mon grand-père.

– Regardez. À un moment ou un autre, tante Frances a soupçonné son frère d'avoir tué Emily, car Peter et Tansy étaient censés adopter le bébé d'Emily. Tante Frances pensait qu'Emily changerait d'avis sur ce point car elle se servait précisément du bébé pour faire chanter Ford Gravesdown. Or, vers la fin de son journal, elle raconte qu'elle s'est rendue chez son frère, qu'elle a trouvé avec le bébé – ma mère – dans les bras. Il lui a dit : « J'ai tout réglé. »

Je m'attarde sur le nom de Peter, sur le diagramme ; il est barré d'un trait noir épais et apparemment récent, tout comme celui de Tansy.

– Frances les a écartés de sa liste de suspects, conclus-je. Elle a dû trouver l'argent sur le cadavre et en a déduit quelque chose.

L'inspecteur Crane cligne vivement des yeux, s'efforçant d'assimiler ces nouveaux éléments.

– Vous me dites que quand elle a découvert le corps, après que vous le lui avez envoyé, dans la malle…

Je ne peux réprimer une grimace lorsqu'il prononce ces mots.

– … Frances, en fouillant les poches du manteau, a trouvé les billets mais ne les a pas pris ?

– Exactement ! Ce qui la disculpe plus que tout le reste, car si elle avait tué Emily en 1966, elle aurait su ce que contenaient les poches de ce manteau, puisque l'assassin y a glissé le revolver. Après toutes ces années, tante Frances a enfin rayé Peter de sa liste de suspects. Elle a découvert ces enveloppes et reconnu son écriture. Elle a compris qu'en lui disant avoir tout réglé, son frère n'avait pas sous-entendu qu'il s'en était pris physiquement à Emily pour garder le bébé. Il avait simplement voulu dire qu'il l'avait payée.

Une question me vient, que je garde pour moi : pourquoi Emily aurait-elle accepté ce marché si elle savait que Ford était en route pour la rejoindre ? Pourquoi accepter cet argent et renoncer au bébé, son plus précieux atout pour négocier, pour convaincre Ford de la garder ? Je suis à deux doigts de la solution, je le sens.

– Il faut que je m'isole un peu pour réfléchir, dis-je.

– Je vous raccompagne à votre chambre.

– Ça va aller, je vous assure.

Alors que j'ai besoin d'un peu d'espace, Crane me colle comme un garde du corps.

– Ce n'est pas un jeu, Annie, quelle qu'ait été l'intention de Frances.

Les bras croisés, il a repris son air strict et sa « voix d'inspecteur ». Ce ton dit : « N'oubliez pas que c'est moi qui commande ici. » Je dois avouer que c'est presque séduisant, raison pour laquelle j'ignore sa mise en garde et file retrouver ma minuscule chambre.

– Verrouillez votre porte, me lance-t-il dans mon dos, alors que je gravis déjà les marches de l'escalier à toute allure.

Le billet menaçant n'est pas glissé sous mon oreiller, cette fois, mais posé dessus.

La gorge sèche et plus nerveuse que jamais, je jette comme précédemment un rapide coup d'œil dans la petite armoire, puis sous le lit, au cas où quelque intrus y soit tapi, prêt à se jeter sur moi dès l'instant où j'aurai refermé la porte de ma chambre. Assurée que personne ne s'y est glissé à mon insu, j'exhale longuement et m'enferme à double tour.

Il s'agit du même papier jauni que la première fois, avec la même police démodée.

> Tu te crois importante, espèce de salope ? Tu ne mérites rien d'autre qu'un trou dans le sol. Tu n'es qu'une putain, une menteuse, et je te promets que si tu ne cesses pas, je briserai ton cou rachitique comme une brindille.

Je suis à peu près certaine que ces billets ne sont pas déposés là pour m'effrayer, néanmoins mon sang se glace à la lecture de ces mots. J'imagine tante Frances adolescente lisant cela, les mains tremblantes. Puis me viennent des visions de pied-de-biche abîmant le tiroir du meuble du bureau, de verre brisé dans la bibliothèque.

Autant de violence visant Frances. Ou sa mémoire.

Je relis le message en me concentrant pour me transporter en 1966. « Tu n'es qu'une putain, une menteuse. » C'est Walt. Ce sont les paroles de Walt. Dans son journal, Frances raconte qu'il voulait s'assurer que tout le monde sache qui était vraiment Emily, et qu'il a prononcé ces deux insultes.

Je pose mes divers calepins sur le lit, les mains tremblantes, puis je sors enfin l'album de Rose.

Je le feuillette rapidement, en quête d'une certaine photo floue qui s'y trouve forcément. Chaque page m'offre les mêmes couleurs saturées des pellicules Kodachrome des années 1960. Je vois là tante Frances, en jupe de coton à motifs et haut ou chemisier près du corps, avec ses longs cheveux lâchés et toujours brillants. Rose, au bras de Bill

Leroy, son futur époux. Le tremblement de mes mains se calme à mesure que je détaille ces photos, et la très vague idée d'indice que je pensais découvrir se dissipe. Je ne trouve qu'une seule photo de Walt, qui fume en regardant l'objectif, l'air renfrogné, comme s'il avait horreur d'être photographié.

Que reste-t-il de cet adolescent violent sous l'apparence du modeste avocat surchargé de travail ? Pourquoi tante Frances lui faisait-elle confiance au point de lui demander de s'occuper de son testament, alors que ses paroles, sur le billet de menace, font de lui un sérieux suspect de meurtre : *Une menteuse et une putain.*

Il est plus ou moins hors de cause, concernant la mort de Frances, puisqu'il se trouvait avec moi, mais peut-être a-t-il un complice ?

Oliver. Il s'est présenté juste assez en retard à la première réunion, le matin de la mort de Frances. Si Walt a tué Emily en 1966, Oliver est le complice idéal pour s'assurer que ce secret ne soit jamais éventé. En effet, il aurait remporté un franc succès, professionnellement parlant, quand, conformément au testament de tante Frances, il aurait été chargé de mettre en vente son domaine.

Effleurant du doigt une photo de tante Frances dégustant une glace en bord de mer, je sens une pointe de chagrin naître en moi en songeant que je ne l'ai pas connue. La façon dont sa vie s'est terminée est si injuste que cela me retourne l'estomac ; elle voulait seulement être prise au sérieux, rien de plus.

Par ailleurs, il semblerait qu'après la disparition d'Emily, Frances ait été la seule à chercher à la retrouver. Même si son amie avait fait des ravages durant leur adolescence, même si elle l'avait trahie à la moindre occasion, Frances n'a jamais cessé de la chercher, soixante années durant. Frances allait de l'avant, elle regardait vraiment vers l'avenir – et tout le monde la prenait pour une folle. Tout le monde, d'Elva Gravesdown à la standardiste du poste de police, avait une anecdote à raconter sur tel ou tel geste superstitieux commis par tante Frances.

Je réfléchis à mi-voix :

– L'avenir… Quel est le but du défi que nous devons relever ? Cette mission nous a été confiée par tante Frances car elle était importante à ses yeux. Elle voulait que justice soit faite. Elle voulait être crue ; sa lettre, dans son testament, est très claire sur ce point…

J'ouvre mon calepin orné de champignons et relis la liste de détails qui me titillent, mes « questions sans réponse » :

Les fleurs : qui les a envoyées, et pourquoi ?
La serrure, avec une combinaison de type xx-xx-xx,
sur une molette classique qui se tourne
à droite et à gauche.

Je passe à la page sur laquelle j'ai recopié la prédiction faite à tante Frances et raye les mêmes passages qu'elle :

~~Je vois des os desséchés dans ton avenir.~~
~~Ta lente agonie débutera dès l'instant où tu~~
~~tiendras la reine dans la main.~~
~~Fuis l'oiseau, car il te trahira.~~
Et dès lors, tout retour en arrière sera cas
très peu probable, voire impossible.
Toutefois les filles adroites rendent un jour la
justice ; ~~trouve la bonne~~ et conserve-la à ton côté.
Tous les signes indiquent que tu seras assassinée.

J'ajoute le fruit de mes réflexions expliquant pourquoi tante Frances estimait que tel ou tel passage s'était réalisé.

Os desséchés = la découverte récente du corps
d'Emily
La trahison de l'oiseau = Emily qui a couché avec
Ford

La reine = la pièce d'échecs de Ford
Trouver la bonne fille = moi, car c'est moi qui lui ai envoyé le cadavre

Tracassée par la serrure du tiroir, je réfléchis à ces antiques systèmes à combinaison. Mon casier, au gymnase que je fréquentais autrefois – à l'époque où je disposais des finances suffisantes pour m'offrir des choses telles qu'un abonnement à une salle de sport, sans parler de l'étrange envie de faire de l'exercice –, était pourvu d'une serrure similaire. Il fallait tourner la molette à droite jusqu'au nombre choisi, puis à gauche en décrivant un tour complet, puis de nouveau à droite. Sur celle du tiroir de la bibliothèque, les nombres ne vont que jusqu'à 50, dans le sens des aiguilles d'une montre, le 0 et le 50 occupants le même emplacement. Quand Saxon a composé les dates de naissance, l'autre jour, il s'y est mal pris, faisant faire beaucoup trop de tours complets à la molette.

Si je n'avais pas ouvert la page sur laquelle j'ai recopié la prédiction, peut-être n'aurais-je jamais trouvé la solution.

Le mot « adroites » me saute aux yeux, ainsi que le mot « un ». Ce que je peux assimiler à « à droite » et « 1 ».

– Mais « gauche » n'apparaît pas… Et pas d'autre chiffre que le 1.

Mes pensées s'entrechoquent et me poussent vers une conclusion qui, quand enfin elle me frappe, me fait me lever d'un bond pour me précipiter au rez-de-chaussée. Je jette tout de même un regard par-dessus mon épaule pour m'assurer que personne ne me suit.

Soudain, je sursaute : Oliver se trouve sur mon passage, au pied de l'escalier. Il n'est plus scotché à son téléphone ; il est là, face à moi, et me regarde droit dans les yeux. Je ralentis en m'approchant de lui ; à chaque pas, je prends davantage conscience de sa grande taille et de son imposante carrure. Il lui suffirait d'une seconde pour me maîtriser ;

je n'aurais même pas le temps de hurler. Je chasse cette vision et m'efforce de conserver un air impassible.

– Excusez-moi… dis-je pour l'inciter à me céder le passage.

Je tâche de masquer la méfiance qu'il m'inspire, mais je ne dois pas être très convaincante.

– Votre enquête avance bien ? me demande-t-il, très calme, sans faire le moindre pas de côté, ce qui est assez déstabilisant.

– Je… euh…

Je me racle la gorge, ne sachant que dire.

Il se penche vers moi et me chuchote :

– Je vais vous donner un tuyau, c'est cadeau : ne vous laissez pas avoir par les conneries du flic qui joue les gentils. Je devine qu'il vous arrache beaucoup trop de renseignements.

– Je vous demande pardon ?

La peur sous-jacente qui naissait en moi est aussitôt chassée par de l'indignation, puis la frayeur fait son retour quand je saisis ce que sous-entendent ces paroles. Oliver m'épie depuis un moment. Et de près, s'il a suivi mes conversations avec Crane.

– Annie ? retentit la voix de l'inspecteur depuis le couloir, comme attirée par mes pensées.

Oliver s'écarte enfin, non sans m'avoir jeté un regard suffisant.

– Tout va bien ? s'enquiert le policier lorsque je passe à sa hauteur.

J'élude sa question d'un geste et fonce droit vers les meubles de rangement du bureau. Il me suit, l'air préoccupé :

– Que se passe-t-il ? Vous avez découvert quelque chose d'important ?

Ignorant la mise en garde d'Oliver, je prends la décision de partager mes réflexions avec Crane. Je suis à bout et j'estime qu'agir seule, de façon imprudente, au risque de me faire agresser, est une pire option que de tout dire à Crane pour l'avoir à mes côtés.

– Quel est l'unique sujet sur lequel personne n'a jamais pris tante Frances au sérieux ?

Le regard de Crane se porte sur la prédiction affichée au mur. Un stylo dans la main, je souligne quelques mots en poursuivant mon explication :

– C'est tout bête, en réalité. Dans ma chambre, je réfléchissais à la serrure, à la molette qu'on peut tourner à gauche, à droite, etc. En réalité, tante Frances croyait dur comme fer à cette prédiction, qui conditionnait toutes ses décisions.

J'ai tôt fait de souligner tous les termes nécessaires.

Je vois des os desséchés dans ton avenir. Ta lente agonie débutera dès l'instant où tu tiendras la reine dans la main. Fuis l'oiseau, car il te trahira. Et dès lors, tout retour en arrière sera cas très peu probable, voire impossible. Toutefois les filles adroites rendent un jour la justice ; trouve la bonne et conserve-la à ton côté. Tous les signes indiquent que tu seras assassinée.

– J'enrageais de ne pas voir d'autres chiffres que le 1, sous la forme du mot « un », dans ce texte, dis-je, légèrement essoufflée. Puis, en relisant le passage « tout retour en arrière sera cas très peu probable », j'ai vu le mot « quatre » dans « cas très », peu après « arrière ». Une idée m'est alors venue : et si cela signifiait simplement « quatre crans en arrière », soit vers la gauche, après avoir tourné la molette sur la droite jusqu'au 1 ?

– Ce qui nous donne 01 – un cran vers la droite –, pour commencer, puis 47 – quatre crans vers la gauche –, et enfin 48 – de nouveau un cran vers la droite –, dit l'inspecteur Crane en manipulant la molette.

Un claquement se fait entendre lorsque le vieux mécanisme s'active.

Je pousse un petit cri de victoire :

– Bon, maintenant voyons ce que tante Frances ne voulait montrer qu'à ses parents les plus malins et les plus fidèles.

Le tiroir ayant été tordu par le pied-de-biche, il me faut quelque peu forcer pour l'ouvrir.

Quand enfin j'y parviens, je sens mon front se couvrir de rides de perplexité. J'espérais trouver là les conclusions de ma grand-tante sur l'assassin d'Emily, voire ses théories sur son propre meurtre à venir, même si, comme elle l'a elle-même déclaré, elle aurait immédiatement averti la police si elle avait su qui projetait de la tuer.

En découvrant le contenu du tiroir, j'ai la confirmation que c'est Saxon qui a tenté de l'ouvrir, car il est rempli de dossiers supplémentaires rassemblés par tante Frances, notamment de détails pas très glorieux le concernant. Il était probablement au courant.

Je sors une chemise qui contient essentiellement des photos prises en douce, sur lesquelles Saxon figure en compagnie de Magda, avec des inscriptions de dates qui s'étalent de quelques mois à quelques jours avant la mort de Frances.

Je tends ces clichés à l'inspecteur Crane et sollicite son avis :

– Qu'est-ce que c'est que ça ?

Il prend plusieurs minutes pour les détailler, sans dire un mot, ce dont je profite pour jeter un nouveau coup d'œil dans le tiroir afin de vérifier s'il renferme autre chose. J'y trouve un minuscule tableau de ma mère, qui date de l'époque de ses premiers grands succès dans le monde de l'art. Cette œuvre ne me donnant pas l'impression d'avoir jamais été mise en vente, j'en déduis que maman l'a probablement offerte à Frances, peut-être en guise de cadeau d'anniversaire. Cette découverte m'arrache presque quelques larmes car elle montre que ma grand-tante conservait en lieu sûr ce présent offert par ma mère – peut-être même lui accordait-elle une grande valeur.

Je reprends les photos à l'inspecteur Crane, qui me les cède sans résistance.

– Les médicaments du cabinet vétérinaire, dit-il.

– Pardon ?

– Je sais que vous êtes maintenant au courant que le cabinet de Miyuki a été cambriolé et qu'un tas de médicaments pour chevaux ont été dérobés.

– C'est vrai, mais quel rapport avec ces photos ?

– On y voit Saxon remettant des boîtes de ces médicaments à Magda.

La voix de Crane s'estompe tandis qu'il parcourt les dossiers établis par ma grand-tante.

– Frances indique que Saxon vendait des médicaments pour un usage récréatif et se faisait aider par Magda pour les livrer en divers endroits.

Magda… Je repense à l'agenda du Dr Owusu et au rendez-vous pris par tante Frances le matin de sa mort.

– Ces dossiers laissent-ils entendre une implication du Dr Owusu dans ce trafic ?

Crane ne me répond pas immédiatement. Nous lisons les pages de renseignements, certaines étant tapées à la machine et donnant l'impression d'avoir été fournies par quelqu'un d'autre.

– Il semblerait que le Dr Owusu ait cherché à aider Frances à faire la lumière sur le trafic orchestré par Saxon.

– Ces documents prouvent-ils que c'est Saxon qui a volé les médicaments pour chevaux ?

– Il n'y a là aucune photo de lui au cabinet vétérinaire, mais les boîtes qu'il remet à Magda sont des opiacés, me répond-il. Ce détail est suffisamment incriminant en soi, même si cela ne prouve pas qu'il a tué Frances. On dirait que la personne qui a pris ces photos cherchait à dénoncer ce trafic. Si on y ajoute les notes de Frances… et si les infos qu'elle a rassemblées sont exactes, alors tout cela est accablant pour Saxon.

Il s'attarde sur certaines pages dactylographiées.

– Je reconnais ce papier à en-tête ; ces notes ont été rédigées par un détective privé de la région que je connais ; je n'aurai aucun mal à lui faire confirmer tout cela. C'est un excellent enquêteur, je ne suis pas étonné que Frances ait fait appel à lui.

– Regardez, dis-je en lui tendant un autre feuillet. Elle a écrit ces lignes le jour de sa mort.

En désignant ce paragraphe, sous la date, je sens mon cœur se serrer en retrouvant nettement l'écriture d'adolescente qui m'est à présent familière. Chaque fois que mes yeux se posent dessus, j'ai la sensation de connaître ma grand-tante et qu'elle se trouve ici, tout près de moi.

– Les notes de Frances le matin de sa mort, résume Crane en les parcourant rapidement. Elle s'est rendue au cabinet du Dr Owusu, où elle a appris que Saxon se servait de Magda pour se procurer des opiacés à usage médical au cabinet. Il semblerait que Magda ait dit au Dr Owusu que le central ambulancier, à Little Dimber, avait demandé aux urgentistes de passer leurs commandes par l'intermédiaire du médecin généraliste local, car c'était plus pratique. Magda lui a même montré un e-mail du central, ainsi qu'un document officiel de l'état des stocks – tenez, regardez : Frances en a fait une copie lors de son passage au cabinet du Dr Owusu ce matin-là.

– Pourquoi le Dr Owusu n'a-t-elle pas immédiatement donné l'alerte ? Au moins concernant Magda ?

– Frances ne lui a peut-être pas tout révélé ; elle a pu simplement lui poser quelques questions, pour ensuite rentrer chez elle afin d'agir en fonction de ce qu'elle avait appris ou pour vérifier ces nouvelles informations ?

Les rouages de mon cerveau s'activent de nouveau, sensation plaisante même si je n'entrevois pas encore la solution de l'énigme :

– Saxon a pris un ferry plus tôt que ce qu'il a prétendu, c'est bien ça ? Il était déjà de retour à Castle Knoll à l'heure où Frances a été assassinée. J'ai vu Magda au cabinet du

Dr Owusu ; elle y est apparue quand le docteur soignait mes ampoules. Cela dit…

Crane reste muet, l'air interrogatif, comme pour m'inciter à poursuivre mon raisonnement, ce qui me ramène à la réalité. Je secoue la tête et me détends ; mes théories n'ont aucun sens, les questions sans réponse sont trop nombreuses. Si celle de la serrure du tiroir est réglée, je reste tracassée par les fleurs. Ainsi que par l'assassin d'Emily. Walt est mon suspect numéro un, sur ce point, mais Saxon pourrait-il avoir commis ce meurtre, à seulement dix ans ? J'ai dans un premier temps estimé que ces deux assassinats étaient liés, mais si Saxon a tué Frances parce qu'elle avait découvert son trafic de médicaments… Ma grand-tante a peut-être vraiment été tuée parce qu'elle avait fourré son nez où il ne fallait pas, en fin de compte.

Je décide de laisser les photos et les notes à l'inspecteur Crane – cela s'impose, me semble-t-il, puisque ce sont là des preuves que Saxon a trempé dans un délit.

– Je vais revoir tout ça au poste, Annie, me dit-il. Regagnez votre chambre et enfermez-vous à double tour, s'il vous plaît. Je reviens sans tarder mais je demande immédiatement à un agent de venir se poster ici pendant que je gère tout ça.

– D'accord.

Il me salue d'un bref hochement de tête et file.

De retour devant la porte de ma petite chambre, je glisse le passe-partout dans la serrure, entre dans la pièce… et mon estomac se retourne. En sortant de ma chambre, j'étais si pressée d'ouvrir le tiroir récalcitrant que j'ai oublié le réflexe vital consistant à emporter mon sac à dos partout avec moi.

Mon ordinateur portable, auquel j'ai à peine touché depuis mon arrivée, est en miettes, probablement victime du pied-de-biche qui s'en est pris au meuble de rangement du bureau. Cependant, je suis surtout anéantie par la vision de mes calepins déchirés en petits morceaux. Toute mon enquête ruinée par une vulgaire erreur…

Je pose ma clé sur la commode, à côté du lit, et m'agenouille parmi tous ces bouts de papier. Pleurer la perte d'une couverture de calepin ornée de jolis dessins de champignons serait stupide ; je cligne des yeux pour chasser d'éventuelles larmes et inspire profondément, faisant de mon mieux pour dissiper mon désespoir. J'ai toutes mes notes bien en tête, après tout, et cela n'est que du papier, rien de plus.

Soudain, une évidence me frappe de plein fouet : je suis devenue une cible. L'assassin de tante Frances n'hésitera pas à tuer une nouvelle fois pour protéger ses secrets.

Alors que je suis près d'être submergée par ces émotions, un bruit sourd résonne à l'autre bout de la chambre. Paniquée, je cherche une arme – un coupe-papier, une épingle à cheveux, n'importe quoi. Je déniche finalement un stylo à plume dont j'ôte le bouchon et que je brandis pointe en avant. La scène, si je n'étais pas si terrifiée, me ferait rire tant elle est absurde. Dans les faits, je recule lentement vers la porte.

J'actionne la poignée, prête à prendre mes jambes à mon cou dans le couloir, mais celle-ci refuse de s'abaisser. Je pousse un juron en constatant que j'ai posé ma clé sur la commode, près de l'armoire dans laquelle retentit un deuxième coup sourd.

Il y a quelqu'un d'autre dans ma chambre, et je me suis moi-même enfermée avec cette personne.

30

Je hurle sans pouvoir m'arrêter, bien que sachant que personne ne peut m'entendre. Sauf Oliver, peut-être, mais m'aiderait-il s'il me savait en danger ?

– Ça suffit ! s'écrie Saxon en émergeant de l'armoire.

Voyant que je ne cesse pas mes cris, il se jette sur moi, plaque une main sur ma bouche et fait voler mon stylo à plume d'une tape sèche. Il m'a maîtrisée en quelques secondes. Tout en gardant sa main sur ma bouche, il me bloque les bras le long du corps. Je fais appel à toutes mes forces pour me défaire de son emprise, malheureusement il se révèle étonnamment fort pour quelqu'un de si frêle.

Maintenant sa prise sans s'énerver, Saxon attend que je me calme, ce que je finis par faire car il ne cherche visiblement pas à m'agresser. Cela ne m'empêche pas de passer en revue tous les gestes d'autodéfense que je connais, au cas où. Extrêmement inquiète en songeant qu'il m'attendait tapi dans mon armoire, je me demande combien de temps il faudra à l'inspecteur Crane pour revenir au manoir et frapper à ma porte. Serai-je déjà morte ?

– Je ne vais pas vous faire de mal, Annabelle, me promet-il, très calme. Je suis désolée de vous avoir effrayée, ce n'était pas volontaire, je vous le jure.

Il écarte sa main de ma bouche, sans libérer mes bras.

– Si je vous lâche, nous pouvons discuter un peu ? Paisiblement, sans violence ?

Je hoche la tête – je ne sais que dire, et de toute façon je ne suis pas certaine d'avoir la force d'articuler le moindre mot.

– Parfait, dit Saxon en me libérant.

Aussitôt, je recule jusqu'à la porte, même s'il m'est toujours impossible de fuir sans la clé.

– Ce n'est pas moi qui ai fait ça, au fait, ajoute Saxon en désignant mes calepins réduits en lambeaux.

– Et dans la bibliothèque ?

Alors même que je pose cette question, un léger bruit de graviers, dehors, me fait tourner la tête vers la fenêtre. S'agit-il de l'agent promis par Crane ? D'Oliver ? J'hésite à hurler de nouveau mais me contente d'inspirer, encore tremblante. Si Saxon avait voulu s'en prendre à moi, il serait déjà passé à l'action. Soudain, j'explose :

– Et que fichiez-vous dans mon armoire, bon sang !

– Ce n'est pas moi qui ai endommagé le meuble de rangement du bureau, dit-il avec un sourire légèrement gêné. Et si je me trouvais dans votre armoire, c'est parce que j'y cherchais quelque chose que j'y ai caché il y a des années. Quand je vous ai entendue monter l'escalier, je m'y suis enfermé en espérant que vous ne resteriez pas longtemps dans la chambre et que je pourrais ensuite repartir.

– Que cherchiez-vous ?

Cette question a au moins le mérite de m'offrir un mystère de plus sur lequel focaliser mon esprit, et ainsi m'aider à ne pas trop penser à mon pouls qui martèle encore mes tempes.

– Peu importe, élude Saxon, avec un geste vague. Pour info, cette armoire est pourvue d'un double fond qui ferait une meilleure cachette pour planquer des théories sur un meurtre.

Il ramasse quelques fragments de pages déchirées – je distingue les mots « poison » et « Saxon », rédigés de mon écriture cursive soignée –, puis les laisse voleter jusqu'au sol.

– Qui a saccagé la bibliothèque, si ce n'est pas vous ?

Je frémis en prononçant ces mots car je me sens encore violée, souillée par l'apparition flippante de Saxon. Mais c'est son truc, j'imagine – cela me rappelle l'épisode raconté par tante Frances, quand elle l'a découvert occupé à les observer, John et elle, sous l'arbre.

– Un des Gordon, je dirais, me répond-il.

– Lequel ? Walt ou Oliver ?

– L'un ou l'autre, voire les deux, lâche Saxon avec désinvolture. Peu importe, en réalité, car nous sommes tous deux loin de résoudre cette affaire. Et je ne pense pas que nous puissions y parvenir, à moins de nous associer.

– Pourquoi prétendez-vous que nous sommes loin de la solution ? En ce qui me concerne, mon enquête avance bien.

– Vous dites ça parce que vous avez lu le journal de Frances ? Très intéressant, d'ailleurs. Je l'ai moi-même parcouru, quand je suis tombé dessus il y a quelques années, histoire de voir quels souvenirs elle avait gardés des événements. Parce que vous oubliez un détail : je les ai moi aussi vécus. J'étais sur place à ce moment-là.

– Où ça ? À la maison de Chelsea ? Quand Emily est morte ?

– Non. Quand oncle Ford et moi sommes arrivés là-bas, la maison était vide. Je n'ai aucune idée de l'identité de l'assassin d'Emily. Si tel était le cas, je l'aurais dit depuis des années. Franchement, jusqu'à la découverte de son corps, j'espérais qu'elle réapparaîtrait un jour, après une vie passée dans un chalet des Alpes suisses, ou quelque chose comme ça.

Il enchaîne les réflexions creuses, sans me révéler quoi que ce soit. Soudain, j'en ai assez :

– Que voulez-vous exactement, Saxon ? N'importe qui, à ma place, vous aurait déjà frappé avec un chandelier pour avoir surgi de l'armoire.

D'un regard sur la commode, je me rends compte qu'il y a bel et bien un gros chandelier dans la chambre. Pourquoi ne l'ai-je pas attrapé quand je cherchais une arme ? N'ai-je donc rien retenu de toutes ces parties de Cluedo avec Jenny ?

– Vous n'êtes pas n'importe qui, dit Saxon, tout sourire. C'est pour cela que je pense que nous pouvons espérer réussir si nous collaborons.

– Avez-vous assassiné tante Frances ?

Je le dévisage attentivement, à l'affût du moindre signe de mensonge. Il soutient mon regard sans ciller.

– Non, dit-il enfin. Jamais je n'aurais commis une telle chose.

– En revanche, vous n'hésitez pas à voler des médicaments au cabinet vétérinaire pour les revendre !

Saxon examine ses ongles sans répondre.

– Où sont ces médicaments à présent, Saxon ?

– Acceptez-vous de vous associer avec moi ou pas ?

– Vous ne me donnez aucune raison de le faire. Quelle information pourriez-vous détenir qui me donne envie de m'allier avec vous ?

– Tout désigne les Gordon.

Il m'observe un long moment, puis hausse un sourcil.

– Que voulez-vous dire, exactement ?

– C'est Walt qui aura le dernier mot, dans cette étrange compétition – vous ne trouvez pas ça curieux ? C'est également l'exécuteur testamentaire de Frances. Durant toutes ces années, il a été un de ses amis les plus proches, une des rares personnes qui voulait bien l'écouter déblatérer ses théories sur Emily Sparrow, avec ses pièces d'échecs et ses os desséchés, toutes ces salades…

– Ce n'étaient pas des salades, pour elle.

– Frances, sors de ce corps ! s'esclaffe Saxon. J'imagine que c'est une bonne chose, cela dit ; il faut bien que l'un de nous soulève les couches de son étrange psyché. C'est Walt qui a tout mis en place, il joue les maîtres de cérémonie.

– C'est-à-dire ?

– Je n'ai pas embarqué à bord du ferry de 11 heures, mais je ne pouvais pas l'avouer à Walt. Je me trouvais à la banque au moment où Frances est morte, à l'agence de Castle Knoll qui gère les comptes de Frances. J'y ai un fonds fiduciaire ouvert quand j'étais enfant, et je n'ai jamais pris la peine, une fois devenu adulte, de faire retirer le nom de Frances qui y était associé. Ce jour-là, quand j'ai demandé un relevé de mes comptes, l'employé a accidentellement ajouté aux documents que je réclamais les comptes de Frances. Les honoraires qu'elle versait à son avocat sont très révélateurs.

– Vous voulez dire qu'elle payait Walt plus que de raison ?

– Et pas qu'un peu. J'ai emporté ces documents sans faire le moindre commentaire. Quand Elva m'a prévenu de la mort de Frances, j'ai voulu avoir un peu de temps pour analyser lesdits relevés de comptes. J'ai donc menti en prétendant que je me trouvais encore à Sandview.

– Pourquoi Frances versait-elle tant d'argent à Me Gordon ?

– Je l'ignore, mais je la soupçonne de ne pas s'en être rendu compte. À mon avis, il l'escroquait purement et simplement.

– Comment se fait-il qu'elle n'ait rien remarqué ? Aucun détail ne lui échappait de façon générale…

– À cause de son comptable, qui était le même que celui du cabinet d'avocats. Il s'agit d'un de leurs vieux amis, quelqu'un qui, comme Walt, ne semble pas décidé à cesser de travailler de sitôt, même s'il a lui aussi largement dépassé l'âge de la retraite. Bizarre, non ? Soixante-quinze ans et toujours au boulot. Les temps sont durs, j'en ai conscience, mais ces deux-là n'ont apparemment pas trop envie de laisser quiconque s'occuper d'une certaine cliente.

– Qui est ce comptable ?

– Notre vieil ami Teddy Crane.

– Le grand-père de l'inspecteur ?

– Exactement, et je compte bien me servir de cette information pour faire pression et reprendre certaines photos à l'inspecteur.

– Vous pensez donc que c'est Walt qui a tué Frances…

Cette conclusion concorde plus ou moins avec ma théorie, mais pas tout à fait. Je reste convaincue qu'Oliver a assassiné Frances avec l'aide de Walt… après que Frances a découvert que Walt avait tué Emily.

Saxon hoche la tête, le visage fermé. Un détail me trouble encore :

– Mais comment s'est-il procuré les médicaments pour empoisonner tante Frances ?

– C'est la dernière pièce manquante du puzzle, pas vrai ? Acceptez de partager l'héritage avec moi et je vous donne la réponse à cette question.

– Pourquoi avez-vous besoin de moi, au fait ?

Ma question le fait enfin vaciller, à en croire son air coupable, et il esquive mon regard en se tournant vers la fenêtre.

– Ah ! Je comprends. La police s'en prendra à vous pour cette histoire de trafic de médicaments.

– Sauf si vous m'aidez, nuance Saxon, me fixant de nouveau droit dans les yeux.

– Il est hors de question que je vous couvre !

– Je n'ai pas besoin d'un faux témoignage de votre part, je ne deale rien du tout. C'est Magda qui fait son petit business toute seule, mais je serai tout de même embêté par la police pour lui avoir fourni de fausses ordonnances et pour avoir volé des produits au cabinet vétérinaire. Sur les photos où on me voit avec elle, il est évident que je lui fournis des médicaments dont elle n'a aucun besoin, cependant il me serait facile de nier toute implication dans ce trafic. Je perdrais mon droit d'exercer et ma carrière serait terminée, mais ma vie ne serait pas fichue pour autant.

– Et Oliver ? Le croyez-vous complice de Walt, si celui-ci a assassiné tante Frances ?

Je suis curieuse de savoir si Saxon a le moindre soupçon sur Oliver.

– Non, répond-il d'une voix assurée, même s'il fait les cent pas dans la chambre. Cela étant, je n'ai aucune confiance en lui. C'est notre problème à tous – enfin, tous sauf vous. Nous sommes tous coupables de quelque chose.

– Pour l'heure, je ne me soucie que de déterminer lequel d'entre vous est coupable de meurtre.

– Je vous ai déjà donné la réponse à cette question, me rappelle Saxon en haussant les épaules.

– Vous m'avez expliqué les raisons qui vous incitent à soupçonner Walt, sans me préciser ce qui vous permet d'affirmer que c'est lui le coupable.

– Acceptez-vous de partager l'héritage avec moi ? Ce serait un coup intelligent, Annie. Mon oncle adorait un certain proverbe, à propos des échecs.

– « On peut jouer sans plan de jeu, mais dans ce cas il est probable que l'on perde la partie », dis-je plus ou moins pour moi-même.

Si Saxon est étonné de m'entendre citer son oncle, il n'en montre rien.

– Où en est votre enquête ? me lance-t-il. Elle avance bien ou vous tournez en rond, fascinée par les aventures d'adolescence de Frances ?

Je m'attarde un long moment sur Saxon ; ce manoir a été son foyer, et il était proche de son oncle. La seule idée que je puisse hériter de la propriété doit lui paraître insensée. Jusqu'à ces derniers jours, je n'avais jamais mis les pieds dans la demeure de cette grand-tante que je n'ai connue qu'après sa mort.

– Ce n'est pas pour rien que Frances a ajouté cette clause à propos de la prison, dans son testament, poursuit-il. Je pense qu'elle voulait que je médite sérieusement sur mes méfaits. Je pourrais en effet effectuer un séjour derrière les barreaux si j'étais défendu par un avocat lamentable face à un juge sévère. Je ne compte pas permettre une telle chose, mais si cela devait se produire, ce serait assez bref.

– Et vous seriez disqualifié de la course à l'héritage. À moins que j'accepte de le partager avec vous.

– Je ne suis pas quelqu'un de foncièrement mauvais, Annie.

Je soupire en soupesant les options qui s'offrent à moi.

– Je vous propose un accord, Saxon : je veux bien réfléchir à l'éventualité de vous céder une part de l'héritage, mais il faut que vous gardiez en tête que c'est moi qui aie les cartes en main. Vous avez tenté de me faire croire que j'étais aussi mal partie que vous dans cette histoire, mais ce n'est pas le cas. Alors dites-moi tout ce que vous savez et aidez-moi à faire éclater la vérité avant Oliver et l'inspecteur ; il ne vous restera plus qu'à espérer que je me sente d'humeur généreuse quand tout sera terminé.

Malgré un air quelque peu aigri, Saxon finit par acquiescer :

– D'accord. Si Walt a pu se procurer les médicaments, c'est parce que c'est un client de Magda. À Castle Knoll, quand on a besoin de quelque chose qu'elle peut fournir, il suffit de l'appeler et elle se rend chez vous en ambulance pour vous « soigner ».

– Mon Dieu, c'est vraiment condamnable !

Je ponctue mes mots d'un regard assassin sur Saxon afin de bien lui faire saisir ce que je pense de son rôle dans cette affaire. Je me rappelle ensuite avoir vu Walt avaler des antidouleurs pour son dos, le soir où l'inspecteur Crane et moi l'avons croisé à La Sorcière défunte.

– Je me contente de vous livrer les faits, se défend Saxon, qui au moins fait mine d'être honteux.

– Si on suit cette logique, n'importe quel « client » de Magda a pu être fourni de la même façon.

– C'est vrai, mais je connais tous ses autres clients de Castle Knoll, vu mon implication dans son business, et aucun d'eux n'avait de raison d'assassiner Frances.

– Bon, que peut-on faire pour prouver tout ça ?

– C'est là qu'intervient notre travail d'équipe, répond Saxon retrouvant son sourire. Nous collaborons et nous remportons le gros lot.

31

Un tour dans le parc m'aidera à m'éclaircir les idées. Avant cela, j'attrape l'album photo offert par Rose qui, par chance, a été épargné par l'intrus qui a dévasté ma chambre. Parvenue au rez-de-chaussée, je fais un saut dans la bibliothèque et chipe dans un tiroir du grand bureau un stylo et quelques feuilles de papier. L'agent envoyé par Crane étant occupé à bavarder avec Beth dans la cuisine, je reviens sur mes pas et sors par la pièce où sont rangées les bottes, même si cela me fait quelque peu frissonner. Je crois que cet endroit me fera éternellement frémir.

Jenny décroche à la seconde sonnerie :

– Annie ! Enfin ! Tu sais bien que je m'inquiète facilement quand tu ne me rappelles pas ; j'ai toujours peur qu'il te soit arrivé quelque chose d'épouvantable dans ce manoir où un crime a été commis !

– Il se trouve que j'ai grandi dans une maison qui a également été le théâtre d'un assassinat ; c'est peut-être ce qui explique ma résilience.

– Raconte-moi tout ! Et n'oublie rien, parce que moi aussi je prends des notes et j'essaie de résoudre l'énigme.

– Tu espères devenir propriétaire d'un immense domaine dans un village bourré d'habitants malhonnêtes ?

– Non, je veux juste participer au jeu. Comme quand je regarde *Top Chef* et que j'essaie de faire les mêmes recettes qu'à la télé – sauf que là, on parle de meurtre. Et je te serai peut-être utile, va savoir !

– Jen, tu te plantes toujours lamentablement quand tu cuisines en regardant *Top Chef*. Tu as oublié les madeleines ?

– C'était la faute du four ! Mais là, une enquête sur un meurtre, c'est beaucoup plus dans mes cordes. Allez, vas-y, accouche !

Je trouve un banc de pierre dans la roseraie close. Cette fois, je remarque les sentiers de graviers brillants qui dessinent des motifs autour des haies de buis. Au centre de ce petit jardin se trouve un bassin couvert de nénuphars, avec une discrète fontaine qui libère un maigre filet d'eau. Ces détails m'ont échappé lors de ma première incursion dans la roseraie car j'étais concentrée sur ma mission d'espionnage. Tout en mettant Jenny au courant des dernières évolutions de la situation, je prends des notes et me retrouve rapidement avec plusieurs pages remplies – j'ai même reproduit le diagramme de meurtre, m'empêchant tout juste de le compléter avec des photos de l'album de Rose.

– Saxon me fait l'effet d'un vendeur de pétrole mielleux dans un dessin animé d'autrefois, remarque Jenny. T'a-t-il montré les documents dont il t'a parlé, qui selon lui prouvent que Walt arnaquait Frances ? Parce qu'il t'a peut-être carrément menti.

– Non, mais je vais les lui demander, car moi non plus je ne lui fais pas confiance. Cela dit, c'est vrai que c'est bizarre que Me Gordon travaille encore à son cabinet, tout comme son vieil ami, en tant que comptable, alors qu'ils ont largement passé l'âge de la retraite.

– En effet, Saxon n'a pas tort quand il évoque ça, même si ça me tue de le reconnaître. Par ailleurs, ces messieurs ont un point commun d'importance : ils étaient tous deux amis d'Emily, Rose et Frances l'été où Emily a disparu, sans oublier que Frances est encore leur cliente – était, pardon.

– Ce que je ne comprends pas, c'est le rôle des fleurs. Je ne vois pas du tout ce que ce bouquet de ciguë vient faire dans cette histoire.

– Peut-être rien du tout, hasarde Jenny. Ce n'est peut-être qu'une coïncidence.

– Moui, sans doute… dis-je, le cerveau de plus en plus embrumé, avec l'impression de ne voir que des cercles imbriqués les uns dans les autres. Walt fait le meilleur suspect pour les deux meurtres, selon moi, avec la complicité d'Oliver pour celui de tante Frances, mais je tiens à avoir ton avis car il est possible que je sois trop au cœur de l'action pour distinguer clairement tous les détails.

– Je considère cette affaire comme une série policière, dit Jenny sur un ton détaché. L'explication la plus simple est généralement la bonne. C'est vrai : pourquoi les gens commettent-ils des crimes ?

– Hmm… Par avidité ?

– Oui, entre autres…

Jenny a pris sa voix de prof, comme si elle essayait de m'aider à trouver par moi-même la solution d'un épineux problème de maths. Cela me fait lever les yeux au ciel, même si je sais bien qu'elle ne me voit pas.

– Tu as cherché sur Internet, avoue. Tu es en ce moment même en train de parcourir un site web quelconque consacré aux tueurs en série ou aux femmes au foyer meurtrières, et tu…

– Et alors ? C'est vraiment intéressant, je te signale. Les tueurs en série constituent un cas particulier ; ils tuent parce que ce sont des psychopathes. Je ne pense pas qu'il y en ait un dans ton histoire ; si tel était le cas, les gens tomberaient comme des mouches. Enfin, les mobiles les plus fréquents, concernant les meurtres, sont la cupidité, la vengeance, la passion et l'instinct de survie, du moins selon ce site… merdique, qui m'a très probablement refilé un virus.

– Je ne fais pas trop confiance à ton site douteux, mais bon, OK, faisons une expérience de pensée : je dresse quatre colonnes, une pour chaque mobile potentiel, et j'y inscris chaque fois les suspects correspondants, avec un astérisque pour ceux qui ont eu accès à l'arme du crime.

J'aime réfléchir avec Jenny car elle est toujours partante pour débattre de mes hypothèses bizarres et n'hésite jamais à me signaler quand je vais trop loin. Généralement, je sors de ces conversations avec une vision totalement nouvelle de la situation.

– Quelle est l'arme du crime, justement, déjà ? Des tranquillisants pour chevaux, c'est ça ?

– Plus précisément, tante Frances a succombé à l'injection d'une substance très concentrée en fer volée avec d'autres produits au cabinet vétérinaire. OK, remplissons la première colonne – la cupidité.

Rassembler les mobiles par colonnes me plaît beaucoup, j'aurais dû y penser plus tôt.

– Super, c'est marrant ça ! Allez, je joue avec toi ! Attends, je fais la même chose de mon côté et ensuite on compare.

– Tu devrais te reconvertir dans la création de jeux de société, tu sais…

– Tu rigoles, mais ça ferait un super jeu ! Un peu dans le genre Cluedo ; le but serait de décrypter une mystérieuse prédiction pour empocher un héritage avant les autres concurrents, mais les participants seraient chacun coupable d'un crime secret, et donc…

– Jenny…

– Pardon. Bon, j'ai rempli ma colonne « cupidité ». Tu as mis qui dedans ?

– Saxon, Elva, Walt et Oliver, dis-je lentement en me demandant si j'oublie quelqu'un.

– Pareil de mon côté, mais j'y ai aussi mis le comptable.

– Teddy Crane. Oui, bien sûr, je fais de même. Colonne suivante : vengeance.

– Alors là, on pourrait citer tous les habitants de Castle Knoll, vu qu'il était de notoriété publique que Frances était prête à vendre sa propriété au plus offrant, ou encore qu'elle détenait des preuves de secrets concernant à peu près tout le monde. Mais bon, allons-y prudemment. Le truc, quand on rassemble des ragots, c'est qu'on ne ruine la vie des personnes concernées que si on les rend publics. Ou si on s'en sert pour les faire chanter. Or je vois mal Frances jouer les maîtres chanteurs.

– Il y a eu un incident avec la famille Crane, en réalité, mais quand je lui en ai parlé, l'inspecteur m'a expliqué que Frances avait mal interprété certains faits et que tout avait été clarifié.

– Tu en es sûre ? Même si ça m'embêterait de considérer l'inspecteur Sexy comme un suspect, ça reste possible, non ?

– Je l'ai soupçonné un moment, mais j'ai fini par le mettre hors de cause. Quant à Reggie Crane, je pense que Frances ne s'intéressait pas à lui pour les mêmes raisons qu'aux autres. Il est probable qu'elle se soit contentée de rassembler des secrets sur lui sans intention de les dévoiler. C'était une femme dotée d'un esprit logique : taire ces secrets était la meilleure façon d'éviter de se faire des tonnes d'ennemis.

– Hmm… oui… répond évasivement Jenny, dont je devine qu'elle parcourt de nouveau son site web. Alors donc, dans la colonne « vengeance », et même si c'est un plat qui se mange froid, on a…

– Ça aussi, tu le sors du site Internet, pas vrai ?

– Au fait, j'ai un cadeau pour toi : un tee-shirt avec une inscription « Mademoiselle Sardonique », ricane Jenny.

– Parfait, je le porterai quand on jouera à ton nouveau jeu de société.

– Revenons à nos moutons. Si l'assassin de Frances l'a tuée par vengeance, ça ne peut être qu'en représailles de quelque chose qu'elle aurait fait récemment.

– John, peut-être ? Je l'aurais plutôt mis dans la colonne « passion », même si son histoire avec Frances date.

– Pas forcément, me contredit Jenny. On voit souvent des gens raviver de vieilles flammes. Et il est pasteur, aujourd'hui. Les aiguilles dans les roses… Tout ça sent la passion, selon moi. Frances préparait des bouquets pour l'église, c'est ça ?

– C'est ce que Walt m'a dit le premier jour, et… Oh, je n'avais pas pensé à ça ! J'aurais dû pourtant, car une histoire d'amour qui tourne mal est un mobile classique pour un meurtre – c'est même celui de mon dernier roman.

Je me sens penaude en prononçant ces derniers mots ; mon intrigue était sans doute trop prévisible.

– Peut-être s'est-il laissé emporter par sa fureur quand elle l'a séduit, et soudain son cœur s'est trouvé alourdi par le péché… dit Jenny, qui visiblement s'empêche de glousser.

– John a peut-être été une nouvelle fois rejeté par Frances, après toutes ces années, mais la question de l'arme du crime reste sans réponse.

Nous restons silencieuses un moment, puis Jenny reprend, pleine d'entrain :

– Qui as-tu mis dans la colonne « vengeance », alors ? Moi, je penche pour Elva.

– Mon Dieu, j'avais oublié Elva ! Elle a peut-être voulu tuer Frances, furieuse que celle-ci ait déshérité Saxon.

– Pourquoi pas, mais Saxon s'en est rendu compte il y a longtemps, non ? Pourquoi ne l'avoir tuée qu'il y a quelques jours ?

– Bien vu. Ajoutons les Foyle – Beth et Archie. Frances avait récemment découvert qu'Archie cultivait de la marijuana et avait menacé de le chasser de la ferme s'il ne cessait pas cette activité. Archie est du genre entêté, et Beth a facilement pu avoir accès aux médicaments pour chevaux entreposés au cabinet de Miyuki – elle savait même à quelle heure celui-ci n'était pas verrouillé. Le seul souci, dans cette version des faits, c'est que tante Frances possédait des photos de Saxon et Magda prouvant leur implication dans un vol de médicaments.

– Tout ce que l'assassin avait à faire, c'est acheter le produit mortel à Magda, exact ? rappelle Jenny. Attends, tu crois que Magda sait qui a tué Frances ?

– Je crois surtout qu'elle a une bonne tête de suspecte. Je parie que Crane creuse cette piste au moment où on se parle…

Je grogne de dépit, intérieurement.

– … car il a emporté tout le dossier, avec les photos de Magda et Saxon. Mais d'après Saxon, Walt était également un client régulier de Magda ; il a peut-être profité d'un achat d'autre chose auprès de Magda pour lui voler la substance ferrugineuse.

– Oui, c'est tout à fait possible, convient Jenny. Autre hypothèse, Magda est ta meurtrière ; elle a tué Frances pour la réduire au silence quand elle a découvert que cette dernière détenait toutes ces infos sur elle.

– Je repense à un détail ; tu t'es étonnée qu'Elva, si c'est elle la coupable, ait attendu ces derniers jours pour assassiner Frances. C'est peut-être tout simplement l'arrivée du corps d'Emily à Gravesdown Hall qui l'a incitée à passer à l'acte.

– Bonne idée de lui avoir envoyé ça, Annie !

– Je ne pouvais pas deviner que cette malle renfermait un cadavre ! Mais bon, je saisis l'ironie. La découverte de ce corps a déclenché quelque chose, j'en suis sûre. À mon avis, c'est en le voyant que Frances a enfin compris qui avait tué Emily.

– Oui, c'est là qu'est le lien, approuve mon amie. On passe donc à la colonne « instinct de survie ».

– Et on en revient à Walter Gordon. C'est le seul suspect à être relié aux deux crimes. Admettons qu'il ait assassiné Emily. Quand elle découvre enfin la vérité, Frances, dévastée, tente d'avoir une discussion avec lui plutôt que de le dénoncer. Ils ont dû se voir plusieurs fois, puis quelque chose a craqué chez Walt, le jour de mon arrivée à Castle Knoll. Imagine que Frances ait exigé la tenue de cette réunion dans le but de faire sa grande révélation, de rassembler toutes les personnes concernées dans la même pièce pour enfin révéler, preuve à l'appui, l'identité de l'assassin d'Emily après toutes ces années, dans le plus pur style Agatha Christie.

– Walt aurait donc inventé le coup de téléphone de Frances demandant que la réunion se tienne à Gravesdown Hall, plutôt qu'au manoir, car il savait qu'elle était déjà morte. Pour mieux se protéger, il a dit qu'elle l'avait appelé alors qu'il se trouvait encore au village. Mon Dieu, tu as résolu le mystère, Annie !

– Je ne suis pas enchantée d'admettre que Saxon avait raison, dis-je en me mordillant la lèvre. Tout colle, c'est vrai, mais j'ai du mal à croire que Saxon ait sincèrement voulu collaborer avec moi pour éclaircir cette affaire. Je suis sûre qu'il a menti au sujet du saccage de la bibliothèque de tante Frances, j'ai encore le sentiment que je passe à côté de quelque chose d'important le concernant.

Je lâche un soupir.

– Sans compter qu'il y a maintenant un gros souci avec Walt…

Jenny laisse passer quelques secondes avant de réagir :

– Il te reste encore à prouver que c'est lui le coupable.

– Exactement, et trouver cette preuve sera le plus dur, car je soupçonne Walt d'avoir appris à se montrer habile à ce jeu-là en s'inspirant d'un maître en la matière.

Je me lève et abandonne mon banc de pierre afin de faire quelques pas pour me décontracter les jambes.

– Qui donc ? Ford ?

– Non. Frances.

32

– Quel est votre plan, exactement, Saxon ?

Nous sommes installés dans un coin faiblement éclairé de La Sorcière défunte. J'ai commandé une bière blonde, et Saxon deux doigts du single malt le plus cher de la carte, qui malgré cela n'est pas particulièrement haut de gamme. Archie Foyle et la vieille Rolls-Royce de tante Frances sont encore là, ce qui n'a rien d'étonnant. Saxon, à notre arrivée, a garé sa voiture de sport à côté de la Rolls, non sans jeter un regard perplexe sur celle-ci. Je lui ai alors offert mon sourire le plus énigmatique.

Archie a voulu se joindre à nous, quand nous sommes entrés dans le pub, mais Saxon l'a chassé comme s'il avait affaire à un terrier envahissant. Archie a haussé les épaules et s'est éloigné sans me laisser le temps de le réconforter de quelques mots.

Les cheveux coiffés en deux longues tresses françaises, je porte une veste en cuir noir bien usée sur une robe à fleurs bleu clair qui tombe jusque sur mes chevilles – résultat de nouvelles emplettes à la boutique Oxfam de la rue principale. Saxon est assis face à moi, une cheville calée sur le genou opposé, dévoilant ainsi une chaussette à losanges sous son pantalon sur mesure. Cette posture lui confère un air de grand-père amical qui ne manque pas de me surprendre.

Notre alliance est tout sauf naturelle, et je me méfie encore de lui. J'ai beau être plus que jamais convaincue que tante Frances a été assassinée par Walt, Saxon n'en reste pas moins un suspect potentiel, cela ne fait aucun doute. Encore saisie de frissons chaque fois que je repense au moment où il a surgi de mon armoire, je m'efforce de ne pas oublier ce détail. Quel que soit le jeu auquel il joue, je ne suis pas une pièce de son échiquier. Je reste son adversaire.

– Que diriez-vous de tenir un rôle d'appât ? me demande-t-il avec un sourire qui fait sonner sa question comme un défi.

– Je ne peux pas dire que cette perspective me fasse bondir de joie, dis-je, le regard glacial. Vous ne voulez pas le faire vous-même ? Quel rapport avec notre projet commun de confondre Walt, d'ailleurs ?

– J'y viendrai dans un instant, mais n'oubliez pas que les médicaments sont l'arme du crime. Je ne peux pas être l'appât, malheureusement, car la première partie de mon plan consiste à hameçonner Magda.

– Oh non, hors de question.

– Nous devons déterminer si elle possède encore des médicaments volés, déjà, mais dans l'idéal il faudrait qu'un de nous s'empare de la boîte où elle les range. C'est un récipient en plastique étanche, du genre de ceux dans lesquels on conserve les restes de repas – hermétique mais transparent.

– On ne peut pas simplement se glisser en douce dans l'ambulance, quelque chose comme ça ?

Sa réponse se limite à un regard peu enthousiaste, puis il laisse le silence se prolonger. Je reprends :

– Ma mission consiste donc à l'appeler sur le numéro qu'elle réserve à ses clients accros aux médicaments ; quand elle se présente au volant de l'ambulance, j'y grimpe pour une… une piqûre ? Vous avez conscience que je suis la pire personne qui soit pour un tel job ; je ne supporte pas la vue du sang, les hôpitaux me font paniquer et l'odeur des produits désinfectants employés par les médecins suffit à me déstabiliser.

– C'est justement pour juguler vos angoisses qu'il vous faut un peu de kétamine. Magda avalera sans problème cette fable, surtout si vous lui sortez de gros billets.

– Que je n'ai pas.

– Je vous en donnerai.

Mon malaise va grandissant. Une boîte de médicaments ne nous aidera pas à élucider le meurtre de tante Frances, et le raisonnement de Saxon est trop tiré par les cheveux pour réellement être essentiel à notre mission. Ce type me manipule, c'est évident. Il tente de me piéger mais je ne comprends pas qu'il ne se rende pas compte à quel point ça crève les yeux.

Je pourrais me rebeller car je veux déterminer quel est son véritable objectif. Veut-il me mettre hors jeu afin d'empocher seul l'héritage ? Me pousser en prison, ce qui me disqualifierait dans la course au gros lot ? Ou ses vues sont-elles plus sombres ? Peut-être guette-t-il l'occasion de me neutraliser pour m'empêcher de fouiner davantage et découvrir son implication dans le meurtre de tante Frances ?

– Et comment je fais pour voler cette boîte de médicaments, si je suis bêtement assise dans l'ambulance en faisant mine d'être une cliente de Magda ?

– Grâce à une diversion classique. Magda sera sur le qui-vive, pour ne pas être prise en flagrant délit. Je vais tout simplement tuyauter la police.

Il se rend forcément compte à quel point il est transparent. Je décide de le tester, ne serait-ce que pour entendre le prétexte qu'il a préparé :

– Génial, comme ça non seulement nous n'aurons pas mis la main sur la preuve dont nous avons besoin, mais en plus je passerai pour une droguée. Super plan, Saxon !

– Vous oubliez qu'il y a deux ambulances à Castle Knoll. Magda sera à l'écoute de la fréquence radio de la police, qu'elle laisse en permanence à volume réduit. Il sera donc capital que vous vous empariez de la boîte au moment précis où elle se précipitera à l'avant pour augmenter le volume. En prévenant la police, j'emploierai certains mots propres à son business, si bien qu'elle dressera l'oreille en les entendant à la radio. Le truc, c'est que je désignerai la mauvaise ambulance à la police, et j'attendrai dans la voiture que vous sortiez en courant de l'ambulance, la boîte de médicaments à la main.

– D'accord… dis-je, les mains sur les genoux, en regardant Saxon. Admettons que ce plan fonctionne, que nous obtenions ce que nous sommes venus chercher. Comment ensuite prouver que Walt a fait une piqûre de ce produit à tante Frances ?

Saxon se redresse et, calé contre son dossier, fait tournoyer le liquide ambré dans son verre, un bras paresseusement passé sur son accoudoir. Il affiche un air mesuré, prudent, mais en l'écoutant me livrer la suite de son plan, mon cœur s'emballe sous l'effet de l'inquiétude, jusqu'à battre aussi violemment qu'un marteau dans ma poitrine.

– Walt est assez bien organisé, sur certains aspects, mais il n'est pas très doué pour effacer ses traces – les relevés bancaires de Frances en sont un bon exemple. En ce qui nous concerne, je peux quasiment vous garantir qu'il n'a pas enfilé de gants pour manipuler cette boîte.

– Vous avez donc la certitude que ses empreintes digitales sur la boîte suffiront à l'incriminer.

Bien sûr que non…

– Celles de Magda y seront également. Par ailleurs, n'espérez pas que nous y trouverons la seringue usagée ; il ne l'a certainement pas remise dedans après avoir injecté le produit à tante Frances. L'arme du crime a probablement disparu depuis longtemps, jetée dans les égouts ou dans une poubelle d'une autre ville. Cela fait maintenant deux jours que tante Frances a été tuée ; cette seringue est sans doute déjà enfouie dans un centre de déchets à l'heure où nous parlons.

– Magda n'avait pas de mobile pour assassiner Frances, contrairement à Walt, fait remarquer Saxon.

– Je veux voir les documents dont vous parlez, les relevés bancaires qui montrent que Walt a dérobé de l'argent à tante Frances.

Saxon hausse les épaules mais saisit l'attaché-case qu'il a posé près de sa chaise et le place sur la table. Il l'ouvre et farfouille une minute dans quelques documents, puis me tend plusieurs feuilles A4 qui semblent être d'authentiques relevés bancaires de tante Frances. L'appellation Gordon, Owens & Martlock apparaît à plusieurs reprises, chaque fois à l'occasion d'un virement de cinq cents livres. De façon intéressante, la date de la première de ces opérations correspond à peu près à celle à laquelle j'ai envoyé le corps d'Emily à ma grand-tante.

– Ne traînez pas ; je veux récupérer tout ça dans une minute, m'intime Saxon sans me quitter des yeux.

Je lui lance un regard de biais, puis je sors mon téléphone et prends plusieurs photos de chaque feuillet.

– Qu'est-ce qui vous permet d'affirmer que Walt arnaquait ma grand-tante ? Les avocats coûtent cher ; ce ne sont peut-être que des honoraires ordinaires.

– Absolument pas. J'ai joint le cabinet sous le prétexte de vouloir faire appel à eux pour m'aider à préparer mon propre testament. Quand j'ai voulu me renseigner sur leurs autres prestations en tant que client potentiel, la secrétaire m'a envoyé toute une liste d'honoraires.

Je parcours de nouveau les relevés bancaires. Les sommes virées ne sont pas vraiment impressionnantes, au regard de la fortune de tante Frances, mais peut-être auraient-elles fini par constituer un joli pactole avec le temps. Quoi qu'il en soit, si Walt a surfacturé ma grand-tante, cela n'en reste pas moins du vol.

– Et donc ? Combien demandent-ils pour rédiger un testament ?

– Trois cents livres pour le tout. Ils prennent cent livres l'heure pour les autres travaux et proposent des forfaits dans certains cas. Mais bon, des virements réguliers de cinq cents livres… Joli chiffre rond, pas vrai ?

Il a raison, mais quelque chose cloche encore. Walt et tante Frances étaient très proches ; s'il avait eu besoin d'argent et qu'elle lui avait refusé ce service, cela l'aurait-il poussé à la voler ? Je sens que quelque chose m'échappe encore dans cette histoire, mais je ne vois pas quoi.

Cependant, un autre point me tracasse encore plus : si tante Frances a découvert que Walt lui volait de l'argent, était-ce pour lui une raison suffisante pour la tuer ?

Je songe au passé de Walt, chargé d'épisodes de violence ; il a frappé Emily, puis, plus tard, a foncé en voiture en direction de Londres, fou furieux, avec la ferme intention de s'en prendre à elle dans la maison de Chelsea. Si Walt a voulu tuer tante Frances, ce n'est pas pour une question d'argent, mais plutôt parce qu'elle avait découvert qu'il avait tué Emily. Tous ses démons, qu'il dissimulait au plus profond de son être depuis des années, ont alors ressurgi.

Le souci est que le meurtre a été commis avec un soin extrême, forcément. Je dévisage Saxon ; c'est lui qui a été photographié en train de remettre une boîte de médicaments volés à Magda, il a appris à magouiller au contact de son oncle et semble exceller dans l'art de planifier les choses.

Il possède des connaissances médicales, a un bon mobile et dispose des moyens nécessaires pour avoir commis le crime. Qui plus est, il ne se trouvait pas dans le bureau de Walt Gordon au moment de la mort de tante Frances.

Enfin, je lui rends ses documents. Je ne veux pas le laisser deviner que je le soupçonne mais une alternative s'offre à moi : je peux jouer le jeu, en espérant ainsi obtenir davantage de preuves, ou poliment refuser son offre et regagner Gravesdown Hall pour y chercher d'autres éléments l'impliquant. La seconde option est la plus sûre mais la première me permettrait sans doute mieux de pousser Saxon à se trahir.

On peut jouer sans plan de jeu, mais dans ce cas il est probable que l'on perde la partie.

Je prends la décision de suivre mon propre plan, afin de battre Saxon à son propre jeu.

– D'accord, mais…

Je tourne la tête vers la fenêtre en faisant mine d'être nerveuse, de ne pas trouver les bons mots.

– … on doit pouvoir trouver une façon moins dangereuse de confondre Walt, non ? En creusant du côté des relevés bancaires, de la fraude ? Nous pourrions montrer ces documents à l'inspecteur Crane, peut-être ?

– Alors ça, c'est une idée stupide, Annie. On ne peut pas donner une chance à ce policier de résoudre l'affaire avant nous !

Saxon me considère comme si j'étais une enfant idiote, ce qui est une bonne chose ; j'ai besoin qu'il me sous-estime.

– Ah oui, c'est vrai…

Sur ces mots délibérément hésitants, j'avale le fond de ma pinte de bière.

Comme s'il avait été appelé par mes pensées, l'inspecteur Crane entre à cet instant dans le pub. Saxon se raidit puis simule une indolence exagérée pour masquer son inquiétude.

Il nous a vus ensemble, Crane et moi, au manoir, et il sait que nous avons comparé nos notes sur l'affaire. Sachant combien il adore rôder et écouter aux portes, je suis prête à parier qu'il a surpris une bonne partie de nos discussions. L'inspecteur Crane nous adresse un léger hochement de la tête avant de se diriger droit vers Archie Foyle.

Fixant le fond de ma chope vide, je réfléchis à la meilleure façon de piéger Saxon. Alors que je suis plongée dans mes pensées, quelques adolescentes passent près de nous, bavardant de choses habituelles à cet âge – fringues et maquillage. Je ne prêterais guère attention à ces jeunes filles, en temps normal, mais je suis tellement immergée dans ce fameux été 1966 que je ne peux m'empêcher d'imaginer Emily, Rose et Frances. Je tends l'oreille quand l'une d'elles nous frôle :

– Il faut absolument que tu me rendes ma robe, Claire, ça fait des semaines que tu me l'as empruntée ! J'en ai besoin pour le mariage d'Andy !

M'arrachant à ces quelques secondes de rêverie, je souris à Saxon. Ma décision est prise :

– C'est d'accord, faisons comme ça. Dites-moi où et quand nous passons à l'action, et faisons tomber Walt ensemble.

33

Le soleil plonge derrière le manoir lorsque nous nous engageons sur l'allée de graviers. Saxon me lance un rapide au revoir et file s'enfermer dans sa chambre. Un rai doré brille sous la porte de celle d'Oliver ; je passe à sa hauteur sans traîner et sur la pointe des pieds.

De retour dans ma chambre, je reprends ma liste de « questions sans réponse » et me rends compte que j'ai oublié d'y inclure les billets menaçants tapés à la machine. J'écris donc :

> Menaces – qui est l'auteur des billets (1965 et 1966) (sans doute Walt), et qui a déposé ces mêmes bouts de papier dans ma chambre (mystère) ?

C'est alors que mon cœur s'emballe, mais de façon positive, excitante, avec la sensation que je tiens quelque chose de sérieux. Le premier billet semble destiné à Frances – « Mais avant de m'en prendre à toi, je m'emparerai de tout ce dont tu as toujours rêvé » – et rédigé par Emily qui lui a pris John et a été tout près de lui prendre Ford, sans oublier le bébé dont rêvait désespérément le frère de Frances.

Si j'ai d'emblée été convaincue (comme tante Frances, j'en suis certaine) que quelqu'un la menaçait en glissant ces messages dans ses poches quand elle avait le dos tourné, je suis restée sceptique quant à leur contenu, qui n'avait aucun sens à mes yeux. En effet, j'ai fini par découvrir qu'ils concernaient plutôt Emily, ce que confirment les termes employés. « Putain » et « menteuse » n'étaient pas des insultes dirigées contre Frances, que ses amis taquinaient car elle était la moins expérimentée et la plus honnête du groupe.

Emily était la destinataire du second, c'est évident, mais aussi du premier, à la réflexion, et tous deux ont été envoyés par la même personne. Je n'aurais pas été étonnée de les trouver parmi les affaires de tante Frances devenue âgée – j'en aurais déduit que ces bouts de papier faisaient partie des éléments qu'elle rassemblait dans le cadre de son enquête sur la disparition d'Emily –, mais il se trouve qu'elle les évoque déjà dans son journal, alors qu'elle n'est encore qu'une adolescente. Comment cette jeune fille a-t-elle donc mis la main sur ces messages ?

En entendant les adolescentes parler de fringues au pub, un peu plus tôt, ma mémoire a été stimulée. L'une d'elles demandait à une amie de lui rendre une robe empruntée. Cela m'a fait penser à Emily qui portait sans cesse des vêtements appartenant à Frances et l'imitait de façon étonnamment exagérée. Ces menaces ciblaient Emily, c'est une certitude. Elles n'ont atterri dans les mains de Frances que parce que Emily les a fourrées dans les poches de la robe, du pantalon ou de la veste qu'elle portait ce jour-là – et en ces deux occasions, elle portait un vêtement de Frances.

Sans même m'en rendre compte, je plonge la main dans mes propres poches, même si je n'ai acheté ma veste en cuir qu'aujourd'hui. Ce réflexe me rappelle que j'ai chipé des bouts de papier dans les poches du blazer d'Elva, le premier jour – des Post-it qu'elle avait arrachés du diagramme de meurtre et quelques autres papiers. Le cœur battant à tout rompre, je me dis que ce sont peut-être là des preuves incriminant Saxon. Je parie que c'est elle qui a déchiré mes notes et détruit mon ordinateur. Ils ont tous les deux cherché à me reprendre ce que j'avais trouvé dans les poches du blazer d'Elva, geste qui m'était complètement sorti de la tête.

Je me rue vers l'armoire, revoyant Saxon en surgir prétendant qu'il y cherchait je ne sais quoi caché depuis des années. Saxon et Elva ont tous deux fouillé ma chambre en quête de quelque chose de précis ; pourvu que Saxon n'ait pas mis la main dessus.

Mon regard se pose sur mon vieux jean roulé en boule dans un coin de l'armoire, et qui empeste pas mal.

– S'il vous plaît, pourvu que Saxon n'ait pas trouvé ces…

Je plonge la main dans les poches du jean et en ressors ces bouts de papiers pliés.

– Oui !

Je m'assieds sur le lit et parcours enfin les feuillets arrachés par Elva. Deux d'entre eux sont des Post-it sur lesquels tante Frances a écrit, et le troisième est une feuille de papier classique, avec également une note rédigée par ma grand-tante. Il s'agit d'un inventaire d'objets du manoir ayant disparu :

vieille chaîne en argent (oiseau)
vaisselle en argent – sept pièces manquantes
vieille édition rare de La Reine des neiges, *de Hans Christian Andersen*
service à thé en porcelaine – quatre pièces manquantes

Je me sens défaillir en comprenant qu'Elva n'a pas cherché à protéger Saxon. Ma première intuition était la bonne ; elle se protégeait elle-même. En effet, sous cette liste, Frances a ajouté « Elva » d'une écriture apparemment agacée. Les Post-it confirment cela ; sur le premier figurent des dates et des heures à côté des mots « visites d'Elva », tandis que sur le second est détaillé le programme des vacances de Saxon.

Mes pensées s'attardent de nouveau sur lui ; je sais sans le moindre doute que si je me retrouve dans l'ambulance de Magda pour voler la boîte contenant les médicaments, je serai arrêtée par la police qui m'accusera d'avoir voulu acheter des produits de façon illégale. Quoi que je dise pour ma défense, je n'éviterai pas un séjour en prison. Saxon pourra ainsi « officiellement » me faire disqualifier de la compétition et me priver de l'héritage. Le testament de tante Frances est limpide sur ce point.

Je sors mon téléphone et me renseigne sur des procès au cours desquels des médecins ont été condamnés pour avoir rédigé de fausses ordonnances ; aucun n'a écopé d'une peine de prison. Ils ont perdu leur droit d'exercer, ont dû s'acquitter de lourdes amendes et leur nom a été inscrit sur une sorte de liste de surveillance, mais ils n'ont pas passé une minute derrière les barreaux. Même si je suppose que cela dépend des circonstances et de la compétence de chaque avocat, ces précédents m'indiquent que Saxon n'a pas tort d'être sûr de lui. Il est certain de sortir sans dommages de cette histoire, tant que la police ne l'associe pas au cambriolage effectué au cabinet vétérinaire.

Il ne me reste donc plus qu'à me montrer plus futée que lui, ce pour quoi il va me falloir une sacrée dose de courage. J'ai encore quelques vérifications à faire avant de réellement me lancer dans le plan qui se forme peu à peu dans mon esprit, mais je devine d'avance ce que mes recherches me dévoileront. Si mon plan est probablement dangereux et stupide, rester plantée là au manoir, comme une cible placée sous le nez des chasseurs, est sans doute pire encore.

J'appelle l'inspecteur Crane, première personne au sujet de laquelle je dois vérifier un détail. Malgré l'heure tardive, il décroche dès la première sonnerie.

– Crane.

– Bonjour, inspecteur, Annie Adams à l'appareil. Désolée de vous déranger si tard, mais j'aimerais vous poser une question à propos du jour de la mort de tante Frances.

– Pas de souci, je suis sur le point d'arriver au manoir, où je remplace l'agent Evans pour la nuit. Tout va bien ? Vous êtes restée en sécurité ? Je vous ai vue au pub, avec Saxon ; soyez prudente quand vous allez là-bas.

L'inquiétude dans sa voix est presque touchante ; je ne vais certainement pas lui avouer que là-bas, à La Sorcière défunte, j'étais déjà en train de fomenter une contre-trahison à l'encontre de Saxon.

– Tout va bien, merci. Saxon voulait bavarder un peu, rien de sérieux.

Je fais de mon mieux pour garder un ton désinvolte, mais j'ai sérieusement besoin de cours de théâtre.

– Je vous appelle parce qu'un détail a titillé ma curiosité, pendant que j'essayais de faire le tri dans mes pensées.

– Toujours une bonne chose, quand on enquête. En quoi puis-je vous aider ?

– Ça va vous paraître idiot, mais… Frances avait prévu une réunion avec Saxon, Oliver et moi, n'est-ce pas ?

– Oui, bien sûr.

– Étiez-vous également convié ? Vous ou un autre policier ?

– Moi ? Non. Elle aurait eu une raison de le faire, d'après vous ?

Je prends le temps de bien réfléchir à mes mots :

– Si elle ne vous a pas appelé, c'est qu'elle n'avait pas besoin de vous au manoir ce jour-là. C'est tout ce que je souhaitais savoir, merci. À bientôt, peut-être demain matin.

– Entendu, Annie. Bonne nuit.

Je raccroche et ressors mes notes, sur lesquelles j'inscris une grosse croix à côté du nom de Walter Gordon.

Si tante Frances avait organisé la réunion pour le dénoncer, pour faire des révélations dans le plus pur style polar, en détaillant les tenants et aboutissants d'une affaire sur laquelle elle se penchait depuis soixante ans, elle aurait invité un policier. C'était là un des aspects essentiels de sa personnalité ; elle était animée d'un sens de la justice affirmé, et sa croyance en la prédiction qui lui avait été faite était presque d'ordre religieux. Si elle avait envisagé une scène de révélations classique, elle aurait convié l'inspecteur Crane.

Je fourre mes notes sous mon matelas pour la nuit, c'est plus sûr. Je songe à faire de même avec l'album photo mais il est beaucoup trop épais ; je le laisse donc dans mon sac et me glisse dans le lit.

Ne trouvant pas le sommeil, je rouvre les yeux et considère l'armoire, incapable de cesser de penser à ce que m'a dit Saxon quand il en a émergé. Je me lève d'un bond et allume ma lampe de chevet, non sans me sentir quelque peu idiote de vouloir subitement vérifier si l'armoire comporte un double fond.

Mes doigts repèrent facilement la planche du fond, qui, quand j'appuie dessus, se redresse, mue par un ressort.

M'apparaît un espace assez volumineux, équivalent à un colis Amazon de taille moyenne, dans lequel je découvre plusieurs objets enveloppés dans des torchons. En proie à une vive émotion, j'extirpe de cette cachette quatre tasses à thé, un vieux livre et sept couverts en argent. Tâtant du bout des doigts les planches poussiéreuses, je déniche encore un petit sachet en velours. Un cri m'échappe lorsque, en l'ouvrant, je fais glisser dans ma main une chaîne avec un pendentif en forme d'oiseau.

Saxon savait certainement que c'était dans cette armoire qu'Elva dissimulait ses larcins. Elle volait des objets à tante Frances, voilà au moins une chose clairement établie. Peut-être les a-t-elle laissés ici en attendant le bon moment pour les récupérer, quand elle ne risquerait plus d'être surprise ? Mais dans ce cas, pourquoi Saxon m'a-t-il révélé que l'armoire était pourvue d'un double fond ?

Peut-être se moque-t-il de cela. Il est vrai que ces vols ne représentent pas une fortune, loin de là, sans compter que ces objets n'ont même pas réellement été volés, puisqu'ils ne sont pas sortis du manoir. Bien que ne saisissant pas la raison qui a poussé Elva à chaparder ces petites choses, je me dis que ce n'est pas parce qu'elle est louche qu'elle a commis un assassinat.

Je remets le butin dans l'armoire et rabats la planche du double fond. Enfin, je regagne mon lit et éteins la lumière. J'entends des bruits de pas dans le couloir. C'est probablement l'inspecteur Crane qui vient vérifier si je suis bien dans ma chambre – au téléphone, il m'a dit qu'il était en route pour le manoir. Je vérifie tout de même que la clé est sur la commode, à côté de moi. Puis je sombre dans un sommeil angoissé parsemé de rêves de bruits de pas, de murmures et de coups frappés à ma porte.

Je me réveille peu après minuit pour faire un tour aux toilettes. En sortant de ma chambre, je manque de trébucher sur un petit paquet en forme de livre déposé devant ma porte. Je déchire aussitôt l'emballage et saisis le calepin relié de vert de tante Frances.

De retour dans mon lit, je me replonge dans le journal intime de ma grand-tante, impatiente d'en apprendre davantage, et le dévore jusqu'à la dernière page.

34

Les dossiers de Castle Knoll, 7 octobre 1966

C'est triste à dire, mais la disparition d'Emily a un temps choqué le village… puis plus du tout.

Des semaines durant, j'ai eu l'impression d'entendre les mêmes ragots, les mêmes théories, où que je me rende. Emily s'est enfuie, Emily s'est acoquinée avec un homme peu recommandable… Puis une autre hypothèse est de plus en plus souvent apparue sur les lèvres : « Elle s'est suicidée. »

Je serrais les poings chaque fois que j'entendais ces mots. Tandis que je ne cessais d'espérer voir son visage surgir parmi la foule, ici ou là au village, je me pris à me soucier de plus en plus d'Emily et de moins en moins de Castle Knoll.

Car plus je tendais l'oreille et plus j'ouvrais les yeux, plus j'en apprenais sur les habitants du village. Et tout ce que je découvrais était abominable.

Nous avions tous détesté Emily à un moment ou un autre, mais elle était sans doute le ciment qui unissait notre groupe. Après sa disparition, nous nous sommes moins vus – exception faite de Rose et moi.

Je refusais d'adresser la parole à Ford mais Rose était comme un fil électrique me reliant à Gravesdown Hall. Bill, le chauffeur de Ford, passait en effet de plus en plus de temps en compagnie de Rose. C'est ainsi qu'après tout ce temps elle devint la plus optimiste de nous deux, tandis que je ne voyais que des nuages noirs au-dessus de ma tête.

Je ne faisais plus confiance à personne, et surtout pas aux hommes liés d'une façon ou d'une autre à Gravesdown Hall. John et moi nous étions réconciliés un temps, mais ce n'était plus comme avant. Rien ne serait plus jamais comme avant.

Ford, sans se montrer trop insistant, m'envoyait de petits présents par l'intermédiaire de Bill – un livre sur l'Afghanistan, un échiquier. Chaque cadeau que je recevais de sa part renforçait ma détermination à ne plus jamais lui adresser la parole. Car les événements survenus au cours de l'été m'avaient changée en profondeur, m'avaient ouvert les yeux et fait comprendre que tout le monde avait quelque chose à cacher. Trois mois plus tôt, ces présents auraient eu sur moi l'effet voulu ; j'aurais été flattée et impressionnée. Désormais, je les considérais tels qu'ils étaient réellement – ils ne parlaient que de Ford. Il ne pensait pas à moi, en me les envoyant, mais à lui-même ; il voulait voir son image reflétée dans mon regard.

Et cela me faisait horreur.

J'eus une raison plus forte encore de haïr Ford lorsque John s'ouvrit enfin à moi à propos du jour où Walt et lui m'avaient laissée chez mon frère. Ils s'étaient tous précipités à Chelsea pour y retrouver Emily, mais personne ne l'avait jamais revue.

C'était à l'époque où John et moi tentions de nous offrir un nouveau départ ; il faisait notamment l'effort de me sortir dans des endroits raffinés. Ce jour-là, nous prenions un café sur la terrasse de l'hôtel du Château. Emily était comme un fantôme entre nous. Pendant des semaines, ni lui ni moi n'avions souhaité parler d'elle, mais nous étions incapables d'aller de l'avant avec tant de non-dits dans l'air.

John me faisait la cour d'une façon aussi protocolaire que guindée, efforts qui m'apparaissaient comme de vagues imitations de ce qu'il pensait que Ford aurait entrepris à cette place. Ford ne se serait pas comporté ainsi, en réalité, car il avait compris que cela m'aurait valu des ennuis à la maison. En effet, ma mère m'avait fait comprendre qu'elle avait enfin deviné où je filais quand je disparaissais, et qu'elle jugeait cela inapproprié. Même si elle ne manquait pas de rappeler que la famille Gravesdown avait toujours été desservie par la fortune, sa désapprobation n'était pas uniquement due à sa superstition ; elle affirmait que quelle que soit sa richesse, un gentleman digne de ce nom attendait qu'une demoiselle ait dix-huit ans avant de lui faire la cour, et ce de façon convenable.

– Et si nous commandions des parts de gâteau ? proposa John, qui tendit le bras par-dessus la table pour me prendre la main.

– Je n'ai pas spécialement faim.

Je lui concédai tout de même un faible sourire en sirotant mon café, car il s'imposait de réels efforts pour arranger les choses.

Après avoir laissé passer un moment de silence, il reprit :

– Au fait, tu es au courant ? Walt envisage de se lancer dans des études de droit.

Je fus à deux doigts de recracher ma gorgée de café :

– Walt ? Notre Walt ? La dernière fois que je l'ai vu, il était presque devenu fou à la suite de la trahison d'Emily.

– Justement, je voulais te parler de ce jour-là, murmura John, me faisant l'effet d'un marteau s'abattant. Tout est allé de travers. En réalité, j'attendais que tu me demandes ce qui s'était passé lorsque nous étions arrivés à la maison de Chelsea.

– J'avais peur. J'avais peur que tu me dises quelque chose qu'il me serait ensuite impossible d'oublier.

– Je sais. Je tenais à te révéler la vérité sur cette histoire, mais j'avais beau imaginer mille formulations différentes, il m'était impossible de ne pas impliquer quelqu'un qui, je le sais, compte beaucoup pour toi. Malgré cela, Frances, il est important que tu saches que nous ne sommes jamais parvenus à Chelsea.

– Quoi ? m'exclamai-je, incapable de dissimuler mon étonnement.

– La vieille voiture de Walt a rendu l'âme sur la route A303. Nous avons dû la pousser jusqu'à un garage, puis nous sommes rentrés à Castle Knoll en auto-stop. Le break de Walt est encore là-bas. À mon avis, c'est le fait d'être coincé chez lui ces dernières semaines qui a incité Walt à faire quelque chose de sa vie – tu connais sa famille.

– Oui, ils sont aussi malhonnêtes que le reste des habitants de Castle Knoll.

– Enfin, je ne voulais pas que tu croies que Walt et moi ayons été les dernières personnes à avoir vu Emily avant sa disparition ; en réalité, nous ne l'avons pas vue du tout, ce jour-là.

– En revanche, nous avons tous vu la Rolls-Royce sortir du village, ajoutai-je.

Je me pris la tête à deux mains, comprenant à présent pourquoi John ne m'avait pas révélé ce détail avant : les dernières personnes à avoir vu Emily étaient soit Peter et Tansy, soit Ford et Saxon.

– Je sais que je passe toujours pour un crétin plein d'amertume quand je parle de Ford, d'autant plus que je n'ai aucun droit de m'agacer à propos des personnes que tu fréquentes, étant donné ce dont je suis coupable, mais j'ai remarqué que tu t'étais éloignée de lui ces derniers temps. C'est définitif, d'après toi ?

– Rose estime que je me montre injuste et pense que je devrais lui accorder une seconde chance, mais elle n'y voit pas aussi clair que moi dans ses petits gestes. Et tu as raison, John : ce que tu viens de m'apprendre ne fait qu'empirer les choses.

– Imagine que Ford ait tué Emily, Frannie. C'est un homme puissant ; ces gars-là font ce que bon leur semble, et personne ne sourcille.

– Tu crois que justice ne sera pas faite, si Ford a tué Emily ?

– J'ai repensé à cette journée à de multiples reprises, Frances, et tu sais ce qui en ressort le plus ? dit John, la bouche réduite à un trait. Plus que la fureur de Walt, plus que les manipulations d'Emily ? Ta gentillesse. Juste avant que nous filions, tu as parlé de pardon. Tes paroles ainsi que ton expression de calme et de générosité… Cela a été un moment de paix qui a résonné en moi comme une douce musique pendant des semaines. Et depuis, je m'efforce de retrouver cette sensation.

Il poursuivit.

– Il y a quelque part dans ce monde un bébé. J'ignore s'il doit la vie aux machinations fomentées par Emily, à ma trahison ou à la lubricité de Ford, mais toi tu as mis de côté tout sentiment négatif que nous pouvions t'inspirer, afin que cette fillette puisse être un cadeau pour quelqu'un que tu aimes.

Jamais je n'avais entendu John s'exprimer de la sorte. Qui aurait cru qu'il pouvait faire preuve d'une telle éloquence ? Cela le fit remonter dans mon estime, et je l'imaginais volontiers prononcer des discours, voire se lancer dans la course à la mairie un jour.

Soudain me vint une pensée qui fit trembler mes mains ; l'amour à l'instant évoqué par John, je l'avais porté à des personnes qui peut-être en avaient profité pour commettre quelque chose d'épouvantable. Je finis par exprimer ma crainte à haute voix :

– Ou alors, j'ai été un maillon de la chaîne d'événements qui a conduit à la mort d'Emily.

– Si ça peut te rassurer, je crois davantage à la bonté de ton frère qu'à celle de Rutherford Gravesdown. Par ailleurs, tu as fait tout ton possible, vu les circonstances. Tu as agi avec élégance, c'est évident, et je tenais à ce que tu le saches.

Voyant une larme m'échapper et couler sur ma joue, John tendit la main et l'essuya du pouce.

– J'en ai perdu le sommeil, tu sais... avouai-je. Ne... Ne pas savoir ce qu'elle est devenue, mais pas seulement. C'était une fille avec mille défauts, et elle s'est comportée de façon odieuse avec moi, mais elle n'en était pas moins un être humain. Quand j'entends tout le monde au village propager des commérages à son sujet, chacun sortant des prétendues vérités qui en réalité ne sont que des ragots salaces...

– Certains de ces faits sont avérés, nuança John, qui aussitôt paru avoir honte d'avoir dit cela.

– Même dans ce cas, c'est consternant de voir les gens la réduire en pièce par leurs mots. Walt deviendra avocat s'il s'en donne la peine – alors qu'il a volé des magazines porno à la supérette et passé sa vie à tricher aux examens. Il boit, fume et jure, mais cela ne l'empêchera pas d'avoir au moins une chance d'obtenir ce qu'il souhaite. Emily aurait, elle aussi, pu bénéficier de cette chance. Elle aurait pu évoluer. Aujourd'hui, elle n'est plus qu'une histoire épouvantable que les gens se racontent.

Des rides d'inquiétude barrèrent le front de John :

– Tu as énormément de bonté en toi, Frances, mais prends garde à ce qu'elle n'entame pas ta capacité à avoir foi en autrui.

– Laura est née le 8 août, poursuivis-je, perdue dans mes pensées. C'est Emily qui lui a trouvé son prénom, tu le savais ? Peter me l'a dit ; elle a insisté, apparemment. Laura Frances Adams. Laura, comme la sœur d'Emily, et Frances... comme moi, évidemment.

John eut alors un geste de frustration qui lui est propre, se passant vivement la main dans les cheveux au point de donner l'impression de tirer dessus.

– Je vois bien que cela te flatte, Frances, et je n'oublie pas que je viens à l'instant de te conseiller de ne pas perdre foi en les gens, mais c'est peut-être par cruauté qu'Emily a donné ton prénom au bébé qu'elle a eu après avoir couché avec deux hommes qui tiennent à toi. Garde à l'esprit qu'elle était imprévisible et obsessionnelle, et qu'elle a toujours eu les yeux braqués sur toi.

– Je sais, tu me l'as déjà dit. Emily n'avait qu'une obsession, et ce n'était ni Ford ni l'argent.

– C'était toi.

– Ce n'est peut-être que justice que je sois incapable de penser à autre chose qu'elle.

– Il est possible que quelqu'un t'ait rendu service en s'en prenant à Emily.

– John ! C'est cruel de dire une chose pareille !

– Je sais, excuse-moi, mais il fallait que ce soit dit ! se défendit John, serrant plusieurs fois les poings. Même si entendre ceci te fait horreur, Emily n'aurait pas évolué comme nous en devenant adulte. Elle n'aurait pas cessé de te blesser. Walt semble s'orienter vers le droit, et moi… Tu vas rire, Frances, mais j'envisage sérieusement de me tourner vers l'Église.

– Vers l'É… bredouillai-je, cillant deux ou trois fois et doutant d'avoir bien entendu.

– Pas forcément pour devenir pasteur, mais j'aimerais me consacrer à la théologie, au moins l'étudier. C'est la seule chose dans ma vie qui m'apporte une sensation de stabilité. Je suis certain que toi aussi tu auras un jour quelque chose comme ça à quoi te raccrocher. Rose a décroché un emploi ici à l'hôtel, même si elle ne t'en a pas encore parlé. Fais mine d'être surprise quand elle te l'annoncera, d'accord ?

Mon café était froid mais j'en avalai une gorgée, histoire d'avoir quelque chose à faire avec mes mains. J'aurais dix-huit ans au printemps, et j'avais moi aussi mis un terme à ma dérive en trouvant un point d'ancrage. Mais je devinais d'avance que celui-ci ne plairait pas à John. Ce roc auquel m'accrocher était fait d'inconnu, de questions, d'hypothèses et d'énigmes ; il s'agissait d'une certaine prédiction, à laquelle j'étais déterminée à échapper.

En levant les yeux de mon café pour me plonger dans le regard clair et plein d'espoir de John, je me sentais déjà attirée par un gouffre sombre. John était si beau…

« Je vois des os desséchés dans ton avenir… »

Les complications n'avaient pas manqué, le jour où la voyante avait prononcé ces mots. N'avais-je pas négligé une partie de la prédiction, une phrase à laquelle j'aurais peut-être dû davantage prêter attention ? J'enroulai mon doigt autour de la chaîne du pendentif en forme d'oiseau que je portais encore, que je ne pouvais me résoudre à ôter.

Emily avait-elle subi le sort qui m'était réservé ? Le destin avait-il happé la mauvaise personne ?

J'embrassai alors John – j'en avais envie, une dernière fois. À dix-neuf ans, il était plus âgé que moi et tournait un peu en rond à Castle Knoll. Peut-être l'Église lui conviendrait-elle en fin de compte. À moins qu'il ne trouve son bonheur dans je ne sais quelle université loin d'ici.

Une nouvelle larme mouilla ma joue lorsque je me dégageai de son étreinte, et je crus sentir quelque chose se déchirer dans ma poitrine. Ce moment ne se résumait pas seulement à un adieu à John ; j'avais conscience qu'en agissant ainsi je me détournais de ce qu'il estimait être la meilleure part de moi-même.

J'avais pris la décision de remonter tous les fils des sombres histoires concernant Emily, de m'incruster dans le tissu de Castle Knoll afin d'en apprendre un maximum sur tous les villageois, jusqu'à un jour découvrir la vérité.

Car je savais – jamais je n'avais éprouvé une telle certitude – que nos destins, à Emily et moi, étaient liés. Il m'était impossible de me défaire de la conviction que, sous toutes les apparences, je n'étais en réalité qu'une Emily déguisée.

J'étais donc résolue à déterminer ce qui lui était arrivé, même si je devais le payer de ma vie – ce qui était hautement probable, vu la prédiction que j'avais reçue, et je l'acceptais.

35

L'éclat du soleil matinal me frappe en plein visage lorsque je le laisse envahir ma chambre avec pour fond sonore le cliquetis métallique des anneaux des rideaux. Plongée dans le journal de ma grand-tante, j'ai à peine dormi. Ma lecture achevée, j'ai relu certains passages tout en feuilletant l'album donné par Rose. J'avais ainsi presque l'impression d'entendre Frances me décrire les photos. Or, à un moment donné, des détails troublants sont apparus, comme si les clichés ne correspondaient plus au texte.

Enfin, grâce à l'effrayante clarté d'esprit qu'on ne possède qu'à 3 heures du matin, j'ai deviné ce qu'avait compris Frances en découvrant le corps d'Emily. Dès lors, les pièces manquantes n'ont cessé de s'assembler dans mon esprit, et j'ai passé le reste de la nuit, jusqu'au petit matin, à frénétiquement ajuster mon plan pour résoudre le mystère.

Après m'être vêtue à la hâte, j'adresse un hochement de tête nerveux à mon reflet dans le miroir terni fixé au mur. Je vais le faire. Je vais vraiment le faire. Je suis censée retrouver Saxon ce soir, et je sens que ce sera dur de maîtriser mes nerfs d'ici là.

Une appétissante odeur de cuisson en provenance de la cuisine fait gargouiller mon estomac. Je dévale les marches moquettées deux à deux.

– Bonjour Beth ! dis-je en débarquant dans la cuisine, avec un sourire aussi éclatant que sincère.

– Bonjour Annie ! Je viens de préparer des muffins, vous en voulez ?

– Ils sentent délicieusement bon.

Bien que pas certaine que mon estomac noué soit en état de supporter un petit déjeuner, je suis si affamée que je décide de tenter ma chance. Beth me sert un café sans même attendre que je le lui aie demandé, puis elle pose du lait et du sucre à côté de ma tasse fumante. J'en avale une longue gorgée sans y ajouter quoi que ce soit, ce qui me redonne un peu de forces.

– J'ai très envie de vous demander comment avance votre enquête, mais je ne veux pas me montrer trop curieuse, dit prudemment Beth.

Je hoche la tête, avec ce que j'espère être un air rassurant :

– Vous êtes dans une situation éprouvante, je n'en doute guère, mais ne vous en faites pas. Je fais le maximum pour que justice soit rendue au nom de tante Frances et pour que l'avenir du domaine soit assuré.

– Vous voulez dire que vous maintiendrez les choses en l'état si vous remportez la compétition imaginée par Frances ? Vous nous permettrez de conserver la ferme ?

Tandis que Beth se penche vers moi pour poser un muffin sur la table, je considère les tasses en porcelaine sans doute disposées à l'intention des autres occupants du manoir, qui auront envie d'une boisson chaude à leur réveil. Cela me fait penser à la liste d'objets disparus que j'ai prise dans la poche d'Elva ; cette demeure comprend probablement plusieurs services en porcelaine. Il y a là six tasses et six soucoupes, ce qui me semble constituer un service complet.

J'attrape une de ces tasses :

– Ma question vous paraîtra peut-être idiote, Beth, mais avez-vous jamais constaté la disparition de tasses à thé ?

Ses joues s'empourprent, et elle ne tente même pas de masquer son air coupable :

– Je les ai remises à leur place… murmura-t-elle.

Je ne cherche pas à cacher ma stupeur car l'aveu de Beth m'inquiète ; mes conclusions sur l'identité de l'assassin de tante Frances sont peut-être erronées. Beth possède les clés du manoir et a accès au cabinet de Miyuki… N'aurais-je pas mal jugé cette femme ? Alors que je voyais en elle une personne serviable soucieuse de la ferme familiale, elle a volé des objets auxquels tante Frances attachait une grande valeur.

– Il se trouve que j'ai mis la main sur une liste d'objets manquants, dis-je en l'observant attentivement. Elva a tenté de se l'approprier, probablement parce qu'elle cherchait à empocher un maximum de notes de Frances.

Beth se laisse tomber sur une chaise, face à moi.

– J'ai seulement voulu protéger Frances d'elle-même, sincèrement. Les objets que j'ai pris la stressaient car ils étaient liés à la prédiction. Même certaines fourchettes la rendaient nerveuse en raison de leurs motifs « trop royaux », pour reprendre ses mots. Elle s'en servait pourtant depuis des décennies, je ne sais pas pourquoi elle devenait de plus en plus paranoïaque. Enfin, j'ai estimé qu'elle n'y penserait plus si elle ne les voyait plus. Aucun de ces objets n'a jamais été sorti du manoir, je les ai seulement cachés.

Elle s'interrompt un instant et me dévisage.

– J'imagine que vous avez trouvé les autres, étant donné que vous avez décidé de rester dans cette chambre ?

J'acquiesce.

Beth me fait l'effet d'une femme ouverte, honnête, et j'ai du mal à l'imaginer assassinant tante Frances. Mes révélations apparues à 3 heures du matin reprenant de la vigueur, je ne vois aucun mal à répondre franchement à propos de la ferme, si l'héritage me revient.

– Je n'ai aucun désir de m'emparer de la ferme de votre famille, Beth. Et je sais quelle plante votre grand-père y cultive.

Elle écarquille les yeux une fraction de seconde mais ne fait aucun commentaire.

– Si je deviens la propriétaire du domaine, il faudra qu'il cesse cela, mais je suis disposée à l'aider à se lancer dans une autre activité rémunératrice – et légale. Je comptais déjà vous donner la Rolls, je n'en ai aucune utilité.

– Vraiment ? s'étonne Beth, enchantée. Nous vous en serions infiniment reconnaissants, nous adorons cette voiture.

– À condition que vous ne soyez ni l'un ni l'autre l'assassin de tante Frances, évidemment.

Beth s'esclaffe mais je ne plaisante qu'à moitié. Quoi qu'il en soit, j'ai quelque peu dissipé la tension ambiante et je me sens en état d'avaler quelque chose. Je décide même de tenter un coup de poker avec Beth, espérant vivement que mon instinct ne se trompe pas à son sujet :

– Au fait, pourriez-vous me rendre un service et remettre mon sac à Me Gordon ?

Je me penche sous la table et attrape mon sac à dos que j'ai posé à mes pieds – il faut que mes notes soient remises à l'avocat, au cas où tout ne se déroule pas comme prévu ce soir.

– Ce sont quelques formulaires assommants que j'ai dû signer parce que nous avons du retard dans le paiement des factures d'électricité à Chelsea.

Mon explication est bancale mais les enjeux sont trop élevés pour que je révèle toute la vérité à Beth.

– Bien sûr, accepte-t-elle en se saisissant de mon sac.

Il ne me reste plus qu'à espérer que non seulement elle le remette bien à son destinataire, mais qu'en plus elle le fasse sans tarder et en s'abstenant de l'ouvrir.

– Merci.

Je sors ensuite dans le parc, où je trouve un coin tranquille pour passer quelques coups de téléphone. Le moment est venu de lancer la phase suivante de mon plan.

Je joins dans un premier temps le cabinet médical de Castle Knoll, dont le numéro de téléphone figure sur son site Internet. Le Dr Owusu répond après la deuxième sonnerie.

– Bonjour, Annie Adams à l'appareil.

– Oh ! Bonjour Annie. Que donne cette éruption cutanée ? Elle a disparu depuis déjà quelques jours, je suppose ?

– Absolument, merci, mais je vous appelle pour tout autre chose. J'ignore à quel point tante Frances s'est confiée à vous à propos de son enquête, avant sa mort, mais elle détenait la preuve que Magda trafiquait des médicaments sur ordonnance. Je sais qu'elle se fournit par l'intermédiaire de votre cabinet, mais les dossiers de ma grand-tante indiquent qu'elle a trouvé une raison valable d'obtenir ces produits chez vous ; tout ça pour vous dire que je ne vous accuse pas d'être impliquée dans cette histoire.

Après quelques secondes de silence, j'entends comme un juron étouffé à l'autre bout du fil. Puis le Dr Owusu reprend la parole d'une voix chargée de colère contenue :

– Magda m'a parlé de changements dans la façon dont il lui fallait commander et stocker ses médicaments. Elle m'a montré des commandes et des factures qui m'ont paru OK. Et ce n'est pas comme si elle m'avait seulement réclamé de l'ocytocine ou de la morphine liquide ; la plupart des produits demandés étaient des plus ordinaires dans une ambulance – adrénaline, insuline, ce genre de choses… Vous êtes certaine de ce que vous avancez ?

– Oh oui, pas de doute.

– Dans ce cas, il faut que je prévienne Rowan, il va falloir qu'il règle ça.

– Il est déjà au courant.

En disant cela, je sens un nœud se former dans mon estomac ; jusqu'où l'inspecteur Crane a-t-il progressé dans son enquête sur la mort de tante Frances ? En ce troisième jour de compétition, il ne nous reste plus que quatre jours pour résoudre l'énigme. Ce qui n'aura aucune importance s'il solutionne le mystère dès aujourd'hui. Je ne parviens même pas à souhaiter qu'il échoue, et encore moins à me résoudre à saboter son enquête. Il ne me reste qu'à me tenir à mon plan, en espérant que j'obtiendrai ainsi les réponses plus vite que lui. Je poursuis ma conversation avec le docteur :

– J'aurais un service à vous demander. Et pour ce faire, il faudrait que vous parliez à Magda sans lui laisser croire que vous êtes au courant de son trafic. Seriez-vous prête à faire ça ? C'est pour Frances.

– Vous n'allez pas vous mettre en danger, Annie ? Si vous comptez vous jeter dans la gueule du loup, je n'aurai aucun scrupule à alerter Rowan pour qu'il vous en empêche.

– Pour qu'il résolve le meurtre avant moi ? Vous laisseriez Jessop Fields aménager le parc en je ne sais quoi qui rapporterait le plus d'argent possible, ce qui vous vaudrait la colère de tout le village ?

– N'ayez pas une si piètre opinion de Rowan. Il évolue sur un fil ; il s'efforce d'assurer la sécurité générale en faisant son boulot, tout en vous laissant libre de mener votre enquête. Si vous vous faites tuer, cela n'aidera personne.

Je fais de mon mieux pour ravaler ma nervosité une fois encore, car plus je pense à mon plan, plus il me semble stupide.

– J'aimerais simplement que vous transmettiez un petit ragot. Uniquement à Magda. Dites-lui que j'ai élucidé le mystère de la mort de Frances. Vous pouvez faire ça ?

– Vous avez identifié l'assassin ? Si tel est le cas, c'est plutôt à Walt Gordon que vous devriez parler il me semble.

– Oui, je pense avoir trouvé la clé de l'énigme, mais il me manque encore quelques éléments pour prouver que mon hypothèse est la bonne. Alors, pouvez-vous me rendre ce service ?

S'ensuit un long silence, puis un soupir :

– Bon, c'est d'accord.

– Merci.

– Je dois tout de même vous avertir que je ferai tout ce qui est en mon pouvoir pour éviter que vous ne couriez un trop gros danger, y compris raconter toute notre conversation à Rowan.

– Faites comme bon vous semble, dis-je en grimaçant.

– Vous de même, répond le docteur avant de raccrocher.

36

En me tordant les mains au rythme des cloches de l'église, je prends conscience de ma nervosité à la perspective de faire la connaissance de John Oxley. Les heures s'éternisant à Gravesdown Hall, je n'avais plus la force d'errer d'une pièce à l'autre au manoir. J'ai donc décidé qu'il était temps de cesser d'éviter l'église et les liens unissant ma famille à cet endroit. Perchée au sommet d'une pente douce, la bâtisse est comme un léger écho aux ruines du château visibles sur la colline plus imposante qui se dresse à l'autre bout du village. Je gravis lentement la côte, zigzagant entre des pierres tombales inclinées et des ifs aux branches tentaculaires.

Un groupe de fidèles sort de l'église – des femmes coiffées de chapeaux lilas ou turquoise bavardent avec des messieurs en costumes froissés. D'un regard en arrière, j'aperçois au pied de la colline une énorme robe blanche, à peine un instant, avant qu'elle ne disparaisse derrière la portière claquée d'une élégante berline noire. Le moment me semble mal choisi pour me présenter à John et lui lâcher : « Bonjour, je suis Annie. Je suis votre petite-fille ou pas ? » Je m'installe donc sur un banc, près de l'église, d'où je peux suivre la scène. Les invités se dissipent rapidement, et une file de voitures se forme en direction de l'hôtel du Château.

John est en pleine discussion avec une vieille dame mais c'est moi qu'il regarde. Il ressemble en tout point à sa photo, sur le site Internet de l'église, avec ses cheveux blancs impeccablement coiffés et sa silhouette svelte qui laisse penser qu'il reste actif. Je ne sais pas pourquoi, mais il m'évoque un joueur de tennis ou un rameur. J'essaie de l'imaginer à dix-neuf ans, rejoignant Emily en douce, menant une vie de jeune voyou qui trompe sa copine, puis j'essaie de voir le meurtrier en lui… et me rends compte avec satisfaction que cela m'est à peu près impossible.

Le second détail qui me frappe, ce sont les fleurs. Des roses, uniquement des roses, et d'un genre très particulier. Deux gros bouquets sont disposés devant l'église, et je présume que d'autres ornent l'intérieur. Toutes, jusqu'au plus minuscule bourgeon, sont de l'espèce que j'ai vue à la ferme d'Archie Foyle. Les fleurs étant fraîchement coupées, j'en déduis que le jardinier a probablement maintenu en place la tradition, après la mort de Frances, en livrant lui-même ces roses ici.

Enfin, le pasteur, qui en a terminé avec sa conversation, s'approche de moi. Je croise et décroise mes mains sans vraiment savoir jusqu'où lui confier ce que je sais de son passé.

– Je me demandais si nos chemins se rencontreraient, dit-il avec un air amical. J'ai entendu dire que vous étiez arrivée au village, mais j'étais à peu près certain que vous n'auriez aucune raison de me rendre visite. Puis-je…?

Il désigne le banc.

– Laura et ses parents n'ont jamais mis les pieds à l'église.

Son sourire est chaleureux mais presque timide. Il me dévisage longuement, sans doute en proie à mille pensées.

– Bien sûr, je vous en prie.

Que perçoit-il quand il me regarde ? Mes cheveux blonds, mes yeux légèrement écartés et mes pommettes saillantes lui évoquent-ils Emily Sparrow ? Ou simplement un vague air familier ? Maintenant que je le vois de près, je me dis que c'est peut-être à John que je dois mes pommettes et mes yeux. Peut-être est-ce pour cette raison que, lorsque j'ai vu la photo d'Emily pour la première fois, j'ai eu du mal à trouver une ressemblance entre maman et elle. Nos cheveux blonds sont le seul trait que nous avons en commun avec

Emily, notre visage tenant davantage de John. Je sens une vive chaleur se répandre dans mon sang, car je n'ai connu ni Peter, ni Tansy, ni même mon père. Et voici que ce vieux monsieur aimable me regarde avec tant d'admiration que j'ai l'impression d'être quelqu'un de remarquable, alors que je ne fais rien de particulier en dehors de rester plantée sur mon banc. Je suis exceptionnelle, à ses yeux, parce que j'existe, tout simplement.

C'est pour moi une sensation nouvelle, comparable à ce que l'on ressent lorsque retentissent les crépitements chaleureux des bûches quand on fait du feu, ou encore quand on inspire l'odeur rassurante du pain en train de cuire, même si je n'ai jamais réellement expérimenté ces deux situations. Je découvre une nouvelle définition du mot « famille » ; la vie peu conventionnelle que m'a offerte maman n'est pas amoindrie par cette révélation, néanmoins ce mot prend soudain une autre dimension pour moi.

Je n'y vais pas par quatre chemins :

– Peter et Tansy craignaient probablement que ma mère découvre que vous êtes son père biologique. Car tel est bien le cas, n'est-ce pas ?

Si ma franchise choque John, il n'en montre rien. Il lâche un soupir qui traduit un réel soulagement.

– Peter et Tansy… souffle-t-il, prenant le temps de réfléchir à ses paroles. Ils étaient très protecteurs vis-à-vis de Laura, leur fille unique, qui pour eux incarnait une sorte de point d'équilibre très fragile du bonheur. Avec le recul, je me rends compte qu'ils faisaient tout leur possible pour maintenir ce point d'équilibre. Ils n'ont plus une fois mis les pieds à l'église, après mon ordination et ma prise de poste ici. Ils s'étaient saignés aux quatre veines pour inscrire Laura à l'école privée de Little Dimber, si bien qu'elle avait très peu d'amis à Castle Knoll. Reggie Crane était sans doute son seul camarade habitant au village, mais c'était parce qu'il avait brièvement été scolarisé dans le même établissement qu'elle. Quand Peter et Tansy rendaient visite à Frances, c'était systématiquement pour un moment assez court quoique plaisant, et surtout sous surveillance.

– Comment se fait-il que vous soyez au courant de tout cela ? De l'école, des visites à tante Frances ? Et comment avez-vous su que vous étiez le père de ma mère ?

Je ne parviens pas encore à prononcer le mot « grand-père ».

– J'ai découvert que j'étais le père biologique de Laura quand Ford a réglé les frais d'un test de paternité juste après la naissance du bébé. C'était une méthode relativement nouvelle, à l'époque, mais il tenait à connaître la vérité. C'est Frances qui m'a annoncé le résultat, et cela m'a fait plaisir. Nous nous retrouvions une fois par semaine le temps d'un café. Nous avons conservé cette habitude des années durant, à vrai dire, et elle m'a constamment tenu au courant de l'évolution de la vie de Laura, puis de la vôtre. Nos rendez-vous hebdomadaires à l'hôtel du Château sont devenus une sorte de tradition.

Un sourire affectueux se dessine sur ses lèvres.

– J'ai été très attristé en apprenant sa mort, et plus encore indigné par les circonstances dans lesquelles elle est survenue.

Il cille plusieurs fois, tandis que ses yeux s'embuent, mais il ne détourne pas le regard. Et d'ajouter :

– Je n'ai jamais cessé de l'aimer.

Ne sachant que dire à cela, je reste muette un moment. Constatant que John ne porte aucune alliance, je sens comme une déchirure dans ma poitrine en l'imaginant passant toutes ces années amoureux de Frances mais contraint de la voir mener sa vie un peu trop loin de lui. Enfin, au moins leur amitié a-t-elle résisté à ces événements.

John finit par rompre le silence :

– J'ai toujours été triste de ne pas avoir révélé à Laura que j'étais son père, mais j'avais promis à Peter et Tansy de n'en rien faire, et je comprenais pourquoi ils souhaitaient qu'il en soit ainsi.

– Je suis certaine que maman serait ravie de vous rendre visite et d'entendre la vérité de votre bouche.

J'ai beaucoup de choses à révéler à ma mère, et à présent que son exposition est lancée, je n'ai plus d'excuse pour ne pas la joindre.

– J'ai lu tous les comptes rendus de ses succès dans les journaux, dit John, avec presque de la fierté dans le sourire. Et après votre naissance, Frances a pris l'habitude de me montrer des photos de vous deux lors de nos bavardages hebdomadaires autour d'un café.

Sa voix déraille quelque peu.

– C'est idiot de ma part, mais ces discussions me manqueront énormément.

– Je sais que jamais je ne remplacerai Frances, mais peut-être aimerez-vous partager des cafés avec moi ? dis-je avec une légère hésitation.

– Vous comptez vous installer à Castle Knoll ?

Le visage de John s'illumine, et l'attraction de la famille se fait si forte en moi que je saisis pleinement où je souhaite vivre.

– Absolument, dis-je avec conviction.

37

De retour au manoir, je téléphone à maman depuis le bureau de tante Frances.

– Désolée de ne pas t'avoir appelée plus tôt. Comment s'est passé le vernissage ?

– Oh, c'était formidable ! Les critiques sont élogieuses, franchement, et les tableaux se vendent très bien. Je vais même avoir de quoi louer mon propre atelier si j'en ai envie. Oh ! À ce propos, Annie, dis à l'avocat de Frances qu'il n'est pas utile qu'il continue de m'envoyer l'allocation. Je crois que quelque chose a cloché la semaine dernière ; j'ai encore reçu un chèque de deux cents livres, ce n'est pas nécessaire.

– Attends, les chèques d'allocation de tante Frances t'ont toujours été envoyés par le cabinet Gordon, Owens & Martlock ?

Tout en posant cette question, je songe aux relevés bancaires, et la brume qui recouvre l'ensemble de l'affaire se fait soudain moins opaque.

– Non, ils m'ont toujours été directement envoyés par tante Frances, jusqu'à environ une semaine avant que tu ne reçoives le courrier de convocation à la réunion. Depuis, ils me sont expédiés par le cabinet. Je n'ai pas réagi, la première fois, car mes finances étaient à sec, et tout argent est bon à prendre.

Maman s'exprime sur un ton enjoué, presque essoufflée tant elle s'emballe.

– Mais Annie, tu ne devineras jamais le prix auquel est parti un de mes tableaux ! Il a même eu droit à un article dans le *Times* ! Cela dit, ce n'est pas uniquement une question d'argent ; ma carrière est relancée. J'avais si peur que cette exposition fasse un bide, c'est un vrai bonheur de voir que tous ces gens comprennent mon art et le message que j'ai voulu transmettre avec cette expo.

Je souris, ravie d'entendre ma mère exprimer de nouveau un tel optimisme à propos de son travail.

– C'est génial, maman, j'étais sûre que ça se passerait bien.

– Enfin… Et toi ? Comment se fait-il que tu sois encore à Castle Knoll ? Saxon cherche à contester le testament de tante Frances, peut-être ? Ou bien la propriété est-elle sur le point d'être divisée ?

Je n'ai pas assez d'énergie en moi pour lui détailler ma situation, le jeu tordu dans lequel je suis empêtrée avec Saxon, mes efforts pour me montrer plus futée que lui afin que nous puissions conserver notre maison de Chelsea et que le domaine Gravesdown ne tombe pas entre les mains d'un promoteur immobilier. Les dernières volontés de tante Frances ont fait naître en moi trop d'émotions qui s'entremêlent. Après tout ce que j'ai appris au sujet d'Emily et des hauts et bas survenus en cet été où les trois amies avaient dix-sept ans, je me dis qu'il faut à tout prix que je remporte la course dans laquelle je suis lancée. Et pour ce faire, j'ai besoin d'avoir l'esprit aussi clair que possible.

– Les discussions sont encore en cours. Je reste ici pour surveiller l'évolution des choses, et je fais le maximum pour que nous puissions garder la maison. Je te rappelle bientôt, d'accord ?

Après avoir raccroché, j'ouvre les photos que j'ai prises des relevés bancaires. Ma mère a confirmé ce que j'avais remarqué en les parcourant la première fois : le premier virement anormal adressé au cabinet d'avocats est intervenu une semaine avant que je ne sois convoquée à la réunion…

le jour où tante Frances a reçu la malle que je lui avais envoyée. Le jour où elle a découvert le corps d'Emily. Le jour où tout a changé pour elle.

Elle a dû être dans tous ses états, ayant enfin retrouvé Emily après tant d'années de recherches. Je l'imagine s'agitant dans son petit bureau, avec les diagrammes aux murs, récitant sa prédiction et se laissant gagner par l'horreur de la situation.

Modifier son testament a été un acte désespéré, un réflexe dû à sa superstition dans le but de repousser la mort qu'elle savait imminente. N'importe qui d'autre que Frances aurait estimé cruel d'écarter ma mère de la succession alors qu'elle n'avait rien fait de mal. J'imagine Walt tentant de la dissuader, tandis que Beth dissimule tous les livres dont le titre comporte le mot « reine », les tasses en porcelaine à la cendre d'os, et même les fourchettes à motifs « trop royaux », tout cela pour protéger Frances de sa propre paranoïa.

Quand il a compris qu'il lui serait impossible d'empêcher Frances de modifier son testament, Walt a décidé de trouver une autre façon de soutenir maman. Laquelle ne le connaissait qu'à peine. Ces quelques chèques supplémentaires ont permis à ma mère de peindre ses derniers tableaux et d'acheter le matériel nécessaire pour l'exposition. Les yeux piquants, je cille pour étouffer mes larmes. Tante Frances avait raison – Emily n'a jamais eu la chance de devenir une meilleure personne, contrairement à tous ceux qui ont commis des erreurs cet été-là. Et Walt l'a bien compris. Aider maman était pour lui une façon de montrer qu'il aimait toujours Emily, qu'il lui pardonnait ses promesses non tenues et avait conscience de tout ce dont elle avait été privée.

Repensant à l'album de Rose, je revois une photo de tante Frances dans son manteau en laine – celui qu'elle a arraché à Emily le jour où ils se sont tous rendu compte que celle-ci était enceinte. En ajoutant à cela le fait que John et Walt ne sont jamais parvenus à Chelsea et que la Rolls

Phantom II les a doublés en trombe… Pourvu que je ne me trompe pas. Saxon n'a d'autre objectif que ruiner ma progression dans l'enquête, me ralentir et me décourager de façon que je sois plus facile à manipuler. Or Walt n'a pas tué Emily. Walt n'a même pas mis les pieds à Chelsea ce jour-là.

– Prête ?

La voix de Saxon flotte au-dessus de mon épaule. Je me retourne et le vois qui m'observe, tapi là depuis je ne sais combien de temps. Il avance d'un pas, dans un rai de la lueur du début de soirée qui s'est tant bien que mal frayé un chemin par la petite porte du bureau.

Saxon ne me demande pas pourquoi je n'ai pas mon sac à dos sur moi. J'ignore si cela doit me donner confiance, me convaincre que je peux le battre, ou s'il attend simplement le moment idéal pour jouer ses coups. Le contenu de mon sac est mon assurance, et j'ai réfléchi à la suite des événements. Il est hors de question pour moi de prendre le risque de voir tout mon travail une nouvelle fois détruit ; mes notes sont la clé de l'énigme – à condition d'atterrir dans de bonnes mains.

Je ne suis équipée que de mon téléphone et d'un mobile intraçable acheté dans une boutique située en périphérie du village et dont j'ai activé la fonction enregistrement. Acheter cet appareil m'a procuré une certaine excitation, et j'ai dû fournir un sérieux effort pour ne pas crier à la vendeuse : « Un téléphone intraçable, s'il vous plaît ! »

Jenny a pour instruction d'appeler le poste de police de Castle Knoll à 20 heures très précises pour tout leur dire. J'ai livré juste assez d'informations à Crane pour qu'il assure ma sécurité, mais pas assez pour qu'il comble les trous de son enquête et franchisse la ligne d'arrivée avant moi. J'ai bon espoir d'être en mesure de soumettre dès 20 heures à Walt les éléments dont il a besoin pour me déclarer victorieuse de la compétition décrétée par le testament de tante Frances.

– Prête, dis-je à Saxon.

Comme précédemment, je porte ma veste en cuir achetée à la boutique Oxfam, et je sens que la seule vue de ce vêtement d'occasion fait horreur à Saxon. Malgré ses efforts pour conserver un air impassible, je devine sa hâte de me flanquer hors de son manoir. Définitivement.

Nous prenons place à bord de sa voiture de sport, puis il démarre. S'ensuit un silence de quelques minutes. Je consulte « mon » téléphone : 19 h 32. Il s'agit de mon mobile intraçable ; je n'ai pas choisi un Nokia de base car je ne voulais pas risquer de me retrouver avec un appareil ne disposant que d'une mémoire limitée et d'un micro de faible qualité – il me fallait ce qui se fait de mieux en matière d'enregistrement. J'ai presque entendu mon compte en banque à découvert hurler quand j'ai acheté cet iPhone flambant neuf, que j'ai pu connecter en quelques minutes à mon compte iPhone, en tant que second appareil. Il n'est donc plus intraçable, dans les faits, mais ce terme me plaît. Par ailleurs, comme je compte passer d'un mobile à l'autre sous le nez de Saxon, il faut qu'ils soient identiques. Je marmonne un texto imaginaire en pressant la touche enregistrement de mon mobile intraçable :

– « On se retrouve dimanche pour le brunch, Jen. Bisous. »

Saxon garde les yeux sur la route, l'air calme. Je glisse mon téléphone intraçable dans une poche intérieure de ma veste, puis sors mon véritable portable et me remets à composer des textos, comme si de rien n'était.

Je m'interroge tout de même sur le timing de mon opération – peut-être me faudra-t-il faire traîner les choses – et sur le micro de mon nouveau téléphone, dont j'espère qu'il captera les conversations depuis la poche de ma veste. Une fois que je serai lancée, je n'aurai plus la possibilité de l'en sortir pour bénéficier de meilleures conditions d'enregistrement. Je suis en outre au bord de la panique quand je me dis que je me suis peut-être complètement trompée, et que je pourrais finir la soirée arrêtée pour avoir volé des médicaments.

Je suis tentée de tester Saxon davantage, de lui demander de quelle façon ce vol désignera l'assassin de Frances, mais son plan n'a jamais concerné Frances ; son unique objectif est de m'écarter de la course. Et si je me montre trop insistante, il devinera que je le soupçonne.

– Ouvrez la boîte à gants et prenez l'argent, m'intime-t-il. Magda vous le réclamera avant même de vous laisser grimper dans l'ambulance.

J'attrape une liasse de billets roulés et attachés par un élastique ; crasseux et cornés, ils me font penser à ceux qu'on voit dans les mains des toxicos dans les séries télé. Je retire l'élastique… et le visage de la reine Élisabeth m'apparaît. La prédiction faite à tante Frances s'impose vivement dans mon esprit.

Ta lente agonie débutera dès l'instant où tu tiendras la reine dans la main.

Saisie d'un frisson, je chasse mes pensées superstitieuses avant qu'elles aient raison de moi en nourrissant mon angoisse.

Je glisse l'argent dans la poche de ma veste et tourne de nouveau la tête vers Saxon. Je parie que ces billets ne comportent pas une seule de ses empreintes et qu'il a tout fait pour que les miennes s'y retrouvent – pas d'enveloppe ni de sachet en plastique.

– Dès que vous serez dans l'ambulance, Magda vous demandera ce que vous voulez. N'improvisez pas en réclamant quelque chose ne provenant pas du cabinet vétérinaire. Il faut que vous lui demandiez de la kétamine.

– Compris.

Ne pense pas aux aiguilles, ne pense pas aux seringues… Tiens bon, Annie. Pour réussir ta mission, tu dois être l'héroïne de l'histoire, Annie l'enquêtrice.

Parvenu au village, Saxon se gare sur un petit parking situé non loin de la supérette. L'endroit ne sert visiblement qu'aux employés, et Saxon ne semble pas s'inquiéter de la présence des quelques autres véhicules. J'imagine que l'ambulance sera mieux cachée à la vue de tous ; même si quelqu'un sort de la supérette pour prendre sa voiture, il ne verra qu'une ambulance stationnée et ne s'en étonnera pas.

Saxon glisse sa voiture à reculons derrière une benne à ordures, d'où nous bénéficions d'une vue sur tout le parking sans que quiconque puisse nous apercevoir, à moins de vraiment nous chercher.

– Je serai prêt à vous prendre en passant et à filer dès que vous aurez récupéré la boîte de médicaments. Si la diversion avec la radio de la police ne fonctionne pas et que Magda garde en permanence un œil sur cette boîte, contentez-vous de prendre la kétamine qu'elle vous remet, jouez le jeu d'une vente qui se déroule normalement, OK ?

C'est le moment de lui faire croire que je ne suis pas futée :

– Pourquoi je ne pourrais pas changer d'avis et demander à Magda qu'elle me rende mon argent, puis repartir sans les médicaments ?

– Parce que ça éveillerait ses soupçons. C'est ça, le truc, avec les activités illégales : une certaine réciprocité est nécessaire. Si vous trempez autant qu'elle dans cette transaction louche, elle sera convaincue que vous n'allez pas ensuite la dénoncer.

Les failles de ce raisonnement me donnent envie de ricaner, mais il faut qu'il croie que j'ai confiance en lui.

– D'accord, c'est logique.

Je me mords la lèvre en espérant que le Dr Owusu a dit à Magda que j'ai résolu le meurtre. Tout dépend du fait que cette information soit parvenue à l'urgentiste.

– C'est parfait, gardez cet air angoissé, dit-il. Faites comme si vous étiez à deux doigts de paniquer ; ainsi Magda supposera que vous n'êtes pas habituée à vous droguer aux médicaments. Donnez-moi votre téléphone, je vais composer son numéro.

Il tend la main ; c'est là que mon plan risque d'être mis à l'épreuve. Saxon est malin et veut s'assurer que je ne l'enregistre pas. Il a également l'intention de le garder quand je sortirai de la voiture.

Je sors mon iPhone, avec une expression aussi figée que du ciment, puis je l'allume en regardant Saxon droit dans les yeux, et enfin je le lui remets. Il perd un instant son air impassible car il s'attendait à une hésitation de ma part.

Il compose le numéro de Magda et branche le haut-parleur – il tient à entendre ma conversation avec elle, mais c'est à moi de parler. Je ne doute pas une seconde que Saxon a lui aussi lancé un enregistrement sur son téléphone, qui doit être dissimulé quelque part dans l'habitacle.

Quelques sonneries se succèdent.

– Urgences mineures de Magda, j'écoute.

L'inflexion légèrement chantante de sa voix indique clairement que cette ligne n'est pas celle sur laquelle on la contacte pour les urgences habituelles.

– Bonjour Magda, Annie Adams à l'appareil. On m'a conseillé d'appeler à ce numéro en cas de besoin de… d'un peu d'aide chimique…

– Je vous le confirme, dit Magda, pleine d'entrain. Avez-vous besoin de quelque chose immédiatement ? Je peux peut-être vous aider, ça dépend de ce que vous cherchez, mes réserves sont limitées en ce moment…

Saxon hoche la tête pour m'encourager, aussi je m'efforce de faire mine de me conformer à mon rôle :

– Je perds un peu la tête, avec toutes ces histoires autour du meurtre. J'aimerais quelque chose qui me calme. Auriez-vous de la K, par hasard ?

J'ai lu sur le site Urban Dictionnary qu'on ne prononce jamais ce mot quand on demande de la kétamine. Cette simple lettre, dans ma bouche, sonne faux, ce qui me donne l'impression d'être une citoyenne coincée respectueuse des lois – ce que je suis bel et bien.

– Pas de souci, je dois pouvoir vous trouver ça.

Magda me donne ensuite un montant à régler et me demande si j'ai besoin d'un peu de temps pour retirer de l'argent à un distributeur. Je lui réponds que c'est inutile, puis tout s'enchaîne très rapidement.

– Un parking du village est l'endroit idéal pour traiter ce genre d'urgence mineure, poursuit Magda. Êtes-vous dans les environs ?

– Oui, je sors tout juste de la supérette. Y a-t-il un parking par ici ?

– Juste derrière le bâtiment, ce sera parfait. Je vous retrouve là-bas dans dix minutes.

– OK, super.

Saxon met fin à la communication et empoche mon téléphone :

– Magda ne vous permettra pas de monter dans son ambulance avec un téléphone. Vous le comprenez, j'en suis sûr ; elle tient à ne prendre aucun risque. Mais ne vous en faites pas, je reste ici et j'ouvre l'œil ; le pire qui puisse vous arriver est d'être obligée d'acheter un peu de K.

Sa voix se fait nettement plus chaude lorsqu'il prononce cette fameuse lettre.

Je déglutis péniblement, la gorge soudain très sèche :

– Ouais…

Je m'efforce de contenir ma nervosité car l'ambiance s'est tendue dans l'habitacle. Plus je parais nerveuse et terrifiée, plus Saxon se focalise sur moi ; je me rassure en me disant que cela traduit le fait qu'il se sent proche de la victoire, néanmoins des signaux d'alarme retentissent dans ma tête.

– Vous allez parfaitement vous en tirer, m'affirme-t-il. Vous feriez mieux de sortir tout de suite, il ne faut pas que Magda aperçoive ma voiture.

Je saute du véhicule comme s'il était sur le point d'exploser, puis retrouve mon calme dès l'instant où l'air du crépuscule me balaie le visage. Je marche sur une trentaine de mètres. En me retournant, je me rends compte que je ne peux voir la voiture de Saxon que lorsque je me trouve dans l'angle opposé du parking. Je me décale de l'autre côté où, hors de sa vue, je plonge la main dans la poche de ma veste. L'enregistrement n'a peut-être pas capté les instructions de Saxon à travers l'épaisseur de cuir, mais je ne dispose d'aucun autre emplacement où conserver mon deuxième téléphone. Il ne me reste plus qu'à prier pour que mon stratagème fonctionne. L'écran m'indique qu'il est à présent 19 h 45 ; Jenny lancera la phase 2 de l'opération dans exactement quinze minutes. Si je n'obtiens pas ce dont j'ai besoin au cours de ce quart d'heure, je n'aurai d'autre choix que de dévoiler mes cartes, ce qui permettra à l'inspecteur Crane d'intervenir et de résoudre l'enquête. Ou pire, je porterai le chapeau pour un délit que je n'aurai pas commis, et Saxon sera victorieux quand il identifiera l'assassin de Frances. Car il y parviendra, j'en suis certaine.

J'inspire longuement en me répétant que tandis que Saxon pense me piéger, je m'attelle à piéger l'assassin de tante Frances. Je nous pousse tous vers la fin du jeu.

Je compte sur le fait que ce village se nourrit de ragots, que le business de Magda est un secret de polichinelle, en particulier parmi ceux qui la fréquentent régulièrement. Si j'ai surestimé un de ces paramètres, je vais au-devant de sérieux problèmes.

– Que fiche cette ambulance, bon sang… ?

J'ai marmonné cette phrase entre mes dents serrées. Il faut que l'ambulance apparaisse et que j'y embarque avant la fin du compte à rebours. J'aurais dû envisager un éventuel retard quand j'ai mis ma ruse au point.

Enfin, l'ambulance fait son entrée sur le parking ; je suis incapable de réprimer un petit sourire de satisfaction quand je constate que j'ai vu juste à propos d'un certain détail. Quant à Saxon, il doit être en train de jurer dans son bolide, troublé comme jamais. Après avoir rapidement vérifié que mon enregistrement est toujours en marche, je remise le téléphone dans ma poche.

– Bonjour, dis-je en voyant Joe Leroy surgir du siège conducteur.

Je fais mine d'être décontenancée.

– Mais… j'ai appelé Magda…

– Oui, je sais, je lui ai dit que je me chargeais de vous aider, me répond Joe avec un sourire amical. Elle m'a parlé d'une urgence mineure, une sorte de crise de panique, c'est ça ? Vous me semblez aller bien pourtant.

– Je… J'ai fait quelques exercices de respiration.

Je prends ma voix la plus stressée, ce qui ne me demande aucun effort, vu la situation. Mon regard s'attarde sur ses gants bleu vif et sur son air sympathique parfaitement simulé. Soudain, mon plan ne me semble plus si minutieusement préparé. J'ai fait preuve d'une terrible imprudence mais je n'ai plus aucune échappatoire. Encore un quart d'heure ! J'ai juste besoin de le faire parler pendant un quart d'heure, et avec un peu de chance j'obtiendrai ce que j'attends et me sortirai de ce traquenard.

– J'ai encore quelques vertiges. Je peux m'asseoir quelque part ?

Joe ouvre la double portière de l'ambulance. L'éclairage fluorescent frétille un instant avant de se stabiliser en une lueur douceâtre typique des hôpitaux qui me retourne l'estomac.

– Bien sûr, dit Joe, qui, me soutenant par un bras, m'aide à grimper à l'arrière du véhicule.

Ses gants chirurgicaux couinent au contact du cuir de ma veste, et des relents de produit désinfectant se mêlent à l'odeur de son après-rasage. Joe est un renard qui conduit un petit lapin terrifié dans sa tanière. Je tremble d'avance en m'installant sur le brancard couvert de papier, mais mon esprit se reprend quelque peu lorsque j'aperçois la boîte en plastique sous un tas de matériel médical face à moi ; elle correspond en tout point à la description que Saxon m'en a faite, ce qui ne me surprend pas, évidemment.

J'entends les portières qui se referment, puis Joe reprend, d'une voix professionnelle :

– Eh bien, Annie…

En tournant la tête vers lui, je me rends compte que je me suis trompée en établissant mon timing ; il n'a pas l'intention de perdre une seconde.

Brandissant déjà une seringue, il ajoute :

– Tu vas hélas succomber à une overdose, ce soir.

38

Les dossiers de Castle Knoll, 10 janvier 1967

Je me sentais probablement d'humeur généreuse, en ce premier Noël après la disparition d'Emily, car j'avais enfin accepté de me rendre à Gravesdown Hall avec Rose. J'avais deviné que Ford organisait cette soirée avec l'aide de mon amie car il avait cessé de m'offrir des cadeaux depuis septembre, préférant désormais m'envoyer des lettres. Dans ces missives aussi éloquentes qu'intéressantes, il exprimait sa curiosité à propos de moi et de mes rêves pour l'avenir. Elles avaient chaque fois quelque peu apaisé ma colère, si bien qu'à la fin du mois de septembre j'avais commencé à lui répondre, non sans hésitation. Rien de trop personnel, dans un premier temps, mais Ford avait le chic pour m'inciter à me confier davantage, talent qui avait parfois presque quelque chose d'érotique, même si bien entendu ses paroles ne l'étaient pas de façon si directe. Oh, que c'est difficile à expliquer !

Lors de cette visite à Gravesdown Hall, à Noël, je perçus la force de son affection, mais à quelques mètres de distance. J'avais la sensation qu'il me tendait de nouveau la pièce d'échecs, en me disant : « Prends la reine. » Je saisissais à présent qu'en prononçant ces mots, il m'avait proposé une place à ses côtés, loin de se contenter de simplement citer une phrase de la prédiction de la voyante. Je m'étais intérieurement réprimandée, lors de notre première rencontre, jugeant idiot d'imaginer que je puisse l'intéresser de cette façon. Par la suite, après avoir appris qu'il avait couché avec Emily, je m'étais servi de cette vision d'eux ensemble pour m'aider à le chasser de mes pensées.

Durant tout le mois d'octobre, j'avais continué de craindre qu'il ait tué Emily, jusqu'au jour où je me fis la réflexion que je pouvais saisir la reine et la placer sur l'échiquier. En effet, me rapprocher de Ford pouvait m'aider à déterminer quel avait été le sort d'Emily.

Cependant, je n'oubliais pas qu'il était capital que je garde la tête froide. Ainsi, chaque fois qu'il parvenait à toucher mon cœur, je le visualisais en compagnie d'Emily sur le grand tapis, devant la cheminée de la salle à manger – car je m'étais toujours demandé quel effet cela ferait de passer un moment avec Ford sur ce tapis à longs poils. C'était là mon égarement le plus honteux, aussi y associais-je Emily – l'imaginant avec Ford, bras et jambes entremêlés, et manigançant quelque stratagème, comme d'habitude – afin de faire éclater cette vision. Cela m'aidait à rester froide avec Ford et à garder en tête le fait qu'Emily n'avait pas forcément autant contrôlé Ford qu'elle l'avait cru.

Car s'il avait voulu une autre femme, il lui aurait été facile de satisfaire ce désir.

Or voilà qu'il me parlait de solitude dans ses lettres, en des termes splendides. Dépourvue du moindre défaut, son écriture masculine dénotait un réel effort à chaque ligne. J'ai conservé toutes ces lettres, bien entendu.

En novembre, Rose ne ménagea pas ses efforts pour m'empêcher de penser à Emily. Je soupçonne John de lui avoir écrit, depuis le séminaire où il étudiait, afin de lui signaler que je parlais trop de prédiction et de meurtre.

Je pris donc la décision de ne plus aborder ces sujets avec eux, ce qui ne fit que renforcer ma solitude.

En décembre, les réserves que j'éprouvais à l'encontre de Ford s'étaient quelque peu dissipées, tandis que ses lettres constituaient comme un déversoir pour nos secrets. Ford me jura que Saxon et lui n'avaient pas séjourné à Chelsea en compagnie d'Emily, contrairement à ce que Saxon avait affirmé à Rose l'été précédent. Saxon avait menti ; ils avaient bel et bien visité plusieurs pensionnats.

Il prit l'habitude de commencer ses lettres par « Frances, ma chérie » et de les conclure par « Affectueusement ». Il disait avoir très envie de me revoir mais m'avouait sa nervosité à cette perspective, après tout ce temps. Et après tous les événements survenus. Je ne l'avais pas revu depuis ce jour d'avril où nous avions laissé Emily à la maison de Chelsea. À mesure que le temps s'écoulait, il m'était de plus en plus difficile de les imaginer ensemble. Plus je connaissais Ford, moins il me semblait plausible qu'il ait pu être intéressé par Emily.

J'étais de plus en plus convaincue qu'il avait su la voir telle qu'elle était, tout comme il savait qui j'étais vraiment, et c'est cela qui fut l'élément déclencheur de mon destin, qui me poussa vers lui.

– Ne te complique pas la vie avec tes cheveux, Frances, me conseilla ma mère en me voyant m'échiner à les nouer en chignon. S'il les aime lâchés dans le dos, laisse-les ainsi.

Elle avait changé son fusil d'épaule dès lors que Ford s'était mis à m'écrire, comportement qu'elle jugeait respectable. Cette habitude était quelque peu démodée mais lui rappelait sa jeunesse. Elle m'avait expliqué que mon père et elle s'étaient écrits pendant la guerre, alors que les jeunes d'aujourd'hui n'appréciaient pas les romances qui prenaient leur temps, comme il se doit. Je lui avais permis de lire une de ces lettres (une des premières, dans laquelle il m'interrogeait sur mes promenades et mes fleurs préférées), et on aurait dit que Ford l'avait elle aussi séduite.

– J'essaie une coiffure un peu plus sophistiquée, lui répondis-je. C'est une soirée de Noël, tout de même.

Ma mère tira sur l'ourlet de ma robe de velours verte, contrariée que je l'aie raccourcie mais fournissant un gros effort pour ne pas faire de commentaire.

– S'il te demande ce que tu souhaites boire, demande-lui un cocktail à base de champagne, mais n'en prends pas plus d'un. Il y aura certainement du vin à table, et il ne faut pas que tu sois trop pompette. Je veux que son chauffeur t'ait reconduite ici à minuit au plus tard, et je me moque que tu ne sois plus une enfant. Avec ce qui s'est produit l'été dernier…

Elle fronça un peu plus les sourcils.

– Si tu dois fréquenter un homme si riche et qui porte un titre de noblesse, il faut que votre relation soit irréprochable.

– Oui, bien sûr, convins-je tandis qu'une vague de chaleur se propageait en moi.

Rose sonna à la porte ; quelques secondes plus tard, elle était à côté de moi, s'extasiant sur ma coiffure, ma robe et la couleur de mon rouge à lèvres. Ma mère s'étant absentée un instant pour aller chercher mon manteau, je tendis le tube à Rose, qui le passa soigneusement sur ses lèvres et les pinça en se regardant dans mon miroir pour s'assurer que le rouge ne déborde pas.

– Embrasse Ford ce soir, Frannie ; quand j'embrasserai Bill, nos baisers seront comme des échos jumeaux, avec le même rouge à lèvres.

– Tu en fais vraiment des tonnes, Rose ! m'esclaffai-je.

– Il m'a demandée en mariage, figure-toi !

Elle avait prononcé ces mots à voix basse mais ses joues avaient rougi.

– Rose ! m'écriai-je en souriant.

Elle poussa un petit cri et me serra la main.

– Et tu as dit oui, bien sûr ?

– J'ai dit que j'accepterais, mais seulement quand Ford et toi seriez mariés.

Je conservai une expression relativement mesurée car je connaissais bien Rose ; elle était heureuse et voulait m'entraîner avec elle dans son bonheur. C'était une délicate attention, mais elle ne comprenait pas tout ce que j'endurais. J'avais d'ailleurs le sentiment que personne ne me comprenait à cette époque, même si quelque chose me disait que ce n'était pas tout à fait exact.

– N'accroche pas ton bonheur au mien, Rose, je t'en prie. Je ne sais pas du tout où j'en suis avec Ford, la situation est vraiment complexe.

– Tout va se régler très bientôt, je le sens. D'ici là, Bill viendra te chercher pour te conduire au manoir quand tu le souhaiteras. Ford permet à Bill de me servir de chauffeur quand j'en ai envie, c'est fantastique ! J'ai presque l'impression que c'est notre voiture. Et attends un peu de voir le sapin de Noël de Ford. Je crois qu'il a un peu exagéré pour nous, mais c'est parce qu'il ne t'a pas vue depuis longtemps. Il est nerveux, Frannie. Il t'aime sincèrement.

– Nous ne serons que tous les quatre ? Ce n'est pas bizarre d'inviter son chauffeur à une soirée de Noël ?

– Ça ne trouble pas le moins du monde Ford. Tant que tu es heureuse, il est heureux. Et il sait que tu ne serais pas venue sans moi.

Je souris et acquiesçai :

– Je suis ravie que tu sois là. Avec Bill, nous formerons un petit groupe très sympathique.

– Ce n'est peut-être pas très habituel mais Ford fait de gros efforts, Frances.

Ma mère fit son retour quelque peu agitée, mon imperméable beige dans les mains :

– Je ne trouve plus ton manteau d'hiver, Frances. Celui avec les boutons dorés.

– Oh, ça fait une éternité que je l'ai perdu, répondis-je en m'efforçant de ne pas y penser plus longtemps. Je ne sais plus où je l'ai fourré.

– Avec quoi te couvres-tu cet hiver ? Je suis prête à jurer t'avoir vue avec ce manteau.

– Non, c'est celui de Rose, mais je l'ai oublié à l'hôtel hier quand je suis allée y prendre un café. Ne t'en fais pas, ça va aller.

– L'autre commençait à être vieux, j'imagine, sans compter que sa coupe trop ample n'était pas très flatteuse, me dit ma mère en me tendant mon imperméable. Tu ne resteras pas bien longtemps dehors de toute façon. Je vais tâcher de te trouver un manteau mieux coupé, peut-être avec une ceinture.

– Merci maman, dis-je avant de déposer un baiser sur sa joue.

Bras dessus bras dessous, Rose et moi sortîmes de la maison vers la chaleur de la Rolls-Royce, tandis que Bill s'en extirpait pour nous aider à nous installer.

Rose avait vu juste à propos du sapin de Noël de Gravesdown Hall ; une véritable tour d'élégantes lumières s'élevait au centre de la salle à manger, presque jusqu'au plafond en voûte. L'étoile de cristal qui ornait sa cime effleurait le bas du lustre, baiser à coup sûr minutieusement calculé.

Un feu brûlait dans les deux cheminées de la pièce, de chaque côté, mais il ne faisait pas trop chaud. Bill avait disparu le temps de garer la voiture et ensuite de se changer.

– Il a insisté, m'expliqua Rose. Il tient à avoir une allure d'invité. Ford lui avait pourtant dit de ne pas s'embêter à enfiler sa livrée de chauffeur pour aller nous chercher.

Des domestiques nouvellement embauchés allaient et venaient sans bruit. L'un d'eux me débarrassa de mon imperméable, tandis qu'un autre me proposait du champagne sur un plateau en argent, sans un mot. Rose et moi prîmes chacune une coupe, pour ensuite contempler l'arbre de Noël.

– Je suis hypnotisée par les lumières de ce sapin, dis-je.

– Je suis ravi qu'il te plaise, intervint Ford dans mon dos.

Il avait pris une voix feutrée, pour ne pas me faire sursauter, mais elle n'en était pas moins chargée d'une électricité qui fit instantanément accélérer mon pouls.

Je me retournai et découvris un regard pétillant nuancé d'un sourire tout en douceur. Je lus de la nervosité dans ses yeux, mais également de l'espoir, ce qui était assez désarmant. Quand il m'embrassa sur la joue pour me saluer, je ne pus m'empêcher d'inspirer l'odeur de son après-rasage.

– Bonjour… murmurai-je.

La soirée se poursuivit de façon plus décontractée après deux coupes de champagne.

C'est bien pour cela que les gens apprécient le champagne, je suppose ? Quoi qu'il en soit, très vite des détails chics tels que petits-fours et caviar me parurent aller de soi. Plus enjouée que d'ordinaire, la conversation s'animait en rythme avec les crépitements des deux âtres. Après le dîner, Ford posa un instant la main dans le creux de mon dos au moment de passer de la salle à manger à la bibliothèque, où du café et des petits-fours nous attendaient sur des plateaux en argent. Deux canapés avaient été disposés autour d'une table basse ; cette modification de l'agencement de la pièce obéissait manifestement à une intention précise : Ford avait décidé de faire de cet endroit un lieu de divertissement, et plus une cachette.

– Le nouveau décor de la bibliothèque te plaît-il, Frances ? me demanda Ford comme s'il avait lu dans mes pensées.

Balayant la pièce du regard, je remarquai les bouquets près des fenêtres et les couleurs des nouveaux rideaux, et soudain j'eus un sursaut en comprenant ce qui avait vraiment changé. Cette pièce était comme un reflet de moi-même : Ford avait décliné en ce lieu les traits de ma personnalité que j'avais dévoilés dans mes lettres. Tandis que Rose me regardait, rayonnante, je laissai mes sentiments apparaître sur mon visage ; être observée à ce point avait quelque chose de troublant.

Je tournai la tête vers Ford et me rendis compte qu'il me donnait également la sensation d'être désirée.

– C'est charmant, répondis-je. Je me suis toujours sentie à l'aise dans cette pièce, plus que n'importe où dans le manoir.

C'est alors que Ford se pencha vers moi et m'embrassa, d'un mouvement vif mais aussi doux et surprenant. J'entendis dans le même temps Rose embrasser Bill, sur l'autre canapé, ce qui m'agaça légèrement ; ce moment était le mien, pas celui de Rose. Jamais je n'aurais dû lui permettre de m'emprunter mon rouge à lèvres.

Quand Ford se redressa, ses épaules se décrispèrent enfin. Il ferma les yeux un moment, avec un sourire satisfait. Il avait négligemment passé un bras sur le dossier du canapé, derrière moi, mais sans me toucher.

– J'ai un cadeau pour toi, Frances, m'annonça-t-il en rouvrant les yeux.

Il fit un geste à peine perceptible en direction de la porte de la bibliothèque, qui provoqua l'entrée d'un domestique portant une grosse boîte rectangulaire dont le couvercle était traversé par un épais ruban doré. J'eus un instant d'hésitation lorsqu'elle fut déposée sur mes genoux.

– Vas-y, ouvre-la ! m'encouragea Rose en me rassurant d'un sourire.

Je soulevai le couvercle et découvris, sous quelques couches de tissu si fines qu'elles m'évoquèrent des ailes de papillon, un luxueux manteau en laine doublé de fourrure. M'attardant sur sa couleur vert profond, je compris qu'il avait été choisi pour faire ressortir mes yeux.

– Il est magnifique, soufflai-je.

J'étais vraiment sincère. Je le sortis de la boîte ; il était assez lourd, certainement très chaud, mais je devinais sa coupe très chic et l'élégance qu'il me conférerait quand je le porterais. Classique sans être démodé.

Ford me sourit et leva sa coupe dans ma direction :

– Pour remplacer celui que tu as perdu.

Sur ces mots, il vida sa coupe d'une longue gorgée.

39

– Ne t'en fais pas Annie, je tenterai vaguement de te ressusciter, dit Joe. Malheureusement, tu es peu habituée à te droguer et tu as avalé trop de médicaments, et trop rapidement. Pauvre petite chose. Si seulement nous avions été prévenus plus tôt…

D'instinct, je recule dans l'ambulance. La double portière, dans le dos de Joe, est comme un mur dont le volume limité m'apparaît soudain, qui nous enferme dans l'habitacle. Entre le brancard et les tiroirs emplis de matériel, les seringues et les bouteilles d'oxygène, il n'y a ici nulle part où je peux me tenir hors de portée du bras de l'urgentiste. La gorge serrée, je me rends à l'évidence ; ce n'est qu'en passant par les portières avant que j'ai une chance de lui échapper. J'essaie de ne pas trop regarder la seringue dans la main de Joe, tandis qu'il s'approche de moi, mais il faut tout de même que je la garde à l'œil pour l'esquiver. J'étais loin de me douter qu'il en arriverait là, pourtant j'aurais dû l'envisager. Quand on tente de coincer un tueur, les chances d'être soi-même tué dans la manœuvre grimpent en flèche. Or c'est précisément au moyen d'une injection que Joe a déjà commis un meurtre.

Si j'ai fini par deviner que c'était lui l'assassin, c'est grâce aux fleurs mais aussi grâce à certains détails fournis par Frances dans son journal, notamment l'identité de la personne au volant de la Rolls-Royce en route pour Chelsea, le jour de la disparition d'Emily. Deux éléments qui m'ont indiqué à quel point ces deux meurtres étaient liés. Tante

Frances était si accrochée émotionnellement à Ford, et à ce qu'Emily réussisse ou non à le convaincre de la reprendre auprès de lui, qu'elle en a naturellement déduit que Ford se précipitait à Chelsea pour la retrouver.

En réalité, elle a seulement vu son chauffeur au volant de la Rolls. Bill Leroy.

Un passage du journal de Frances a fait surgir en moi les réponses aux dernières questions en suspens : « *Ford permet à Bill de me servir de chauffeur quand j'en ai envie, c'est fantastique ! J'ai presque l'impression que c'est notre voiture.* »

Alors que ma panique menace de prendre le dessus à tout instant, j'essaie de garder l'esprit clair. Si je fais de l'hyperventilation en pensant à la seringue, à l'odeur qui règne dans l'ambulance et au danger qui pèse sur ma vie, je risque de perdre connaissance, ce qui ne fera que faciliter les choses pour Joe.

Penser à tante Frances et à l'acte odieux commis par Joe m'aide à conserver une certaine concentration. Je m'appuie sur ces visions, je les titille comme on gratte une croûte, je m'en sers pour garder mon calme.

– Comment va Rose, au fait ?

Ma voix est à la fois étouffée et stridente, mais il est important que je fasse enrager Joe, car les gens furieux parlent plus facilement.

– Comment encaisse-t-elle ce que vous avez fait à sa meilleure amie ? Frances était tout pour elle, pas vrai Joe ? Plus que ça, Frances était une obsession pour Rose, bien plus que pour Emily.

– J'ai libéré ma mère, Annabelle, crache Joe, tel un serpent venimeux. Tu n'as pas la moindre idée de l'effet qu'ont eu sur elle ces années de fixation sur Frances. Elle mourait à petit feu, jour après jour, en voyant Frances obsédée par cette foutue Emily Sparrow. Ma mère a rendu à Frances le plus grand service de son existence en faisant en sorte qu'Emily ne la fasse plus jamais souffrir. Protéger ceux qu'on aime est un comportement logique quand on a du caractère ! Or Frances était en train d'anéantir ma mère. Il était temps pour moi de la protéger.

Il se penche vers moi et m'agrippe le bras, mais le cuir épais de ma veste me permet de me dégager de son emprise en sortant mon bras de la manche. Je passe à l'avant de l'ambulance, en quête du klaxon ou de la radio, et j'entends mon téléphone qui s'échappe de la poche de mon blouson et tombe quelque part dans l'habitacle.

Une main se referme sur mon bras nu et me tire en arrière. Je suis aussitôt immobilisée par une clé d'étranglement, plaquée contre le torse de Joe, avec une seringue pointée vers ma gorge. Je manque de m'étouffer en avalant ma salive.

– Joe... La police arrive...

– Tu racontes n'importe quoi, lâche-t-il.

Il décide tout de même de passer à la vitesse supérieure. Estimant que je ne me tiendrai pas assez tranquille pour lui permettre de m'injecter le médicament, il pose la seringue à côté de lui et ouvre une boîte de matériel médical, tout cela sans desserrer sa clé autour de mon cou. J'ai beau me débattre de toutes mes forces, rien n'y fait ; je suis incapable de me libérer.

– Frances ne s'est pas rebellée, au moins ! aboie-t-il. Ne m'oblige pas à t'assommer !

– Frances pensait avoir été empoisonnée par de la ciguë, dis-je d'une voix rauque.

Son emprise se relâche légèrement tandis qu'il farfouille dans la boîte.

– Vous lui avez envoyé ce bouquet en sachant qu'elle paniquerait et vous appellerait au secours ! Vous saviez qu'elle vous faciliterait la tâche tant elle était paranoïaque à propos de son assassinat à venir ! Vous vous êtes servi de sa plus grande terreur pour la tuer.

Enfin, je parviens à donner un coup de coude dans les côtes de Joe, ce qui ne l'empêche pas de me retourner face à lui puis de m'allonger de force sur le brancard. Son genou s'abat si violemment sur ma poitrine que je crois sentir une côte craquer.

– Ne bouge plus Annie, tout sera bientôt terminé.

Sa voix est affreusement plate. Je pousse un cri qui se révèle beaucoup plus faible que ce que j'espérais. J'aurais dû hurler plusieurs minutes auparavant, mais j'étais si focalisée sur mon objectif de pousser Joe à avouer qu'il a tué Frances que j'en ai oublié le bon sens.

– J'ai envoyé toutes mes conclusions à la police. Ils sont en route, je ne vous ai pas menti en disant ça.

– Je ne vois pas par quel miracle tu aurais pu tout comprendre, siffle Joe.

J'ai les bras libres, mais son genou, toujours plaqué sur ma poitrine, m'empêche de respirer. Je lui griffe la jambe, puis je tente de lui agripper le bras tandis qu'il saisit mon poignet. Je me défends d'un coup de pied qui ne fend que le vide – son autre jambe lui sert de point d'appui et lui offre même davantage d'effet de levier pour enfoncer plus profondément son genou dans mon sternum.

– Tu as simplement deviné la vérité ! braille-t-il. Tu n'as rien contre moi ! Ça m'étonnerait que tu aies trouvé une preuve que Frances a mis soixante ans à dénicher, et qui t'aurait permis de faire le lien entre sa mort et moi.

– Lâchez-moi alors, si je n'ai aucune preuve !

Haletante, je vois apparaître des points blancs scintillants, ce qui m'indique que je suis au bord de l'évanouissement. En plus de la douleur atroce que j'endure, j'ai l'impression que je vais vomir. Clouée par mon agresseur, je sens que mes membres se font de plus en plus lourds. Voyant Joe baisser la main vers ma gorge, j'ai un faible mouvement de recul, comprenant avec une épouvantable certitude qu'il ne me reste peut-être que moins d'une minute à vivre. Je ne suis plus qu'une poupée de chiffon, ma carcasse maigrichonne ne me conférant aucun avantage dans ce corps-à-corps. Les joues ruisselantes de larmes, je suis indignée d'avoir été si facilement maîtrisée. Joe n'a plus qu'à serrer ma gorge et c'en sera terminé de moi.

– Il est trop tard pour que je te laisse repartir, me répond-il. Ma mère va enfin se remettre de cette histoire. Elle a trop souffert pendant toutes ces années, cette salope de Frances lui a fait vivre un enfer ! Emily, Emily… Tout tournait toujours autour d'Emily ! Frances n'a jamais compris combien ma mère se dévouait pour elle, quel aurait été leur bonheur à toutes les deux si seulement elle avait su renoncer à sa stupide quête de justice. Ma mère n'oubliait jamais de célébrer un anniversaire, une date marquante, un événement significatif pour Frances, qui quant à elle ne lui offrait rien en retour. C'est ma mère qui a tenu la main de Frances quand elle a pleuré son mari décédé. Et que s'est-il passé quand mon père est mort, d'après toi ? Frances s'est contentée de lui envoyer un de ses stupides bouquets de fleurs ! Des fleurs, tu te rends compte ! Après tout ce qu'elles avaient vécu ensemble ! Après tous les sacrifices consentis par ma mère pour la débarrasser d'Emily, et par la suite pour s'assurer que Frances ne soit pas obsédée par cette idiote de Laura et ses tableaux prétentieux ! Figure-toi que Frances passait un temps fou à détailler les toiles brouillonnes envoyées par Laura, perdant presque la tête à force de chercher je ne sais quelle symbolique suggérée par « la bonne fille ».

Mes pensées divaguent en de curieux recoins tandis que je lutte pour aspirer de l'air. Heureusement, à force de jacasser, Joe a légèrement relâché son emprise sur ma gorge. Parmi une avalanche de visions, je me revois sortir le tableau de maman du tiroir verrouillé. Je prends ainsi conscience que tante Frances aimait vraiment ma mère et comprends à quel point Rose a ruiné leur relation.

Joe raffermit sa prise, ce qui me vaut un haut-le-cœur.

– Et n'imagine pas que j'aie été assez naïf pour croire que Frances n'aurait pas dénoncé ma mère à la police ! Elle s'apprêtait à le faire, ce n'était qu'une question de jours.

– Que… Comment avez-vous su… que Frances…

Chaque mot qui sort de ma bouche est comme un hématome, mais je prie pour que 20 heures sonnent sans trop tarder. Il suffit que je tienne le coup jusqu'à ce que l'inspecteur Crane reçoive un certain coup de téléphone. Et Saxon ! Si Saxon a prévu de me piéger, de m'écarter de la course à l'héritage en me faisant arrêter pour avoir acheté des médicaments en douce, la police est peut-être déjà en route. Les poumons encore un peu plus écrasés, je lâche une grimace en songeant que je me suis peut-être trompée à son sujet. Jenny, en contactant Crane, lui dira simplement ce que j'ai découvert et où je me trouve, sans savoir qu'il est urgent d'intervenir. Et même si l'inspecteur apprend d'une façon ou d'une autre que je me suis fourrée dans une situation plus que délicate, il lui faudra plusieurs minutes pour me rejoindre. Or je ne dispose sans doute pas d'un tel délai.

– Frances a tout raconté à ma mère, me répond Joe. Elle lui a dit ce qu'elle avait découvert, et ça a été le début de la fin pour maman qui a commencé à perdre les pédales. C'est alors que j'ai compris qu'elle ne connaîtrait pas le repos tant que Frances serait de ce monde. Elle mérite de vivre en paix !

Il m'a crié cette dernière phrase en plein visage ; j'enrage en pensant que son haleine écœurante sera peut-être mon ultime souvenir avant que ma vie m'échappe.

– Ma mère n'a pas connu un instant de sérénité depuis l'âge de dix-sept ans, depuis qu'elle a constaté que Frances n'appréciait pas à sa juste valeur ce qu'elle avait fait pour elle en la débarrassant d'Emily. Toute ma vie, j'ai vu Frances omniprésente dans les pensées et les inquiétudes de ma mère. Il fallait que ça cesse.

Sa voix se fissure et son visage se crispe sous l'effet de l'émotion.

– Il fallait que je mette un terme à tout ça…

Il a baissé d'un ton, mais les sanglots qui étouffent ses mots me semblent encore plus dangereux que ses hurlements.

– Vos empreintes digitales sur… sur la batterie de la Rolls, dis-je, à demi étouffée.

Joe écarquille les yeux, et la pression de son genou diminue légèrement.

– Votre père était le chauffeur de…

Je tousse. Sa main glisse de ma gorge, ce dont je profite pour inspirer une grande bouffée d'air, puis une autre, plus hésitante, tout en luttant pour cracher mes mots :

– Vous saviez comment procéder. Vous avez empêché Frances de s'enfuir en débranchant la batterie de sa voiture, tout simplement. Elle a essayé de la démarrer sans succès, le matin de sa mort, raison pour laquelle elle a demandé à Walt de nous faire venir au manoir. La police trouvera vos empreintes sur la batterie.

– Non, impossible, j'avais enfilé des gants, se défend Joe, tout de même gagné par l'inquiétude.

Se ressaisissant, il appuie de nouveau sur ma poitrine avec son genou. Je tente de crier mais n'émets qu'un son à peine audible.

Il y a encore une chose que j'aimerais savoir, un dernier détail que je n'ai pas encore expliqué :

– À qui… avez-vous demandé de livrer les fleurs ?

Le visage de Joe à seulement quelques centimètres du mien, son regard me brûle littéralement.

– Elva, me répond-il.

Je ne peux plus respirer, et je pense à l'extrême stupidité dont j'ai fait preuve. Je sens quelque chose s'enrouler autour de mon bras, une sorte de bande de caoutchouc qui coupe ma circulation sanguine, ce qui fait ressurgir du fond de ma mémoire d'horribles souvenirs de prises de sang. La vision brouillée, je tente de bouger le bras pour esquiver la seringue de Joe, hélas mon corps me semble aussi lourd que du plomb. J'entends encore une dernière phrase :

– Tu t'es fourrée toute seule dans le pétrin, Annie, exactement comme Frances…

Je sens une pointe percer ma peau. Curieusement, c'est ma phobie des aiguilles qui enfin déclenche une étincelle de panique dans tout mon corps, un électrochoc à l'effet toutefois très bref car je sens que ma conscience menace déjà de déclarer forfait, une fois encore. Sans plus d'hésitation, je passe à l'action.

Joe est si concentré sur mon bras – qu'il s'efforce d'immobiliser afin de m'administrer mon overdose –, qu'il s'est quelque peu déséquilibré en se penchant sur moi ; sa prise sur mon autre bras s'est par conséquent relâchée. Son genou a même glissé de ma poitrine, ce qui me permet de le frapper en redressant brusquement une jambe. Le choc suffit à le faire basculer d'un côté du brancard.

Je sais qu'il va se relever dans une seconde, mais ce coup de pied m'a demandé toutes mes forces, et mon esprit épuisé rend les armes. Je me demande si le grincement de la double portière de l'ambulance est un effet de mon imagination… avant de sombrer dans les ténèbres.

40

Le visage de Walt m'apparaît en premier, comme à travers un panneau de verre embué. Je suis encore allongée sur le brancard, et Joe est affalé sur le sol de l'ambulance. Voyant qu'il cherche à se rétablir, Walt passe un bras sous mes épaules. Beth l'aide à me faire sortir du véhicule avant que Joe ait eu le temps de se relever, mais je ne vois pas quelle personne claque la double portière du véhicule pour y enfermer Joe.

J'avais raison à propos de l'inspecteur Crane : les quelques minutes nécessaires pour intervenir étaient de trop. En effet, ce n'est que maintenant, alors que je m'effondre sur la chaussée, que des voitures de police surgissent en rugissant sur le parking. Mon soulagement, en les apercevant, chasse quelque peu ma panique, néanmoins du sang s'écoule de mon bras ; je perds de nouveau connaissance en découvrant la longue égratignure due à la seringue qui a raclé ma peau dans la bataille.

Jamais je ne m'étais évanouie à deux reprises en si peu de temps ; une abominable sensation d'écœurement me surprend lorsque je reviens à moi pour la seconde fois. La voix de l'inspecteur me fait l'effet d'un grondement car j'ai l'oreille plaquée contre son torse. Il sent bon le linge propre et un reste d'eau de Cologne terreuse. Je remue légèrement en entendant quelqu'un qui s'adresse vivement à lui.

– Pas à l'hôpital, bon sang ! Pourquoi faudrait-il… Oh, pardon Annie, je n'aurais pas dû dire « sang ».

Il s'agit de Beth, dans tous ses états, qui grimace quand elle se rend compte qu'elle a prononcé une deuxième fois ce mot. Et d'ajouter :

– J'essaie seulement de les convaincre de vous conduire en un lieu confortable où vous ne risquez pas de paniquer.

– Ça va aller… dis-je, la bouche sèche.

Au moment où je tourne la tête, de la bile monte dans ma gorge. Sans même me laisser le temps d'en concevoir la moindre humiliation, quelques secondes plus tard, l'inspecteur me tient la tête par l'arrière pendant que je vomis sur le parking. Je suis toujours assise sur ses genoux, ce qui ne fait que me couvrir d'un peu plus de honte.

– Soyez rassurée, Joe n'a pas eu le temps de vous injecter quoi que ce soit, me dit-il. Notre premier réflexe a été de chercher la seringue ; elle était encore pleine.

– Ne me parlez plus de seringue, je vous en prie…

Voyant Beth sortir un mouchoir en coton – repassé ! – de son sac à main, je secoue la tête car je me sens trop répugnante pour toucher tant de délicatesse. Secouer la tête se révèle être une très mauvaise idée ; c'est reparti pour un tour. L'inspecteur Crane me tient de nouveau comme une biche blessée pendant que je vomis pour la deuxième fois.

Le parking est baigné des lueurs bleutées des véhicules de police, et je devine qu'ils vont examiner l'ambulance pendant des heures, car c'est bien plus que l'endroit où on a tenté d'assassiner Annie Adams. Magda est assise à l'arrière d'une voiture de police, et Joe dans une autre.

Je trouve la force de murmurer à l'inspecteur :

– Que va devenir Rose ?

– Nous en parlerons quand vous vous sentirez mieux.

Beth, à présent au téléphone et faisant quelques pas, interrompt sa conversation lorsque nos regards se croisent :

– Le Dr Owusu est d'accord pour vous examiner à l'endroit qui vous sera le plus confortable.

– Puis-je retourner au manoir de tante Frances, dans ce cas ?

– Bien sûr, répond Crane.

Je passe un bras sur son épaule, dans l'intention de m'appuyer sur lui pour me diriger jusqu'à une voiture, mais il est plus fort qu'il n'en a l'air et me porte dans ses bras. Je suis un peu ennuyée de tenir ce rôle de demoiselle en détresse mais je ne peux pas y faire grand-chose. Il m'installe en douceur sur le siège passager de la voiture de Beth, qui me conduit à Gravesdown Hall. Walt et Crane nous suivent. Au manoir, je mets un point d'honneur à boitiller sans assistance pour gagner la bibliothèque.

Ce n'est qu'à ce moment que je me rends compte que Saxon a disparu de la circulation. Après l'arrestation de Joe et Magda, je m'attendais à le voir réclamer sa « moitié » de l'héritage en citant l'accord plus que douteux que nous avons conclu quand il m'a proposé de m'associer avec lui. Peut-être a-t-il été placé dans un autre véhicule de police par l'inspecteur Crane, à cause des photos prouvant son implication dans le trafic de médicaments de Magda.

Beth récupère tous les oreillers du manoir et les empile sur le canapé de la bibliothèque, où l'on m'ordonne de m'allonger. Walt prend place derrière le grand bureau, comme le premier jour, son attaché-case ouvert et mon sac à dos posé juste à côté. Il me faut ensuite subir l'examen du Dr Owusu, qui me prescrit une radio de la poitrine et insiste pour que j'accepte d'être soignée même si ça ne me plaît pas.

Archie Foyle lui-même est également présent, assis à côté d'un Oliver Gordon visiblement tiraillé entre plusieurs sentiments.

– J'aimerais croire que Frances n'a jamais eu l'intention que quiconque se mette en danger en essayant de résoudre l'énigme de son meurtre, Annie, dit Walt. Peut-être imaginait-elle que toute l'affaire serait résolue comme dans un polar, qu'à la fin de la semaine nous nous réunirions tous dans une pièce où le nom de l'assassin serait révélé, ou encore que l'inspecteur surgirait et mettrait un terme au jeu en livrant la solution avant vous tous.

Walt jette un sourire suffisant à Crane car, au bout du compte, c'est sa réactivité qui m'a sauvé la vie ; en effet, j'ai seulement demandé à Beth de lui remettre mon sac à dos, sans lui faire part de l'urgence de la situation.

– Or je connaissais suffisamment Frances pour savoir quelles proportions avait pris sa paranoïa, poursuit l'avocat. J'aurais dû le comprendre au cours des jours qui ont précédé son assassinat, quand elle s'est hâtée de modifier son testament pour vous y inclure, convaincue que vous étiez l'héroïne invincible dans cette histoire, la « bonne fille » qui lui rendrait justice. Je suis navré que cette disposition ait failli vous coûter la vie ; si j'avais le pouvoir de retourner dans le passé pour changer les choses, je le ferais.

– Ce n'est pas votre faute, et je ne reproche rien non plus à tante Frances. Je dois uniquement à mon tempérament de m'être si pleinement investie dans cette enquête. Par ailleurs, tante Frances ne soupçonnait pas Joe de vouloir la tuer ; elle ne l'a compris que trop tard. À mon avis, elle supposait qu'il ignorait tout à propos d'Emily et de ce qu'avait fait Rose. N'ayant pas de preuve que Joe avait assassiné Frances, j'ai dû me confronter à lui. Je ne pouvais pas me contenter de l'accuser devant vous tous, il aurait tout nié.

– Revenez un peu en arrière, s'il vous plaît Annie, me demande l'inspecteur Crane. Comment avez-vous deviné que Rose avait tué Emily ?

– Grâce au journal de ma grand-tante, essentiellement, mais aussi grâce à la voiture, au manteau et à l'album photo.

– Pouvez-vous être plus précise ? Car personne ici, en dehors de Walt peut-être, ne sait quel a été le cheminement de la pensée de Frances.

– La question importante n'était pas de savoir qui avait tué Emily Sparrow, même si c'était également un point à ne pas négliger. La clé était de comprendre pourquoi tante Frances avait soudainement fait la lumière sur toute l'affaire.

Je m'interromps, le temps d'avaler une gorgée du verre d'eau que me tend l'inspecteur Crane.

– Je m'étonnais depuis un bon moment des nombreuses références aux vêtements de tante Frances, dans son journal. Rose ne cessait de parler d'Emily chipant les affaires de Frances et cherchant à l'imiter. J'ai peu à peu compris, à travers cette fixation sur les vêtements dans ces pages, que l'amitié qui unissait les trois amies avait quelque chose de toxique. Emily a pris le manteau de Frances et, fidèle à elle-même, s'est procuré un revolver. Si elle a laissé entendre qu'elle s'était munie d'une arme pour tromper l'ennui, je pense qu'en réalité elle voulait se protéger car elle recevait des menaces anonymes depuis plusieurs mois.

– Des menaces de la part de Rose ?

– Je reviendrai plus tard sur ce point, mais oui, c'était bien Rose. Enfin, le manteau, surtout, me tracassait ; Emily a été tuée avec le revolver fourré dans la poche du manteau en laine de Frances. Tout s'est enfin éclairci pour moi lorsque Rose m'a donné l'album photo. C'était surtout Rose, et non Emily, qui portait souvent les vêtements de Frances – notamment un tas de frusques d'hiver que Frances a remis à Rose le jour où elle a voulu filer en douce à Chelsea, au lieu de désherber le jardin de sa voisine. Sa mère la surveillait car c'était sa punition pour avoir fait le mur afin de retrouver Ford à Gravesdown Hall.

– Rose a donc récupéré le manteau, mais comment s'y est-elle prise pour se rendre à Chelsea ? demande Beth.

– Lors de ma première lecture de la scène au cours de laquelle la voiture de Ford est aperçue passant à hauteur de la maison de Peter et Tansy, j'ai déduit sans y réfléchir que Ford et Saxon se trouvaient sur la banquette arrière. Or Frances dit seulement avoir vu Bill au volant, ce qui n'a rien d'extraordinaire. Puis j'ai lu que Bill avait l'autorisation de conduire Rose dans cette même voiture quand bon lui semblait. Ce jour-là, Bill a mené Rose à Chelsea.

– Bill était donc complice de ce meurtre, d'après vous ? m'interroge Crane.

Je me mordille la lèvre en méditant sur ce point. Walt en profite pour intervenir :

– Je doute que Bill ait eu connaissance de ce que Rose avait en tête. Vu ce que je sais de leur relation, j'imagine qu'il a sagement patienté dans la voiture si elle le lui a demandé.

Je reprends :

– Bill a donc conduit Rose à la maison de Chelsea, où elle a tué Emily et dissimulé son cadavre dans une malle, à la cave, avec le manteau et l'arme du crime. Ford et Saxon constituaient la seule variable que j'avais du mal à préciser, car Saxon m'avait confié qu'ils n'avaient trouvé personne quand ils s'étaient rendus à Chelsea. Puis je me suis rappelé que Ford ne conduisait jamais la Rolls, lui préférant sa Mercedes, plus moderne. Saxon faisait tout son possible pour m'induire en erreur dès qu'il était question d'Emily Sparrow.

J'avise l'inspecteur, qui m'adresse un léger hochement de la tête.

– J'ai alors compris que Saxon se donnait un mal de chien pour m'aiguiller sur de fausses pistes. Pendant un temps, j'ai cru qu'il protégeait la mémoire de son oncle, ou peut-être sa propre personne, alors qu'il cherchait avant tout à m'embrouiller.

– Emily a pourtant dit à John qu'elle avait oublié quelque chose à la maison de Chelsea, et c'est ce qui a tout déclenché, soulève Walt. Dans vos notes, cette question reste sans réponse. Avez-vous depuis compris pourquoi Emily était retournée là-bas ?

– John croyait qu'Emily sous-entendait qu'elle comptait récupérer Laura, l'arracher à Peter et Tansy, mais la vérité était beaucoup plus simple : elle avait oublié sa machine à écrire, celle que ses parents lui avaient offerte pour son séjour à Londres. Or je sais que cette machine n'est jamais retournée à Castle Knoll car je l'ai trouvée il y a des années dans la maison de Chelsea ; je l'ai même installée dans ma chambre pour m'amuser avec. La description du boîtier – en plastique et à motif écossais – dans le journal de tante Frances correspond en tout point à celui dans lequel j'ai trouvé cette machine à écrire. La mère d'Emily s'est certainement étonnée de la voir rentrer sans son outil de travail, à son premier retour à Castle Knoll. Quand Emily s'est précipitée à Chelsea, la gouvernante était sur le point de s'en aller en fermant la maison. Rose a trouvé le prétexte idéal pour éloigner Mme Blanchard ; Bill l'attendant dans la voiture, il pouvait la reconduire à Castle Knoll, lui évitant ainsi de prendre le train. Rose l'envoya donc le rejoindre dans la Rolls pendant qu'elle bavardait avec Emily, promettant de fermer la maison avant de les retrouver.

– La gouvernante et Bill ne se sont pas étonnés de voir Rose ressortir de la maison sans Emily ? s'enquiert Oliver.

Surprise de le voir s'intéresser à l'affaire, je constate qu'il me dévisage avec stupeur, voire admiration, comme si j'étais une magicienne en pleine action. Peut-être est-il vraiment attaché à Castle Knoll, après tout ; peut-être dissimule-t-il ce sentiment sous un vernis de nonchalance pour mieux supporter la terrible position dans laquelle l'a placé tante Frances. Je marque une pause et l'observe un instant.

– Le stationnement devant la maison de Chelsea… murmure-t-il.

– Enfin vous pensez comme un promoteur immobilier, dis-je en souriant.

– Le stationnement est très limité dans cette rue, et je suppose que c'était déjà le cas à l'époque. Bill Leroy n'a pas pu rester garé devant la maison plus d'une minute – peut-être pas même une seconde. Il a forcément dû trouver une place plus bas, tout au bout de la rue.

– Exactement, agrée-je, heureuse de voir Oliver se redresser, content de lui. Cela a donné le temps à Rose de verrouiller la maison et de retrouver Bill et la gouvernante seule en leur expliquant qu'Emily avait décidé de faire son

Emily – assister à un spectacle, faire du shopping, prendre un train plus tard dans la journée, peu importe.

– Mais comment a-t-elle caché le corps si rapidement ? s'étonne Crane. Et nettoyé les inévitables taches de sang ?

Son regard braqué sur moi me freine quelque peu dans mon élan. Il ne cherche pas à faire capoter mon raisonnement, son expression indique un réel intérêt, mais je me rends compte que j'ai brièvement oublié que je n'étais pas le chef, dans cette histoire.

Walt saisit l'occasion d'intervenir :

– Ce n'est qu'une supposition, et l'inspecteur devra passer au peigne fin la cave de la maison de Chelsea afin d'en avoir le cœur net, mais je pense que Rose a tué Emily dans ce sous-sol. Elle seule sait pour quelle raison elles y sont descendues, si telle est la vérité, mais c'est le scénario le plus probable.

Un détail me revient soudain :

– Il y a une canalisation d'évacuation dans la cave ! C'est d'ailleurs une des raisons pour lesquelles ma mère aimait y peindre. Si elle a fait gicler du sang en tuant Emily, Rose n'a eu qu'à verser quelques seaux d'eau au sol pour tout nettoyer assez rapidement.

Un silence s'abat dans la pièce car je n'ai plus rien à ajouter. Je suis exténuée mais soulagée que justice soit faite pour tante Frances et Emily Sparrow. Et presque fière que ce soit grâce à moi.

En regardant par la fenêtre les pelouses vallonnées du parc, j'éprouve soudain une pointe de culpabilité envers Archie Foyle et sa famille. Je me tourne vers Beth :

– Je suis désolée… J'ai fait de mon mieux mais j'ai été contrainte d'impliquer la police, en fin de compte. J'ai peur que cela signe la ruine de tout le monde. Jessop Fields va intervenir et le domaine sera converti en parcours de golf.

– Pourquoi dites-vous cela ? s'étonne Oliver, devançant Beth.

Walt se racle la gorge. Nous nous tournons tous vers lui et l'observons attentivement tandis qu'il manipule quelques documents dans son attaché-case.

– Je crois que vous oubliez les directives de Frances, Annie ; c'est moi qui aurai le dernier mot pour déterminer qui a officiellement élucidé son assassinat. Et c'est vous, cela va sans dire.

Beth laisse échapper un petit cri de joie. De mon côté, je ne peux que cligner des yeux en m'efforçant de me faire à l'idée que cet énorme héritage me revient.

J'éprouve en premier lieu un immense soulagement ; maman pourra conserver la maison de Chelsea qu'elle aime tant. J'ai d'ailleurs moi aussi envie de protéger cette demeure dans laquelle j'ai passé mon enfance à dénicher des objets bizarres au fond des placards, comme de vieilles boîtes de cire coiffante ou des boutons de manchettes. C'est d'ailleurs vers cette époque que j'ai commencé à imaginer les histoires des fantômes ayant abandonné ces choses. Maintenant que j'entrevois la vérité, j'ai d'autant plus envie de préserver cette maison.

Peut-être devrons-nous définitivement condamner le sous-sol, et maman louera un studio professionnel ailleurs.

Je constate aussi, et non sans surprise, que je suis un peu triste de toucher cet héritage, car cela semble souligner le fait que tante Frances est partie pour toujours. Tant que son meurtre restait à élucider, elle a été ma compagne de tous les instants. J'ai fouiné partout dans le manoir, à la recherche d'indices relatifs à sa vie et à sa mort. Même si je ne m'en suis pas rendu compte sur le moment, je ne crois pas avoir été attirée dans cette affaire par le mystère de la mort d'Emily Sparrow, pas plus que par la mission consistant à découvrir ce qui était arrivé à tante Frances.

En réalité, j'ai été attirée par le mystère de tante Frances elle-même, par sa vie, ses amours et ses innombrables obsessions. Son tempérament circonspect et ses observations pertinentes m'ont parlé. J'ai vu en elle une femme qui se connaissait si bien que c'en était catastrophique, un défaut qui ne m'est pas étranger. Et l'espace d'un instant, j'ai failli hériter de son destin, en plus de sa fortune.

J'expire lentement en saisissant que j'étais bel et bien la bonne fille. J'ai rendu justice à tante Frances, ainsi qu'à Emily, ma grand-mère biologique. Cela me confère une forme de satisfaction paisible, même si j'ai également hérité de la douleur de la perte d'Emily Sparrow et de l'indignation face à cette vie trop tôt interrompue.

Tout le monde me félicite mais je remarque que l'inspecteur Crane m'observe attentivement ; je me sens rassurée de voir qu'au moins une personne dans la pièce a compris qu'il me faut un moment pour faire le deuil de cette aventure. Car je n'ai connu tante Frances qu'après l'avoir perdue.

Je traverse la bibliothèque jusqu'aux étagères, derrière le bureau, où se trouve encore l'échiquier. Je me saisis d'une reine et me rapproche de Walt, puis je pose la pièce au milieu du bureau. Je prends une longue inspiration et, tout en contenant mes larmes, je m'efforce de trouver les mots justes :

– La priorité est de lui faire nos adieux de façon convenable. Et je veux que tout le village soit présent. Je veux que tout le monde sache combien ils se sont trompés à son sujet. Je veux qu'ils comprennent à quel point c'était une femme extraordinaire.

41

– Mon Dieu, cet endroit me donnait la chair de poule autrefois, dit maman, sur la pelouse de Gravesdown Hall.

Cela fait deux semaines que j'ai élucidé le meurtre de tante Frances, et le soleil d'août a cédé la place à celui des premiers jours de septembre. Raffolant des fraîches journées d'automne, je me sens pleine d'énergie à l'idée de vivre celles qui approchent à Castle Knoll. J'imagine la pelouse parsemée de feuilles jaunes, puis couverte de givre en hiver.

– Je ne suis venue ici que quelques fois mais ce manoir me semble aujourd'hui plus accueillant, poursuit ma mère.

Elle tripote une des longues chaînes qu'elle porte au cou, ce qui fait tinter ses breloques, tel un carillon portatif.

– Le fait que je n'aie plus sept ans, persuadée qu'Archie Foyle me coupera les doigts avec sa cisaille si je commets une bêtise, y est sans doute pour quelque chose.

Elle frissonne.

– Saxon me terrifiait avec toutes sortes de mensonges quand je venais ici ; c'était un adolescent très étrange.

– C'est épouvantable de dire ça à un enfant.

– D'après les récits de tante Frances, Saxon n'a lui-même pas vraiment vécu une enfance ordinaire ; je lui en veux donc un peu moins.

Elle se frotte les bras, comme si l'air s'était soudain rafraîchi, alors qu'il fait si chaud que je rêve de voir l'arrosage automatique se mettre en route, comme une petite fille.

Après avoir mis ma mère au parfum des événements survenus durant mon séjour au manoir, un de mes premiers gestes a été de lui faire lire le journal de tante Frances. Elle a pris son temps pour le parcourir et, quand elle en a eu terminé, a refusé d'en discuter avec moi. Ce n'est que depuis quelques jours qu'elle accepte de revoir son passé sous un jour nouveau. Sa peinture l'aide à digérer tout cela, me semble-t-il. Elle n'a jamais été du genre à confier ses émotions, préférant les exprimer en images pour les partager.

– Cela étant, c'était diabolique de sa part de te pousser à acheter des médicaments de façon illégale.

Elva n'a pas été inquiétée par rapport à la mort de tante Frances, pour la simple raison qu'elle a éclairci le doute qui planait sur elle sans aucun souci ; Joe l'avait chargée de déposer les fleurs au manoir, prétendant qu'elles avaient été livrées par erreur à l'hôtel alors qu'elles étaient destinées à Frances, envoyées par un expéditeur anonyme.

C'était habile de la part de Joe car Elva se rendait souvent au manoir ; Frances aurait ainsi supposé que le bouquet était de sa part. Elva se montrait très respectueuse vis-à-vis de Frances, ne manquant jamais de flatter la femme qui pouvait céder à son époux l'héritage dû ; elle n'aurait ainsi pas rectifié la supposition de Frances. C'est également pour cette raison qu'Elva n'a pas appelé la police quand nous avons découvert le corps de tante Frances ; comprenant ce qui s'était passé, elle a craint d'être impliquée dans l'assassinat.

Alors que je m'attendais à ce que Saxon m'évite et ne paraisse plus au manoir, il n'en a rien été. Après avoir été condamné à une peine de prison à la suite des délits commis dans le cadre du trafic de médicaments, il a fait appel et n'a finalement eu qu'à s'acquitter d'une lourde amende et effectuer quelques travaux d'intérêt général. Il met un point d'honneur à me rendre visite de temps à autre mais je le tiens à l'œil car je doute fort qu'il ait dit son dernier mot avec moi.

Fidèle à ma promesse, j'ai cédé la Rolls-Royce à la famille Foyle. Archie a démonté les serres tunnels mais j'ai préféré ne pas lui demander ce qu'il a fait de tous ses plants de marijuana. Il a décidé de prendre sa retraite de jardinier, expliquant qu'il n'avait continué de travailler jusque-là que parce que les fleurs étaient si importantes pour tante Frances. Il s'attelle à présent à aménager une des autres granges en atelier pour son hobby, à savoir la restauration de voitures anciennes. C'est avec plaisir que j'ai investi dans sa nouvelle affaire ; à mon avis, il avait seulement besoin que quelqu'un lui donne un coup de pouce. Il n'avait simplement pas choisi la bonne activité pour être soutenu par tante Frances.

– Ne te fais pas trop de souci à propos de Saxon, dis-je à ma mère.

Elle n'est pas au fait de tous les détails de mon plan pour devancer Saxon et ignore que cela m'a presque valu d'être tuée. Inutile de l'inquiéter pour rien. Cela dit, elle a elle aussi son côté aventurière, mais plutôt en se glissant en douce dans une salle de spectacle pendant l'entracte ou en me mettant au défi de draguer un barman avec un accent français – rien qui mette sa vie en danger. Elle ne pourrait pas comprendre ma détermination à identifier l'assassin de tante Frances. J'ajoute, pour la rassurer :

– L'inspecteur Crane le surveille de près en ce moment.

– Tiens, en parlant du loup…

La voiture de l'inspecteur remonte lentement l'allée de graviers, et je constate que Walt est installé sur le siège passager. Je me tourne vers ma mère :

– Tu es certaine de ne pas vouloir nous accompagner ?

L'inspecteur Crane s'apprête à me conduire à l'institution où Rose a été placée après avoir été déclarée inapte à être jugée. J'ai hésité mais je pense qu'une visite là-bas m'aidera à me convaincre que cette histoire s'est conclue de la meilleure façon possible. À tourner la page, pourrait-on dire. Cependant, l'inspecteur Crane a pris soin de m'avertir que voir Rose ne m'apporterait pas forcément cela.

Je comprends ce qu'il a voulu dire ; voir une femme dont la vie a à ce point volé en éclats n'aura rien de satisfaisant. Elle a tué une amie, puis son fils a assassiné sa meilleure amie. Je ne sais pas vraiment ce que j'attends de cette entrevue avec Rose, mais elle me semble tout de même nécessaire.

– Certaine, me répond maman. Je préfère aller faire la connaissance de John. C'est la meilleure façon d'aller de l'avant pour moi, me semble-t-il.

– Je comprends… Oh ! J'allais oublier.

Je fouille dans le sac en toile que je porte en bandoulière et dans lequel j'ai fourré des stylos et des calepins, au cas où j'aie besoin d'écrire quelques réflexions à propos de ma rencontre avec Rose. J'ai commencé à relater mes propres aventures, comme tante Frances avant moi, et cela m'est très utile pour prendre conscience que mon histoire est vivante, qu'elle ne cesse de tourner et de se retourner sur elle-même. En racontant sa vie, on remonte dans le passé et on en découvre un sens qui nous a totalement échappé sur le moment.

Je lui tends l'épais dossier sur lequel figure le nom de mon père :

– Tiens, c'est pour toi. Tu m'as demandé de le récupérer. Je l'ai vaguement feuilleté mais, à la réflexion, je n'ai pas trop envie de savoir ce qui est dit là-dedans, pour l'instant.

Elle considère la chemise, puis un sourire triste se dessine sur son visage :

– D'accord, je le garde jusqu'à ce que tu aies envie de t'y plonger, parce que tu sais, Annie…

– Oui ?

– Ton père ne doit pas être très loin, et ce n'est pas un individu très recommandable. Maintenant qu'on a parlé de nous dans les journaux, je parie qu'il va réapparaître.

J'ai déjà songé à ce détail mais je ne réponds rien. Le retour en grâce de ma mère sur la scène artistique a déjà été largement commenté, puis mon aventure a également fait la une des médias internationaux.

Que j'aie élucidé deux meurtres et au passage hérité d'un manoir est déjà une nouvelle en soi, amplifiée par le fait qu'une des victimes était ma grand-mère que je n'ai pas connue. Les titres des journaux ont coulé de source : ANNIE ADAMS : COMMENT LA PETITE-FILLE SECRÈTE D'UNE ADOLESCENTE ASSASSINÉE A CHAMBOULÉ SON VILLAGE.

– Tu prévois de revenir ici pour le dîner ?

Ma mère soupire avant de me répondre :

– Je préfère retourner dans mon nouvel atelier. Je filerai directement, si ça ne te dérange pas. Mais je serai présente en octobre, pour les obsèques, je te le promets.

Walt s'approche de nous à pas prudents avec un air nostalgique, quand son regard se pose sur ma mère. Je ne peux pas lui en vouloir car maman est en quelque sorte la fille qu'il n'a jamais eue, ou du moins un écho de la femme qu'il a aimée et perdue. En se tournant vers moi, il écarquille brièvement les yeux en découvrant mon tee-shirt d'occasion – j'ai repris la tenue achetée à la boutique Oxfam de Castle Knoll au cours de mon premier séjour ici : la jupe en velours et le tee-shirt délavé dont on distingue à peine l'inscription « Les Kinks : concert à Kelvin Hall, Glasgow, 1967 ».

– Je croyais m'être débarrassé de ce tee-shirt, marmonne-t-il, rougissant même légèrement.

– Je l'ai déniché à la boutique Oxfam, dis-je avec fierté. J'ai toujours adoré leur tube *You Really Got Me*.

Walt acquiesce en riant :

– Je suis content qu'il vous revienne, alors.

– Si vous en avez d'autres, je serai ravie de vous en délester, dis-je en souriant.

– Il me reste peut-être encore un tee-shirt de Pink Floyd quelque part. Oliver n'a jamais su l'apprécier, je verrai si je le retrouve. Ce serait bien de lui offrir une deuxième vie.

Je songe un instant à le remercier d'avoir envoyé les chèques qui nous ont bien aidées, maman et moi, même si cela n'a duré que quelques jours. Il a pris cette initiative sans en parler à tante Frances car il désapprouvait ses choix. Je pense qu'il voulait seulement aider la famille d'Emily, un modeste coup de pouce, mais je décide finalement qu'il vaut mieux le laisser croire que j'ignore qu'il est à l'origine de ces dons.

Après un silence un peu gênant, l'inspecteur Crane me jette un regard entendu :

– Nous ferions mieux d'y aller, Annie, si nous voulons être à l'heure là-bas. Ils ont mis en place ce rendez-vous spécialement pour nous, ne le manquons pas.

– Allons-y.

Voûtée et craintive, Rose est assise à la petite table, face à Crane et moi. Elle regarde davantage l'inspecteur, avec une étrange confiance dans les yeux ; il semblerait qu'elle l'apprécie. Son expression change chaque fois qu'elle tourne la tête vers moi, mais son visage n'exprime jamais très longtemps la même émotion. On dirait qu'elle ne sait pas vraiment qui je suis, laquelle des deux femmes qui lui ont fait du tort.

Un thérapeute est installé à côté d'elle, un quadragénaire que j'imagine chargé de défendre ses droits mais également de la calmer si nécessaire.

Je ne sais pas par où commencer.

– Merci d'avoir accepté de nous recevoir, dis-je enfin, bien que sachant qu'elle n'a pas eu le choix. Ça me fait plaisir de vous revoir.

Ce qui n'est pas le cas.

Heureusement, Crane perçoit ma gêne et prend le relais. Je ne suis présente que parce qu'il m'a permis de l'accompagner, après tout. Et s'il a été autorisé à interroger Rose, c'est uniquement en tant qu'inspecteur chargé de clore les deux affaires de meurtre.

– Bonjour Rose, dit-il. Nous avons pensé qu'une petite discussion serait utile, juste pour faire le point et éclaircir certaines choses. Personne ne vous obligera à confier des détails que vous préférez garder secrets. À présent que vous avez tout avoué et sachant qu'il n'y aura aucun procès, nous estimons que bavarder un peu pourrait aider à refermer quelques anciennes blessures. Qu'en pensez-vous ?

Rose tourne la tête vers moi et change de position – elle s'affaisse comme si tout l'air de ses poumons avait soudain été expulsé.

– Je voulais t'aimer, dit-elle. J'ai essayé mais tu ne m'as pas facilité la tâche.

Je ne saurais dire si elle s'adresse à Emily, à maman ou à moi. Alors que j'avais pensé éprouver de la colère à son encontre, je suis aux prises avec des émotions très contradictoires. Rose avait dix-sept ans quand elle a tué Emily. Je crois que j'ai seulement envie de savoir si elle regrette cet acte.

– J'ai beaucoup apprécié les photos, dans l'album que vous m'avez donné, Rose.

Cela, au moins, est la vérité. Je chéris cet album, même s'il me rend également un peu triste. J'ai fait encadrer la photo sur laquelle Emily est enceinte de ma mère, puis je l'ai mise dans la bibliothèque avec quelques autres souvenirs rassemblés par tante Frances.

Le regard de Rose se perd un moment dans le lointain, puis elle revient soudain à moi, ses yeux marron rivés sur les miens :

– Si tu es venue pour m'entendre m'excuser, tu t'es déplacée pour rien. Il fallait arrêter Emily.

Voilà qui a au moins le mérite de faire le tri dans mes sentiments mêlés ; après ces mots, je n'hésite plus à lui livrer le fond de ma pensée.

– Rose, il faut que vous compreniez que si vous n'aviez pas tué Emily, Frances aurait peut-être oublié la prédiction qui lui avait été faite, dis-je en faisant l'effort de conserver une voix calme. J'ai lu son journal. Elle a cru que son destin était tracé d'avance à partir du moment où elle a trouvé dans les poches de sa jupe les messages de menace que vous aviez écrits. Ensuite, la disparition d'Emily n'a fait que nourrir sa terreur, lui faisant croire que quelqu'un avait voulu l'assassiner mais s'était trompé de cible en s'en prenant à Emily. Alors que vous pensiez éviter à Frances une vie ruinée par Emily, Frances a en fin de compte vécu toute sa vie terrifiée à cause de vous.

Rose sursaute, touchée par mes mots, et cligne des yeux mais aucune larme n'apparaît. En voyant les expressions se succéder sur son visage, je devine qu'elle remanie mon histoire d'une façon qui lui plaît davantage.

L'inspecteur Crane m'effleure le coude, sous la table, hors de vue. Les étincelles de ma colère s'éteignent, me laissant des braises d'animosité envers Rose qui, je le sens, se consumeront en moi pendant encore des années.

J'imagine que c'est une réaction normale après l'élucidation d'un meurtre. L'indignation due au crime ne se dissipe pas par magie parce qu'on a assemblé toutes les pièces du puzzle. Cette triste vérité que j'ai apprise m'incite à considérer ma vie et mes écrits sous un angle nouveau.

– Je pense que ça suffit pour aujourd'hui, intervient le thérapeute.

Je jette un ultime regard à Rose, que l'on reconduit à sa chambre, mais elle ne se donne pas la peine de faire de même avec moi. J'imagine que mon visage s'est plus ou moins effacé de sa mémoire, brouillé avec celui d'Emily.

42

J'ai choisi d'organiser les obsèques en octobre car Frances avait évoqué l'automne dans son testament. Et je comprends aujourd'hui pourquoi : la propriété est splendide sous cette lumière dorée, la bande boisée qui cerne les pelouses ajoutant des nuances orangées et rougeâtres extrêmement vives.

Les discours prononcés, j'observe les invités qui sirotent l'excellent champagne sorti de la cave de Gravesdown Hall, heureuse de me trouver à l'écart un moment. John Oxley a arraché des larmes à toute l'assistance, mais d'une façon qui a réchauffé les cœurs. C'est donc satisfaite que je regarde tous ces gens déguster les plats préparés par Beth.

La veillée se déroule sur une des vastes pelouses, devant le manoir, ce qui est une bonne chose car tous les villageois sont présents. L'immense demeure est l'arrière-plan idéal pour faire nos adieux à tante Frances. La reconstitution de son petit bureau, au milieu de la pelouse, suscite constamment l'admiration. Cette œuvre d'art née des mains de Jenny est on ne peut plus à sa place ; sur des tapis d'Orient, on voit entre autres le lampadaire Tiffany et le fauteuil en cuir de tante Frances. Vu les articles de journaux et les ragots répandus au village, je tenais à ce que ce tableau rappelle à tous qu'une femme avait vécu ici et qu'elle nous manquait.

Une sélection de ses livres – uniquement des polars – est présente sous la forme de piles instables, et Jenny a joliment disposé des fleurs dans les fissures du fauteuil et sur la machine à écrire d'Emily (que maman a apportée de Chelsea, à ma demande). Celle-ci est posée sur un support de plante, avec une photo d'Emily dans un cadre en argent. Je tenais à ce que l'on fasse également nos adieux à Emily, j'ai le sentiment que c'est aussi ce qu'aurait souhaité Frances.

Laura, la sœur d'Emily, a fait le déplacement depuis Brighton. Sereine, elle reste légèrement en retrait. Elle est venue me trouver avant la veillée et m'a prise dans ses bras pour me chuchoter un « merci », puis elle s'est fondue dans la masse. Chaque fois que je cherche ma mère du regard, je constate qu'elle est en pleine discussion avec son homonyme. Voilà une évolution des choses qui me fait chaud au cœur.

Saxon et Elva sont également présents, flânant parmi les invités, complimentant Beth pour le buffet et sifflant plus que leur part de champagne. Miyuki aide Beth à porter la nourriture, plat après plat, de la cuisine aux longues tables installées en un grand carré autour de la reconstitution du bureau.

Je remarque qu'Oliver s'est rapproché de Jenny et tente d'engager la conversation avec elle. Mon amie semble quelque peu intéressée, je les rejoins pour lui éviter de commettre une bêtise. Jenny a cela de commun avec ma mère qu'elle est immanquablement attirée par les hommes dangereux. Heureusement, elle m'a à ses côtés pour intervenir et repousser ces types.

– C'est merveilleux, Annie, me félicite-t-elle en me voyant approcher.

– Merci, mais tu y es pour beaucoup, tu le sais bien.

Je fais glisser ma main sur mon manteau, puis fronce les sourcils en regardant autour de moi.

– Pourquoi êtes-vous si soucieuse ? s'étonne Oliver.

– C'est juste que… je n'aime pas laisser des détails non réglés. Quand je vois que tout le monde est rassemblé et quand je pense aux événements qui nous ont menés jusqu'ici…

Je lâche un soupir.

– Je n'ai toujours pas déterminé qui a déposé les billets de menaces dans ma chambre.

– Oh…

Il se gratte la nuque, l'air sombre.

– C'était moi.

– Vous…? Mais pourquoi ? Et où les avez-vous trouvés ? Attendez, c'est vous qui avez fracassé mon ordinateur et déchiré mes calepins ?

– Non ! Je n'ai rien détruit. Laisser ces bouts de papier dans votre chambre sans rien vous expliquer était bizarre, je m'en rends compte à présent, mais je sentais qu'il fallait que je fasse quelque chose plutôt que de rester passivement à regarder les événements survenir autour de moi. Je ne savais pas trop s'il fallait que je vous intimide ou que je vous aide. Quand j'ai mis la main sur ces billets, dans le bureau de Frances, il m'a semblé qu'ils… auraient sur vous ces deux effets simultanément. Ce qui a bien été le cas, non ?

Oliver affiche un air si ouvert, si modeste, que j'ai presque envie de ne rien dire. Mais finalement je me décide :

– J'ai eu l'impression d'être épiée, Oliver ! C'était vraiment flippant !

– Désolé Annie, dit-il en hochant la tête, quelque peu abattu. Je n'ai pas trouvé d'autre façon de procéder… Franchement, j'ai toujours détesté mon boulot, mais je n'ai jamais eu le courage de le quitter. Or je savais que si vous élucidiez le meurtre, je n'aurais pas à prendre une décision difficile car elle me serait imposée.

Il se tait un moment, puis soupire.

– C'était très lâche de ma part, je sais, mais je n'ai rien trouvé de mieux ; il faut dire que j'étais sans cesse harcelé par mon patron.

Je hoche la tête en me rappelant qu'Oliver était constamment stressé et scotché à son téléphone durant ces quelques journées du mois d'août.

– C'est vrai que ces billets m'ont aidée, mais… je pense vraiment que vous devriez changer de métier.

– Oh, j'ai été viré, lâche-t-il avec un rire cynique. Mais bon, c'est ce que je recherchais, alors c'est plutôt une bonne chose finalement.

Une toux discrète se fait entendre dans mon dos ; je me retourne et vois l'inspecteur Crane qui attend patiemment pour me parler. Jenny me regarde en haussant un sourcil ; je réplique avec une moue qui dit : « Un peu de discrétion, s'il te plaît, tu es ridicule. » Oliver et elle nous laissent pour rejoindre la foule qui admire les derniers plats apportés par Beth.

– Annie… commence Crane, les mains dans les poches et se balançant légèrement sur les talons.

Plus élégamment vêtu que d'ordinaire, il porte un pantalon en toile beige et une cravate légèrement décentrée, comme s'il avait passé la journée à tirer sur le col de sa chemise. Sa barbe noire est un peu plus courte qu'avant, et ses cheveux parfaitement coupés. J'en déduis qu'il est allé chez le coiffeur en prévision de la veillée.

En observant cet homme qui manifestement cherche la meilleure façon de m'annoncer je ne sais quelle nouvelle, je prends subitement conscience que je suis un peu lâche de ne pas aller plus loin avec lui. Je soutiens donc son regard sombre et inspire profondément :

– Il faut que je témoigne au procès de Joe, c'est ça ?

Ma voix est froide car je n'aime guère me remémorer l'épisode de l'ambulance.

Les épaules de Crane se décrispent, il est du genre à privilégier la franchise ; pour lui, tourner autour du pot sur une question d'importance revient presque à mentir. Je souris intérieurement, comprenant enfin combien cette forme d'honnêteté est rare.

– La procureure a appelé ce matin, me répond-il. Elle soupçonne la défense de vouloir s'en prendre à vous et vous reprocher d'avoir piégé Joe en le poussant à se confesser.

Notre dossier est en béton, cette manœuvre n'a aucune chance de fonctionner, mais elle tient à ce que vous soyez prête à affronter des questions au tribunal.

– Merci de m'avoir prévenue.

Si les sentiments contradictoires que j'éprouvais vis-à-vis du meurtre de tante Frances ont été réglés par mon entrevue avec Rose, Joe fait sans ambiguïté figure du méchant de l'histoire dans mon esprit, d'un individu qui pensait maîtriser une situation par la violence. Je n'ai donc aucun scrupule à l'idée de contribuer à l'envoyer en prison. Le moment venu, je témoignerai en ce sens.

L'inspecteur Crane lève légèrement le bras, comme pour me prendre la main, mais ce geste est si fugace qu'il est possible que je l'aie imaginé. Sa main se pose finalement sur mon épaule, qu'il serre brièvement avant de laisser son bras retomber.

Le soleil d'octobre est encore bien présent, mais le fond de l'air déjà frais m'a incitée à me couvrir de mon nouvel imperméable marron, très chic, que Jenny a choisi pour moi. J'ai été tentée d'enfiler le manteau en laine vert foncé offert par Ford à tante Frances, quand je l'ai trouvé suspendu dans l'armoire, à côté de la robe en velours verte qu'elle portait à l'occasion de cette soirée de Noël, mais cela ne m'a pas semblé convenable, vu l'importance des emprunts de vêtements dans mon enquête. Par ailleurs, mon premier instinct, en retrouvant ce manteau, a été de fouiller ses poches, en quête d'armes ou de billets menaçants.

Je m'interroge également sur le fait que tante Frances ait conservé tous ses vêtements depuis 1965. J'ai trouvé ailleurs dans le manoir plusieurs autres calepins reliés de cuir remplis de son écriture. C'est sans doute parce qu'il n'y est pas question d'Emily Sparrow ni de son meurtre à venir qu'elle les a rangés ailleurs. Devant son armoire, alors que j'hésitais sur ma tenue, j'ai préféré ne pas prendre le risque de porter un vêtement lié à un autre crime sur lequel elle enquêtait. Car cela aurait été typique d'elle de mener deux enquêtes simultanément, de tenter d'élucider un meurtre tout en essayant d'empêcher le sien.

Je suis tout de même tombée sur quelque chose qui m'a donné l'impression que tante Frances m'attendait après tout ce temps. Dans le coffre en bois de cèdre de sa chambre, dans lequel j'ai trouvé ses autres écrits, étaient également rangés plusieurs calepins reliés de cuir, tous vierges, attendant que quelqu'un remplisse leurs pages.

Juste avant de sortir du manoir pour rejoindre les personnes présentes aux obsèques, j'ai ouvert le premier et me suis mise à écrire.

Remerciements

Quantité de formidables personnes ont fourni un travail incroyable afin de porter les voix d'Annie et de Frances aux quatre coins du monde. En songeant au point de départ de cet ouvrage – vous comprendrez à quoi je fais allusion en poursuivant la lecture de ces remerciements –, je ne peux que déclarer en toute sincérité qu'il est le fruit d'un véritable travail d'équipe.

Je me dois de commencer par remercier Zoë Plant, ma merveilleuse agente, car c'est vraiment grâce à elle que ce roman a pris forme de façon cohérente. En 2021, en pleine pandémie et alors que je supervisais la scolarité à la maison de mes deux jeunes enfants, mon cerveau littéraire a décidé de se fragmenter en mille morceaux, si bien que j'ai envoyé à Zoë des brouillons à peine ébauchés de toutes les idées me passant par la tête, jusqu'aux plus folles. Elle a patiemment réceptionné tous mes projets, qui s'étalaient d'ouvrages illustrés à des comédies de vampires pour ados, et même si la plupart de (tous) mes écrits rédigés durant la pandémie étaient objectivement très mauvais, Zoë n'a jamais cessé de m'encourager à creuser ces idées. J'ai fini par lui envoyer le brouillon bien avancé d'un roman destiné aux jeunes adultes dans lequel une jeune New-Yorkaise pleine d'audace prénommée Annie se lançait dans un road trip en Angleterre dans le but d'élucider un meurtre, après avoir pris connaissance d'une prédiction faite par une voyante à une parente éloignée. Zoë s'est cramponnée durant trois versions successives de cette histoire, alors qu'elle aurait pu à tout moment me dire : « Bon, ça suffit, maintenant. » Mais elle n'en a rien fait. Et je lui suis infiniment reconnaissante pour cela.

Un immense merci à Jenny Bent et à l'extraordinaire équipe de la Bent Agency, qui a contribué à la distribution de ce livre aux États-Unis et dans tant d'autres pays. Jenny est un de mes soutiens les plus inconditionnels ; j'ai la sensation d'être protégée de tout, la sachant à mes côtés. Je tiens également à remercier Emma Lagarde, Victoria Capello et Nissa Cullen pour leur soutien, ainsi que Gemma Cooper et toutes les personnes de chez TBA qui ont lu les premières versions du brouillon et se sont jointes au chœur de « Je crois qu'il y a quelque chose à tirer de ça. »

Merci à Emily Hayward-Whitlock, ma fantastique agente dans le domaine du cinéma, qui, avec son équipe de l'Artists Partnership, a fourni un excellent travail afin de s'assurer qu'Annie et Frances soient gérées par les meilleures mains cinématographiques.

J'ai la chance immense d'avoir deux éditrices fantastiques, deux personnes au talent phénoménal dont l'enthousiasme pour cet ouvrage m'a submergée de bonheur. Chaque fois que je me suis sentie fléchir dans mon travail, il m'a suffi de penser à l'énergie immense qu'elles consacraient à mon projet, et aussitôt j'ai de nouveau été prête à conquérir le monde. Florence Hare, chez Quercus, au Royaume-Uni, et Cassidy Sachs, chez Dutton, aux États-Unis ; avec vous deux, j'ai le sentiment d'avoir atterri dans l'équipe éditoriale idéale.

Merci mille fois à l'équipe britannique, chez Quercus – Stefanie Bierwerth, Katy Blott, Ella Patel, Lipfon Tang –, qui s'est démenée pour faire parler de mon livre, et ce de façon très créative. Un énorme merci aux relecteurs-correcteurs et concepteurs de couverture au Royaume-Uni, ainsi qu'à toutes les personnes ayant travaillé dur pour créer de splendides supports promotionnels. Vous avez tous fait un boulot épatant.

L'équipe américaine, chez Dutton – Emily Canders, Isabel DaSilva, Erika Semprun, John Parsley, Christine Ball, Ryan Richardson, Susan Schwartz, LeeAnn Pemberton, Ashley Tucker et Tiffany Estreicher –, ainsi que les relecteurs-correcteurs et concepteurs de couverture américains, sans oublier les membres de l'équipe dont je n'ai pas encore fait la connaissance, j'ai adoré tout ce que vous avez fait avec mon livre, bien au-delà de tout ce que j'imaginais.

De merveilleuses amies écrivaines m'ont aidée à mettre ce récit en forme. Un grand merci à mes Dames du Texas – Lisa Gant, Tyffany Neiheiser et Mary Osteen – pour leur soutien, leur regard affûté et leurs précieux conseils. Un grand merci également à Ashley Chalmers, ma complice américano-londonienne dont l'amitié, les conversations animées et les retours pertinents me poussent vers l'avant depuis plusieurs ouvrages déjà.

J'ai reçu de l'aide à propos de certains détails de cette histoire ; j'aimerais remercier Roger Sweet pour m'avoir initiée aux voitures anciennes. Même si la Rolls-Royce Phantom II n'est pas sa voiture préférée, il m'a décrit en détail les sensations que l'on peut avoir au volant de cet engin et la façon dont il fonctionne. De façon générale, bavarder avec lui a été un régal. Toute erreur concernant les Rolls-Royce serait uniquement de mon fait.

Hannah Roberts, ma vieille amie et critique, qui m'a tenu la main durant tant de hauts et de bas au fil de ma carrière littéraire (et de ma vie !), je te suis reconnaissante pour l'éternité. Il est si rare en ce monde de trouver une amie authentique qui célèbre vos victoires, écoute patiemment vos plaintes, parle bouquins pendant des heures avec vous et lit tous vos brouillons, même quand ils sont bons à jeter, et pourtant continue de vous faire croire en vous-même. Tu as tout mon amour et ma gratitude.

Tom, mon merveilleux mari, dont la patience, l'amour et le soutien ont rendu possible ma carrière littéraire, tu sais combien tu comptes pour moi ; je n'ai pas besoin de le préciser ici, néanmoins je tiens à dire que j'apprécie infiniment ta capacité de travail, et je me sens très chanceuse de vivre avec quelqu'un qui me comprend si parfaitement. Quant à vous, Eloise et Quentin, nos deux adorables enfants, vous ne lirez pas ces lignes avant de nombreuses années, bien entendu, et encore ce n'est même pas certain (et je ne vous en voudrai pas dans ce cas), mais je tiens à préciser ici que je n'aurais pu rêver de meilleurs enfants. Vous m'émerveillez et m'inspirez quotidiennement.

J'aimerais remercier les libraires qui ont fait preuve d'un tel enthousiasme pour mon roman et travaillé dur pour qu'il atterrisse dans les mains des lecteurs. Je vous vois à l'œuvre, je saisis combien votre mission est délicate ; chaque fois que je mets les pieds dans une librairie, je suis systématiquement admirative en constatant vos connaissances et votre passion pour les livres. De même, je resterai toujours émerveillée par les traducteurs, dont le travail complexe et nuancé permet de retranscrire mes mots dans de multiples langues.

Enfin, et parce que vous êtes si importants que vous méritez d'être cités en dernier (comme le prix le plus prestigieux lors d'une cérémonie de remise des prix), merci à vous, lecteurs et lectrices, d'avoir choisi mon livre. Vous êtes la raison pour laquelle je fais ce métier, et je vous apprécie infiniment.

pca
cmb
édition pré-presse
livres numériques

44400 Rezé

Imprimé en France par
CPI Brodard & Taupin
en octobre 2024

Dépôt légal : novembre 2024
N° d'impression : 3058613
ISBN : 978-2-7499-5560-5
LAF : 3425